| 한눈에 명화로 보는 |

셰익스피어

| 한눈에 명화로 보는 |

셰익스피어

"인도는 포기할 수 있으나
셰익스피어는 포기할 수 없다."

-토머스 칼라일

●●● 아이템하우스

◆은유의 힘으로 직유의 현실을 꿰뚫는 셰익스피어의 희곡 세계

"죽느냐 사느냐, 그것이 문제로다."-〈햄릿〉
"내가 누구인지 말해줄 수 있는 자가 누구란 말이냐?"-〈맥베스〉
"질투를 조심하시옵소서. 질투는 사람의 마음을 농락하며 먹이로 삼는 녹색 눈을 한 괴물이니까요."-〈오셀로〉
"말리면 말릴수록 불타는 것이 사랑이다."-〈로미오와 줄리엣〉
"단 한 방울의 피도 흘려선 안 되며, 살을 잘라내되 더도 말고 덜도 말고 정확히 1파운드만 잘라내시오."-〈베니스의 상인〉
"영리한 바보는 미련한 현자보다 낫다."-〈십이야〉

셰익스피어의 희곡은 작품을 읽어도, 연극을 봐도 오롯이 기억되는 명대사로 인해 오래도록 명작의 감동에서 쉽게 헤어 나오지 못하게 한다.

셰익스피어의 명대사가 주는 힘은 바로 은유의 힘으로 직유의 현실을 꿰뚫는 셰익스피어의 놀라운 세계 인식과 시대를 뛰어넘는 도도한 통찰력에 힘입은 바 크다.

사실 세계의 고전은 문학이나 철학, 역사에서 '대화'로 쓰인 문장들의 보고(寶庫)였다. 그리스 서사비극의 원형이었던 소포클레스의 명작이나 일리아드의 대서사시 -〈일리아드〉, 〈오딧세이아〉-는 말할 것도 없고, 동양철학의 고전인 〈논어〉와 〈맹자〉, 심지어는 인류애의 상징인 〈성경〉까지 예외 없이 대화체로 쓰인 작품들이다.

희곡은 세계문학사에서도 장르상의 독특한 문학적 구성으로 인해 주요 문학으로 꾸준히 독자들의 사랑을 받아 왔다. 셰익스피어 이전에는 몰리에르의 희곡이 있었고, 이후에는 체홉과 입센이라는 걸출한 희곡문호가 인간의 내면과 시대를 아우르는 인상적인 희곡작품을 남겼다. 하지만 지금 우리에게 생생하게 들려오는 명대사와 생동감 넘치는 캐릭터로 다가오는 희곡은 뭐니 뭐니 해도 셰익스피어의 5대 비극과 5대 희극만한 것이 어디 또 있으랴.

무엇이 세계인이 그토록 사랑하고 미워하는 햄릿과 맥베스와 고너릴과 오셀로와 샤일록이라는 캐릭터에 매혹되게 하는 것인가.

인간은 누구나 자신 속에 여러 성격들을 지니고 있다. 참으로 아름답고 좋은 감정을 가졌는가 하면, 차마 눈뜨고 볼 수 없을 정도의 섬뜩한 광기를 발산하는

것이 우리네 인간이다. 곤혹스럽기 짝이 없는 심통을 부리는가 하면, 얼음장같이 차갑고, 끓어오르는 분노를 주체하지 못하다가 비웃음을 참지 못해 비실거리기도 한다. 한없이 즐겁다가도 끝없는 슬픔에 빠져 허덕인다. 또 어쩌면 그렇게 남 말하기를 좋아하는지. 웃고 떠들다가 자신도 모르는 사이에 스스로 무덤을 파는 어리석음도 곧잘 저지른다. 햄릿이 있는가 하면, 티몬이 있고, 줄리엣을 만나는가 하면 이야고와 마주치기도 한다. 어디 그뿐인가. 맥베스, 로미오, 고너릴 등등 우리 안에는 참으로 다양한 성격들이 숨어 있다.

38편의 셰익스피어의 비극과 희극은 문학적, 극적 완성도와 비장미에서 당대를 대표하는 정점에 오른 작품으로 손꼽힌다. 이상주의자이자 사유하는 몽상가로서 복수를 앞두고 고뇌하는 인간의 깊은 내면 심리를 아름다운 언어로 그린 〈햄릿〉, 자식과 부모의 관계를 새삼 돌아보게 하면서 선과 악의 본성을 들여다볼 기회를 제공하는 〈리어왕〉, 사랑과 질투라는 인간적인 감정의 애틋함과 함께 누구나 갖고 있을 법한 인간 내면의 섬뜩한 악마성을 묘사한 〈오셀로〉, 권력을 향한 인간의 욕망이 불러일으킨 고통과 비극을 어둡게 그려낸 〈맥베스〉, 두 남녀의 비극적 사랑을 그린 〈로미오와 줄리엣〉에 이르기까지 주인공들의 처절한 운명은 여전히 우리들의 마음을 사로잡는다.

또한 천방지축인 두 주인공이 결혼을 통해 어떻게 변모하는가를 다룬 〈말괄량이 길들이기〉, 극한의 어려운 상황 속에서 우정과 사랑을 지키기 위해 어떻게 위기를 모면하는가를 그린 〈베니스의 상인〉, 가족에게 버림받은 두 남녀가 벌이는 유쾌한 사랑 이야기인 〈뜻대로 하세요〉, 젊은이들의 사랑의 변덕스러움과 비이성적 속성, 그리고 인간의 어리석음이 진실한 사랑 앞에서 어떻게 변화하는가를 다룬 〈한여름밤의 꿈〉, 일란성 쌍둥이를 사이에 두고 벌이는 위트와 해학의 결정판 〈십이야〉에 이르기까지 작품 속의 주인공들은 시종일관 우리의 얼굴에 밝은 미소를 띠게 한다.

◆드라마보다 더 드라마틱했던 셰익스피어의 작품 세계

셰익스피어는 영국 르네상스가 만개했던 엘리자베스 1세 통치기인 1564년 영국 중부에 자리한 스트랫퍼드어폰에이번에서 태어났다. 셰익스피어는 네 살 때부터 아버지를 따라 연극 구경을 했으며, 마을의 문법학교에 들어가 수학했다. 그러나 이후 아버지의 계속되는 사업 실패로 가세가 기울면서 대학에 진학하지 못한 것으로 보인다.

셰익스피어는 1580년대 말 무렵부터 배우로서 생활한 듯 보이며, 1592년 연극

계의 신예로서 좋은 평을 얻었다는 기록이 전해질 따름이다.

런던에서 체류하던 셰익스피어가 극작 활동을 시작한 것은 1590년 무렵으로 보인다. 처음에는 릴리, 말로, 필, 그린 등과 같은 선배작가의 희곡을 부분적으로 손질하는 것에 만족했던 그가 처녀작으로 내놓은 것이 3부작 역사극인 〈헨리 6세〉(1590~1592)이다. 이때부터 1600년까지 셰익스피어는 왕성한 필력을 보여주게 된다. 이때 선보인 작품들이 영국의 장미전쟁을 배경으로 한 역사극인 〈리처드 3세〉를 비롯해, 로마의 극작가 플라우투스의 작품을 번안한 〈실수 연발〉, 피를 피로 갚는 로마의 잔혹한 복수극 〈티투스 안드로니쿠스〉, 그리고 드센 여인을 아내로 맞아 정숙하게 길들인다는 내용의 〈말괄량이 길들이기〉 등이 발표되었다.

그는 평생 자신이 배우이자 극작가로 활동했던 체임벌린스 멘 극단을 위해 희곡을 썼는데, 초기 작품들로는 원수 집안의 남자와 여자 사이의 열렬한 사랑과 비극적인 파국을 그린 〈로미오와 줄리엣〉(1594)을 비롯해 왕국의 통치자이면서도 강렬한 시적 감성과 나르시스트적인 품성으로 역경을 헤쳐나가는 인물을 그린 역사극 〈리처드 2세〉(1595), 그리고 아테네 교외에 자리한 숲을 무대로 펼쳐지는 환상적인 밤의 세계를 그린 낭만적 희극 〈한여름밤의 꿈〉(1595) 등이 있다.

또한 인간에 대한 예리한 관찰력과 서정성이 돋보이는 작품들이 1590년대 후반으로 오면서 삶에 대한 뛰어난 통찰력까지 더해져 셰익스피어를 대표하는 희극들이 탄생하기에 이른다.

그 중 대표적인 작품으로는 사악한 유대인 악덕 고리대금업자 샤일록의 횡포와 더불어 연인들의 감미롭고 희생적인 사랑의 힘을 그린 〈베니스의 상인〉(1596)과 리처드 2세에서 권력을 찬탈한 헨리 4세 치하의 음모와 혼란에 찬 암흑기를 배경으로 한 〈헨리 4세〉(1597), 궁정에서 추방된 공작과 가신의 목가적인 생활을 배경으로 젊은 남녀의 연애를 낭만적으로 그린 〈뜻대로 하세요〉와 궁정에서 상연할 목적으로 쓴 〈십이야〉 등을 꼽을 수 있다. 특히 〈십이야〉는 낭만적인 사랑과 결혼을 소재로 한 서정적 분위기에 익살과 재담, 해학 등 희극적인 요소들이 작품 전체에 잘 녹아 흐르는 셰익스피어 최고의 걸작 희극으로 평가되고 있다.

1600년대로 접어들면서 엘리자베스 여왕의 치세가 서서히 막을 내리고 있었다. 영국의 국론분열이 일어나는 왕궁 반란 사건 등이 일어난 지 2년 후인 1603년 3월에 여왕은 숨을 거둔다. 일련의 불행한 사태는 셰익스피어에게도 커다란 충격을 안겨준다. 그 영향으로 1600년 이후 그의 작품 세계는 확연히 달라지며

본격적인 비극시대가 열린다.

　셰익스피어의 4대 비극으로 널리 알려진 〈햄릿〉(1600), 〈오셀로〉(1604), 〈리어왕〉(1605), 〈맥베스〉(1606) 등은 바로 이 시기에 씌어진 작품들이다. 인간의 고뇌와 죽음 등 무거운 주제를 다룬 이 작품들 안에는 시대를 아파하는 셰익스피어의 우울한 심사와 염세적이고 절망적인 세계관이 깊이 아로새겨져 있다.

　〈햄릿〉은 사랑과 존경을 바치던 대상인 아버지를 잃은 왕자 햄릿이 숙부와 결탁해 지아비를 죽인 어머니의 도덕적 타락과 배신, 그리고 용서 받을 수 없는 숙부의 죄악과 그에 대한 증오, 연인 오필리아의 죽음 등으로 인해 극심한 고통과 절망감에 시달리다가 마침내 비극적인 최후를 맞게 되는 이야기이다.

　〈맥베스〉는 사악한 마녀들의 꾐에 빠진 맥베스 장군이 왕좌에 오르기 위해 아내와 함께 왕을 죽인 대가로 비참하고 가련한 최후를 맞게 되는 이야기이다.

　〈리어왕〉은 탐욕스럽고 간교한 두 딸에게 왕국을 넘긴 왕이 결국에는 딸들에게 버림을 받아 분노에 찬 광인이 되어 광야를 떠돌고, 자신을 진정으로 사랑했던 막내딸 코딜리아도 결국에는 가련하게 죽음을 당하는 이야기를 담고 있다.

　〈오셀로〉는 악인 이야고의 간계에 빠진 무어인 장군 오셀로가 정숙하고 착한 아내 데스데모나의 정절을 의심하고 질투하다가 급기야는 아내를 죽여버리고 마는 이야기이다.

　이처럼 각기 다른 소재들을 가지고 다른 방식으로 전개되고 있는 4대 비극을 한데 묶어 정리하기는 쉽지 않지만, 인간의 삶에 편재하는 거대한 악에 의해 개인의 선량한 의지와 행위들이 속절없이 유린되고 파괴당하는 비극적 상황에 대한 작가의 침울하고 침통한 시선이 네 작품 모두에서 고스란히 관철되고 있음을 볼 수 있다.

◆시대를 초월해 사랑받는 셰익스피어 희곡의 현대성

　영국이 낳은 세계적인 대문호, 인간의 오욕칠정을 주무르고 영혼을 후려치는 깊고 광대한 그의 작품은 시대와 공간을 넘어 재해석되고 재음미되는 불멸의 울림을 낳았다. 셰익스피어의 희곡은 영문학사를 뛰어넘어 세계문학사의 한 정점으로서 세상을 오연(烏鳶)하게 굽어볼뿐더러, 창조의 원천이자 영감의 바이블로서 지상의 무대를 굳건하게 떠받치고 있다.

　사실 셰익스피어 이전의 세계문학에 등장하는 인물들은 저만이 따로 노는 동떨어진 인물들 같다. 그만큼 일상적인 인물로서의 생동감이 떨어진다. 이 점이

바로 셰익스피어 이전과 셰익스피어 이후의 문학이 갈라서는 지점일 것이다. 그것은 바로 문학작품의 인물들이 얼마나 우리의 실제 삶을 반영하고 있느냐 아니냐 하는 점이다. 셰익스피어 이전의 작품 속 캐릭터는 말 그대로 문학 속의 인생을 사는 존재로 표현되었다. 그러나 셰익스피어 이후는 거의 모든 문학의 등장인물들이 셰익스피어의 주인공들을 닮아 있다.

왜 다시 셰익스피어를 읽어야 하느냐에 대한 답은, 바로 독자들이 알고 싶어했던 '인간이란 무엇인가?'의 문제에 닿아 있다. 독자들이 궁금해 하는 '나'라는 인간은 누구일까? 왜 열 길 물속은 보이는데, 한 길 사람 속은 저리도 복잡한 것일까? 보석과도 같은 사랑이 고운 빛을 발하는가 하면, 어처구니없는 탐욕으로 기괴한 고집을 부리다가 파멸을 자초하는 우리는 대체 누구인가? 셰익스피어는 바로 이 점이 궁금했던 것이다.

그렇다. 셰익스피어의 이야기는 바로 우리 자신의 이야기이다. 여기서 다른 이야기는 없다. 아집에 눈이 먼 오셀로도, 광기로 무너진 레온테스도, 배신감으로 절규한 티몬도, 모두 내 안에 숨어 있는 다른 모습들일 따름이다. 한눈에 명화로 보는 셰익스피어의 5대 비극과 5대 희극을 통해서 독자 여러분이 그토록 궁금해 하던 연극의 현장 속으로, 캐릭터의 내면 속으로 아름다운 명화 연극 감상의 경이로운 체험의 시간을 가지시길 바란다. 그래서 나와 같은 희로애락과 선하고 악한 감정이 난무하는 너무나 인간적인 연극 속 그들과 다시 만나 〈한여름밤의 꿈〉만 같던 우리네 삶에 관해 도란도란 이야기꽃을 피우시길 바란다. 그리고 언젠가 다시 만날 수 있기를 소망하며, 〈뜻대로 하세요〉에서 로잘린드가 환한 미소로 들려주던 말로 우리의 꿈같은 여행을 마무리하도록 하자.

"그러니까 여러분, 잘 사세요."

| 차례 |

| 한눈에 명화로 보는 셰익스피어 |

햄릿

"죽느냐, 사느냐, 그것이 문제로다."

햄릿

◆ 등장인물

햄릿 : 덴마크의 왕자

유령 : 햄릿의 아버지. 선왕의 혼령

호레이쇼 : 햄릿의 친구이자 의논 상대

클로디어스 : 덴마크 왕. 햄릿의 삼촌

거트루드 : 왕비. 햄릿의 어머니. 지금은 클로디어스의 아내

로젠크란츠, 길든스턴 : 조신. 햄릿의 옛 학교 친구들

폴로니어스 : 재상

레어티스 : 폴로니어스의 아들

오필리아 : 폴로니어스의 딸

포틴브라스 : 노르웨이의 왕자

배우들

묘지의 햄릿과 호레이쇼(14쪽 그림)_ 오필리아의 장례를 보기 위해 묘지에 왔다가 무덤 근처에서 자신의 어린 시절 궁정 광대였던 요릭의 두개골을 얻게 된다. 햄릿은 두개골을 향해 말한다. "저 해골 속에도 한때 혀가 있어 노래를 불렀겠지! 그런데 지금은 저 녀석이 아무렇게나 내동댕이 쳐져 있으니 ……." **외젠 들라크루아의 작품.**

햄릿 왕이 죽은 지 한 계절도 지나지 않은 엄혹한 시절이었다. 언제부 턴가 덴마크의 호위병들은 초소 근처에서 말을 타고 나타나 꼼짝 않고 자신들을 바라보는 끔찍한 모습의 유령의 형상을 목격하기 시작했다. 왕 궁의 호위대에 지인이 있던 호레이쇼는 유령의 출몰 소식을 들었고, 한 밤중 유령을 확인하러 초소로 들어왔다.

"그가 왔습니다."

호위병 중 한 명이 말했다. 사방이 어둡고 흐릿하여 잘 보이진 않았지 만 호레이쇼에게도 갑옷을 입은 선왕의 모습이 보였다. 선왕이 죽은 후 몇 개월간의 슬픔이 겨우 가라앉은 지 얼마 되지 않던 때였다. 호레이쇼 는 햄릿 왕자에게 이 사실을 알려야 할지 말아야 할지 고민했다. 이제는 모든 사람들이 선왕과의 이별의 슬픔에서 벗어나 일상으로 돌아온 뒤였 지만, 햄릿 왕자만은 슬픔에 잠겨 여전히 상복 차림이었다. 호레이쇼는 호위병들에게 이 사실을 누구에게도 발설하지 말라고 당부하였다. 이제 막 덴마크의 새로운 질서가 잡혀가던 시점이기 때문이었다. 또다시 불행 이 다가올 것 같은 예감이 들어 호레이쇼는 불안했다.

———— ············

왕궁의 나팔이 울렸다. 얼마 전까지만 해도 검은 상복을 입고 있던 대 신과 왕가의 친척들은 평상복으로 갈아입고 새로운 왕인 클로디어스를 친견하고 있었다. 클로디어스는 선왕의 동생이었다.

"짐의 친애하는 형인 햄릿 왕의 죽음이 아직 잊혀지지 않은 것은 사실 이나, 언제까지 슬픔에 빠져 있을 순 없소. 짐은 형수였던 거트루드를 이 나라의 주권을 함께 짊어질 황후로서 맞이하게 되었소. 장례식에선 환성 을, 혼례식에선 비탄의 노래를 부르듯, 비탄을 환희와 같은 무게로 달면

햄릿 왕의 유령을 만나는 호레이쇼_ 호레이쇼는 햄릿의 친구로, 작중 초반부에 햄릿, 그리고 성의 경비병과 함께 햄릿 왕을 본 사람이다. **헨리 퓨젤리의 작품.**

서 덴마크의 슬픔이 기쁨으로 바뀌길 바라오. 이 모두는 왕으로서 이 나라의 미래를 위해 결정한 일이오. 모두가 아는 것처럼 노르웨이의 포틴브라스 왕자가 짐의 나라의 혼란을 틈 타 움직이기 시작했소. 지금 중요한 것은 우리가 어떻게 움직이느냐인데, 짐은 코넬리어스와 볼티맨드에게 노르웨이 왕과 협상할 권한을 주었소. 두 공께서는 급히 노르웨이로 가 임무를 완수해 주시오."

"예, 폐하. 서둘러 임무를 완수하겠나이다."

"좋소. 다음 레어티스, 짐에게 부탁할 것이 있다고? 사양 말고 말해보아라."

"네, 지엄하신 폐하. 저는 폐하의 대관식에 제 의무를 다하려고 덴마크로 왔지만, 이젠 그 의무가 끝났으니 다시 프랑스로 돌아가길 바라옵니다."

폴로니어스_오필리아와 레어티스의 아버지. 자신이 대단한 책략가라고 착각하는 늙은이로 등장한다.
쥬앙 조르쥬 비베르의 작품.

"아버지의 허락은 받았느냐? 경의 뜻은 어떻소?"

왕은 옆에 서 있던 덴마크의 재상 폴로니어스에게 물었다.

"예, 폐하. 제 아들이지만 고집이 어지간해서 결국 못 당해내고 허락하고 말았습니다. 그러니 저도 청하옵는 바 아들이 프랑스로 가기를 부디 허락해 주시옵소서."

왕은 흡족한 폴로니어스의 대답에 고개를 끄덕였고, 레어티스에게 말했다.

"좋다, 좋은 때를 즐겨라 레어티스."

"감사합니다, 폐하."

대관식이 끝나자, 모든 대신들은 성 밖으로 나갔다. 텅 빈 공간에는 왕과 폴로니어스, 왕비가 있었고, 그 옆자리에 잔뜩 찡그린 표정의 햄릿이 앉아 있었다. 왕은 햄릿에게 말을 걸었다.

"조카야, 아니 아들아! 어째서 아직도 먹구름에 덮여 있느냐?"

햄릿은 왕의 말이 끝나기가 무섭게 그를 노려보았다. 그러고는 곧 다른 방향을 바라보았다. 왕의 옆에 서 있던 햄릿의 어머니인 거트루드가 대화에 끼어들었다.

"착한 햄릿, 이제 그만 어두운 밤의 색깔을 내던지고 온화한 눈빛으로 왕을 보려무나. 사람의 죽음은 세상의 이치다. 이제 그 어두운 상복을 벗길 바란다, 아들아."

놀랍도록 침착한 어머니의 태도에 햄릿은 그저 서운한 마음뿐이었다. 과연 이 사람이 몇 달 전까지 자신의 아버지 옆에 있던 그 어머니인지 의심이 갈 정도였다. 햄릿은 클로디어스 왕을 바라볼 때보다 더욱 혐오에 찬 눈빛으로 어머니를 잠깐 노려보았다. 그러나 이내 감정을 숨기고, 햄릿은 어머니에게 조금만 더 시간을 달라고 말했다.

"아직 제 마음속에는 보이는 것 이상의 더 큰 슬픔이 자리 잡고 있습니다. 조금만, 조금만 더 시간을 주십시오, 어머니."

"햄릿의 본성이 원체 자상하고 훌륭하여 아버지에게 애도를 표하고 있음을 잘 안다."

"허나 알아둬야 할 일은 왕자의 아버지도 아버지를 잃었고, 그 아버지도 아버지를 잃었다는 사실이다. 유족들은 일정 기간 자식 된 도리로 상례에 어울리는 슬픔을 보이게 되어 있지. 허나 끈질기게 집요한 비탄은 사내답지 못한 비애란다."

햄릿은 마치 제3자의 입장에서 유족의 감정을 평가하는 새 왕의 태도가 마땅치 않았다. 아무리 봐도 어머니와 삼촌은 정상이 아닌 것 같았다. 하지만 왕과 왕비에겐 지나치게 슬픔에 잠겨 있는 자신이 이상할 것이었고, 햄릿도 그렇게 상황이 돌아가고 있다는 것쯤은 알고 있었다. 왕은 침울한 표정으로 앉아 있는 햄릿에게 계속 말을 걸었다.

"왕자여, 나를 아버지로 생각해라. 지금부터 온 천하에 알리니, 왕자가 내 왕위 계승자요, 가장 다정한 아버지가 자식에게 품는 고귀한 사랑을 내가 너에게 베풀 것이기 때문이다. 그러하니 비텐베르크 대학으로 돌아가고자 하는 네 뜻은 잘 안다만, 그 뜻을 접고 여기 남아주지 않겠느냐?"

거트루드_ 햄릿의 어머니이자 덴마크의 왕비. 남편의 죽음 이후에 심적으로 매우 괴로워하던 아들 햄릿을 고립시킨 가장 큰 원인 중 하나인 인물이다. 그녀는 자기 남편인 선왕의 죽음에 일말의 의심조차 품지 않고 바로 동생인 클로디어스와 결혼하였다. **에드윈 오스틴 애비의 작품**.

"햄릿, 이 어미도 부탁한다."

햄릿은 그들이 어떤 표정으로 자신에게 말을 거는지 바라보았다. 한마디로 다가올 새로운 세계에 대한 기대에 부풀어 있는 모습이었다. 지금이 순간 햄릿은 클로디어스보다 어머니인 거트루드의 심정이 더 이해가 되지 않았다. 햄릿은 우울한 목소리로 그들의 요청에 답했다. 어차피 그가 할 수 있는 가능한 대답은 하나밖에 없었다.

"네, 아바마마. 가능한 한 기대에 부응하도록 하겠습니다."

"오오 그러냐! 기쁘구나, 햄릿! 갑시다 왕비. 이보게 플로니어스, 모든 대신들에게 오늘 밤 연회를 열 것이라 전하라. 오늘 덴마크 왕이 마시는 모든 축배를 대포를 쏴 구름에 알리고, 온 하늘엔 국왕의 건배 소리가 땅 위의 천둥을 타고 울려 퍼지도록 하라."

왕과 왕비, 재상이 나가고 햄릿 혼자만 자리에 우두커니 앉아 있었다. 그는 목에 매고 있는 아버지의 초상이 그려진 팬던트를 열어보았다. 햄릿은 어머니 거트루드의 마음이 도무지 이해되지 않았고, 그녀가 한없이 원망스러웠다. 한때는 아버지의 사랑을 한 몸에 받고 누구보다 아버지를 사랑한다고 믿었던 그 어머니가, 장례식 뒤에 바로 결혼식을 올리는 비상식적인 행동을 저지를 줄은 햄릿은 도저히 상상하지 못했다.

'약한 자여, 그대의 이름은 여자로다. 약한 자여, 네 이름은 거트루드, 내 어머니의 이름이로다.'

차라리 자신의 육체가 녹고 부서져 사라지면 좋겠다고 햄릿은 생각했다. 신께서 자살을 금한다는 율법만 만들지 않았어도, 자신은 누구보다 빨리 제 명을 끊었을 것이다. 햄릿은 몸을 옥죄않으며 번민했다.

그때 멀리서 문을 두드리는 소리가 들렸다. 햄릿은 그들이 두드리는 소리조차 듣지 못하고 계속 괴로워하고 있었다. 눈앞에 다가온 그들을 보

고 햄릿은 누구냐고 물었다.

"왕자님, 접니다."

흐릿해지던 시야가 걷히자 햄릿의 눈앞에 친구 호레이쇼가 나타났다.

"오, 호레이쇼! 내가 지금 헛것을 보는 것인가? 비텐베르크에 있어야 할 사람이 왜 여기에 있지?"

햄릿은 반가운 마음에 벌떡 일어났지만, 그때까지도 자신이 보고 있는 사람이 호레이쇼인지 아닌지 구분을 못 하고 있었다.

"아버님의 장례를 보러 왔습니다."

"놀리지 말게, 친구여. 내 어머니의 결혼식을 보려고 온 것이겠지."

둘 사이에 잠깐 침묵이 흘렀다.

"미안, 미안. 자네를 추궁하려던 게 아니었네."

"요 몇 개월 동안 정신없이 충격적인 일들이 연달아 있었지요, 왕자님."

"그래 정말이지 놀랄 만한 일들이었지. 아버지가 이 사실을 아시면 얼마나 노하실까. 그 모습이 눈에 선하네."

호레이쇼는 햄릿의 말에 잠깐 망설이다가 말을 이었다.

"왕자님, 사실……. 어제 제가 아버님을 뵌 것 같습니다."

"뵙다니? 누구를?"

"왕자님 아버님을요."

"선왕을?"

"잠시 놀라움을 진정시키고 제 이야기를 들어주십시오."

클로디어스(22쪽 그림)_ 햄릿의 숙부였으나 형이 죽은 후 거트루드와 결혼하여 새아버지가 되었다. 처음에는 햄릿에게 아버지라 부를 것을 요구했고 햄릿은 속으로 "숙질 이상의 관계가 되었다지만 부자 취급이라니" 하고 속으로 부정한다. **허버트 비어봄 트리의 작품.**

햄릿을 만나는 호레이쇼_ 호레이쇼는 친구인 햄릿을 만나 자신이 본 부왕의 유령에 대해 이야기한다.
제임스 마킨의 작품.

　호레이쇼는 햄릿에게 근래에 호위병들이 목격했다는 유령의 정체에
대해 이야기했다. 더불어 본인도 직접 유령을 보았으며, 본인이 보았던
생전 선왕의 모습과 너무 똑같았다고 했다.

　"오늘 밤 나도 경계를 서야겠군. 그러면 유령의 모습을 볼 수 있겠지."

　햄릿이 호레이쇼에게 말했다.

　"제가 장담합니다."

　"유령이 고귀한 부친의 몸을 취한다면, 지옥 자체가 입벌리며 날더러
조용하라고 명령해도, 난 말을 걸 테야. 바라건대, 그 사실을 죽을 때까
지 침묵 속에 가둬두게. 그리고 오늘 밤 무슨 일이 일어나든, 발설하진
말아주게. 자네의 우정은 내 보답하지. 잘 가게. 열한 시와 열두 시 사이
에 망대 위로 찾아가겠네."

혼령이라 해도 햄릿은 마음이 두근거렸다. 그리고 만약 그 혼령이 정녕 아버지라면 그는 아직 못 다한 말이 있어서 이승을 떠나지 못하는 것이라고 생각했다. 햄릿이 잠도 취하지 않고 뜬눈으로 가만히 앉아 아버지를 생각하는 사이, 시간은 점점 밤을 향해 가고 있었다.

———— ················

"그럼 다녀오마, 오필리아!"

레어티스는 프랑스로 갈 짐을 챙기고 여동생인 오필리아에게 인사를 하고 있었다.

"잘 다녀오세요, 오라버님."

"근데 햄릿 왕자님 말이다. 너에 대한 그분의 호의는 젊은날의 변덕일 뿐이니 절대 진심으로 받아들여선 안 된다."

"정말 그럴까요?"

"정말 그렇다, 오필리아. 햄릿 왕자님이 덴마크의 왕자란 걸 잊으면 안 돼. 그 말도 언동도 전부 폐하나 국민의 찬반에 좌우되는 신분이야. 왕비 간택도 마찬가지고. 너무 그분에게 빠져서 그의 노래를 듣거나 네 마음을 잃어선 안 된다. 그의 무절제한 간청에 네 마음을 열어준다면 훗날 네게 큰 상처가 될 수도 있어. 그러니 주의해라, 최상의 안전은 조심하는 것이다. 오필리아."

오필리아는 약간 찡그린 표정으로 곧 프랑스로 떠날 오라버니를 쳐다보았다. 그러나 곧 표정을 풀었고 부드러운 미소로 그에게 알겠다고 대답했다.

"오라버님도 제게만 그렇게 말씀하시고 놀러 다니시기만 하면 안 돼요."

오필리아와 레어티스가 인사를 나누던 문 앞으로 아버지인 폴로니어스가 왔다. 그는 레어티스가 오필리아에게 설교를 한 것처럼, 레어티스에게 타국으로 가서 가져야 할 품행들을 설교하였다. 긴 이야기를 마친 폴로니어스는 레어티스를 배웅했고, 그는 집을 떠나 프랑스로 향했다.

　레어티스를 보내고 집으로 들어가려는 순간 오필리아에게 폴로니어스가 물었다.

　"근데 오필리아, 네 오라비가 무슨 말을 하더냐?"

　"햄릿 왕자님에 관한 것이어요."

　"마침 잘 생각났다. 너와 왕자님 일에 대해서는 나도 소문을 들었다. 그래서 말인데 두 사람이 어느 정도의 사이냐?"

　"아버님, 그분이 요새 저에게 여러 번 애정을 표시했습니다."

　"철없는 계집처럼 말하는구나. 너는 그의 애정 표시를 믿는 것이냐?"

　"어떻게 해야 할지 모르겠어요, 아버님."

　"아비 말을 명심해서 들어라. 남자가 하는 맹세란 것은 겉옷과는 색깔이 다른 중매쟁이일 뿐만 아니라 불경한 청탁을 애원하는 바람 같은 것이다. 너는 햄릿 왕자의 맹세를 진실하게 생각할지 모르지만, 그것도 다 너를 더 잘 속이기 위해서 성스럽고 경건한 척하는 왕자의 검은 속셈일지도 모른다. 분명히 말하는데, 지금 이 순간부터 햄릿 왕자에게 글을 주거나 말을 하면 안 된다. 아비의 명령이다."

　"네……. 말씀에 따르겠습니다."

　오필리아는 '말씀에 따르겠다'고 말한 뒤 침울한 표정으로 방으로 돌아갔다. 아버지와 오빠가 우려하는 바를 오필리아도 모르는 바 아니었으나 오필리아로서는 햄릿 왕자를 어떻게 대해야 할 지 통 가늠이 되지 않았다.

오필리아(27쪽 그림)_ 햄릿으로부터 호의를 받았고 오필리아 역시 햄릿에게 관심을 갖고 있었다. 하지만 아버지와 오빠는 햄릿이 아버지 없는 실권 없는 왕자라는 이유로 반대한다. **피에르 오귀스트 콧의 작품.**

"보십시오 왕자님, 유령이 왔습니다!"

호레이쇼가 말했다. 열두 시, 호위병들이 있는 망대 위. 햄릿은 찬 바람을 묵묵히 견디며 그들과 함께 아버지의 모습을 한 유령을 기다리고 있었다. 잠시 후 정말로 갑옷을 차려 입은 생시의 아버지 모습이 눈앞에 흐릿하게 보였다. 그 유령은 햄릿에게 손짓을 해 망대의 높은 곳으로 햄릿을 유인했다.

"가시면 안 됩니다, 왕자님."

호레이쇼와 경비병들이 유령을 따라가려는 햄릿을 말렸지만, 햄릿은 그들을 뿌리치고 유령을 따라갔다.

햄릿 : 어디로 갈것이냐? 말하라, 그렇지 않으면 더 안 따라가겠다.

유령 : 잘 듣거라.

햄릿 : 알았다.

유령 : 이제 내가 고통스런 유황불에 몸을 맡길 시간이 다 되었다.

햄릿 : 안됐다, 불쌍한 유령아.

유령 : 나를 동정할 건 없고 네가 밝힐 것만 심각하게 들어라.

햄릿 : 말하라, 난 들을 수밖에.

유령 : 듣고 나면 복수하지 않을 수 없으리라.

햄릿 : 뭐라고?

유령 : 난 네 아비의 혼령이다. 밤에는 일정 기간 떠돌아다니고 낮에는 불길 속에 갇혀 고통에 괴로워 하는 운명에 처해 있다, 생시에 저지른 더러운 죄, 불로 씻어 없어질 때까지. 내 감옥의 비밀 누설이 허락될 수 있다면 얘기 하나 꺼내어, 가볍디 가벼운 한마디로 네 영혼을 갈기갈기 찢어놓고, 젊은 피를 얼

유령을 쫓아가는 햄릿_ 호레이쇼의 반대에도 불구하고 아버지의 유령을 따라나서는 햄릿의 장면을 묘사한 동판화이다. **외젠 들라크루아의 작품**.

게 하며, 네 두 눈을 궤도를 벗어난 별처럼 만들고, 땋아서 묶어놓은 머리채를 풀어놓고, 머리카락 한 올 한 올을 성난 고슴도치 깃털처럼 세울 수 있으리라. 허나, 저승에 관한 일을 피와 살을 가진 이 세상 사람들에게 공개하면 안 되지. 오로지 듣거라, 오, 듣거라! 네가 아비를 진정 사랑한 적이 있다면…….

햄릿 : 오 하느님!

유령 : 이 흉악무도한 살인의 원수를 갚아다오.

아버지 유령과 햄릿_ 햄릿은 유령으로부터 자신의 아버지의 억울한 죽음에 대한 이야기를 듣게 된다. **요한 하인리히 램버그의 작품.**

햄릿 : 살인인가!

유령 : 흉악한 살인이지, 최선이라 할지라도. 허나 이건 가장 흉악, 해괴, 무도한 살인이니라.

햄릿 : 자세히 알려주면 사랑의 상념처럼 빠른 날개로 복수에 돌입할 것이다.

유령 : 반응이 빠르구나. 네가 이번 일에 움직이지 않는다면, 넌 망각의 강변에 편안히 뿌리 내린 무성한 잡초보다 더 둔해질 것이니라. 자, 햄릿, 이제부터 하는 얘길 잘 들어라. 궁정에선 내가 정원에서 낮잠을 자다가 독사에게 물렸다고 발표했다. 그래서 덴마크 전체가 조작된 내 사망 경위를 새까맣게 속고 있다. 그러나 귀한 애야 알아둬라, 네 아비의 목숨을 앗아간 그 독사가 바로 지금 왕관을 쓰고 있는 자임을.

햄릿 : 아, 내 영혼의 예측이 맞았어! 삼촌이다!

유령 : 그래, 그 상피 붙고 간통한 짐승놈이 마력적인 기지로, 반역하는 재주

로- 오, 사악한 이치이며 재주로다. 나를 이렇게 유혹하려 하다니- 이 유혹은 세상에서 가장 순결해 보이는 내 왕비의 욕망을 얻어냈다. 수치스런 제 욕정을 채우려고. 오 햄릿, 이 얼마나 추악한 타락이냐. 내가 결혼했을 때 왕비에게 바친 맹세와 가치 있는 사랑을 한 내게서, 나보다 타고난 재능이 빈약한 비열한 녀석에게로 내려가다니. 허나 순결은 색욕이 천국의 모습으로 구걸하더라도 결코 동요되지 않으며, 욕정은 빛나는 천사와 같이 있다 해도 천상의 침대에서 질리도록 만족한 후 쓰레기를 포식하리. 잠깐, 아침 공기 냄새를 맡은 듯하다. 시간이 없으니 간단히 말하마. 짐이 정원에서 자고 있을 때, 오후에는 그게 항상 습관이었으니까, 내가 방심하고 쉬고 있을 때 네 삼촌이 그 몹쓸 독즙병을 가지고 몰래 들어와 내 귀에 쏟아부었다. 그 독즙의 효능이 사람의 피와는 극도로 상극이라, 수은처럼 스며들어 인체의 정상 통로와 샛길로 번져나가, 마치 우유에 떨어뜨린 식초 방울처럼 갑자기 활기 있게, 묽고 건강한 피를 뻑뻑하고 엉기게 만들었다. 내 피도 그렇게 엉켰고, 삽시간에 피진이 문둥이처럼 불쾌하고 메스꺼운 피딱지를 만들며, 매끈한 내 온몸에 돋아났단다.

그리하여 난 자다가 동생의 손에 의해 생명, 왕관, 왕비를 한꺼번에 빼앗기고 한창 죄업을 쌓고 있는 중에 잘렸다. 이는 성체 받고 기름 바르는 고해성사도 없이, 창졸간에 죄만 뒤집어쓴 채 온갖 결함을 머리에 인 채로 심판대에 보내졌다. 아, 무섭다! 아, 정말 무섭다! 네게 효성이 있다면 참고 있어선 안 된다. 덴마크 왕의 침실이 음욕과 저주를 부르는 상피 붙는 잠자리가 되지 않게 하라. 허나 어떤 일을 추진하든 간에, 네 마음이 어지러워지거나, 네 어미에 대한 사악한 음모를 꾸미진 말아라. 그녀는 자신의 가슴 속에 박힌 양심과 후회의 가시가 영원히 찌르고 쑤시도록 내버려 둬라. 자, 이제 헤어지자. 잘 있거라, 잘 있거라. 날 잊지 말아다오.

'잊지 말라'는 말을 남긴 채 아버지의 모습을 한 유령은 아침 해가 뜨자 사라졌다. 햄릿의 마음속에는 피 끓는 분노가 솟아오르고 있었다. 그럴 것이라고 짐작은 하고 있었지만 사실이었다니. 그것도 가장 가증스런 방법으로! 악당, 악마, 악귀 웃음 짓는 추악한 클로디어스! 난 당신을 반드시 죽이겠다. 나의 아버지를 살해하고 어머니를 범한 악랄한 악마를, 내 생명을 바쳐서라도 없애버릴 것이다. 햄릿은 허리춤에 차고 있던 단검을 뽑아 손바닥을 그었다. '이 맹세를 어긴다면 이 손바닥의 상처를 기억하며 이 단검으로 나의 심장을 도려낼 것이다.' 햄릿은 혼자 그렇게 맹세를 한 뒤 단검을 갈무리 했다.

망대 위로 호레이쇼와 경비병들이 올라왔다. 햄릿은 마음을 진정시키고 태연한 표정을 지었다.

"괜찮으십니까, 왕자님?"

호레이쇼가 염려의 목소리로 물었다.

"괜찮네, 호레이쇼. 놀라운 일이었지."

"유령이 왕자님께 무슨 말을 했습니까?"

"말했지만 아직은 얘기해 줄 수 없네."

"하늘에 맹세코 발설하지 않겠습니다, 왕자님."

호레이쇼와 호위병들이 햄릿에게 말했다.

"유령이 좀 황당한 말을 했네. 덴마크에 살고 있는 악당치고 무뢰한 아닌 놈은 한 놈도 없다'고 하더군."

"겨우 그런 말을 하려고 무덤에서 유령이 일부러 나왔을 리는 없습니

햄릿과 유령의 대화(32쪽 그림)_ 햄릿 왕은 자신의 아들인 햄릿 왕자에게 자신의 죽음에 대한 진상을 알리던 도중 생전과 똑같은 모습으로 앞에 나타나서 햄릿에게 복수를 일깨워주기 위해 나타났다고 말하고 사라진 후 더 이상 등장하지 않는다. **윌리엄 블레이크의 작품.**

아버지 유령과 햄릿_ 햄릿은 아버지 유령으로부터 복수를 위한 맹세를 할 것을 듣고 호레이쇼와 호위병들이 햄릿에게 충성을 맹세하게 한다. **윌리엄 블레이크의 작품.**

다, 왕자님."

호레이쇼가 냉철하게 햄릿의 농담을 꼬집었다.

"흠, 옳아, 자네가 옳아. 그러니 더 이상 격식 차릴 것 없이 악수하고 헤어지세. 그리고 내 청을 하나 들어주게."

"말씀만 하십시오, 왕자님."

"호레이쇼, 그리고 여러분. 내 행동이 앞으로 아무리 요상하더라도 나를 보고, 팔짱을 끼고, 혹은 머리를 흔들며, '글쎄, 우린 알지', '우리가 입을 열면'과 같은 의심을 살 만한 문구를 발설하거나, 비슷한 암시를 주는 말은 절대로 하지 말 것을 맹세해주기 바라네."

갑자기 햄릿의 귀에 유령의 목소리로 '맹세하라'라는 말소리가 들렸다. 햄릿은 도리질을 하며 본인의 가죽 혁대에 차고 있던 검을 꺼내, 맹세한다면 그 검을 잡을 것을 모두에게 요청했다.

"단연코 맹세합니다!"

"좋아, 부탁하네. 그럼 아침이 되었으니 이제 안으로 들어가세."

성안으로 들어가는 햄릿이 뒤를 돌아봤을 때, 유령이 있던 자리는 텅 비어 있었다. 그러나 이제 유령이 그 자리에서 말하려던 것은 햄릿의 마음속에 자리 잡고 있었다. 뒤틀린 세월이었다. 햄릿은 마치 자신이 그걸 바로잡으려고 태어난 듯 싶었고, 그런 마음이 들자 갑자기 맹세를 실행할 수 있을까 두려움이 앞섰다. 그러나 곧 자신이 스스로 손바닥에 낸 상처를 바라보았다. 그 맹세를 실행할 수 없다면 내가 살아갈 존재 이유는 없어지는 것이라고, 스스로를 타일렀다.

━━━━ ················

"오, 잘 왔네! 로젠크란츠! 길든스턴!"

클로디어스 왕은 성 안으로 들어오는 햄릿의 옛 학교 친구였던 로젠크란츠와 길든스턴을 반갑게 맞이했다. 며칠 사이 햄릿은 더욱 이상한 행동을 일삼고 있었다. 햄릿의 친부가 아닌 클로디어스로선 어떻게 햄릿을 대해야 할 지 막막하던 차에 왕비의 말을 듣고 햄릿의 소싯적 친구인 로젠크란츠와 길든스턴을 왕궁으로 부른 것이었다. 그러나 왕비도 왕도 햄릿이 지금 당장 누구와 친분을 쌓고 있는지 정확히는 모르고 있었다. 그들은 단지 햄릿이 어렸을 적에 어울려 다녔던 유년 시절의 친구에 불과했다.

"그대들도 들었겠지만, 햄릿이 완전히 다른 사람이 됐다네. 표정은 어둡고 생각하는 것도 이상한 것 같고, 연일 기묘한 언동만 일삼고 있다네. 지난 달에는 폴로니어스를 잡아놓고는 그에게 생선장수네 뭐네 하며 이

왕과 왕비 앞에 온 로젠크란츠와 길든스턴_ 햄릿의 동창생들인 로젠크란츠와 길든스턴이 왕의 부름을 받고 왕과 왕비 앞에 등장한다.

상한 말만 흘리고 다녔지. 완전히 돌아버린 것 같네. 선왕의 서거 이후 굉장히 우울해 하긴 했지만, 이 정도일 줄은 몰랐네. 짐으로선 도대체 원인이 뭔지 짐작조차 할 수가 없다네. 그래서 말인데, 왕자의 친구인 자네들이 이 성에 머물면서 햄릿의 말벗이 되어 왕자의 속마음을 알아주었으면 하네."

"폐하의 뜻에 따르겠습니다."

왕의 말에 로젠크란츠가 곧바로 대답했다.

"고맙네! 정말 고마워. 여봐라, 어서 이들을 햄릿 왕자에게 안내해 주어라."

로젠크란츠와 길든스턴이 시종의 안내를 받으며 방에서 나갔다.

그들이 나가자마자 폴로니어스가 곧바로 방으로 들어왔다. 노르웨이로 보낸 사자에 대한 소식을 갖고 온 것이었다.

"폐하, 우리가 바라는 대로 잘 해결되었다 합니다. 폐하의 메시지를 보고 노르웨이 왕은 즉각 조카의 모병을 중지시켰다고 하옵니다. 노르웨이의 국왕은 다시는 전하에게 무력 도발을 않겠노라 맹세했고, 조카를 크게 꾸짖었다고 하옵니다. 포틴브라스 왕자 또한 국왕의 엄중한 지시를 받들어 두 번 다시 덴마크에 전쟁을 시도하지 않겠다고 맹세했다고 하옵니다. 이에 노르웨이의 국왕은 크게 기뻐하여 포틴브라스 왕자에게 연금 삼천 크라운을 내렸고, 앞서 징집한 군사들은 폴란드를 상대로 한 전투에만 투입시키도록 조처를 취했다고 하옵니다. 다만 그들이 한 가지 소청을 해왔는데."

폴로니어스는 클로디어스 왕에게 사자가 가져온 서류를 건넸다.

"폴란드로 출병 시 우리 영토를 통과하게 해달라는 청이옵니다."

"짐의 마음에 꼭 드는 요청이구려. 짐이 좀 더 여유를 갖고 이 일에 대해 해법을 제시하도록 하겠소."

"그런데 폐하, 햄릿 왕자님에 대한 해괴한 사연이 있어 말씀드리고 싶은 것이 있사옵니다."

"뭐든 말해 보시오!"

"일단 이 편지를 한 번 봐주십시오."

편지에는 속된 표현들이 포함된 사랑의 밀어들이 적혀 있었다. '거룩한 내 영혼의 우상, 세상에서 가장 매혹적인 오필리아', '그녀의 빼어난 흰 가슴에 이 글을, 운운.' 등의 저속한 표현들이 뒤섞인 추잡한 내용이었다. 거룩하고 고상한 말을 담았다가도, 단번에 저속한 표현으로 편지의 품위를 깎아내리는 이상한 사연을 담은 편지였다. 왕과 왕비는 그 편지를 받는 사람이 오필리아란 것을 보고, 그게 햄릿이 쓴 것임을 알아차렸다.

"이게 정말 햄릿이 보낸 편지란 말이오?"

클로디어스 왕이 물었다.

"예, 폐하. 틀림없이 왕자님께서 제 딸에게 보낸 편지이옵니다. 햄릿 왕자님께선 전부터 제 딸에게 연모의 마음을 보내고 계셨습니다."

"그럼 오필리아가 그 애의 사랑을 어떻게 생각하고 있소?"

"폐하께선 절 어떻게 생각하십니까?"

"충직하고 명예로운 신하로 생각하오."

"예, 그래서 더욱 전 오필리아에게 햄릿 왕자님과의 교제를 극구 반대해 왔사옵니다. 물론 오필리아도 햄릿 왕자님을 마음에 들어 했고 들떠서 둘은 서신을 주고받고 가끔 사적인 만남을 가지며 교제하고 있었습니다. 허나 햄릿 왕자님은 덴마크의 왕자, 제 딸에게는 분에 넘치는 상대이십니다. 그렇기에 저는 기회있을 때마다 딸아이에게 '햄릿 왕자님은 네가 인생의 반려자로 삼기에는 너무 높으신 분이다. 이런 일은 안 된다'라고 단단히 못을 박아두었습니다. 더불어 저는 딸에게 왕자님이 찾아오면 문을 잠그고, 정표를 받지 말 것을 당부하였고 딸도 충실히 아비의 충고를 실천하였습니다. 근데 두 사람의 교제를 끊은 이후부터 햄릿 왕자님의 광증이 더욱 심해지셨습니다. 때문에 소신은 작금의 왕자님의 이상한 행동은 어쩌면 제 딸과의 관계에서 발생한 사랑의 병이 아닐까 생각도 되옵니다."

"음, 왕비의 생각은 어떠시오?"

"그럴 수도 있을 것 같습니다."

"음, 아직 햄릿 왕자의 광증의 원인을 확실히 파악하기엔 증거가 너무 부족한 것 같소. 공의 뜻을 증명할 방법이 있겠소?"

"폐하, 아시다시피 햄릿 왕자님은 가끔씩 이 복도를 오랫동안 거니실 때가 있습니다."

햄릿과 오필리아_ 오필리아는 그녀의 아버지 폴로니어스의 끈질긴 반대에도 불구하고 햄릿을 사랑하게 된다. 이런 사실을 알게 된 폴로니어스는 클로디어스 왕에게 햄릿의 광기 어린 행동을 알리고 햄릿을 위험에 몰아넣는다. **에드윈 오스틴 애비의 작품.**

"정말 그렇소?"

"네, 제가 그때를 노려 딸애에게 이 복도를 거닐도록 조처해 놓겠습니다. 폐하와 저는 휘장 뒤에 숨어서 두 사람이 과연 어떤 얘기를 나누는지 지켜보고 다음 대책을 논의하는 게 좋을 듯 싶습니다."

"좋소. 길든스턴과 로젠크란츠를 왕자 곁으로 보냈으니 공의 방법과 그들의 활약 중 하나는 햄릿의 속내를 캐낼 수 있겠지. 어디 한번 해봅시다."

폴로니어스와 클로디어스 왕은 오필리아를 복도에 거닐게 할 시간을 정했고, 폴로니어스는 왕의 방을 떠났다.

———————············

"오오, 정말 잘 왔네. 길든스턴, 로젠크란츠! 이게 얼마만인가!"

햄릿 왕자는 유령이 나타났던 망대 위에서 성 아래를 내려다보고 있었

로젠크란츠와 길든스턴_햄릿의 동창생들인 로젠크란츠와 길든스턴은 클로디어스 왕의 밀명으로 햄릿을 감시하는 역할을 하게 된다.

　다. 그때 망대 위로 갑자기 길든스턴과 로젠크란츠가 나타난 것이었다. 유년 시절의 친구들의 등장에 햄릿은 잠깐 반가운 마음이 들었지만, 곧 그들이 클로디어스와 어머니의 명을 받들어 자신을 감시하러 온 사람들임을 간파했다.

　"그래, 지금껏 어떻게 지냈는가? 대체 이 감옥에는 무슨 일로 찾아온 것인가?"

　"네?"

　"덴마크는 감옥이나 다름없단 말일세."

"그럴 리가 있겠습니까?!"

로젠크란츠는 당황해하며 말했다.

"음, 자네들에겐 아닌가 보군. 허나 그대들에겐 그렇지 않다 해도 내 겐 감옥이라네."

"그거야 왕자님의 야망이 크시기 때문에 그런 겁니다."

길든스턴이 서둘러 햄릿의 말에 대꾸했다.

"천만에. 난 호두알 속에 갇혀 있다 해도, 내 자신을 무한한 공간의 왕 이라 자처할 수 있다네. 내가 나쁜 꿈만 꾸지 않는다면 말이야."

"그 꿈이란 게 사실은 야망입니다. 왜냐하면 야망이 큰 사람의 본질이 꿈의 그림자로 나타나니까요."

로젠크란츠가 햄릿에게 비위를 맞추며 그를 한껏 치켜세웠다. 햄릿은 약간 쓸쓸한 표정을 지었다.

"꿈 자체가 그림자에 불과할 뿐이지. 그럼 궁정으로 들까?"

"저희들이 모시겠습니다."

길든스턴과 로젠크란츠가 동시에 대답했다.

"내 자네들을 내 시종처럼 대하진 않을 거야. 그러니 친구 간에 터놓고 묻겠는데, 여긴 왜 온 것인가?"

"왕자님을 뵈러 왔지, 다른 이유는 없습니다."

"거짓말!"

햄릿의 차분하고 상냥하던 표정이 순식간에 일그러졌다.

"자네들은 불려온 거야. 얼굴에 '고백합니다'라고 씌어 있구만. 사람들 이 순진하여 그걸 감출 만큼 교활하진 못하군. 왕과 왕비께서 자네들을 왜 부르셨는지 난 알고 있네. 이유도 말해줄까? 너희는 나를 연민의 눈빛 으로 바라보고 있구나. 너희는 내가 기행을 일삼는 그 이유를 밝혀내라고 숙부가 보낸 심복들이겠지. 그러나 안타깝구나! 나도 내가 왜 이런지 이유를 모르니 말이야."

햄릿은 두 사람 앞에서 연극배우처럼 과장된 몸짓으로 말했다.

"자네들은 사는 게 즐거운가? 나는 즐겁지 않아. 난 내가 인간이라는 게 역겹게 느껴져! 저 지나가는 자들과 꼬리 흔드는 개들이 다를 게 무엇인가. 자네는 웃으면서 반대하겠지만, 나는 인간이 전혀 낫다고 생각되지 않아. 숙부에게 전하게. 햄릿은 인간이 별로 즐겁지 않아 미쳐버릴 것 같고 말이야!"

"왕자님, 저희들 마음속엔 저하를 이상하게 생각하는 마음은 없었습니다."

로젠크란츠가 말했다.

"그럼 내가 인간이 즐겁지 않다 했을 때, 왜 웃었나?"

"왕자님, 소신은 웃지 않았사옵니다. 그래도 왕자님께서 인간이란 게 즐겁지 않으시다면, 지금 저 멀리서 성으로 오고 있는 배우들이 왕자님에게 얼마나 푸대접을 받을까 염려되옵니다. 오는 길에 저희가 그들을 앞질렀는데, 왕자님께 봉사하려고 이리로 오고 있는 중이랍니다."

망대 밑에선 정말 일군의 배우 일행이 마차와 말을 이끌고 성안으로 들어오고 있었다. 햄릿은 그들을 보고 다시 표정을 가라앉혔다.

"여보게들, 엘시노아에 온 걸 환영하네. 어서 궁전으로 내려가세. 환영에는 예절과 격식이 따르는 법. 덴마크 왕자로서 자네들을 환영하네. 그러나 내 숙부 아버지와 숙모 어머니께선 속으셨어."

"무엇을 말입니까, 왕자님?"

길든스턴이 물었다. 한순간에 돌변하는 왕자의 기복 많은 감정 변화에 그들은 그저 어안이 벙벙할 따름이었다.

햄릿의 광기_ 햄릿은 자신의 아버지가 억울하게 죽음을 당한 것을 알고는 일부러 미친 척 하여 폴로니어스를 비롯하여 주변을 당황하게 한다. **블라디슬라프 차코르스키의 작품**.

"난 그저 이유 없이 미쳤을 뿐이네. 다만 바람이 남쪽으로 불면, 뭐가 발인지 톱인지 분간할 순 있다네."

햄릿은 알듯 모를 듯한 말로 로젠크란츠와 길든스턴을 혼란스럽게 하고는 궁전으로 내려가는 계단을 통해 자리를 떴다. 성문 앞에 당도하니 극단의 배우들이 성 안으로 들어오기 위한 준비를 하고 있었다. 성문 앞에서 배우들의 출입을 지켜보던 폴로니어스는 그곳으로 내려온 햄릿 왕자에게 인사를 한 후 극단을 소개했다.

"덴마크에서 으뜸가는 배우들입니다, 왕자님. 비극, 희극, 역사극, 목가극적 사극, 사극적 비극, 목가극적 사극적 희극적 비극과, 로맨스 극, 끝없이 긴 연극도 좋습니다. 세네카의 비극이 아무리 무거워도, 플로터스의 희극이 아무리 가벼워도 좋습니다. 극작법을 따른 극이든 무시한 극이든, 척척 해내는 유일한 배우들입니다."

"오 에프타, 이스라엘의 대사사이시여, 아니 생선장순가? 그대는 얼마나값진 보물을 가진 것인가?"

햄릿은 폴로니어스의 말에 다시 엉뚱한 대답을 했다.

"무슨 보물 말입니까, 왕자님?"

"고운 딸 말일세. 누군가 끔찍이 그 아일 사랑했네."

폴로니어스는 햄릿의 말을 듣고 본인의 추리가 정확하다고 판단했다. 역시 사랑의 병이다. 폴로니어스는 오필리아 때문에 마음의 병을 앓고 있는 햄릿 왕자를 연민의 눈으로 쳐다보았다. 그리고 자신의 판단이 맞다면, 그리고 왕과 왕비의 허락이 있다면 자신의 딸을 세자비로 햄릿 왕자에게 줄 의향도 있음을 은근히 다짐했다.

극단의 배우들은 성 안으로 출입하기 위한 절차를 마치고, 성의 시종들의 안내를 받으며 안으로 들어가려고 했다. 햄릿은 왕 역할을 맡은 배우를 따로 불렀다. 배우와 대신, 성의 시종들이 모두 들어간 후 햄릿은 그에게 공연 내용을 약간만 바꿔줄 수 있겠느냐고 물었다.

"네, 그렇게 하겠습니다 왕자님."

"자네들 내일 혹시 〈곤자고의 살인〉을 공연할 수 있겠나?"

"네, 왕자님이 원하신다면 기꺼이."

"좋아, 내일 밤에 해주게. 필요할 경우 한 열두어 줄 내지 열여섯 줄쯤 외울 수 있겠나?"

"예, 왕자님."

"아주 좋아. 자 이제 성 안으로 들어가게. 엘시노아에 온 걸 환영하네."

모든 사람들이 성문 안으로 들어간 후 햄릿은 혼자 남아 그들의 뒷모습을 물끄러미 바라보았다. 다시 어제의 유령을 떠올렸다. 아직도 그것이 본인이 본 헛것인지, 진짜 죽은 아버지의 혼령인지 햄릿은 확신할 수 없었다. 햄릿의 우유부단함은 겉으로는 미친 광기의 옷을 입고 있지만, 마음속에선 끝없이 어떤 행동을 하기를 망설이고 있었다. 햄릿은 증거

로젠크란츠와 길든스턴_ 햄릿의 동창생인 두 사람은 왕과 왕비에게 햄릿의 동태를 알리며, 햄릿이 꾸미는 연극 관람에 초대한다고 알리는 장면이다. **토머스 힐의 작품**.

가 필요했다. 배우들의 연기에 반응하는 클로디어스 왕의 태도를 보고 햄릿은 복수의 방향을 확실히 정하기로 했다. 어두운 기운이 햄릿 주위를 감쌌다. 오직 누구도 보지 않는 곳에서만 그는 괴로운 표정으로 자신의 진실한 모습을 내비쳤다. 햄릿은 한참 동안 그 자리에 서 있었다. 그에게 지금의 성은 끔찍한 감옥처럼 느껴졌다.

"본인이 실성했다고 실토하나, 그 까닭은 절대로 말하지 않았습니다."

"또한 속마음을 선뜻 터놓지 않고, 교묘한 광기로 저희들과의 거리를 계속 유지했습니다."

로젠크란츠와 길든스턴은 왕과 왕비에게 돌아가 햄릿과의 일을 보고했다.

"뭔가 그 아이에게 기분 전환이 될 만한 것이 있으면 좋을 텐데……."

왕과 왕비 앞의 오필리아 _ 거트루드는 비록 햄릿의 어머니로서 아들에 대한 애정과 걱정을 계속 쏟아내기는 했지만, 아들의 괴로움의 원인을 제대로 파악하지 못한 상태였기에 아무 소용도 없었다. 그녀는 단지 오필리아의 미모가 햄릿을 미치게 한다고 생각하고는 그녀에게 햄릿의 사랑을 받아 줄 것을 당부한다. **헨리에타 레이의 작품.**

왕비의 말을 듣고 길든스턴이 말했다.

"마마, 저희들이 오던 길에 배우 일행을 만났기에 그 소식을 왕자님께 전했더니 무척 좋아했습니다. 그들은 지금 궁정 안에 있고, 제 생각에 이미 오늘 저녁 그를 위한 공연 지시가 있었을 것입니다."

"폐하, 왕자님께선 분명 저희들에게 그렇게 말씀하셨으며, 저에게 두 분 마마의 연극 관람을 간청해달라고 부탁까지 했습니다."

폴로니어스 재상이 왕과 왕비에게 말했다.

"기꺼이 관람하겠소. 또한 왕자의 의향이 그렇다고 들으니 더욱 흡족한 마음이오. 자네들은 계속해서 왕자를 더 자극하여, 그가 연극 같은 오락을 더욱 즐기도록 권해주게."

왕이 로젠크란츠와 길든스턴에게 말했고, 그들은 '예'라고 말한 후 물러갔다. 로젠크란츠와 길든스턴이 나간 뒤 왕과 왕비, 재상이 있는 방으로 오필리아가 들어왔다. 왕비는 그녀에게 말했다.

"오필리아, 나는 너의 미모가 햄릿을 정신 못차리게 만든 다행스런 원인이길 바란단다. 그래서 너의 미덕으로 인해 왕자가 가던 길에서 되돌아와 두 사람 모두 영광된 자리로 가기를 희망한다."

"마마, 저도 그리 되길 바랍니다."

왕비는 먼저 방을 나갔다. 클로디어스 왕과 폴로니어스는 햄릿이 자주 다니던 복도로 가서 오필리아와 함께 걸으며 모종의 계획을 짰다. 폴로니어스는 딸에게 책을 읽으며 자연스럽게 걸어다니라고 지시했다. 멀리서 왕자의 발걸음 소리가 들렸고 곧이어 햄릿이 나타났다. 왕과 폴로니어스는 복도의 휘장 뒤로 숨었다.

햄릿 : 죽느냐 사느냐, 그것이 문제로다. 어느 게 더 고귀한가. 참혹한 운명의 돌팔매와 화살을 맞는 것인가, 무기 들고 고해와 싸우다가 끝장을 내는 것인가. 죽는 건 자는 것뿐일지니, 잠 한번에 육신이 물려받은 가슴앓이와 수천 가지 꼬리를 무는 갈등이 끝난다면, 그건 간절히 바라야 할 결말이다. 죽는 것은 잠드는 것. 자는 건 꿈꾸는 것일지도. 아, 그것이 괴롭도다. 왜냐하면 죽음의 잠 속에서 무슨 꿈이, 이 삶의 뒤엉킴을 떨쳤을 때 찾아오는 꿈을 생각하면, 우린 멈출 수밖에. 그게 바로 불행이 오래오래 살아남는 이유로다. 누가 이 세상의 채찍과 비웃음, 압제자의 잘못, 잘난 자의 불손, 법률의 늑장, 경멸받는 사랑의 고통, 관리들의 무례함, 착한 사람들이 악인들로부터 당하는 발길질을 어찌 견딜 수 있단 말인가? 단 한 자루 단검이면 청산할 수 있을진대. 누가 짐을 지고, 지겨운 한 세상을 투덜대며 땀 흘릴까? 죽음 후의 무언가에 대한 두려움이 의지력을 교란하고, 우리가 모르는 재난으로 날아가느니, 우리가 아는 재난을 견디게끔 만들지 않는다면? 그리하여 양심 때문에 우리들 모두는 비겁자가 되어 버리고, 그럼에 따라 결심의 붉은빛은 창백한 생각

으로 병들어 버리고, 천하의 웅대한 계획도 흐름이 끊기면서 행동이란 이름을 잃어버린다. 가만 있자, 저게 누군가. 오, 아름다운 오필리아! 기도하는 요정이여, 그대의 기도 가운데 내 모든 죄를 용서받게 해 주소서.

오필리아 : 왕자님, 여러 날 동안 어떻게 지내셨는지요?

햄릿 : 덕분에 잘 지냈소.

오필리아 : 왕자님, 오랫동안 저에게 보내주신 선물은 소중하게 간직하고 있습니다만, 필히 돌려드려야 되겠다고 생각하고 있습니다. 이제 그것들을 받아주십시오.

햄릿 : 아니, 난 안 받겠소. 난 아무것도 준 적이 없소.

오필리아 : 왕자님, 주신 줄 너무 잘 아십니다. 그것들을 더 값져 보이게 만든 너무나 달콤한 말씀도 함께요. 하지만 지금은 그 향기를 잃었으니, 도로 가지세요. 아무리 값진 선물이라도 주는 이의 사랑이 식었을 땐 초라해지니까요. 여기요, 왕자님.

햄릿 : 하하! 당신은 순결하오?

오필리아 : 왕자님?

햄릿 : 당신은 고웁소?

오필리아 : 무슨 뜻인지요, 왕자님?

햄릿 : 당신이 순결하고 고우면, 당신의 순결은 당신의 아름다움에게 어떤 대화도 허락지 말라는 뜻이오.

오필리아 : 왕자님, 아름다움이 순결과 관계를 맺는 것 이상으로 더 좋은 게 있단 말입니까?

사색에 잠긴 햄릿(48쪽 그림)_ 햄릿의 "죽느냐 사느냐, 그것이 문제로다"의 유명한 말을 연상시켜 나타낸 그림으로, 햄릿의 고민이 고스란히 드러나는 장면이다. **외젠 들라크루아의 작품.**

햄릿 : 있지요, 참으로. 왜냐면 아름다움의 힘으로 순결을 매춘부로 변신시키는 것이, 순결의 능력으로 아름다움을 자기와 비슷하게 변화시키는 것보다 더 빠르니까. 이게 전에는 궤변이었으나, 지금은 세상이 그걸 증명하고 있지요. 난 한때 당신을 사랑했소.

오필리아 : 정말 왕자님, 저도 그렇게 믿었습니다.

햄릿 : 날 믿지 말았어야 했소, 왜냐하면 미덕을 원줄기에 아무리 접목시켜도, 우리는 본색을 드러낼 것이기 때문에. 난 당신을 사랑하지 않았소.

오필리아 : 그렇다면 제가 속은 것이군요.

햄릿 : 수녀원으로 들어가시오. 왜 죄악을 낳고 싶어하시오? 나 자신은 그런대로 깨끗하다고 생각하고 있소. 그럼에도 불구하고 난 스스로 문책할 수 없는 죄들 때문에, 어머니가 날 낳지 말았으면 좋았을 거라고 생각하고 있소. 난 대단히 오만하며, 복수심에 불타고, 야심만만하며, 내가 범할 수 있는 죄목들을 생각을 해보거나, 상상 속에서 형체를 부여하거나, 시간을 두고 행동에 옮길 수 있는 숫자보다 더 많다고 생각하고 있소. 나 같은 녀석이 하늘과 땅 사이를 꿈틀거리며 기어다닌들 무슨 일을 할 수 있겠소? 우린 모두 다시 없는 악당들이오. 아무도 믿지 마시오. 수녀원 길에 오르시오. 아버지는 어디 계시오?

오필리아 : 집에요, 왕자님.

햄릿 : 문을 모조리 닫아 걸어, 그래서 그가 자기 집 안을 빼놓고는 아무 데서도 바보짓을 못하게 말이오.

오필리아 : 오 자비로운 하느님이시어, 이분을 도우소서.

햄릿 : 당신이 결혼을 하겠다면, 다음과 같은 저주를 지참금으로 주지. 당신이 얼음처럼 순결하고 눈처럼 순수해도 비방은 면치 못할 거야. 그래도 결혼을 해야겠다면, 바보 하고나 하라고. 현명한 사람들은 여자들이 자기네를 어떤 괴물로 만드는지 족히 아니까. 수녀원으로나 가라고, 자, 어서 빨리.

햄릿과 오필리아_ 햄릿이 사랑하는 오필리아에게 거짓으로 언성을 높여 거칠게 말하며 그녀를 당황시키고 있다. 햄릿이 그녀에게 미친 척하는 행동은 장막 뒤에 누군가가 자신을 감시하고 있다는 것을 알고 하는 연기였지만 오필리아는 그러한 것을 알지 못했다. **조지 클린트의 작품**.

오필리아 : 천사들이여, 이분을 회복시켜 주소서.

햄릿 : 당신네들의 화장에 대해서도 족히 들었어. 하느님은 여자들에게 한 가지 얼굴만 주셨는데, 여자들은 여러 가지 얼굴을 만들어. 삐딱빼딱 걸음에 혀 찌래기 소리내며, 아무 데나 별 이름을 다 붙이고, 변덕을 무식으로 치부하지. 제기랄, 그 얘긴 그만하겠어. 내가 그 때문에 미쳤다고. 앞으로 결혼이란 없을 것이야. 이미 결혼한 사람들은 -한 사람만 빼놓고는- 그대로 둘 것이며, 나머진 지금처럼 지내게 될 거야. 수녀원으로 빨리 가라고.

햄릿은 오필리아에게 입에 담기 어려운 막말을 퍼부은 후 걸어왔던 방향으로 고개를 돌려 돌아갔다. 오필리아는 무지막지한 햄릿의 말들에 주저앉은 채 그만 울음을 터뜨리고 말았다. 그때 휘장 밖으로 왕과 폴로니어스가 나왔다.

햄릿과 오필리아_ 오필리아는 그녀의 아버지와 오빠의 반대에도 불구하고 햄릿을 사랑하기에 이른다. 하지만 햄릿의 불행을 알길 없는 오필리아는 그의 광기어린 모습에 괴로워한다. **아그네스 프링글의 작품**.

"사랑 때문이라고? 아니, 그의 영혼 속에는 그보다 위험한 다른 것이 있소. 그것이 알을 깨고 드러나면 걷잡을 수 없이 위험할 것 같소. 공의 생각은 어떻소?"

"전 아직도 왕자님의 비탄의 근원과 출발은 무시받은 그의 사랑 때문이라고 믿습니다. 괜찮느냐, 오필리아?"

폴로니어스는 주저앉아 울고 있는 오필리아의 어깨를 잡고 어루만졌다.

"햄릿을……. 영국으로 보내야 할 것 같소. 속히 햄릿을 소홀했던 조공을 요구하러 영국으로 보내도록 하시오."

"분부 받잡겠습니다. 허나 폐하, 외람된 말씀이오나 연극이 끝난 후 왕비마마와 햄릿 왕자님이 이야기를 나누실 기회를 만들어드려 마지막으로 고민을 털어놓도록 해주십시오. 그래서 왕비께서도 햄릿 왕자님의 광기의 원인을 알아내지 못하신다면 그때 영국으로 보내시는 게 어떠십니까?"

"음……. 그럼 그게 좋겠소. 높은 자들의 광기는 방관하면 아니되오."

폴로니어스는 왕에게 목례를 한 후 흐느끼는 딸을 달래며 복도를 지나 갔다. 무언가 불길한 예감이 서서히 조여왔다. 왕은 햄릿이 지나간 자리를 물끄러미 바라보며 불길한 생각을 멈추지 못했다.

————·················

"그러니까 공연 중에 폐하가 어떤 행동을 보이는지 유심히 지켜보라는 말씀이시죠?"

순회극단 배우들의 공연 직전 햄릿은 호레이쇼를 따로 불러 공연을 보는 클로디어스의 반응이 시시각각 어떻게 변하는지 지켜봐 달라고 부탁했다.

"맞네. 오늘 공연 중 한 장면이 부친의 사망 경위와 비슷해. 나도 지켜 보겠지만 자네도 삼촌을 지켜봐 주게. 우리 둘의 의견을 모아본다면 최소한의 객관성은 확보되겠지."

"알겠습니다, 왕자님."

"자, 이제 다들 자리에 모인 것 같군. 난 다시 미친 척을 할테니, 자네는 왕이 잘 보이는 곳에 자리를 잡고 왕을 지켜봐 주게."

햄릿과 호레이쇼는 연극이 상연되는 방으로 은밀히 숨어 들어갔다. 왕과 왕비는 공연이 가장 잘 보이는 무대 정 중앙의 귀빈석에 앉아 있었 다. 다시 공연장으로 들어오는 햄릿을 보고 클로디어스는 흡족한 표정 으로 말을 걸었다.

"우리 조카 햄릿은 요즘 어찌 지내나?"

"덕분에 잘 지내고 있습니다. 실은 카멜레온 요리를 먹고, 거짓 약속으로 배를 채우고 있죠. 영계 뱃속을 그렇게 채울 순 없답니다."

"도대체 무슨 말인지 원."

"네, 저도 무슨 뜻인지 모릅니다."

햄릿을 테피리스 뒤에서 살피는 클로디어스 왕과 플로니어스

햄릿은 왕과 왕비 옆에 앉아 있는 폴로니어스를 보자 반갑게 말을 걸었다. 폴로니어스 옆에는 오필리아가 앉아 있었다.

"생선 장수께선 대학에 다닐 때 연극을 하셨다지요?"

"했지요, 왕자님. 왕년엔 저도 훌륭한 배우로 손꼽혔습니다."

"무슨 역을 하셨소?"

"줄리어스 시저 역을 했지요. 카피톨 신전에서 살해당하는 끔찍한 배역이었죠. 브루투스가 절 암살했습니다."

"이리 오너라, 햄릿. 에미 곁에 앉거라."

왕비는 햄릿에게 귀빈석의 남은 한 자리를 가리켰다.

"아뇨, 어머님. 저는 이 자리가 더 끌리는데요."

햄릿은 오필리아가 앉아 있는 자리로 다가가 그녀 앞의 바닥에 털썩 앉았다.

"아가씨, 무릎 사이로 들어가도 될까요?"

"안 됩니다, 왕자님."

"그대의 무릎 위에 머리를 얹겠단 뜻이오."

"아, 네, 그리하십시오, 왕자님."

햄릿은 오필리아의 바닥에 앉아 오필리아의 무릎에 등을 기대고 머리를 얹혔다.

"내가 엉큼한 마음을 품었다고 짐작했소?"

"전 그런 생각하지 않습니다, 왕자님."

"그래도 처녀 다리 가운데로 들어가는 상상은 즐거운 상상이오."

"어째서요, 왕자님?"

"거기는 빈 집이니까."

"명랑하십니다, 왕자님."

"누가, 내가?"

"네, 왕자님."

"오 하느님, 당신이 내 유일한 오락 담당이오. 내게 즐거울 일이 당신 밖에 뭐가 있겠소? 우리 어머니가 얼마나 즐거워 하시는지 보라구요, 아버님 돌아가신 지 두 시간만에."

"아뇨, 두 달의 두 배가 지났습니다, 왕자님."

"오호, 그렇게 오래 됐나? 아니 그럼, 어서 상복을 벗고 동물가죽 옷이라도 입어야겠군."

햄릿의 말이 끝나기도 전에 공연의 막이 올랐다. 본격적인 무대에 앞서 연극의 전체적인 스토리를 요약한 무언극이 시작되었다. 배우 왕과 왕비가 등장했고, 왕이 왕비를 포옹했다. 왕은 화사한 꽃 언덕 위로 몸을 뉘고, 왕비는 왕이 잠든 것을 보고 떠난다. 곧 다른 남자가 들어와 왕의 왕관을 벗기고는 그 왕관에 입을 맞춘 후 자는 왕의 귀에 독을 붓고 자리를 뜬다. 왕비가 돌아와 왕이 죽은 것을 알고 비통한 울부짖음으로 몸을

연극 관람_ 햄릿이 왕과 왕비를 연극에 초대하여 관람하는 장면으로, 그는 오필리아의 곁에 다가가 연극을 관람하는 왕의 모습을 지켜보고 있다. **대니얼 매클리스의 작품.**

떤다. 독살자가 서너 명의 시종을 데리고 다시 들어온다. 처음엔 그들은 그녀를 위로하는 것처럼 행동한다. 잠시 후 시체가 옮겨지고, 독살자는 왕비에게 예물을 들고 구애한다. 그녀는 한동안 차갑게 굴더니, 얼마 안 지나 그의 사랑을 받아들인다.

"이게 무슨 의미입니까, 왕자님?"

오필리아는 천연덕스럽게 자신에게 등을 기대고 있는 햄릿에게 물었다.

"곧 알게 될 거요. 배우들은 비밀을 못 지키니까."

무언극이 끝나고 배우 왕과 왕비가 진짜 대사를 하며 본격적인 극이 펼쳐졌다.

배우 왕 : 여보, 진정 내 그대를 곧 떠나야 될 것 같소. 내 몸의 기능들이 그 역할을 멈추어 가고 있소. 당신은 아름다운 이 세상에 살아남아 존경받는 여생을 사시오. 혹시나 인연이 닿아 부드러운 어떤 이를 만나거든 남편으로 맞으시오.

배우 왕비 : 오, 그런 사랑은 제 마음에 대한 반역입니다. 둘째 남편 얻는다면 저 주받게 해주소서. 첫째 남편 죽인 사람만이 두 번째 남편을 맞이하는 법입니다.

배우 왕 : 지금 당신 말한 대로 생각한다 믿지마는 아무리 뜻을 세웠다 할지라 도 깨질 수 있는 법이오. 결심이란 기껏해야 기억력의 노예일 뿐, 태어날 땐 맹렬하나 그 힘이란 미약한 것이오. 이 세상은 영원하지 아니하며, 사랑조차 운에 따라 바뀌는 건 이상할 것 하나 없소. 그리하여 둘째 남편 안 맞겠다 생 각하나, 첫째 주인 죽었을 때 그런 생각 죽을 거요.

배우 왕비 : 과부 되어 내가 만약 남의 아내 된다며는, 영원 갈등 이승 저승 날 쫓으소.

배우 왕 : 여보 잠시 예 있겠소. 내 기력이 쇠진하여 낮잠으로 지루한 낮 쫓 아보고 싶소이다.

햄릿은 오필리아의 무릎에 등을 기댄 채로 옆에 있는 왕비 거트루드 에게 물었다.

"마마, 극이 마음에 드시옵니까?"

"내 생각엔 왕비의 맹세가 너무 과하구나."

"아, 그럴 지도 모르죠. 허나 약속은 곧 지킬 겁니다."

햄릿은 크큭거리며 웃었다. 클로디어스 왕은 불쾌한 표정으로 햄릿에 게 물었다.

"줄거리를 들어본 것이냐? 극의 제목이 무엇이냐?"

"〈쥐덫〉입니다. 거 참, 기막힌 비유지요! 이 극은 비엔나에서 있었던 실제 살인을 본뜬 작품입니다. 악랄한 작품이지만, 그게 뭔 상관입니까? 그것이 폐하와 죄없는 영혼을 가진 저희들을 건드리진 못하겠지요. 찔리 는 게 있는 놈이 움츠리지, 우린 떳떳합니다."

배우 왕이 무대에서 잠든 사이, 무대 뒤편에서 검은 망토의 시커먼 배우가 등장했다.

"저건 루시아너스란 자로, 왕의 조카입니다."

"해설가처럼 잘 아십니다, 왕자님."

왕과 왕비가 햄릿의 말에 아무런 반응을 안 보이자, 오필리아가 대신 대답했다.

"그럼. 난 당신과 당신 애인 사이도 해설할 수 있다고."

"잔인하시군요, 왕자님, 말씀이 날카로우십니다."

"내 칼날이 들어갈 땐 신음깨나 할 거요."

"언변이 좋으시지만 지나치십니다."

"저런 식으로 여자들이 남편을 속이고 다른 사람을 받아들이지. 자, 이제 시작해라 살인자야!"

햄릿이 마치 주문을 외듯이 그렇게 말하자 검은 망토를 쓴 루시아너스 역 배우가 무대에 누워 있는 배우 왕의 귀에 독극물을 붓기 시작했다. 바닥에 누워 있던 배우 왕은 부들부들 몸을 떨며 경련을 했고, 햄릿은 독살 장면을 보자마자 큰 소리로 왕과 왕비에게 연극에 대한 해설을 해대기 시작했다. 왕비는 조마조마한 심정으로 무대를 바라봤고, 왕은 무대 위의 배우 왕처럼 몸을 부들부들 떨었다.

"저 자는 외간여자를 차지하려고 정원에서 그를 독살합니다. 그의 이름은 곤자고. 이건 실제 이야기며, 대단히 고상한 이탈리아말로 씌어졌죠. 저 살인자가 어떻게 곤자고 부인의 사랑을 얻게 되는지 차츰 윤곽이 드러날 것입니다."

그때 왕이 일어났다.

"불을 가져오너라. 가자!"

곤자고의 살인_ 햄릿은 아버지의 죽음을 밝히기 위해 연극 '곤자고의 살인'을 각색해 무대에 올린다. 연극의 내용은 조카가 삼촌을 독살하고 왕위와 부인까지 차지한다는 내용으로, 이 연극을 본 삼촌 클로디어스 왕은 기겁한다. 형을 남몰래 독살하고 형수를 부인으로 취한 자신의 만행과 너무도 닮았기 때문이다. 햄릿은 이를 지켜보고 삼촌의 죄를 확신한다. **에드윈 오스틴 애비의 작품.**

왕은 무대를 뒤로하고 돌연 성 안의 다른 방으로 들어갔다. 폴로니어스는 연극을 중단시켰고, 그 상태로 연극은 끝났다. 잠시 후 오필리아와 왕비를 포함한 관객과 배우가 모두 자리를 비웠다. 무대 뒤에는 햄릿과 호레이쇼만이 서로의 의견을 나누기 위해 남아 있었다.

"어떤가, 호레이쇼. 난 유령의 말을 만금을 주고라도 사들이겠네. 알아차렸지?"

"그럼요, 왕자님."

"내가 배우가 독살한다고 말했을 때 삼촌의 반응을 보았나?"

"아주 유심히 봤습니다."

그때 두 사람만 남아 있던 빈 무대 위로 길든스턴과 로젠크란츠가 당황한 표정을 지으며 다가왔다.

"왕자님, 폐하께서 물러나신 후 노발대발하고 계십니다."

클로디어스의 분노_ 햄릿의 연극을 관람한 클로디어스 왕은 그 전까지 나름 조카를 염려하고 있어 어느 정도 인간미를 갖춘 인물이었으나, 햄릿의 행동이 점점 심해지자 햄릿이 진짜로 자신이 형을 죽였다는 걸 알고 있을지도 모른다는 의심을 하게 된다. 그는 그로 인한 두려움 때문에 햄릿을 죽이기로 결심, 또 한 번 인간의 길을 저버리는 잔혹한 인물로 나타난다.

"술 때문인가?"

길든스턴이 햄릿에게 말했고, 햄릿은 호레이쇼에게 말하는 목소리와는 아주 다른 목소리로 능청스럽게 대답했다.

"아닙니다, 왕자님. 울화 때문입니다."

"그건 나보단 의사에게 알리는 게, 자네의 지혜가 더 깊어 보이지 않겠나? 그의 울화증 치료를 내가 맡는다면, 아마 그를 더욱 깊은 울화 속으로 처박아 넣을지도 모르는데. 내가 자네들을 처박아 넣었으면 좋겠나? 아님 자네들이 나를 처박아 넣고 싶은 것인가?"

햄릿은 길든스턴과 로젠크란츠의 말꼬리를 잡으며 놀리듯 그들의 말을 얼버무리려 했다. 햄릿의 이상한 말꼬리 잡는 대화에 그들은 도무지 적응을 하지 못하고 있었다.

"왕자님, 왕비께서 왕자님의 행동 때문에 크게 놀라셨답니다. 취침 전에 내실에서 말씀이나 나누기를 원하십니다."

"알겠네."

"왕자님, 실성하신 이유가 무엇이옵니까? 친구에게 비탄을 털어놓기를 거절하시면, 그건 분명 왕자님 본인의 마음에 빗장을 거는 일이옵니다."

햄릿의 말장난을 참다 못한 로젠크란츠는 그에게 직접적으로 자신들이 햄릿에게 온 의도를 내비쳤다. 그러나 햄릿은 그런 말을 하는 로젠크란츠에게 배우들이 무대에 놓고 간 피리를 집어 건네며 물었다.

"이봐, 혹시 이 피리를 불어보겠나?"

"왕자님, 전 피리를 못 붑니다."

"부탁이네."

"정말 못 붑니다."

로젠크란츠는 피리를 약간 혐오스럽게 쳐다보며 말했다.

"거짓말처럼 쉽네. 손가락과 엄지로 구멍을 막고, 입으로 숨을 불어넣으면 가장 감동적인 음악을 들려줄 것이야. 보라고, 이것들이 구멍이야."

"허나 그것들을 구사해선 어떤 화음도 만들어낼 수 없습니다. 저는 그런 기술이 없습니다, 왕자님."

햄릿은 계속 피리 부는 시늉을 하며 이번에는 길든스턴에게 피리를 불어보라고 부탁했다. 그러나 둘 다 햄릿이 건네주는 피리를 마치 이상한 물건을 대하듯 슬슬 피했다.

"그래, 이보라고. 자네들이 날 얼마나 형편없는 물건으로 생각하나. 자네들은 날 연주하고 싶지. 내게서 소리나는 구멍을 알고 싶어하는 것 같아. 그렇다면, 여기 이 조그만 악기 속엔 나보다 더 많은 음악이, 빼어난 소리가 들어 있어. 빌어먹을, 자네들은 날 피리보다 더 쉽게 연주할 수 있다고 생각하는군. 그건 그렇고, 난 어마마마의 방으로 가겠네. 자네들의 최소한의 청은 들어줘야지."

햄릿은 무슨 결심을 했는지 갑자기 자리를 떴다. 어머니의 침소로 가는 길, 예배당의 문이 열려 있었다. 햄릿은 슬쩍 안을 엿보았다. 예배당에는 클로디어스 왕이 홀로 십자가 앞에 서 있었다. 왕은 무언가 중얼중얼 혼잣말로 읊조렸지만, 햄릿의 귀에는 무슨 말인지 전혀 들리지 않았다. 혼잣말을 마친 왕은 무릎을 꿇고 기도를 하기 시작했다. 햄릿에겐 그가 눈을 감은 이 순간이 왕을 찌를 수 있는 절호의 기회였다. 햄릿은 그의 목을 치고 단번에 아버지의 원망을 종식시키려고 결심을 했다. 햄릿은 허리춤에 차고 있는 가죽 혁대에서 칼을 뽑았다.

지금 왕은 기도에 열중하고 있다. 문득 햄릿은 지금 그를 죽이는 것이 진정한 복수인가, 하는 생각이 들었다. 그건 저 악당을 천당에 보내는 일에 불과하지 않은가? 그건 복수라기보단 도움을 주는 꼴에 불과하지 않은가? 고해성사조차 하지 못하고 지옥으로 간 아버지는 끔찍한 형벌을 받고 있지 않은가. 그런데 진짜 악당인 저 자가 지금 나의 칼에 찔려 죽으면 천당으로 갈 것이 아닌가.

햄릿은 그럴 순 없다며 슬며시 칼을 칼집에 다시 집어넣었다. 더 끔찍한 상황을 만들자. 놈이 구원받을 수 없는 행동을 하고 있을 때. 진정한 복수는 그때 하는 것이다. 저 악당을 죽이는 것이 아닌, 지옥으로 빠뜨리는 것이 저자에게 합당한 복수였다. 그럼으로써 그의 영혼을 누구보다 까맣게 불태워버리는 것. 햄릿은 예배당을 지나쳐 어머니의 침소로 발걸음을 돌렸다.

———— ················

"햄릿 왕자가 곧 옵니다. 엄하게 꾸짖으십시오. 왕자의 분탕질이 너무 심해 견딜 수 없으며, 마마께서 폐하의 큰 역정을 중간에서 막았다고 하십시오. 전 바로 여기에서 입을 다물고 있지요."

햄릿과 클로디어스 왕_ 햄릿이 어머니 거트루드를 만나러 가던 중에 기도하는 클로디어스 왕을 목격한다. 햄릿은 그를 죽일 절호의 기회를 잡았으나, 기도 중에 그를 죽일 경우 그의 영혼이 천국으로 갈거라고 되뇌이면서 악인이 천국으로 간다면 그에게는 더없는 복이니 그를 죽이지 않기로 작정하고 다음 기회를 노린다.

거트루드 왕비의 방에서 햄릿에게 따끔한 질책을 해야 한다고 왕비에게 말하던 폴로니어스는 발걸음 소리를 듣고 재차 왕비를 다그쳤다. 폴로니어스는 왕비의 방 안에 있는 휘장 뒤에서 둘의 대화를 엿듣고, 왕에게 햄릿의 현재상태를 보고할 생각이었다.

"걱정 마시오."

왕비가 폴로니어스에게 안심하라며 말했다. 폴로니어스가 휘장 뒤로 숨자, 햄릿이 방문을 열고 거트루드의 방으로 들어왔다.

"저, 어머니, 무슨 일이십니까?"

"햄릿, 넌 네 아버질 몹시 화나게 했다."

"물론 어머닌 제 아버질 몹시 화나게 했지요."

"저런저런, 무슨 그런 경박한 말을 하느냐."

"저런저런, 사악한 혀로 질문하시는군요."

거트루드는 햄릿의 대드는 말투에 한발짝 뒤로 물러서며 말했다.

"아니 웬일이냐, 햄릿?"

"아니 무슨 일입니까, 여인?"

"내가 누군지 모르느냐."

"아뇨, 천만에. 그럴 리가. 어머닌 왕비, 자기 남편의 동생의 부인이며, 아니라면 좋겠지만, 제 어머니 되십니다."

햄릿은 또박또박 거트루드의 죄악을 되새기듯 한마디 한마디 힘주어 말하며 방문을 닫고 그녀에게 서서히 다가갔다. 거트루드는 의자에서 일어나 약간 뒷걸음질을 쳤다.

"안 되겠다. 너를 상대할 다른 사람을 데려와야겠다."

"자, 자, 좀 진정하시고 앉으세요. 제가 거울을 갖다 놓고 어머니가 자신의 가장 깊은 내면을 볼 때까진 이 방에서 못 나갑니다."

"네가 지금 무슨 일을 꾸미는 거냐? 설마 이 에밀 죽이진 않겠지?"

그때 휘장 뒤에 숨은 폴로니어스가 "여봐라!"라고 외쳤다. 햄릿은 방 안의 소리를 듣고, 칼을 뽑았다.

"이건 뭐냐? 쥐새끼다! 죽어라!"

햄릿은 소리나는 쪽으로 칼을 꽂아넣었고, 폴로니어스는 피를 흘리며 그대로 고꾸라졌다.

"맙소사, 네가 지금 무슨 일을 저지른 것이냐?"

거트루드를 만나는 햄릿(64쪽 그림)_ 햄릿은 어머니 거트루드가 자신의 아버지 선왕의 죽음에 일말의 의심조차 안 품고 바로 동생인 클로디어스와 결혼해버린 일에 큰 원한을 품게 되었다. **외젠 들라크루아의 작품**.

"제가 왕이라도 죽였습니까?"

"오, 이 얼마나 피비린내나고 성급한 행위냐!"

"피비린내나는 행위. 네, 맞습니다. 왕을 죽이고 그 동생과 결혼한 것만큼이나 나쁘지요, 어머니. 저 한심하고 쓸개빠진 늙은이. 잘 가라. 난 당신이 내 윗사람인 줄 알았다. 그렇게 자신의 길을 가는 거야."

햄릿은 고꾸라진 폴로니어스의 복부에서 본인의 칼을 뽑아 땅바닥에 내동댕이쳤다.

"내가 뭘 했길래 네가 이리도 무엄하게 구느냐?"

더 이상 물러설 곳이 없다고 판단한 거트루드는 두려움을 떨치고 햄릿을 몰아붙였다. 햄릿은 목에 매고 있던 팬던트를 뗀 후 거트루드 곁으로 다가갔다. 곧이어 어머니 목에 걸려 있는 팬던트를 뗀 후, 두 팬던트를 열었다. 안에는 각각 선왕의 얼굴과 현왕의 얼굴이 있었다.

"여기 이 그림과 이 그림, 두 형제의 얼굴을 보십시오. 선왕의 이마 위에 어떠한 미덕이 서려 있나 보시라고요. 태양신의 머리칼, 쥬피터의 이마에 군신처럼 위협하고 호령하는 눈과, 전령신 머큐리가 하늘 닿은 언덕 위에 갓 내린 듯한 위용을. 이분이 어머니 남편이셨죠. 이제 그 다음을 보세요. 도대체 무얼 보신 겁니까? 무슨 놈의 분별로 여기서 여기로 옮깁니까? 건강한 형님을 곰팡이 쓴 옥수수 자루처럼 썩게 만든 여기 이 남편으로? 어머닐 그렇게 술래처럼 눈 가린 건 어떤 놈의 악마였죠? 오 수치심이여, 네 붉은 뺨은 어딨느냐? 역적 같은 욕정아, 불타는 청춘에겐 순결함이 양초처럼 자기 불에 녹게 하라."

"오, 더 이상 아무 말도 하지 마라. 네 말이 비수처럼 내 귀를 찌른다. 그만, 제발 그만, 햄릿."

"역한 돼지우리 속에서 아양떨며 구애하고, 추한 땀 기름 묻은 침대에

폴로니어스의 죽음_ 햄릿에게 죽음을 당한 폴로니어스는 오필리아와 레어티스의 아버지이다. 그의 죽음으로 햄릿을 사랑했던 오필리아는 정신이 나가는 사단을 야기시켰고, 오빠인 레어티스는 햄릿에게 복수심을 불타게 했다. **외젠 들라크루아의 작품**.

서 영원히 사십시오. 그 살인자에 악당 놈, 당신 전 주인의 백분의 일만도 못한 놈. 악한 왕의 본보기며, 선반에 올려놓은 귀중한 왕관을 몰래 훔쳐 제 주머니에 처넣은 도적놈 옆에서……."

그때 햄릿의 눈앞에 선왕의 유령이 나타났다.

"오오, 격정에 사로잡힌 당신 아들을 꾸짖으러 오셨나요?"

"잊지 마라. 내가 지금 이곳에 온 이유는 거의 무뎌진 네 결심을 벼리려 하기 위해서이다. 헌데 봐라, 네 어미가 크게 놀랐구나. 오, 자기 영혼과 싸우는 그녀를 말려라. 어미에게 따뜻하게 말을 걸어드려라, 햄릿."

햄릿은 아버지의 형상을 한 유령의 말대로 거트루드 왕비에게 말을 걸었다.

"괜찮으세요, 어머니?"

두려움과 설움에서 나온 눈물로 소매를 적시고 있던 왕비는 햄릿의 말에 약간 평정심을 되찾았다.

"애야, 넌 괜찮으냐? 오, 착한 내 아들아, 어째서 형체 없는 공기와 대화를 나누느냐? 대체 어디를 쳐다보고 있느냐?"

왕비의 눈에는 유령이 보이지 않았다.

"저분, 저분을. 창백한 시선을 보십시오. 절 보지 마시고요. 저분 말입니다. 저기 아무것도 보이지 않습니까?"

"전혀 아무것도. 허나 있는 건 다 보인다."

"아무것도 듣지도 못하고요?"

"그래, 우리 둘 외에는 아무것도."

그때 햄릿의 눈에 유령이 거트루드 왕비의 방 바깥으로 나가는 게 보였다.

"아니, 저길 봐요, 그게 빠져나가는 걸. 아버님이, 살아 있을 때 복장으로!"

햄릿의 눈에서 유령이 사라진 후, 둘 사이에 잠깐 정적이 감돌았다. 햄릿은 떨고 있는 어머니를 품에 안으며 말했다.

"어머니, 나쁜 쪽은 내버리고 나머지 반쪽으로 더 순수하게 사십시오. 안녕히 주무세요. 그러나 삼촌 침대로 가시면 안 됩니다. 정조가 없더라도 있는 척이라도 해보세요. 오늘 저녁 자제하면 그 때문에 다음번 금욕

햄릿 앞에 나타난 선왕의 유령_ 이 유령은 이 작품의 피해자들 중 한 명이긴 하다. 하지만 그가 햄릿에게 자신의 복수를 하도록 종용한 것이 후에 그의 원수였던 동생 클로디어스 뿐만 아니라 아내, 아들, 아들의 약혼녀, 그 약혼녀의 오빠, 대신까지도 죽게 만드는 의도치 않은 죽음에 그가 간접적으로 일조하게 하는 결과를 낳았다. **헨리 푸젤리의 작품**.

은 조금 쉽고, 그 다음은 더 쉬워질 겁니다. 다시 한 번 안녕히 주무세요. 이 시체는 처리하고, 죽인 건 제가 잘 해명하죠. 그럼 또 안녕히."

"난 어떡해야 좋으냐?"

"안심하세요, 어머니. 햄릿은 근본은 안 미치고 속임수로 미쳤다고 합니다. 그리고 전 영국으로 가야 합니다. 그건 아시지요. 국서로 봉해졌고 독사같은 저의 두 학우들이, 왕명을 받들어 제 앞길을 쓸며 저를 함정으로 인도할 것입니다. 그러라지요. 하지만 전 놈들의 땅굴보다 한 치

햄릿 앞의 유령_ 햄릿의 아버지 선왕의 유령은 햄릿의 눈에는 볼 수 있지만 왕비인 거트루드에게는 보이지 않는다. **윌리엄 살터 헤릭의 작품.**

밑을 더 파들어가 놈들을 달나라로 날려 보낼 겁니다. 오, 두 간계가 한 곳에서 정면으로 마주치면 정말 신날 겁니다."

햄릿은 폴로니어스의 시체를 가리키며 "이 사람 때문에 제가 서두르게 될 겁니다. 이 시체를 옆방으로 옮기지요. 이 고문관께선 지금이 가장 조용, 은밀, 엄숙하군. 생전엔 멍청한 떠벌이였는데. 안녕히 주무세요, 어머니." 그러고나서 품에 있던 어머니를 밀어내고 바닥에 널브러져 있는 폴로니어스의 겨드랑이에 두 팔을 낀 후 그를 질질 끌고 나갔다.

왕비는 돌연한 햄릿을 보며 몸을 덜덜 떨고 있었다. 바닥 한쪽에는 폴로니어스의 복부에서 나온 피가 흥건히 고여 있었고, 햄릿이 시신을 끌고 간 자리에는 기다란 선처럼 빨간 핏자국이 선명하게 남아 있었다.

─────··············

"햄릿, 이번 일로 인해 영국으로 너를 화급히 보내야만 되겠다. 네가 저지른 죄상을 내가 지극히 슬퍼하는 만큼이나 너의 안전에도 문제가 생겼기 때문이다. 그러니 어서 떠날 채비를 하라. 범선은 떠 있고 바람도 순풍이며, 너의 친구 로젠크란츠와 길든스턴이 함께할 것이다."

왕은 폴로니어스를 죽인 햄릿에게 영국으로 가라는 명분을 부여했지만 영국행은 죽음행이나 마찬가지였다. 연극의 내용을 봤을 때 햄릿은 자신의 치부를 알고 있음이 틀림없었다. 폴로니어스까지 살해한 마당에 햄릿이 자신에게 복수의 칼날을 들이밀 때가 다가왔음을 왕은 직감했다. 지금이 햄릿을 없애버리기 가장 좋은 적기였다. 클로디어스는 햄릿 몰래 로젠크란츠와 길든스턴에게 밀서 하나를 전했고, 그것을 영국 왕에게 주라고 지시했다. 그 서신에는 이 편지를 보자마자 햄릿을 급살하라는 클로디어스의 특명이 적혀 있었다.

"좋습니다. 안녕히 계십시오, 사랑하는 어머니."

햄릿은 클로디어스 왕에게 말했다.

"사랑하는 아버지다, 햄릿."

"어머니지요. 아버지와 어머니는 남편과 아내요, 남편과 아내는 한몸이니, 어머니지요. 자, 저는 영국으로 떠나겠습니다."

햄릿은 곧바로 짐을 챙겨 배가 정박해 있는 해안가로 나섰다.

로젠크란츠, 길든스턴과 해안가로 가고 있던 햄릿은 덴마크의 영토를

포틴브라스 군의 행렬_ 노르웨이의 왕자 포틴브라스는 폴란드를 침공하려 하여 엘시노아를 통과할 때 첫 등장하며, 햄릿과 마주친 후 햄릿에게서 무언가를 깨닫고, 그로 인하여 햄릿의 행동변화에 큰 기여를 한다. 원래는 폴란드를 침공한다는 빌미로 군사를 돌려 덴마크에 과거의 원한을 풀러 왔으나 이미 왕족들이 골육상쟁으로 모두 죽어버려 본인이 덴마크의 왕위를 얻은 후 햄릿의 시신을 군인답게 경의를 다해 장례하도록 지시한다. **안드레아 만티냐의 작품.**

통과해 폴란드를 침공하려는 노르웨이의 포틴브라스 왕자의 부대와 마주쳤다. 멀리서 햄릿 일행에게 부대의 부대장이 달려왔다. 부대장은 햄릿에게 이 부대는 포틴브라스 왕자의 부대이며 폴란드를 치러 가는 길이라고 알렸다.

"폴란드 본토를 공격하는 것인가요? 아니면 변방인가요?"

"사실대로 말씀드리자면, 우린 조그만 땅조각을, 오직 명목상인 아무 이득도 없는 곳을 얻으러 갑니다."

"그럼 폴란드는 아무런 방비를 않겠구려."

"아뇨, 이미 주둔군이 있답니다."

부대장의 말을 듣고 햄릿의 머릿속에 불현듯 깨우쳐지는 바가 있었다. 햄릿은 덴마크를 통과하는 포틴브라스 왕자의 부대를 가만히 쳐다보았다. 이들은 이 대규모의 군대로 게딱지만한 땅 하나를 치기 위해 행군하고 있었다. 그러나 자신의 상태는 지금 어떤가? 클로디어스를 해치울 분명한 명분과 의지가 있음에도 불구하고, 실행을 머뭇거리며 결단을 미루고만 있지 않은가. 햄릿은 포틴브라스 왕자의 부대를 보며 어쩌면 진정으로 위대함이란 큰 명분이 있고서야 행동하는 게 아니라, 명예가 걸렸을 땐 지푸라기 하나에도 큰 싸움을 마다하지 않고 행동하는 것이라고 생각했다. 그 아무런 가치도 없는 작은 땅을 위해서도 이리 많은 목숨들이 자신의 운명을 내바치는데, 아버지는 살해되고 어머닌 더럽혀진 지금 본인은 가만히 서서 무엇을 하고 있는 것인가. 햄릿은 덴마크의 영토를 지나가는 포틴브라스의 부대를 바라보며 굳은 결기를 다졌다. 그 어떤 희생을 치르고서라도 지금부터는 '행동'을 할 것이라고 다짐하고 다시 발걸음을 떼었다.

━━━━━━·················

덴마크의 궁전, 호레이쇼는 왕과 왕비에게 아버지가 죽은 후 미쳐버린 오필리아에 대한 이야기를 하고 있었다. 거트루드 왕비는 호레이쇼에게 오필리아를 데려오라고 명했다. 호레이쇼가 데려온 오필리아는 노래를 부르며 왕비가 있는 방으로 들어왔다.

오필리아 : (노래) "당신의 참사랑이 남다른 줄 어떻게 아냐구요? 조가비 모자와 죽장(竹杖)과 가죽신에 표시가 나기 때문이죠."

왕비 : 맙소사 얘야, 그 노래는 무슨 뜻이냐?

오필리아 : 뭐라고요? 아니, 잘 들어보세요. (노래) "그분은 가셨어요, 돌아가셨다고요. 머리맡엔 새파란 잔디요 발치엔 비석이죠." 아아!

왕비 : 아니, 그런데 오필리아…….

오필리아 : 잘 들어보세요. (노래) "수의는 산중의 눈처럼 희었고……."

왕 등장

왕비 : 아, 저 앨 좀 보세요, 폐하.

오필리아 : (노래) "향긋한 꽃잎으로 장식되고 참사랑의 눈물로 적셔져서 무덤으로 가지는 못했어요."

왕 : 귀여운 얘야, 이게 무슨 일이냐?

오필리아 : 아, 부인, 고맙습니다. 부엉이는 빵장수 딸이었다 하던데요. 지금의 우린 알지만 앞날의 우린 어떻게 될진 몰라요. 당신이 변할 땐 복 많이 받으세요.

왕 : 아비에 대한 환상이군.

오필리아 : 그 얘기는 하지 마세요. 허나 무슨 뜻이냐고 사람들이 물을 땐, 이렇게 노래하세요. (노래) "내일은 발렌타인 축일이네. 이른 아침 때 맞춰 난 그대의 창 밑에 처녀로 애인되려 서 있네. 그대는 일어나 옷 입고 방문을 열었으니, 들어간 처녀 몸이 나올 땐 처녀 몸이 아니라네."

왕 : 오 가엾은 오필리아!

오필리아 : 아, 정말이지, 상스런 말은 없애고 이제 끝을 맺겠어요. (노래) "예수와 자선심의 성자여, 참말이지 창피하오. 젊은이들 닥치면 그 짓 해요. 수탉들이 잘못이오. 그녀 왈 '옷고름 풀기 전에 결혼한다 약속했죠.' 그가 대답하길, '저 햇님에 맹세코 그럴려고 했었지, 네가 내 침대로 들지만 않았어도.'"

왕 : 언제부터 오필리아가 저 지경이 되었소?

실성한 오필리아(75쪽 그림)_ 오필리아의 정신 이상을 지켜보는 왕과 왕비와 오필리아를 부축하는 그녀의 오빠 레어티스의 모습이다. **단테 가브리엘 로제티의 작품.**

"그럼 그 원수를 알고 싶은가?"

레어티스는 '그렇다'라고 대답했다.

"분명히 말하는데, 짐은 자네 부친 사망에 대해 무죄이다."

왕이 말을 더 이으려고 할 때, 복도로 나갔던 오필리아가 다시 노래를 부르며 레어티스가 부순 문 입구를 통해 들어왔다. 레어티스는 그런 누이동생의 모습을 충격적으로 바라보았다. 오필리아는 마치 왕과 왕비의 방에 처음 들어온 것처럼 그들에게 인사를 하고는 방금 전처럼 노래를 했다. 그러고는 왕과 왕비, 레어티스에게 꽃을 주었다.

"회향꽃 여있어요. 그리고 매발톱꽃도, 당신에겐 운향꽃을. 그리고 나도 좀 갖고요. 일요일엔 그것을 은혜초라 불러도 괜찮아요. 당신은 운향꽃을 좀 다르게 꽂아야 되겠는데. 들국화 여있어요. 당신에겐 오랑캐꽃을 드리고 싶지만, 아버님이 돌아가시고 나서 몽땅 시들어 버렸어요. 그분은 편안하게 임종하셨다고들 해요. '귀염둥이 그 사람 내 기쁨 모두니까.'"

레어티스는 오필리아의 머리를 쓰다듬으며 그녀가 준 꽃의 향기를 맡았다. 그 모습을 보고 오필리아는 빙그르르 회전을 하며 다시 부수어진 방문 쪽으로 걸어갔다.

"그분 다시 안 오실까? 그분 다시 안 오실까? 아냐 아냐, 가신 사람, 무덤으로 가신 사람, 절대 다시 아니 오리. 그분 수염 흰눈 같고, 그분 머리 호호백발. 가셨으니, 가셨으니, 우리 한탄 속절없네. 그분에게 은총을 내리소서, 여러분 모두의 영혼 위에도. 안녕히 계세요."

걸어가던 오필리아의 발걸음이 갑자기 명쾌하게 빨라졌다. 그녀는 방밖에 있던 레어티스를 따라 온 폭도들에게도 인사를 한 후 다시 빙그르

오필리아(78쪽 그림)_오필리아는 사랑하는 햄릿의 손에 아버지가 죽자 정신 이상이 되어버린다. **존 윌리엄 워터 하우스의 작품.**

르 돌며 노래를 불렀다.

"보셨습니까, 저 모습을?"

레어티스가 말했다.

"레어티스, 네 비탄에 동참하겠다. 아버지의 죽음에 직접 또는 간접적으로 내 손이 닿았다면, 이 나라와 왕관과 생명과 내 모든 걸 너에게 보상으로 주겠다. 허나 아닐 경우, 너는 나의 이야기를 인내를 갖고 들어줘야 한다. 그러면 나는 네 영혼이 충분히 만족토록 너와 함께 노력할 것이다."

클로디어스 왕은 레어티스에게 말했다. 레어티스는 오필리아가 떠난 자리를 물끄러미 지켜보다가 왕의 말에 고개를 끄덕이며 말했다.

"그러지요. 부친의 사망 경위, 초라한 장례식, 공식 의례도 없었던 아버지에 관한 모든 결례를 온천지에 외쳐 들리도록 문제삼아 주십시오."

"그렇게 해주지."

레어티스는 바깥에 있는 폭도들에게 일단 돌아가 달라고 요청했고, 그들은 후일을 기약하며 자리를 떠났다. 왕은 왕비와 모든 시종들을 물러가라고 했고, 방 안에는 레어티스와 클로디어스 왕 두 사람만이 남았다.

"자, 이제 말씀해 주시지요 폐하. 누가 제 아버지를 죽이고 동생을 슬픔의 나락으로 떨어뜨린 놈이 누구입니까?"

클로디어스 왕은 흠흠 헛기침을 하며 약간의 뜸을 들인 후 문제의 인물을 말했다.

"햄릿이다."

레어티스는 눈을 번쩍 뜨고 왕의 말을 다시 이해하려고 애썼다.

"그런데 햄릿 왕자님이 왜?"

"그 녀석의 진짜 목적은 내 목숨이었다."

클로디어스 왕 앞의 레어티스_레어티스는 자신의 아버지를 죽인 범인이 누군지에 대해 클로디어스 왕에게 듣는다. **헤레스 데 라 프론떼라의 작품.**

"왜 햄릿의 죄를 벌하지 않고 머뭇거리시는 겁니까?!"

"두 가지 이유가 있다. 아마 네겐 하찮을지 몰라도 나에겐 중요한 문제다. 하나는 그애 어미인 내 왕비가 아들 햄릿 왕자만 바라보며 살기 때문이다. 그리고 또 한 가지 이유는 그에 대한 대중들의 크나큰 사랑이지. 대중들은 그의 허물을 애정에 담그고, 나무를 돌로 바꾸는 샘물처럼 마음쓰며 곰보조차 보조개로 미화시킨다. 대중들의 가슴을 움직이기엔 내화살은 살대가 너무 약해. 짐이 햄릿 왕자를 공개처형하려 했다면, 목적지로 날아가지 못하고 나에게로 되돌아왔을 것이다."

레어티스는 왕의 말을 듣고 잠깐 생각에 잠겼다. 이윽고 생각을 정리한 레어티스가 말했다.

"전 분명히 복수할 겁니다."

"나도 같은 생각이다 레어티스."

그때 왕과 레어티스가 있는 방으로 급하게 사자가 들어왔다. 사자는 햄릿 왕자가 덴마크로 다시 돌아왔다는 소식을 전하며, 왕에게 편지를 건넸다. 편지의 발신인은 햄릿이었다.

'폐하, 지금 막 홀몸으로 귀환했습니다. 경황이 없어 내일 인사드리겠습니다. 갑작스레 귀국한 이유는 그때 말씀드리겠습니다. —햄릿'

영국 왕에 의해 이미 죽었을 거라고 생각했던 햄릿이 살아서 돌아왔다는 소식에 클로디어스는 당혹스러운 기색을 감추지 못했다.

"햄릿 왕자가 돌아왔군요."

레어티스가 허리의 칼집을 만지며 말했다. 클로디어스 왕은 레어티스를 바라보며 이제사 실패한 계획을 완수할 묘안이 완성되었음을 깨달았다.

"레어티스, 이제 말이 아닌 행동으로 아버지의 원수를 물리치기 위해 넌 뭘 하겠느냐?"

"그의 목을 치겠습니다."

"그대의 아비 폴로니어스는 나의 하나뿐인 심복, 그대의 원수는 내 원수이기도 하다. 허나 살인에 있어서 한치의 실수도 있어선 안 된다. 그리고 복수에는 한계가 없어야 한다. 내가 복수의 마당을 깔아주겠다. 햄릿과 검술 시합을 하거라. 내가 너희 둘을 맞붙여 내기를 걸겠다."

"분부 받들겠습니다. 또 그 목적으로 제 칼에 독을 바르겠습니다."

레어티스(82쪽 그림)_ 불안정한 청춘의 상징이 햄릿이라면 레어티스는 출세가도를 달리는 "반듯한 젊은이"의 표상 같은 존재로서 숙명적으로 햄릿과는 대립할 수밖에 없는 운명이었다. 프랑스로 떠났으나 아버지의 급사와 오필리아의 실성이 햄릿의 기행에서 비롯됐다는 사실을 알고 귀국하여 복수의 칼을 간다. 처음에는 자기 아버지의 장례식을 성의 없이 치룬 클로디어스 왕에게 민중들을 이끌고 달려드는 화끈한 모습도 보여줬다. **외젠 들라크루아의 작품.**

클로디어스 왕과 레어티스의 뜻이 하나로 모아졌을 때 갑자기 바깥이 어수선해지는 소리가 들렸다. 그리고 방을 나갔던 왕비 거트루드가 다시 그 방으로 들어왔다.

왕비 : 비탄이 비탄의 꼬리를 물고 너무 빨리 오는구나. 네 누이가 익사했다, 레어티스.

레어티스 : 익사요? 오, 어디서요?

왕비 : 거울 같은 물 위에 하얀 잎을 비추며 냇가에 비스듬히 수양버들 자랐단다. 그것으로 네 누이가 기막힌 화환을 미나리아재비, 쐐기풀, 들국화, 그리고 정숙한 처녀들이 〈죽은이 손〉이라 부르는 야생란과 엮어서 만들었지. 흰 가지에 풀꽃관을 걸려고 올라가다, 한 짓궂은 실가지가 부러져, 풀화환과 네 누이가 울고 있는 개울로 떨어졌어. 입은 옷이 쫙 펴져 그녀는 인어처럼 잠시 뜬 채, 마치 물에서 태어나고 거기에 적응된 생물 같아 보였지. 그러나 멀지 않아 그녀의 의복이 마신 물로 무거워져, 곱게 노래하는 불쌍한 그애를 진흙 속 죽음으로 끌고 갔어.

레어티스 : 아, 가엾은 오필리아가 익사했단 말씀이군요.

왕비 : 그래, 익사했다, 익사했어.

레어티스 : 가련한 오필리아, 넌 물이 너무 많아 내 눈물은 삼가겠다. 하지만 인간이니 울 수밖에. 창피야 뭐라 하든 본성의 습관은 못 버린다. (운다) 안녕히 계십시오, 전하. 할 말은 불같이 타려 하나 이런 바보짓이 불을 꺼버립니다.

실성한 오필리아(85쪽 그림)_ 사랑하는 햄릿과 아버지의 죽음에 혼란한 오필리아는 실성하여 숲을 거닐다 강물에 빠져 숨을 거둔다. **존 윌리엄 워터하우스의 작품.**

오필리아의 죽음_ 오필리아가 자신의 아버지가 연인 햄릿에게 살해되자 실성하여 강물에 몸을 던져 스스로 목숨을 끊은 장면을 묘사한 라파엘 전파의 가장 유명한 그림이다. **존 에버렛 밀레이의 작품.**

왕 : 우리도 가봅시다, 거트루드. 격분한 그를 달래느라 얼마나 애썼는지. 이 일 때문에 다시 광분할까 두렵소. 그러니 따릅시다.

레어티스는 서럽게 울며 누이가 죽은 냇가로 달려갔다. 왕과 왕비 일행도 그의 뒤를 따랐다.

───────· · · · · · · · · · · · · · · ·

한편 호레이쇼는 성 밖에서 자신을 만나고 싶다 하던 어떤 뱃사람과 만나고 있었다. 그는 햄릿 왕자가 보냈다며 호레이쇼에게 편지 한 통을 건네주었다.

'호레이쇼, 이 편지를 읽거든 이 친구들이 왕에게 닿도록 주선해 주게. 그에게 전할 편지를 갖고 있네. 바다로 나간 지 이틀이 못 되어 중무장한 해적선이 우릴 추격했네. 우리 배가 너무 느린지라 난 할 수 없이 용맹을 발휘했고, 접전 때 그들 배에 올랐어. 그 순간 그들은 우리 배와 떨어졌고, 결국 나 혼자 포로가 되었지. 그들은 관대한 도적이나 된 것처럼 날 잘 대접했어. 허나 왜 그랬는지 나는 알지. 내가 선심을 베풀 차례야. 보낸 편지를 왕이 받도록 해주고, 자넨 죽음에서 도망치듯 빨리 내게로 오게. 이 친구분들이 자네를 내가 있는 곳으로 데려올 거야. 로젠크란츠와 길든스턴은 영국행을 계속하다 참담한 운명을 맞이할 것이네. 그들의 운명은 그들이 엎질러 놓은 물 같은 것이라네, 잘 있게. ―자네가 친구임을 믿어 의심치 않는 햄릿.'

호레이쇼는 그 길로 그들을 따라 햄릿 왕자가 있는 곳으로 달려갔다. 뱃사람이 호레이쇼를 데려간 곳은 엘시노아의 변방 무덤이었다.

"오, 호레이쇼. 잘 왔네."

"무사하셨군요, 왕자님."

햄릿은 그간의 사정들을 호레이쇼에게 천천히 설명했다.

"영국행 배 안에서 틈을 노려 로젠크란츠와 길든스턴의 짐을 훔쳤네. 나를 영국으로 보내는 특별한 이유가 있다고 생각했지. 내 예감이 틀림 없었지. 바로 그들의 짐 속에 칙서가 들어 있었는데, 그 내용은 영국 왕에게 나를 죽이라는 내용이었네. 클로디어스는 영국 왕에게 내가 영국에 도착하자마자 지체없이 나를 죽이라고 명령했고, 두 사람은 그런 칙서를 품에 안고 나와 같이 영국에 가고 있었던 것이었지."

"어떻게 그런 일이."

"나는 배 안에서 영국과 덴마크 사이의 평화와 풍요에 대한 하나마나 한 얘기들을 하루종일 지루하게 떠들었네. 그 후 선원들과 이 칙서를 휴대한 자들을 급살하라 써서 길든스턴과 로젠크란츠의 짐 속에 다시 바꿔

햄릿과 로젠크란츠와 길든스턴_ 햄릿의 동창생인 로젠크란츠와 길든스턴은 클로디어스 왕의 편지를 가지고 햄릿과 영국으로 함께 갔는데, 그들의 음모를 눈치 챈 햄릿이 편지를 바꿔치기하여 두 사람이 햄릿 대신 영국에서 죽임을 당한다. 로젠크란츠와 길든스턴의 두 사람의 시각으로 바라본 햄릿에 관한 영화와 연극으로도 공연되고 있다. **스테인드 글라스 그림.**

넣었지. 마침 하늘이 도왔는지, 내 지갑 속엔 덴마크 옥새의 원본인 부친의 인장이 있었네. 그 뒤 내용은 자네에게 말했듯 해전이 일어났고, 자네가 이미 알고 있는 대로 된 걸세.”

“그럼 길든스턴과 로젠크란츠는 영국으로 갔군요.”

“나는 조금도 그들이 거리끼지 않아. 그들의 파멸은 스스로 자초한 결과니까.”

그때 멀리서 검은 망토를 입은 일군의 무리들이 엘시노아의 무덤으로 다가왔다. 햄릿과 호레이쇼는 무덤 뒤에 숨어 일행의 정체를 살펴보았다. 무리의 가장 앞에는 레어티스가 있었고 그 뒤로 삼촌과 어머니가 따라갔다.

“또 다른 의식은 없습니까?”

레어티스가 사제에게 물었다.

“그녀의 장례는 가톨릭의 의례에서 최고로 치른 거요. 수상쩍은 죽음이었소. 그래서 왕명으로 관례를 깨지 않았으면, 성스럽지 못한 땅에 놓여 최후 심판의 나팔 울리는 그날까지 기다렸어야 했을 거요, 자비로운 기도 대신 깨어진 유리 조각이나 돌멩이들이 시체에 날아들었을 거요. 헌데 그녀는 처녀 화환, 처녀 조화에다 조종까지 울리고 절차에 따라 안식처에 묻히는 게 허락된 것이었소.”

“더 이상은 안 되오?”

“이것이 최상입니다.”

“누이를 묻어라.”

레어티스가 지시하자 오필리아의 관을 들고 오던 시동들이 미리 파놓은 묘자리에 관을 넣었다. 멀리서 관 속을 지켜본 햄릿은 안에 든 인물이

오필리아의 장례식 장면

오필리아임을 확인했다.

"아아, 가엾은 오필리아!"

무덤 뒤에 숨어 비통한 심정을 억누르던 햄릿이 가느다란 목소리로 탄식했다. 왕비는 오필리아의 관 위에 꽃을 뿌렸다.

"잘 가거라, 아가야. 난 네가 우리 아이의 짝이 되길 바랐다. 이 꽃으로 네 신방을 화사하게 꾸며주려 했는데, 네 무덤에 뿌릴 줄은 몰랐구나."

시동들이 오필리아의 관 뚜껑을 닫고 흙을 뿌리려 하자, 레어티스는 묘자리 속으로 뛰어들어 뚜껑을 열고 누이를 안았다.

"잠시만, 잠시만 기다려다오."

누이를 껴안으며 펑펑 우는 레어티스를 보고 햄릿은 무덤 뒤에서 나와 장례 무리 앞에 나타났다.

"자신의 애통함을 애써 강조하는 자, 슬픔의 언어로 행성들을 정지시켜, 그들이 크게 놀라 멈추게 하는 자가 누구냐? 난 덴마크의 왕 햄릿이다."

햄릿의 등장에 왕과 왕비는 소스라치게 놀랐다. 레어티스는 그가 햄릿임을 확인한 후 그에게 달려들어 멱살을 잡았다.

"이 개자식!"

"그런 욕 하면 못 써. 손을 떼라 레어티스. 오필리아에 관한 문제라면 난 너와 싸우지 않겠다."

"닥쳐라!"

왕은 시동들을 시켜 그들을 떼어놓았다. 햄릿이 다시 말을 이었다.

"난 진심으로 오필리아를 사랑했다. 레어티스, 설령 너 같은 오빠가 몇 명이 있다 해도 내 사랑만 못하리라."

레어티스는 당장이라도 햄릿을 쳐 죽일 듯 이글거리는 눈빛으로 노려보았다. 시동들이 잡고 있지 않았다면 그는 당장 칼을 꺼내 햄릿의 목을 베어버렸을 것이다.

"자, 레어티스, 그녀를 위해 네가 무엇을 할 수 있느냐? 울 테냐, 싸울 테냐, 네 몸을 찢을 테냐? 나도 그러마. 산 채로 그녀와 묻힐 수만 있다면 나도 그러마."

"이건 광기일 뿐 잠시 저러다 가라앉을 것이네."

왕비는 '죽여버리겠다'는 레어티스를 말리려고 햄릿의 말을 끊고 끼어들었다.

"레어티스, 무엇 때문에 날 이렇게 푸대접하지? 난 항상 떳떳하고 남자다운 네가 좋았다. 허나 이젠 상관없다. 헤라클레스가 힘을 쓴다 하더라도 자연의 섭리는 바꿀 수 없을 테니까 말이다."

햄릿은 그렇게 말한 후 그들 앞을 떠났고, 호레이쇼가 햄릿을 따라 나섰다. 왕은 레어티스를 진정시키며 후일의 계획을 상기시켰다.

───────── ·············

"왕자님, 폐하께서 저에게 말씀하시기를 왕자님과 레어티스 공의 결투에 큰 내기를 걸었으니 그걸 알리라고 하셨습니다."

다음날 햄릿의 방으로 조정의 조신 오즈릭이 들어와 레어티스와 햄릿의 검술 시합에 대해 이야기했다. 오즈릭은 전날의 불상사와 관계의 회복을 위해 왕께서 연 유흥행사라고 시합의 취지를 설명했다. 또한 전날부터 검술로 사람들의 입에 오르내렸던 햄릿과 레어티스의 새로운 우정을 다지기 위한 행사임을 재차 강조해 말했다. 왕은 햄릿에게 큰 내기를 걸었으며, 이 행사를 매우 기대하고 있다고 햄릿에게 전했다.

"왕자님, 폐하께서는 왕자님에게 바바리 말 여섯 필을 내기에 거셨고, 프랑스제 세검 및 단도 여섯 자루를, 그들에 딸린 혁대, 검고리 및 기타 부속품들과 함께 내기에 내놓으셨습니다."

"바바리 말 여섯 필을 상대로 프랑스제 검 여섯 자루 및 부속품과 아낌없이 재간을 부린 검고리 셋이라. 이건 덴마크식 내기 대 프랑스식 내기가 되겠군."

"왕자님, 폐하께서는 왕자님이 레어티스 공에 대해 9대 12로 이길 것이라고 내기하셨습니다. 그리고 왕자님께서 대답을 해주신다면, 당장 시합에 들어갈 수도 있사옵니다."

경기장의 말_ 클로디어스 왕은 햄릿을 죽이기 위해 레어티스에게 사나운 바바리 말을 여섯 필을 걸었고, 그의 검 끝에 독을 묻혀 치명상을 입히도록 종용하였다. **외젠 들라크루아의 작품**.

"좋소. 폐하의 뜻이라면 그리 하겠소."

"그렇게 전달해도 됩니까?"

"그렇게 하시오."

오즈릭이 햄릿의 방을 나가고 호레이쇼는 이것은 덫이라고 말했다. 그러나 햄릿은 개의치 않기로 했다. 레어티스는 적어도 지금 덴마크 최고의 검잡이 중 한 명이었고, 어쩌면 왕은 레어티스를 종용해 햄릿을 살해하도록 유도한 것일 지도 몰랐다. 하지만 자신은 이미 덴마크로 들어왔고, 클로디어스의 수중에 있는 이상 어느 상황이 돼도 햄릿에게는 안전하지 않았다. 낮에 죽지 않더라도, 밤에 죽을 것이다. 오늘 죽지 않더라도, 내일 죽을 것이다. 이미 클로디어스의 감옥으로 들어온 이상 햄릿에겐 복수의 결단이 필요했다. 호레이쇼가 걱정스러운 표정을 지으며 말했다.

"질 것입니다, 왕자님."

"난 그렇지 않다고 생각해. 그가 프랑스로 간 후에 난 계속 검술 연습을 했다네. 호레이쇼, 이건 그냥 시합일 뿐일세."

호레이쇼를 안심시킨 후 햄릿은 방 안에 있는 연습용 목검을 몇 번 휘두른 후 레어티스가 있는 시합장으로 갔다. 시합장에는 왕과 대신들이 앉아 있었다. 무대의 중앙에는 결투복을 차려 입은 레어티스가 수련검을 들고 서 있었다. 햄릿은 레어티스에게 악수를 건네며 말했다.

"여보게, 날 용서하게. 자네는 신사이니, 용서하게. 내 행동이 의도적이 아니었음을 밝히니 너그러운 마음으로 나를 해방시키고, 자네는 관대한 마음으로 나를 용서해주게."

레어티스는 굳은 표정으로 햄릿의 악수를 받았고, 이어서 담담하게 말했다.

"마음 같아서는 오로지 복수만을 향해 달리고 싶지만, 지금 그 말씀에 마음이 풀리는 것 같군요. 왕자님의 호의는 호의로 받아들이고, 승부에는 승부로 임하겠습니다."

"기꺼이 받아들이지. 나도 자네와 맘 편히 겨루겠네. 레어티스, 내 자네를 빛내주지. 내가 미숙하니, 자네의 재주는 칠흑 같은 밤 진짜 별처럼 타오를 거야."

"과찬이십니다."

두 사람은 경기를 준비했다. 조신 오즈릭이 심판을 보았고, 두 사람은 무대의 중앙에서 거리를 두고 서로에게 칼을 겨누었다. 경기를 시작하기에 앞서 왕이 잔을 들었다.

"포도주 잔을 저 탁자 위에 올려놔라. 햄릿이 첫 번째나 두 번째로 득점하거나 삼회전에 동점되면 흉벽 위의 모든 대포를 발사하라. 국왕이 햄릿의 활력 증진을 위하여 건배를 들 것이며, 잔 속에는 덴마크 왕들이 4대에 걸쳐 왕관에 장식했던 것보다 더 값비싼 합진주를 넣어두겠다. 자, 대결을 시작하라!"

레어티스와 햄릿의 검이 날카롭게 맞부딪쳤다.

햄릿과 레어티스의 결투_ 햄릿 연극의 한 장면이다.

"일 점!"

햄릿이 수련검으로 레어티스의 팔 쪽을 긁었다. 왕은 곧바로 탁자 위에 햄릿을 위한 술을 올렸고, 대포를 발사했다. 북소리와 나팔소리가 울려퍼졌고, 왕은 술에 합진주를 떨어뜨렸다. 왕은 시합을 치르면서도 레어티스를 완전히 믿지 않았다. 그는 곧은 신념의 사내였고, 혹시라도 햄릿의 진심을 발견하면 시합을 중단하고 본인과의 음모를 폭로할 수 있기 때문이었다. 때문에 레어티스가 독 묻은 칼로 햄릿에게 상처를 내기를 마냥 기다릴 순 없었다. 왕은 포도주 안에 합진주와 함께 사람의 몸을 서서히 마비시키며 결국엔 사망에 이르게 하는 독을 넣어놓았던 것이다.

"자, 그에게 잔을 주어라. 이 진주는 네 것이다, 햄릿."

"먼저 이회전을 치르고 마시겠습니다."

그때 왕비 거트루드가 다가와 햄릿의 이마에 묻은 땀을 손수건으로 닦아주었고, 돌아가는 길에 햄릿이 마시려던 포도주 잔을 들고 말했다.

"햄릿, 왕비가 네 행운을 빌며 마시겠다."

"고맙습니다, 어머니."

"거트루드!"

클로디어스는 다급하게 왕비의 이름을 불렀다. 그러나 화살은 이미 시위를 떠난 뒤였다. 그녀는 클로디어스가 만들어놓은 독배를 마시고 말았다. '늦었다. 모든 게 꼬여버렸어.' 클로디어스는 이 돌발 사태에 어떻게 대처해야 할지를 몰랐다. 클로디어스의 번민을 뒤로하고. 햄릿과 레어티스의 시합은 계속되었다. 햄릿이 또 한 점을 따내는 순간, 거트루드가 몸을 떨며 비틀거리기 시작했다. 다리에 힘이 풀린 듯 거트루드는 비틀거렸고, 갑자기 피를 토하며 바닥에 주저앉았다.

햄릿이 쓰러진 어머니를 바라본 그 잠깐의 틈 사이 레어티스는 햄릿

독배를 마시는 거트루드 왕비_ 햄릿을 독살시키기 위해 클로디어스가 잔에 독을 넣었으나 그 잔을 거트루드 왕비가 마셔 햄릿 대신에 절명한다.

의 팔에 독이 묻은 칼로 상처를 냈다. 햄릿은 팔의 살점이 활활 타는 듯한 쓰라린 느낌을 받았다. 단숨에 팔이 베어지는 것 같은 참을 수 없는 고통이 느껴졌다. 그렇다. 독이었다. 햄릿은 칼을 버리고 레어티스에게 달려들었다. 순간 레어티스는 자신의 손에 있던 독이 묻은 칼을 놓쳤고, 햄릿이 그것을 잡아 들어 레어티스를 찔렀다. 정확하게 복부에 칼이 꽂힌 레어티스가 바닥으로 나동그라졌다. 거트루드는 사그라드는 영혼을 부여잡고 햄릿에게 힘겹게 말했다.

"햄릿, 독, 독이다. 저 술엔 독이 있어!"

거트루드는 그 말을 다 하지도 못한 채 입이 막혀버렸다. 햄릿은 '반역이다!'를 외치며 시합장의 모든 문을 닫으라고 대신들에게 명령했다. 레어티스는 몸을 일으키며 햄릿에게 말했다.

"왕자님은 죽을 것이오. 이 세상 어떤 약도 소용없습니다. 그 몸 안엔 반시간의 생명도 안 남았소. 배신의 흉기는 왕자님의 손 안에 있습니다. 이제 저도 죽습니다. 이 모든 일의 원흉은 왕입니다!"

햄릿은 레어티스의 말이 끝나기도 전에 클로디어스에게 달려들었고, 곧바로 그의 심장을 독이 묻은 칼끝으로 찔렀다.

"여봐라, 짐을 지키지 않고 뭐하는 것이냐?"

왕이 주변의 대신들에게 외쳤지만, 아무도 클로디어스의 외침에 화답하지 않았다. 대신 햄릿이 칼을 버리고 본인이 준비한 독배를 들고 클로디어스 앞에 섰다.

"옛다, 이 근친상간, 살인하고 저주받은 덴마크 왕, 독배를 들어라. 네 합진주가 여깃느냐? 이제 그만 어머닐 따르거라."

햄릿은 독배를 클로디어스의 입에 부었고, 왕은 그 자리에서 한마디도 못한 채 즉살되었다. 햄릿 역시 바닥에 쓰러졌고, 이 모든 비극을 지켜보던 호레이쇼가 햄릿에게 급히 다가왔다.

레어티스 : 그(클로디어스)는 죽어 마땅하오. 스스로 준비한 독약이었소. 용서를 나눕시다, 햄릿 왕자님. 저와 부친 죽음은 그대 탓이 아니고, 그대 죽음 또한 제 탓이 아니기를. (죽는다)

햄릿 : 하늘이 용서하리. 나 그대를 따르리라. 호레이쇼, 난 죽는다. 딱한 어머니, 안녕히. 이 재난에 창백히 떨고 있는, 이 장면을 벙어리처럼 관람할 뿐인 여러분께, 제가 시간만 있다면, 냉혹한 저승사자가, 어김없이 잡아가니, 오, 말씀드릴 수 있지만, 관두지요. 호레이쇼, 자넨 살아남아, 궁금한 이들에게 나와 내 명분을 올바로 전해주게.

호레이쇼 : 절대 믿지 마십시오. 전 덴마크인 이라기보다는 고대 로마인입니다. 여기 아직 독액이 좀 남았군요.

햄릿 : 자네는 사나이이니 그 잔을 내게 주게. 그 잔을 놓게. 오 하느님, 사태를 미궁 속에 남겨두면, 호레이쇼, 난 크나큰 오명만을 남기게 될 거야. 자네

햄릿의 최후_ 햄릿을 비롯한 레어티스, 거트루드 왕비, 클로디어스 왕이 같은 시각에 최후를 맞는 비극의 장면이다.

가 나를 마음속에 품은 적이 있다면, 천상의 열락일랑 잠시 미뤄두고, 고통 속에 숨을 쉬며 내 사연을 말해 주게. (멀리서 행군, 안에서 포성) 저 무슨 포성인가?

오즈릭 등장

오즈릭 : 폴란드를 정복하고 돌아온 포틴브라스 왕자가 영국 사신들에게 요란한 예포를 쏘고 있습니다.

햄릿 : 오 난 죽어가, 호레이쇼. 강한 독이 내 기를 완전히 꺾어놨어. 영국 소식을 듣기까지 살 수는 없지만, 포틴브라스 왕 선출을 예언하는 바이네. 그는 나의 임종 직전 지지를 받은 거야. 그렇게 알려주게. 그리 된 이런저런 사건들과 더불어 남은 건 침묵뿐. (죽는다)

호레이쇼 : 고귀한 심장이 이제서야 터졌구나. 고이 잠드소서, 사랑하는 왕자님. 천사 노래 들으면서 안식처로 가소서.

덩그러니 호레이쇼만 혼자 남은 시합장은 무덤처럼 고요했고, 경기장 밖에서는 계속해서 노르웨이 군의 예포 소리가 들렸다. 어느덧 덴마크의 엘시노아에선 죽음에서 돌아온 군인들과 삶에서 죽음으로 간 인간들의 교차의례가 진행되었다. 포틴브라스는 혼자 살아남은 호레이쇼에게 경위를 물었고 그는 긴 이야기가 될 거라며 포틴브라스에게 햄릿의 이야기를 전하기 시작했다.

"음탕하고 피비리며 천륜을 어긴 행위, 우연 천벌, 우발 살인, 간계와 술책으로 빚어진 죽음과, 바야흐로 결말에서 모사꾼의 머리 위에 떨어진 빗나간 목표에 대해 들으시게 될 겁니다. 제가 이 모든 걸 진실되게 전달하겠습니다."

성 밖에선 어느덧 매발톱꽃이 지고 운향꽃이 피어 있었다. 그 옆에 들국화가 수줍은 듯 자리를 빛냈고, 어디선가 구슬픈 오필리아의 노래 소리가 들려오는 듯했다. 슬프지만 아름다운, 또 아름답지만 슬픈 목소리는 오랫동안 성의 안팎에 울려퍼졌다.

| 한눈에 명화로 보는 셰익스피어 |

맥베스

"왜냐하면 그들은 내가 가는 길에 가로걸려 있기 때문이다."

맥베스

◆ 장소 및 등장인물

장소

스코틀랜드 및 잉글랜드

등장인물

맥베스 : 주인공. 덩컨 왕의 장군
맥베스 부인
덩컨 : 스코틀랜드의 왕
맬컴, 도날베인 : 덩컨 왕의 아들
뱅코 : 덩컨 왕의 장군. 맥베스와 예언을 같이 듣게 됨
플리언스 : 뱅코의 아들
맥더프 : 스코틀랜드 귀족. 어미 배를 가르고 나온 자
레녹스, 로스, 멘티스, 앵거스, 케스니스 : 스코틀랜드 귀족
백발 마녀
갈색 마녀
모자 마녀
혼령

맥베스(102쪽 그림)_ 스코틀랜드의 왕족이자 용맹한 장군으로, 뱅코와 함께 밤중에 광야에서 마녀들을 만나 예언을 듣게 된다. 그 예언의 내용은 자신이 코더의 영주를 거쳐 장차 왕이 될 것이며, 뱅코의 자손들도 언젠가는 왕이 될 것이라는 내용이었다. 맥베스와 뱅코는 처음에는 이 말을 믿지 않았으나, 덩컨 왕은 전공을 세운 맥베스에게 마녀가 예언했던 것처럼 코더 영주의 작위를 하사한다. **18세기 맥베스 포스터**

마녀 세 명이 광야에 서 있었다. 마녀들은 언제 올지 모를 누군가를 기다리고 있었다. 마녀 한 명이 말했다.

"우리 언제 다시 만날까? 천둥과 번개가 칠 때? 비가 내릴 때 만날까?"

다른 마녀 한 명이 그 말을 듣고 대답했다.

"싸움이 판가름 났을 때 만나지."

그리고 마지막 한 명의 마녀가 말했다.

"해 지기 전일 거야."

일렬로 서 있는 세 명의 마녀는 각각 다른 모습을 하고 있었다. 중앙에 서 있는 마녀의 머리는 백발이었다. 백발마녀의 왼편에 서 있는 마녀의 머리카락은 진한 갈색이었다. 나머지 한 명은 모자를 쓰고 있었다.

"어디서 만날 건데?"

모자 쓴 마녀가 물었다.

"전쟁터지. 우린 그곳에서 맥베스를 만나야 해."

양 갈래 마녀가 대답했다.

"선한 것이 악한 것, 악한 것이 선한 것."

마지막으로 백발의 마녀가 말했다. 이 말을 끝으로 그녀들은 광야의 안개 속으로 사라졌다.

———— ··················

맥베스는 스코틀랜드의 전쟁터 한복판에 있었다. 덩컨 왕의 믿음직한 장군인 맥베스는 반란을 일으킨 맥도널드와 동조세력을 잡기 위해 적군의 목을 베고 있었다. 시체들은 차곡차곡 바닥에 쌓여 갔다. 아군과 적군의 구분도, 소년과 노인의 구분도 없었다. 시체들의 원망을 뿌리치고 맥베스는 한 명의 사내에게 달려갔다. 이 모든 일의 원흉, 맥도널드였다.

세 마녀_ 〈맥베스〉에 등장하는 마녀들로, 사람들에게 미래에 대한 예언을 한다. **요한 하인리히 휘슬리의 작품.**

'왜 이런 짓을 저질렀나.'

생의 갖가지 인연을 뒤로하고 맥베스는 맥도널드의 가슴을 단번에 찔렀다. 바닥에 쓰러진 맥도널드의 머리를 맥베스는 칼로 잘랐다. 맥베스의 칼날에 몸을 잃은 맥도널드의 머리가 흔들거렸다. 온몸이 피로 물든 맥베스가 맥도널드의 머리를 번쩍 들어올렸다. 맥베스는 이날의 전투를 마무리하는 한마디를 남겼다.

"전쟁은 끝났다."

진영 안으로 덩컨 왕의 아들 맬컴과 피를 흘리는 장교가 들어왔다.

"저렇게 피 흘리는 장교가 누구냐? 참상으로 보아하니 반란의 근황을 말해 줄 사람이 아니더냐."

덩컨 왕이 아들 맬컴에게 물었다.

"바로 이 장교가 용맹무쌍하게 소자가 잡히지 않도록 싸워 주었습니다. 잘 왔네, 용사여! 난동의 상황을 그대로 국왕께 말씀드리게."

맬컴이 대답했다. 맬컴의 말을 들은 장교는 덩컨 왕에게 전쟁의 상황을 보고했다.

덩컨 왕_ 맬컴과 도날베인이라는 젊은 아들 두 명이 있는 늙은 왕으로, 믿었던 대장군 맥베스에게 시해당한다. **연극 무대의 한 장면.**

"처음에는 전세(戰勢)가 불리했습니다. 무자비한 맥도널드가 서해 열도 곳곳에서 용병과 기마병을 지원받아 승승장구하던 중이었습니다. 그러나 용감한 맥베스 장군이 운세를 뒤로 하고 가차없이 쳐들어가 역적 맥도널드의 배꼽에서 턱까지 단칼에 잘라, 그자의 수급을 우리 성벽 위에 꽂았을 때 전세는 판가름 났습니다."

"오, 용맹한 사촌이여! 위대한 장군이로다!"

전황을 보고한 장교는 병사의 부축을 받으며 진영에서 나갔다. 장교가 나감과 동시에 진영 안으로 로스와 앵거스가 들어왔다.

"어디서 오셨소, 로스 영주?"

덩컨 왕이 물었다.

"파이프에서 왔습니다! 그곳에선 맥도널드에게 붙은 불충한 반역자 코더 영주와 그에게 힘을 빌려준 노르웨이 대군과 폐하의 군사가 불리한 싸움을 시작했었습니다. 그러나 맥베스 장군의 혈투로 마침내 아군이 승리하였습니다."

"경사로다! 코더 영주를 즉시 처형하고, 맥베스를 코더의 새로운 영주로 맞으라."

"분부대로 시행하겠나이다."

"그자가 잃은 것을 맥베스가 얻었도다."

진영 안은 안도와 환호의 분위기로 들썩였다. 로스가 진영에서 나가자, 덩컨 왕은 아들 맬컴을 양손으로 꽉 안았다. 덩컨 왕은 모든 비극이 비로소 끝났다고 생각했다.

———————··············

"이렇게 흉하고도 을씨년스런 날씨는 처음이오."

전장에 우두커니 서 있는 맥베스가 뱅코에게 말했다. 옆에는 시체가 산처럼 켜켜이 쌓여 있었다. 그것들을 지나 뱅코와 맥베스는 앞을 향해 걸어갔다.

"저게 뭐야?"

뱅코가 맥베스에게 말했다.

"무얼 말이오?"

맥베스와 뱅코는 그들 앞에 나타난 세 명의 여인을 바라보았다. 한 명은 머리가 회색빛을 띤 백발이었다. 한 명은 갈색 양 갈래였다. 나머지 한 명은 모자를 쓰고, 사람의 형체를 본뜬 짚신 인형을 들고 있었다. 세 명의 여인은 갑자기 일제히 만세를 불렀다.

백발 마녀 : 맥베스를 환영하라! 글래미스 영주시다!

갈색 마녀 : 맥베스를 환영하라! 코더의 영주시다!

모자 마녀 : 맥베스를 환영하라! 왕이 되실 분이다!

맥베스 앞에 나타난 세 마녀_ 글래미스의 영주인 맥베스는 전쟁터에서 반란군을 진압하는 대승을 거두고 돌아오다가 친구인 뱅코와 함께 밤중에 광야에서 마녀들을 만나 예언을 듣게 된다. **외젠 들라크루아의 작품.**

　갑작스러운 마녀들의 출현에 놀라 칼을 빼려는 맥베스를 뱅코가 저지했다.

　"장군, 왜 그리 놀라시오? 좋은 징조를 장군은 두려워하시는 것 같소. 내가 다시 묻겠다. 당신들은 환영인가, 예언자인가. 내 동료는 그대들의 터무니없는 예언에 정신이 나간 것 같다. 그런데 그대들은 내 동료에 대한 이야기만 하고, 나에 대한 것은 말하지 않았다. 나의 앞날도 말하라. 설령 당신들이 내 앞날을 불길하게 예언한다 해도 난 두려워하지 않을 테니까. 자, 당신들은 정말 예언자인가?"

세 마녀 : (동시에) 환영하라!

백발 마녀 : 맥베스보다는 못하지만 위대하게 될 인물이시다.

갈색 마녀 : 맥베스보다 운은 좀 덜 좋지만 그래도 찬란한 운을 맞으실 분이다.

모자 마녀 : 왕이 될 수는 없을지라도 왕을 낳을 분이시다. 그러니 맥베스와 뱅코를 환영하라!

맥베스 : 멈춰라, 당신들의 말은 애매모호하니 다시 말하라. 글래미스의 영주

인 아버지가 돌아가셨으니 난 이미 글래미스의 영주이다. 하지만 코더의 영주는 현재 살아있고 세도도 당당한데 코더의 영주라니? 더불어 왕이 될 가망은 코더의 영주가 되는 것보다 더 가능성이 없는 일이다. 이 괴이한 정보를 어디서 얻었는지 어서 말하라. 그리고 왜 이 메마른 황야에서 예언이라는 헛소리로 우리의 길을 막는지도 말하라, 명령이다!

맥베스는 칼집에 있는 칼을 빼어 높이 처 들었다. 그 순간 뱅코와 맥베스를 갑자기 안개가 둘러쌌다. 세 명의 마녀들은 흔적도 없이 사라졌다. 안개가 걷히자 길 위에는 다시 맥베스와 뱅코 둘만이 우두커니 서 있었다. 정적이 흘렀고, 맥베스가 먼저 말을 붙였다.

"장군의 자손이 왕이 된다고 했소."

"장군은 왕이 되신다 했소."

"게다가 코더의 영주까지 된다 하지 않았소."

"나도 그리 들었소."

맥베스와 뱅코는 헛웃음을 지었다. 멀리서 누군가 말을 타고 오고 있었다. 맥베스와 뱅코 앞에서 말을 멈춘 사람은 로스와 앵거스였다.

"맥베스 장군, 국왕께선 장군의 승전보에 흐뭇해 하셨습니다. 장군의 승전을 치하하기 위해 폐하께서 우리를 보내셨습니다. 폐하께선 장군을 궁으로 모셔오라는 명도 내리셨습니다."

로스가 말했다.

"폐하께선 장군을 코더의 영주로 명한다 하셨소. 이제 코더의 영주는 당신이오."

앵거스의 말을 듣고 뱅코와 맥베스는 놀란 표정을 지었다. 맥베스가 말했다.

맥베스와 세 마녀_ 맥베스는 세 마녀들로부터 장차 스코틀랜드의 왕이 될 것이라는 예언을 받게 된다. **토마스 바커의 작품.**

"코더의 영주는 살아 있소. 그런데 어째서 내가 코더의 영주란 말이오?"

"옛 영주는 대역죄로 처형될 것입니다."

순간 맥베스는 머릿속으로 세 마녀의 예언을 읊조렸다.

"맥베스를 환영하라! 글래미스의 영주시다! 맥베스를 환영하라! 코더의 영주시다! 맥베스를 환영하라! 왕이 되실 분이다!"

맥베스에게 공포와 설렘이 동시에 몰려왔다. 정녕 내가 왕이 된다는 말인가.

맥베스는 마음속에 끓어오르는 설렘과 공포를 애써 억누르며 태연한 표정을 지었다. 불현듯 생각난 뱅코를 바라보았다.

'운에 따라 왕이 된다면, 운에 따라 관을 쓰게 되겠지. 근데 그들이 뱅코에게 준 예언은 무슨 의미이지.' 예언이 어떤 식으로 실현될 지는 아무도 알 수 없는 상황이었다. 맥베스는 생각했다. '어째서 나는 왕이며, 뱅코는 왕의 아버지란 말인가. 마녀들은 나를 어떤 운명으로 몰아넣겠단 것인가.'

"장군, 괜찮으시오?"

심각한 표정을 짓고 있는 맥베스를 보고 뱅코가 물었다.

"심신이 지친 것 같소이다."

"저런, 얼른 폐하께 갑시다. 그곳엔 궁의도 있을 터이니. 코더의 영주시여."

로스와 앵거스를 따라 맥베스와 뱅코는 왕궁으로 향했다.

———————— ·················

"코더 영주의 사형은 집행되었느냐?"

덩컨 왕은 아들 맬컴에게 물었다.

"예, 폐하. 죽는 것을 목격한 사람에 의하면, 자신의 역모를 솔직히 고백하고 폐하에게 용서를 빌면서 깊이 참회했다는 말을 들었습니다."

맥베스와 덩컨 왕_ 영화 〈맥베스〉의 한 장면으로, 덩컨 왕은 공을 세운 맥베스를 코더의 영주로 임명한다.

"내겐 사람의 얼굴에서 마음을 읽어내는 기술은 없구나. 그는 내가 절대적인 신뢰를 주었던 신하였다."

왕이 한숨을 쉬는 순간 진영 안으로 맥베스와 뱅코가 들어왔다.

"오, 훌륭한 장군이여! 그대의 공로가 좀 적었더라면 과인이 감사와 보상의 비례를 맞출 수 있을 텐데! 모든 걸로 갚아도 그대의 공을 못 갚는단 이 말만 하겠소."

맥베스는 한쪽 무릎을 꿇고 덩컨 왕에게 말했다.

"폐하께 충성을 바칠 수 있는 기회를 주신 것만으로도 저에 대한 포상은 이미 끝났습니다."

덩컨 왕은 맥베스를 일으켜 세우며 말했다.

"잘 왔소. 내 그대를 최고로 성장하도록 힘써줄 것이오. 뱅코, 그대도 마찬가지요. 그대들은 나의 가장 큰 기쁨이오. 자, 왕자, 친척, 영주들과 가까이 서 있는 여러분은 들으시오. 짐은 지금부터 장자인 맬컴을 왕세자로 봉하고, 그를 컴벌랜드 왕자라 부르겠소. 그러나 이 영예는 왕자 혼자 독차지해선 안 될 것이오. 여기 있는 맥베스와 공신들 모두가 별처럼 고위직에서 빛날 것이오. 자, 맥베스, 코더의 영주여. 먼저 장군의 성 인버네스로 가서 짐과 장군의 결속을 더 다집시다. 괜찮겠소?"

"폐하를 위해 쓰지 않는 휴식은 곧 고통이나 다름없습니다. 제가 먼저 전령이 되어 제 아내가 즐겁게 폐하의 행차 소식을 듣도록 하고자 삼가 먼저 물러가옵니다."

"참 훌륭한 코더요!"

맥베스는 덩컨 왕이 있는 궁에서 홀로 나왔다. 말을 타고 인버네스 성으로 돌아가며 그는 생각했다.

'컴벌랜드 공이라. 내 길을 막았으니 이건 내가 넘어야 할 산이로다.'

맥베스는 거칠게 말을 몰아세웠다. 다그닥 다그닥 거리는 말발굽 소리는 마치 그의 심장 소리와 비슷했다. 공포와 설렘으로 가득 찰 비극의 서막이 서서히 열리려 하고 있었다.

*

나는 승전의 날에 그들을 만났소. 난 세상 무엇도 숨길 수 없는 명백한 증거를 통하여 그들이 인간의 지식보다 더 많이 알고 있다는 사실을 알았소. 그들은 나를 "환영하라! 코더의 영주시다"라고 불렀소. 내가 더 확인하고 싶은 욕망으로 들끓고 있었을 때, 그들은 갑자기 공기로 화하여 사라져버렸소. 내가 놀라움에 넋을 잃고 서 있었을 때 국왕의 사자들이 와서 나를 "코더 영주"라고 칭송했소. 그들이 내게 마지막으로 한 말은 "환영하라! 왕이 되실 분이다!"였소. 이 사실을, 나와 권세를 나누어 가질 내 가장 소중한, 당신에게 먼저 전달하오. 이 편지의 내용은 혼자만 알고 있으시오. 그럼, 이만.

인버네스의 성, 십자가가 있는 정 중앙의 방 가운데서 맥베스의 부인은 남편의 편지를 읽었다. 그녀는 편지 내용을 곱씹으며 생각했다. 약속된 모든 것은 이루어질 것이다. 하지만 모든 것을 다 이루기에는 남편은 너무 온정이 많다. 야심은 있으나, 그것들을 경건하게만 이루려고만 할 것이다. 그러나 지금, 경건하다는 것은 무엇인가. 부인은 생각했다. 운명이 이렇다면, 경건하다는 것은 이 운명을 적극적으로 받아들이라는 뜻일 것이다.

"난 당신의 귀에 내 혼을 불어넣을 거예요. 운명과 초인적인 힘이 당신에게 씌워주려는 금관을 당신의 머리 위에 꼭 씌워 드리겠어요. 그것을 방해하는 것들은 모두 없어져야 합니다."

부인은 혼자 작게 읊조렸다.

방으로 하인 한 명이 급히 들어왔다.

"마님, 폐하께서 오늘 저녁 이곳으로 오신답니다."

인버네스_ 맥베스의 성.

"무슨 소리냐. 네 주인은 지금 폐하와 함께 있지 않느냐?"

맥베스 부인은 하인의 말에 놀라 대답했다. 하인은 헐떡거리며 말을 이었다.

"죄송하오나 사실이고, 영주님도 오십니다. 제 동료 한 명이 주인님을 앞질러 와 가까스로 그 전갈만 전달해 줬습니다."

"알겠다. 전갈을 전해온 그를 잘 보살펴 주어라."

가빠지는 숨을 고르며 맥베스 부인은 앞으로 어떻게 해야 할지를 차분히 정리해 보았다.

'이것이 운명이라면, 결단이 필요하다.'

맥베스의 부인은 생각했다.

'자, 악령이여, 잔인한 마음으로 나를 가득 채워다오. 내 피를 탁하게 만들어 동정심의 접근과 그 통로를 막아다오. 오너라 깊은 밤이여, 모든 것은 이 밤에 끝난다.'

그때 맥베스가 그 정적을 깨고 방 안으로 들어왔다.

"글래미스, 코더의 영주시여. 앞으로 더 크게 되실 분. 당신의 편지를 읽고 저는 무지에서 벗어나게 됐어요. 지금 이 순간 전 미래를 느껴요."

"오 여보. 덩컨 왕이 오늘 저녁 여기로 온답니다."

"그래서 언제 가죠?"

"내일이오. 예정은 그렇소."

"그분은 절대로 내일의 태양을 못 보실 거예요. 영주님, 세상을 속이려면 이 세상 사람과 똑같은 표정을 지으세요. 눈과 손과 혀로써 환영을 과장하세요. 청순한 꽃처럼 보이면서 숨어있는 뱀이 되어야 합니다. 오시는 그분은 환대해 드려야죠. 하지만 오늘이 지나면 가시는 그분은 없을 거예요. 이 일로 우리는 다가오는 모든 날을 명백히 우리 것으로 가

지게 될 겁니다."

"아직 시간이 있으니 더 의논해 봅시다."

"망설이는 것은 겁을 내는 겁니다. 당신은 당신이 해야 할 일을 하세요. 나머지는 모두 내게 맡기고요."

겁에 질린 아이를 달래듯, 그녀는 맥베스의 뺨을 손으로 천천히 쓸어 내렸다.

―――――・・・・・・・・・・・・・・・・・・

맥베스의 성 앞에 덩컨 왕이 도착했다. 그의 양옆으로 아들 맬컴과 장군 뱅코가 있었다. 뒤로는 귀족 로스와 앵거스, 맥더프, 레녹스가 차례로 말을 타고 따르고 있었고, 마차를 끄는 병졸들과 짐을 나르는 시종들이 그 뒤를 이었다. 덩컨 왕을 마주하기 위해 맥베스의 부인과 시종들이 미리 성 앞으로 나와 있었다. 맥베스의 부인이 덩컨 왕에게 다가왔다.

"폐하께 충성을 바치고 또 바치옵니다."

"코더 영주는 어디 있소? 부인, 짐은 그저 오늘 코더 영주의 손님일 뿐이오."

"저희들은 언제나 폐하의 종으로서 하인과 전 재산을 위탁받아 소유하며, 원하실 때에는 언제든지 되돌려드릴 것이옵니다."

"손을 이리 주시오, 부인."

덩컨 왕은 그녀의 손을 부드럽게 쓰다듬었다.

"짐은 장군을 크게 아끼며, 그에 대한 짐의 은총은 계속될 것이오."

맥베스 부인(116쪽 그림)_ 맥베스 부인은 남편을 설득해 덩컨 왕을 죽이게 만들고, 그로 인해 남편이 왕이 되자 자신은 왕비가 된다. 그림은 18세기 영국 로열 미술아카데미 회장인 조슈아 레이놀즈가 그린 작품으로, 당시 유명한 연기의 여왕이자 여배우인 시동 부인을 모델로 비극의 멕베스 부인(뮤즈)을 묘사한 그림이다.

덩컨 왕과 그의 시종들이 맥베스의 성 안으로 들어왔다. 곧 축제가 시작되었고, 횃불이 어둠을 밝혔다. 축제의 열기가 절정에 이를 즈음 맥베스는 자리를 떠 성의 한 방으로 들어갔다. 그는 침대에 앉아 골똘히 생각에 잠겼다.

'일을 마쳤을 때 그것으로 끝이라면 빠른 결말이 좋을 것이다. 하지만 덩컨 왕은 나를 신뢰하고 있다. 덩컨 왕은 공명정대하게 왕권을 행사해 왔고 그 권좌는 너무나 깨끗하다. 그의 덕행은 이 저주받을 암살에 맞서서 훗날 날 옥죄고 그를 변호할 것이다.'

맥베스의 부인이 방으로 들어왔다. 그녀는 아무 말도 없이 방 안의 물건들을 정리했다. 맥베스는 복잡한 심사를 달래듯 뒤에서 그녀를 안았다.

"이 일을 여기서 멈춰야겠소."

남편의 말을 듣고 그녀는 속삭이듯 말했다.

"당신이 얻으려던 것은 취중의 희망이었나요?"

그녀는 맥베스의 손을 뿌리치고 돌아서서 똑바로 그를 쳐다보았다. 동그란 눈동자가 맥베스의 눈을 원망 섞인 표정으로 뚫어져라 쳐다보고 있었다.

"그렇다면 지금부터 당신의 사랑도 허망한 줄 알겠어요. 욕망하는 만큼 행동하기가 그렇게 저어되시나요? 당신은 비겁자처럼 '감히'라는 말에 계속 꺾이고 계신 건가요?"

"그만 하시오. 남자다운 일이면 난 무엇이든 감행하오. 이 일은 남자다운 일이 아니오."

맥베스와 그의 부인(119쪽 그림)_ 맥베스 부인은 극중 강렬한 존재감을 과시하는데, 특히 1막과 2막에서 그러하다. 그녀는 남편 맥베스에게 덩컨 왕을 시해할 것을 종용하며 세 마녀의 예언대로 왕이 되라고 부추긴다. **로버트 스머크의 작품.**

"그럼 이 계획을 내게 알릴 땐 어떤 짐승의 마음이었나요? 이 일을 감행코자 했을 때 당신은 남자였고 전보다 더 과감해져 훨씬 더 큰 남자가 되려고 했어요. 당시엔 시간과 장소가 안 맞아도 당신이 맞추려고 했는데, 지금은 저절로 맞춰지니 당신은 이제 발을 빼려고 하는군요. 전 아기에게 젖을 물려봐서, 젖을 빠는 아기가 얼마나 사랑스러운지를 알죠. 제가 당신처럼 거사를 계획했다면 아기가 웃음 지으며 젖을 빨고 있어도, 젖꼭지를 빼내고 머리통을 부술 거예요."

"그런데 실패한다면?"

맥베스는 불안한 눈빛으로 부인을 쳐다보았다. 그녀는 슬며시 미소를 지으며 맥베스의 목을 팔로 감쌌다.

"실패요? 용기를 꽉 붙들면, 실패는 사라져요."

그녀는 맥베스의 허벅지를 슬며시 쓰다듬었다. 맥베스는 그녀의 허리를 꽉 잡았다. 선 채로 키스를 하며 그들은 뱀처럼 혀를 감쌌다. 입술을 떼며 그녀가 말을 이었다.

"덩컨이 잠들면 두 호위병을 포도주를 잔뜩 먹여 꿈나라로 가게 만들 거예요. 술 취한 돼지처럼 잠에 푹 빠져 있다면, 무방비인 덩컨에게 당신과 내가 못할 일이 뭐겠어요? 그리고 잠든 호위병들에게 우리의 죄를 덮어씌우면 됩니다."

그녀를 안은 채로 맥베스는 작게 말했다.

"결정을 내렸소. 이 무서운 모험에 내 모든 것을 걸겠소."

맥베스는 덩컨 왕의 침소로 뚜벅뚜벅 걸어갔다. 부인의 말대로 호위병들은 폭음에 취해 잠들어 있었다. 덩컨 왕은 무방비 상태로 맥베스의 성안 침소에서 단잠에 취해 있었다. 맥베스는 왕이 잠들어 있는 침대 앞으

덩컨 왕을 시해하는 맥베스_ 맥베스는 부인의 종용으로 덩컨 왕을 살해하기에 이른다.

로 천천히 걸어갔다. 한 걸음 한 걸음이 천금보다 무겁게 느껴졌다. 꼭 전
장에 있을 때처럼 한 발작을 떼기조차 무거웠다. 아니, 전장에 있을 때에
도 이렇게 무겁다고 느껴본 적은 없었다. 이름모를 전사들의 죽음들 속
에서 그는 핏빛으로 물든 또 한명의 전사일 뿐이었다. 그들을 베어내는
것은 어렵지 않았다. 하지만 지금 단검을 든 맥베스의 손은 걷잡을 수 없
이 떨리고 있었다. 그는 지금 확실한 죽음 앞에 서 있는 것이었다. 그 앞
에서 몇 초간 서 있을 때, 갑자기 종이 울렸다.

맥베스는 덩컨 왕의 가슴에 단검을 내리 꽂았다. 왕이 눈을 부릅떴을
때, 맥베스는 그의 입을 손바닥으로 틀어막았다. 맥베스는 왕의 가슴에
내리꽂은 단검을 뽑아, 다시 심장에 깊숙이 찔러넣었다. 그리고 왕의 목
을 양손으로 꽉 움켜쥐자, 왕은 피를 토하며 침대에 널브러졌다.

덩컨 왕의 죽음을 확인하는 맥베스 부인_ 맥베스 부인이 덩킨 왕의 죽음을 확인하고는 그 죄를 왕의 호위병에게 뒤집어 씌우려고 음모를 꾸민다. **조지 캣터몰의 작품.**

"그 일을 해치웠소."

맥베스는 피가 뚝뚝 떨어지는 단검을 들고 부인이 있는 방으로 들어왔다.

"내 손은 왜 이런 색인 것이냐? 저 대양 모든 물로 내 손에서 이 피를 씻어낼 수 있을까? 아니, 오히려 내 손이 온 바다를 핏빛으로 물들여 푸른 물을 다 붉게 하는구나."

"여보, 제 손도 같은 색이에요. 허나 제 심장은 창백함으로 부끄럽지 않아요. 약간의 물이면 씻겨질 죄예요. 아주 쉽게. 왜 그 단검을 가져온 거죠? 호위병들에게 죄를 뒤집어 씌우려면 그곳에 두고 오셨어야죠."

"다시 가지 못하겠소. 내가 한 일이 너무 두려워 감히 다시 못 보겠소."

그녀는 맥베스가 손에 들고 있던 단검을 홱 빼앗아 죽은 왕의 침소로 들어갔다. 문 앞에 왕과 같은 자세로 널브러져 자고 있는 호위병의 손에 그녀는 단검을 쥐어줬다. 단검에 묻은 피를 호위병의 온 몸에 칠했고, 주변을 핏빛으로 물들인 후 그녀는 다시 방으로 돌아왔다.

　"제발 그만 몸을 떠세요. 창피하지도 않아요? 우린 이제 아무렇지 않은 척 자야 합니다. 잠옷을 걸쳐요. 나중에 불려 나올 때 안 잔 것처럼 보이면 안 되니까. 더 이상 나쁜 생각에 빠져 있지 마세요."

　맥베스와 그녀는 침대에 누웠다. 맥베스도 눈을 감았고, 그녀도 눈을 감았다. 설핏 잠이 들려는 순간 왕의 입을 틀어막은 자신의 손바닥 아래에서 혓바닥을 버둥거리던 그의 얼굴이 떠올라 맥베스는 잠을 이룰 수가 없었다.

　"국왕께서 살해됐소! 모두 일어나시오! 반역이다!"

　덩컨 왕의 널브러진 시체를 가장 먼저 본 맥더프가 소리쳤다.

　그 소리를 듣고 맥베스가 다급하게 왕의 침소로 달려왔다.

　"무슨 일이오!?"

　"반역이오! 폐하께서 살해당하셨소!"

　"폐하가 돌아가셨단 말이오?"

　"살인이다, 반역이다! 뱅코, 맬컴, 도날베인은 일어나시오!"

　곧 이어 왕의 아들인 맬컴과 도날베인, 뱅코와 귀족들이 왕의 침소 앞으로 들이닥쳤다. 호위병들은 여전히 피에 범벅이 된 채 문 앞에 널브러져 있었다. 침소 앞에 모인 일행들이 웅성거리자, 맥베스는 단검을 쥔 호위병과 나머지 한 명의 목을 단번에 베었다. 그러나 맥더프는 맥베스의 그런 행동을 보고 격분했다.

　"왜 호위병을 베는 것이오?"

"저 피 묻은 단검이 안 보이시오? 저들이 바로 왕을 죽인 역적이오. 충정의 마음과 용기가 있다면 누구라도 했을 일이오."

맥베스의 거침없는 행동을 보고, 맬컴과 도날베인은 왕이 죽어 있는 침소에서 빠져나왔다. 맬컴이 낮은 목소리로 말했다.

"거짓된 자들은 안 느끼는 슬픔도 쉽사리 보이는 법. 적어도 저 호위병 두 명은 범인이 아니다. 지금 스코틀랜드에는 큰 위협이 도사리고 있다. 그러나 슬픔이 몸을 멈추게 하는구나."

"도망가야 합니다. 눈물은 일러요."

"넌 어찌할 거냐? 난 잉글랜드로 가겠다."

"전 아일랜드로 가겠습니다. 헤어져 있는 것이 더 안전할 겁니다."

모두가 어수선한 틈을 타, 맬컴과 도날베인은 맥베스의 성을 빠져나갔다.

———— ················

"맥베스 왕 만세!"

새 왕을 호명하는 만세소리와 함께 스코틀랜드의 궁전 안에서 주악이 울려퍼졌다. 왕으로 추대된 맥베스를 위한 음악이었다. 일제히 '맥베스 왕 만세!'를 외치는 신하들 사이에서도 다른 마음을 품는 사람은 여럿 있었다. '덩컨 왕을 누가 죽였는지'에 대한 문제는 확실한 증거 없이 호위병들의 짓으로 판결되었지만, 그들이 '덩컨 왕을 왜 죽였는가?'에 대해서는 의문만 무성할 뿐이었다. 세간에는 왕의 아들들의 권력에 대한 조급함이 부모를 죽음에 이르게 했다는 말이 떠돌았다. 그 소문보다 더 은밀하게 퍼지는 소문은 사실 덩컨 왕을 죽인 것은 '맥베스'라는 소문이었다.

그러나 진실을 밝혀줄 입은 모두 사라진 상태였다. 덩컨 왕의 아들인

스코틀랜드의 새로운 왕위에 오르는 맥베스 조각

맬컴과 도날베인은 홀연히 스코틀랜드에서 사라졌다. 맥베스는 이미 왕이 되었고, 이제는 누구도 그 의심스러운 정황을 입 밖으로 낼 수가 없는 시대가 됐다.

다른 사람은 몰라도 적어도 한 사람만큼은 맥베스의 죄에 대해 확신을 하고 있었다. 신하들의 틈에서 똑같이 '맥베스 왕 만세!'를 외치며 뱅코는 생각했다.

'글래미스, 코더, 왕. 이제 당신은 모든 것을 가졌구나. 세 마녀의 예언대로. 그것들을 갖기 위해 당신은 얼마나 추악한 죄악을 저질렀던 것인가. 그러나 마녀들은 수많은 왕들의 시조는 당신이 아니라 내가 될 것이라는 예언도 했었다. 당신에게 마녀들의 예언이 이뤄졌듯이, 내게도 마녀들의 예언이 이뤄지지 말란 법은 없을 것이다. 그때까진 입을 다물고 있겠다.'

맥베스는 손을 앞으로 뻗었다. 신하들은 일제히 말을 멈추었다.

"고맙소. 오늘밤 짐이 만찬회를 여는데, 여기 있는 여러분은 모두 참석해주기를 바라오."

"예, 폐하."

모든 신하들이 일제히 대답했다.

추대식이 끝나고 신하들은 궁전 밖으로 나갔다. 밖으로 나가려는 뱅코를 붙잡고 맥베스가 말을 걸었다.

"오후에 어딜 간다고 들었소, 장군. 멀리 가시오?"

"지금부터 저녁 식사 때까지의 시간을 채울 만큼은 갑니다, 폐하."

"늦게라도 만찬회에는 꼭 참석하시오. 짐이 장군을 기다리고 있겠소."

"꼭 그러겠습니다, 폐하."

"듣자 하니 짐의 잔악한 사촌들이 잉글랜드, 아일랜드에 각자 거주하면서 선왕의 시해에 대한 날조된 얘기를 퍼뜨린다지요. 오늘은 민찬회가 있으니 그것에 대해서는 내일 얘기해 봅시다. 짐은 장군과 하고 싶은 얘기가 많소."

"예, 폐하. 할 일을 빨리 마치고, 조속히 만찬회에 돌아오도록 하겠습니다."

"그러시오, 장군. 말들이 빠르고 걸음이 확실하길 바라오."

뱅코는 떠났다. 시종 중 한 명이 맥베스의 옆으로 다가왔다. 맥베스가 물었다.

"그들이 왔느냐?"

"예, 폐하. 대궐 문 밖에서 기다리고 있습니다."

"내 앞으로 데려오라."

맥베스는 모든 시종들을 무르고 혼자 남아 그들을 기다렸다. 그는 머리를 쥐어 싸며 생각에 잠겼다.

'왕이란 허망한 권력자이다. 마녀들은 내게 과실 없는 왕관을 씌웠고, 왕들의 시조로는 뱅코를 지목하였다. 내 아들이 왕위를 잇지 못한다면 난 뱅코의 후손을 위해 인자한 덩컨 왕을 죽이고 내 손을 더럽힌 것밖에

왕좌의 맥베스_ 맥베스 부부와 더불어 유일하게 마녀의 예언을 들었던 뱅코는 왕위에 오른 맥베스에게 충성을 맹세한다. 그러나 맥베스는 뱅코가 장차 왕들의 조상이 될 것이라는 또 다른 예언을 두려워하여 고민에 빠진다. **조지 케터몰의 작품.**

안 된다. 뱅코의 후손들을 위하여 나는 평화의 그릇에 원한을 부었고, 악마에게 내 소중한 영혼을 내주었다. 그들, 뱅코의 씨앗을 왕좌에 앉히기 위해서 말이다! 그럴 바엔, 자 운명아, 나는 너와 싸우겠다. 나와 한번 끝까지 겨뤄보자!'

"폐하 그들이 왔습니다."

"들라 하라."

두 명의 우람한 사내들이 맥베스가 있는 방 안으로 들어왔다. 맥베스는 그들에게 말했다.

"반드시 오늘 밤에 처리해야 한다. 성에서 멀리 떨어진 곳이어야 하고, 절대 나는 모르는 것으로 하라. 뱅코의 아들 플리언스도 반드시 죽여야한다. 그의 죽음이 아비의 죽음보다 더 중요하다."

"예, 폐하."

사내들은 다시 방 밖으로 나갔다. 성의 방으로 들어온 맥베스는 바닥에 주저앉은 채 허공을 바라보고 있었다. 땅바닥에는 두 동강난 칼이 널브러져 있었다. 맥베스 부인은 조심스럽게 맥베스가 홀로 있는 방으로 들어왔다.

"폐하, 왜 홀로 계십니까?"

"아, 여보. 내 마음은 전갈로 가득 찼소! 뱅코와 플리언스가 살아 있는 한 내 밤은 지옥에서의 한 철보다 결코 편하지 않을 것이오."

맥베스 부인 역시 마녀들의 예언을 알고 있었다. 실의에 빠진 맥베스를 그녀가 뒤에서 살며시 안았다.

"그들의 수명은 영원하지 않습니다. 일단 오늘 밤 손님들 사이에서 폐하는 빛나셔야 합니다."

왕비에 오른 맥베스 부인_ 이 그림은 실존인물 막 베하드 막 핀들라크 왕(맥베스의 모델)의 아내 그루오크 잉겐 베터가 모델로 그려졌다. **싱어 사전트의 작품.**

맥베스는 그녀를 뿌리치고 바닥에서 벌떡 일어났다. 그러고는 아무도 없는 허공에 대고 고래고래 소리를 지르며 외쳤다.

"그렇게 하겠소! 여봐라 뱅코 장군을 각별히 칭송하고, 눈과 혀 모두로 그를 높여 주어라. 우리의 명예를 아침의 냇물에 담그고, 추악한 미래는 가면 속에 감춰야 할 것이다!"

"그만 하세요, 폐하. 이미 지나간 일을 자꾸 돌이켜 생각하면 안 됩니다."

그녀는 맥베스의 행동을 제지했다. 맥베스는 부러진 칼을 그녀의 배에 갖다 대었다.

"그러나 안심하시구려 부인. 저녁 종이 울리기 전에 몹시도 흉하고 엄청난 일이 일어날 것이오."

"무슨 일이 벌어지나요?"

"그대는 몰라야 합니다. 갈기갈기 찢어라! 부인에게 한 말이 아니오. 까마귀는 음산한 숲을 향해 날아간다. 내 말에 놀랐구려. 부인은 잠자코 계시오. 자, 만찬회장으로 나갑시다."

맥베스는 비틀거리며 방을 나갔다. 그녀는 초조한 눈빛으로 그를 바라보았다.

───────··············

숲의 밤길을 말 한 마리가 질주하고 있었다. 뱅코는 아들 플리언스를 앞에 태우고 급히 궁전으로 돌아오는 길이었다. 멀리서 화살 하나가 날아와 말 목에 박혔다. 뱅코와 플리언스는 말에서 떨어졌다. 숲에서 갑자기 사내 두 명이 뛰쳐나와 부자에게 들이닥쳤다. 순식간의 급습에 뱅코는 복부에 칼이 찔린 채로 우람한 체격의 사내 두 명의 팔을 움켜 잡았다. 사내 한 명이 도망가는 플리언스를 쫓아가려 했을 때, 뱅코가 잽싸게

뱅코의 죽음_ 뱅코는 맥베스의 부관으로 등장하며, 세 명의 마녀를 함께 만난다. 마녀들은 맥베스가 왕이 될 것이고, 뱅코가 왕은 되지 못하지만 그 후손이 왕이 될 것이라 예언한다. 그 뒤 덩컨 왕을 죽이고 왕이 된 맥베스는 마녀의 예언을 기억하고 뱅코 일족을 멸족시키려 뱅코와 그 아들 플리언스에게 각각 자객을 보낸다. 뱅코는 죽고 플리언스는 살아 도망친다.

그 사내의 목을 물었다. 숲의 밤은 마을의 밤보다 훨씬 어두웠다. 바로 코앞의 것들을 제외하고는 아무것도 보이지 않았다. 사내 중 한 명이 횃불을 밝히려 하자, 뱅코는 사내의 목에서 입을 뗀 후 횃불을 입으로 물었다. 빛의 틈마저 사라져버린 어둠이 몇 분간 지속되었다. 뱅코의 복부에 생기는 상처만큼 그의 몸에서 영혼이 빠져나갔다. 온 몸이 피범벅이 된 뱅코가 땅바닥에 널브러졌을 때, 사내 한 명이 다시 횃불을 밝혔다. 그 사이 플리언스의 모습은 어디에도 보이지 않았다. 침묵과 어둠으로 둘러싸인 오래된 나무들이 그들의 살육을 묵묵히 지켜보고 있을 뿐이었다.

──────────

"자, 모두들 환영하오."

맥베스는 만찬회에 참석한 신하들에게 말했다.

"황공하옵니다, 폐하."

만찬회가 있는 방 바깥에서 뱅코를 살육하려 했던 자객이 맥베스의 눈에 띄었다.

"자리가 다 차면 내가 술잔을 들고 한 바퀴 돌겠소."

맥베스는 그렇게 말한 후 자객이 있는 문 앞으로 다가갔다.

"해치웠느냐? 이 얼굴의 피는 누구의 것이냐?"

"뱅코의 것입니다. 그의 목은 제가 직접 베었습니다."

"잘했다. 플리언스를 제거한 자에게도 짐의 칭찬을 전하라. 만약 그게 너라면 큰 상을 내릴 것이다."

"폐하……. 플리언스는 도망쳤습니다."

맥베스는 자객의 목을 꽉 움켜잡았다가 다시 풀었다.

"내 발작이 도지는구나. 플리언스까지 죽었다면 나는 다시 주위의 대기처럼 평화를 되찾았을 것인데……. 뱅코는 틀림없겠지?"

"예, 폐하. 목과 복부를 모두 긋고 쑤셨으니 이미 그의 목숨은 끊어졌을 것입니다."

"잘 했다. 일단 물러가거라."

우람한 체격의 자객은 만찬회장 건너편으로 빠르게 사라졌다.

"국왕 폐하, 환영의 말씀이 없으십니다. 향연 중에 잘 오셨단 환대의 말을 자주 않는 만찬이란 사 먹는 음식보다 더 형편없는 맛이옵니다."

맥베스의 부인이 맥베스에게 말했다.

"맞는 말이오! 자, 식욕에 따르는 왕성한 소화력과 건강을 기원하오! 근데 뱅코 장군은 어디 있소?"

순간 맥베스의 눈에 뱅코의 자리에 피를 뚝뚝 흘리며 앉아 있는 한 사내가 보였다.

"누가 이런 짓을 한 것인가?"

뱅코의 망령이었다. 그는 맥베스를 노려보고 있었다.

"장군, 누가 이런 것이오? 왜 나를 노려보는 것이오?"

맥베스는 빈 의자에 대고 실성한 듯 고함을 질렀다. 신하들이 웅성대기 시작하자, 맥베스 부인은 사태를 진정시키려 나섰다.

"앉으세요, 여러분. 폐하께선 가끔 발작을 일으킬 때가 있으십니다. 조금만 지나면 괜찮아지실 겁니다. 여러분이 웅성대면 발작이 오래 갈 것이니 개의치 마시고, 만찬을 즐겨 주세요."

그녀는 빈 의자에 대고 계속 이상한 소리를 해대는 맥베스에게 바짝 다가가 낮은 소리로 말했다.

"당신이 남자예요? 당신은 지금 무서워서 헛것을 보고 있는 거예요. 다 끝난 일입니다. 왜 계속 의자만 쳐다보는 거예요?"

맥베스는 눈을 동그랗게 뜨고 그녀를 쳐다보았다. 이 상황이 이해가 되질 않는다는 표정이었다.

"저길 보시오. 저기, 뱅코가 앉아 있잖소. 피를 흘리며 뱅코가 날 노려본단 말이오!"

"뱅코 장군은 오지 않았습니다."

뱅코의 유령_ 억울하게 죽음을 당한 뱅코는 유령이 되어 맥베스의 연회장에 나타나 맥베스를 놀라게 한다. 실존인물 뱅코는 막 베하드(맥베스의 모델)와 적대하기는커녕 막 베하드를 도와 왕을 시해하는 데 협조한 인물이었다. 당시 스코틀랜드와 잉글랜드의 왕이었던 제임스 왕이 뱅코의 후손이라는 속설이 퍼져 있었기 때문에 왕에게 잘 보이려고 셰익스피어가 의도적으로 뱅코를 선한 역으로 설정한 것으로 보인다. **테오도르 샤세리오의 작품.**

"난 틀림없이 그를 보았소!"

맥베스가 다시 고개를 돌렸을 때, 뱅코의 의자에는 아무것도 있지 않았다.

"훌륭하신 폐하, 손님들이 기다리십니다."

"아, 미안하오. 자 여러분 모두 건강하시오. 포도주를 채우시오. 참석하신 모든 분들을 축하하고, 이 자리에 참석하지 못하는 짐의 친구 뱅코 장군을 위하여!"

맥베스가 다시 뱅코의 의자를 보았을 때, 뱅코는 다시 피를 뚝뚝 흘리며 맥베스를 향해 음산한 미소를 짓고 있었다.

"썩 꺼져라!"

맥베스가 비어 있는 뱅코의 의자를 향해 사정없이 칼을 내리치자, 맥더프는 이상한 예감을 감지한 듯 본인의 부인을 데리고 만찬회장을 빠져나갔다. 맥베스는 그에게 나가지 말라고 소리쳤지만, 맥더프는 맥베스의 말을 무시하고 밖으로 나가버렸다. 웅성거리는 소리가 커졌고, 이윽고 레녹스가 맥베스의 부인에게 말했다.

"폐하의 심기가 불편하신 모양입니다."

"그래요, 폐하께 괴질이 심하게 온 모양입니다. 오늘 만찬은 여기서 마치겠습니다. 나가는 순서에 상관하지 마시고 한꺼번에 나가세요. 얼른!"

맥베스는 여전히 뱅코의 의자를 칼로 내리찍고 있었다. 칼의 윗부분이 쩽그랑 소리를 내며 산산조각이 났다. 맥베스는 부인에게 말했다.

"가장 먼저 빠져나간 자가 누구요?"

"맥더프입니다."

"그가 지금 무언가를 꾸미고 있다고 들었소. 하지만 이미 사람을 보내두었소. 부인, 난 절대로 운명에게 지지 않을 거요."

"폐하께선 기력이 쇠하셨습니다. 주무셔야 합니다."

"내일 아침 다시 마녀들을 찾아갈 것이오. 내 앞에 어떤 일이 벌어질지 예언을 더 들어야겠소. 이제 내겐 행동하는 것만이 유일한 해결책이오. 그게 무엇이든 이제 망설이지 않겠소."

이제 상황은 돌이킬 수 없는 지경으로 치닫고 있다는 것을 이미 맥베스 부인도 알고 있었다. 덩컨 왕을 죽인 밤, 아니, 그녀가 맥베스의 편지를 받고 악령에게 측은심을 팔았던 그 날, 모든 비극은 이미 예정되어 있는 것일 지도 몰랐다. 그녀는 자신의 눈앞에서 정신이 나간 상태로 말을 하는 맥베스를 보며 생각했다.

맥베스 : 은밀하고 시커먼 어둠 속에 숨어 있는 마녀들아! 무얼 하고 있느냐?

세 마녀 : 우리들의 비밀을 말할 수 없다.

맥베스 : 너희들의 그 힘을 믿고 엄숙히 물을 테니 어떻게 알아내든 나에게 대답해다오. 너희들이 바람을 풀어 교회당에 몰아칠지라도, 거품 이는 파도가 선박을

맥베스 앞에 다시 나타난 세 마녀_ 알렉상드르 마리 콜랭의 작품.

부수고 삼켜 버릴지라도, 익은 곡식 넘어지고 나무가 쓰러지며 성곽이 파수병
들 머리 위로 무너지고 궁궐과 첨탑이 바닥으로 머리를 숙여 쓰러질지라도, 대
자연의 보배인 씨앗들이 파멸이 지겨워질 때까지 한꺼번에 쏟아진다 할지라도
개의치 않을 테니 내가 묻는 말에만 대답해다오.

백발 마녀 : 말하시오.

갈색 마녀 : 물어봐요.

모자 마녀 : 우리가 답하리다.

백발 마녀 : 누구한테 들을지 말해 봐요, 우리들 아니면 우리의 스승?

맥베스 : 너희들의 스승 좀 보게 해다오.

백발 마녀 : 갓난 새끼 아홉 삼킨 암퇘지의 핏물을 부어라. 교수대에 흘러내
린 살인자의 기름 또한 저 불길 속에 던져 넣고.

세 마녀 : 지옥에 있는 마녀들아, 신분이 높거나 낮거나 모두 모습을 나타내
어 자신의 임무를 신속히 완수하라.

광기에 빠져 드는 맥베스_ 세 마녀를 비롯하여 온갖 혼령들이 나타나 맥베스를 광기에 몰아넣는 장면의 동판화 그림이다.

천둥, 첫째 혼령, 투구를 쓰고 등장

맥베스 : 말해다오. 혼령아.

백발 마녀 : 당신 생각 알고 있소. 듣기만 하시오. 아무 말도 마시고.

혼령 1 : 맥베스! 맥베스! 맥더프를 조심하라. 파이프 영주도 조심하라. 더 이상 할 말이 없다. 그만 가야겠다. (사라진다)

맥베스 : 네 정체가 무엇이든 옳은 경고 고맙다. 내 근심의 근원을 잘 짚었다. 하지만 한마디 더.

백발 마녀 : 명령은 안 통해요. 첫째보다 더 강력한 혼령이 왔어요.

천둥, 둘째 혼령, 피투성이 아이

혼령 2 : 맥베스! 맥베스! 맥베스!

맥베스 : 내 귀가 셋은 있어야 되겠구나. 그렇지 않으면 다 못 듣겠는걸.

혼령 2 : 피를 두려워 말고, 대담, 꿋꿋하라, 인간의 능력 따윈 우습게 생각하라, 여자에게서 태어나서 맥베스를 누일 자 절대 없을 테니. (사라진다)

맥베스 : 그렇다면 죽지 말고 살아 있어라 맥더프. 내가 왜 네깟 놈을 두려워 하겠는가? 하지만 난 확신에 확신을 할 셈으로 넌 살지 못한다는 운명의 보증을 받아 두겠다. 창백한 내 심장에게도 약속하겠다. 아무리 천둥소리가 요란해도 나는 편하게 잠들 수 있다고.

천둥, 셋째 혼령, 왕관 쓰고 손에 나뭇가지를 든 어린이 등장

맥베스 : 이번엔 또다른 모습의 혼령이구나. 마치 어린 왕이나 되는 것처럼 왕관을 쓰고 나타났구나.

세 마녀 : 조용히 듣기만 하세요.

혼령 3 : 사자처럼 용맹하라, 짜증 내고 안달하고 반역하는 무리들에 신경도 쓰지 말고, 버남의 큰 수풀이 던시네인의 높은 언덕까지 맥베스를 대적하러 다가오기 전에는 절대 정복 안 될 테니. (내려간다)

맥베스 : 그런 일은 분명코 없으리라. 누가 숲을 징발하고 나무더러 내린 뿌리를 뽑으라고 할 수 있지? 달콤한 예언이다! 좋아! 죽은 너 역적아, 버남 숲이 깨기 전엔 절대 깨면 안 된다. 높이 앉은 맥베스는 천수를 누리다가 시간과 숙명 따라 숨을 거둘 것이다. 하지만 가슴 뛰니 하나만 더 알아보자. 말해다오. (네 기술로 그게 가능하다면) 뱅코의 후손이 언젠가 이 나라를 통치하게 되느냐?

세 마녀 : 더 알려고 마시오.

맥베스 : 알고야 말 테다. 이것을 거절하면 영원한 저주를 받으리라! 알려다오. 저 솥은 왜 내려가는가? 이건 무슨 소리인가? (오보에 소리)

백발 마녀 : 보여 줘라!

갈색 모자 마녀 : 보여 줘!

세 마녀 : 보여 주고 마음을 괴롭혀라, 그림자처럼 왔다가 떠나거라.

맥베스 앞에 나타난 여덟 명의 왕_ 왕위를 지키기 위해 피투성이 길을 가면서, 맥베스는 환영을 보는 등 광기에 물들어간다. **조지 롬니의 작품.**

여덟 명의 왕이 보인다. 마지막 왕은 손에 거울을 들고 있고 뱅코가 뒤따른다

맥베스 : 뱅코의 유령과 흡사하구나. 사라져라! 그 왕관이 내 눈알을 지진다. 다른 금관을 쓴 네놈은 첫번째 놈과 똑같고 세번째 놈도 똑같구나. 더러운 요괴들아! 왜 이런 걸 나에게 보여주는 것인가. 넷째야? 눈알이 튀어 나오네! 뭐! 그 줄이 최후 심판 그날까지 뻗쳤어? 또 있어? 일곱째야? 더 보지 않겠다. 그런데도 여덟째가 거울 들고 나타나 더 많은 왕들을 보여주네. 몇몇은 두 겹의 보주와 세 겹 왕홀을 지녔구나. 끔찍하다! 이제야 사실임을 알겠다. 피 엉긴 머리칼의 뱅코가 나에게 제 자손들을 가리키는 것이구나. 아니! 그래?

백발 마녀 : 예, 모두가 사실이오. 하지만 맥베스가 왜 저렇게 경악했지? 자 얘들아, 이 분을 즐겁게 해드리고 최고로 좋은 걸 선보이자. 난 공기로 음악을 뽑을 테니 너희는 환상적 윤무를 추어라, 여기 온 보답을 잘 받았노라고 왕께서 친절히 말할 수 있도록 (음악, 마녀들이 춤추고 사라진다.)

'모든 것이 마녀들의 말 대로다. 아무리 좋은 계획이 있더라도 실행하지 않으면 모든 게 허사다. 지금부턴 떠오르는 것들을 그 즉시 행할 것이다. 맥더프 성을 기습하여 영지를 강탈하고, 그자의 처자식과 대를 이을 불운한 영혼들을 모조리 베어버리겠다.'

그날 파이프 성은 맥베스가 이끌고 온 군사들에 의해 점령되었다. 맥더프의 피를 물려받은 일족들은 모두 죽었다. 파이프 성의 하인들은 맥베스의 군사들에 의해 도망치는 사슴처럼 도륙되었다. 맥더프의 아내와 아이들은 긴 나무막대기에 묶인 채 불 속에서 타 죽었다. 모두의 마음속에 전갈들이 자리 잡고 있었고, 죽이는 사람과 죽는 사람 모두 서로를 원망했다.

————————

덩컨 왕의 시해가 있던 그날, 맥베스가 호위병들을 단숨에 제거했을 때부터 맥더프는 덩컨 왕을 시해한 인물은 맥베스일지도 모른다고 확신했다. 때문에 만찬회의 밤, 그는 맥베스의 괴질을 보자 그 자리를 박차고 나갈 수밖에 없었던 것이다. 맥더프는 곧바로 맬컴 왕자가 있는 잉글랜드로 갔고, 그에게 다시 한 번 충성을 맹세했다. 그때 맥더프는 멀지 않은 시간에 아내와 아이들도 스코틀랜드의 파이프 성에서 피신시킬 생각을 하고 있었다.

스코틀랜드와 잉글랜드의 접경지, 황야에는 이미 맬컴 왕자와 맥더프, 잉글랜드의 시워드 군사령관이 진영을 갖추고 맥베스의 스코틀랜드를 칠 준비를 하고 있었다. 맥더프는 혼자 진영 근처의 황야를 걷고 있었다. 멀리서 눈에 익숙한 실루엣이 말을 타고 오는 것이 보였다. 스코틀랜드의 귀족 중 가장 나이가 많은 로스였다.

맥더프_ 파이프의 영주 맥더프는 자신의 아내와 자식들이 맥베스로부터 죽임을 당하자 이를 복수하기 위해 이를 간다.

"사촌 형님, 어서 오시오. 표정들이 왜 그러시오? 스코틀랜드는 여전하오?"

맥더프가 묻자, 로스가 대답했다.

"지옥이 있다면 그곳이 바로 지옥이오. 이젠 무덤이라 하는 게 나을 정도요."

"아……."

맬컴은 맥더프에게 가까이 다가갔다.

"장군의 귀가 내 혀를 혐오하지 않기를 바라오. 평생 듣지 못할 끔찍한 소식이오."

맥더프는 맬컴을 한참동안 바라보다가, 로스에게 물었다.

"아내는 어떻게 되었소?"

로스는 울먹이며 말을 잇지 못했다. 맬컴이 대신 대답했다.

"장군의 성이 급습을 당했소."

맥더프는 맬컴의 어깨를 잡으며 똑바로 그의 눈을 쳐다보았다. 분노와 슬픔이 뒤섞인 형언할 수 없는 복잡한 심정이 맥더프의 주위를 감쌌다. 그는 말 없이 맬컴의 어깨를 거세게 꽉 잡았다.

"누구의 만행입니까?"

맥더프의 말에 맬컴과 로스는 침묵으로 고개를 떨구었다.

"아이들은?"

"부인과 아이들, 시종들까지 모두 죽었소."

맥더프는 황야의 바람소리도 떨 만큼 절규하는 비명을 질렀다. 맥더프는 힘없이 고개를 떨구고, 황야에 무릎을 꿇었다. 로스도 무릎을 꿇었다.

"이 천인공로할 놈. 그 애들은 아직 다섯 살도 안 됐소!"

맥더프가 말했다.

맬컴이 절망에 찬 맥더프 앞으로 다가왔다. 맬컴은 결연한 몸짓으로 무릎을 꿇고 맥더프와 이마를 맞댔다.

"맥더프, 사내답게 싸웁시다."

맥더프는 이럴 순 없다는 듯이 고개를 가로저었다. 그러다가 잠시 후 고개를 끄덕였다. 맥더프는 무릎을 꿇고 있는 맬컴을 일으켜 세웠다. 그의 어깨에 손을 얹으며 맥더프가 말했다.

"꼭 그래야지요. 죄 많은 맥더프여. 너 때문에 모두 죽임을 당했구나!"

맥더프의 슬픔과 자책은 서서히 분노로 바뀌고 있었다. 영국 왕은 맬컴 왕자에게 1만 명의 군사를 주었고, 복수를 다짐하는 그들은 진군만을 기다리고 있었다. 맥더프는 한시바삐 스코틀랜드의 악마와 맞서서 이 천인공로할 만행을 저지른 맥베스를 베어버리겠다고 벼르고 있었다.

———————··············

그녀는 손을 씻었다. 씻어도 씻어도 피의 흔적은 지워지지 않았다. 맥베스가 맥더프의 가족들을 불에 태워 죽였을 때, 그녀는 그 끔찍한 참상을 두 눈으로 직접 보고 있었다. 그녀가 하려던 살인은 딱 하나, 덩컨 왕을 죽이는 것뿐이었다. 그러나 그 행동은 연이은 살육의 도화선이 되고 말았다. 실성한 남편을 그 지경으로 만든 것은 결국 그녀였다. 이제 그녀도 남편을 더 이상 말릴 수 없었다. 마녀들에게 새로운 예언을 받아온 이후, 맥베스의 행동은 날로 더 포악해졌다. 맥베스는 계속해서 모래성을 부수는 아이의 발길질처럼 본인의 뜻에 반항하는 사람들을 무참하게 살육했다.

그녀는 맥베스가 실성하여 사람들을 죽일수록, 본인이 벌을 받고 있는 것이라 여겼다. 그리고 어느 날부터인가 손에는 선명하게 자국이 나 있었다. 그녀는 맥베스가 만찬회 자리에서 보았다던 뱅코의 유령을 떠올렸다. 그녀의 손에 있는 칼자국은 점차 커져 갔다. 빨간 핏빛은 응고되어 보랏빛으로 변했다. 핏자국이 진해질수록 그녀의 온몸에선 힘이 빠져나가는 것 같았다. 시종들 중 누구도 그녀의 손바닥에 있는 저주받은 자국을 볼 용기가 나지 않았다. 그녀는 계속해서 손바닥을 씻었다. 어느 날 시녀는 그녀의 행동을 보다 못해, 전의를 불러 그 원인을 알아보려고 했다. 전의와 시녀는 몰래 숨어 부인의 행동을 지켜보았다.

맥베스 부인 : 저주받은 자국아, 없어져라! 제발 없어져! 하나, 둘, 아니, 해치울 시간이 됐잖아. 지옥은 캄캄해. 저런, 폐하, 저런! 뭐가 그리 두려우십니까? 누가 알든 말든 두려울 게 뭐예요, 아무도 우리의 권력을 뭐라 할 수 없는데? 그런데 그 늙은 덩컨 왕은 왜 그리도 피가 많은 거죠. 누가 생각이나 했겠어요? 이 자국, 자국!

전의 : 저 말 잘 들었어요?

몽유병에 걸린 맥베스 부인(143쪽 그림)_ 비평가들은 맥베스 부인에게서 남성성과 여성성의 충돌을 읽어낸다. 맥베스 부인은 여성성이라고 여겨지는 동정심, 모성, 취약성 같은 것을 억누르고, 남성성이라고 여겨지는 야망, 무자비함, 권력 추구를 드러낸다. **찰스 수브르의 작품.**

맥베스 부인 : 파이프 영주에겐 아내가 있었는데 언제 사라진 거죠? 뭐야, 이 손이 지워도 지워도 깨끗해지지 않는단 말이지? 이제 그만, 폐하. 이제 그만 하세요. 그렇게 순간 순간 놀라시면 만사를 그르쳐요.

전의 : 저런, 저런! 알아서는 안 될 일을 알았군.

시녀 : 해서는 안 될 말을 왕비께서 하셨어요. 그런데 왕비께서 무엇을 더 알고 계시는지 아무도 모르죠.

맥베스 부인 : 아직도 여기에 피 냄새가 남았구나. 아라비아 향수를 다 뿌려도 이 작은 손 하나를 향기롭게 못하리라. 오! 오! 오!

전의 : 저 무슨 한숨인가! 마음이 무겁게 짓눌려 있구나.

맥베스 부인 : 일어난 일은 되돌릴 수 없습니다, 폐하. 어서 침소로 드세요. 침소로.

시녀 : 내 가슴에 저런 탄식을 지니지는 않겠어요. 내가 여왕이 되어 찬란한 빛을 발할 수 있다 하여도.

전의 : 이 병은 내 의술로는 안 됩니다.

———————··················

잉글랜드 군은 이미 스코틀랜드의 목 앞에 진영을 세우고 전쟁 준비를 하고 있었다. 맥베스는 '버남의 큰 수풀이 던시네인 언덕으로 맥베스를 대적하여 다가오기 전에는 절대 정복 안 될 테니'라는 알 수 없는 말만 끝없이 뇌까리며 성 앞의 던시네인 언덕 강화에만 온 힘을 기울였다. 맥베스의 부인은 보이지도 않는 손바닥의 자국을 계속해서 물로 씻어내며 밤마다 궁전의 복도를 실성한 사람처럼 돌아다녔다. 시종과 하인들은 그런 그들을 마치 연극 무대의 배우들처럼 바라보고만 있었다.

"1만이옵니다."

맥베스 부인의 죽음_ 맥베스 부인은 지나온 일들에 대한 양심의 가책을 이기지 못하고 자살한다. **헨리 푸젤리의 작품.**

맥베스 앞에서 무릎 꿇은 시종이 말했다.

"겁먹은 아이 같구나. 무엇이 말이냐?"

"아뢰기 황송하오나, 잉글랜드 병사의 수입니다."

맥베스는 시종의 얼굴을 양손으로 쓰다듬었다.

"우리의 굳건한 성은 적의 포위 공격 따윈 비웃을 것이다. 그들이 그냥 있도록 가만이 내버려 두어라. 기아와 역병이 그들을 모두 잡아먹을 것이다. 버남 숲이 던시네인 언덕으로 다가오기 전까진 아무 문제 없느니라. 난 왕비가 있는 방에 갔다 오겠다. 왕비의 상태가 많이 안 좋은것 같구나."

맥베스는 왕비가 잠들어 있는 침소로 갔다. 왕비는 편안하게 누워 있었고, 그 앞에는 전의가 슬픔에 잠긴 채 가만히 서 있었다. 맥베스는 전의에게 말을 걸었다.

"전의! 영주들이 달아나고 있소. 그 어떤 대황, 취산, 명약으로 잉글랜드 놈들을 몰아낼 수 있겠소? 그 방법만 알려준다면 영주들의 땅은 자네 것이오."

전의는 침통한 표정으로 맥베스를 바라보았다.

"전의, 불은 왜 다 꺼둔 것이오? 영주들이 햇불도 몽땅 가지고 잉글랜

맥베스 **145**

드로 도망간 것이오?"

"폐하."

"어서 말하시오 전의, 잉글랜드 놈들을 박살낼 묘책이 있겠소? 그렇다면 내 모든 권력을 그대에게 줄 것이오. 덩컨 왕에게 했던 것처럼 내게 지혜를 주시오 전의. 내 박수 쳐 찬양하고 메아리로 다시 찬양하리다."

"폐하⋯⋯. 왕비께서 돌아가셨습니다."

맥베스는 가지런히 누워 있는 부인의 침대로 고개를 돌렸다. 부인은 편하게 잠들어 있는 것 같았다. 맥베스는 부인에게 다가갔다. 침대 맞은편에는 시녀 한 명이 죽은 부인의 손을 잡고 흐느끼고 있었다. 마치 오랫동안 밀린 잠을 자는 듯 꼼짝도 않고 잠에 빠진 부인이 기괴하게 느껴지기까지 했다. 맥베스는 고개를 숙여 긴 잠에 빠져 있는 부인을 내려다보았다. 저주 받은 자국이라기엔, 너무도 평화로운 얼굴이었다.

맥베스 : 왕비도 언젠가는 죽을 몸이고, 또 그날이 올 줄 알았다. 내일, 또 내일. 이 더딘 걸음으로 하루 또 하루, 삶의 마지막 순간까지 기어가서 우리의 어제들이 흙덩이 속으로 고꾸라지는 어리석은 자들 앞을 비추리. 꺼져라. 꺼져라 잠시 동안의 촛불아. 인생이란 한순간을 거두는 그림자에 불과할 뿐 무대 위를 잠깐 우쭐대며 오가다 가뭇없이 잊혀지는 불쌍한 배우. 바보가 떠드는 허무맹랑한 이야기. 격정의 소란으로 가득하지만 덧없는 이야기. 저 소린 무엇인가?

전의 : 여인들이 통곡하는 소리옵니다. (맥베스는 죽은 부인을 일으켜 세우고 있는다)

맥베스 : 난 이제 두려움의 맛을 잘 모르겠다. 한때는 밤에 비명을 들으면 소름이 돋기도 했고 내 머리칼같이 살아 있는 것처럼 곤두서서 흔들릴 때도 있었다. 이제 모든 게 경악할 것들로 날 가득 채우고 내 거친 마음과 어울리게

맬컴 군의 침입_ 맥베스는 마녀들에게 예언을 들은 대로 버남의 숲이 던시네인을 넘어오지 않는 한 멸망하지 않을 것이라는 예언을 믿고 자신만만해 한다. 하지만 맥베스의 믿는 구석을 비웃기라도 하듯 맬컴의 군대는 나뭇가지를 위장으로 사용하여 버남의 숲을 넘는다.

뒀더니, 걷잡을 수 없는 비명이 휭휭하는구나.

그때 침소로 시종 한 명이 달려왔다.

"인자하신 폐하, 제가 본 대로 아뢰어야 하오나 어찌 말씀드려야 할지 모르겠사옵니다."

"사실대로 말하라."

"제가 언덕 위에서 망을 보면서 버남 숲을 바라보았는데, 어느 순간 숲이 움직였습니다."

"말도 안 된다, 거짓을 고하지 마라!"

맥베스는 시종의 멱살을 움켜쥐었다. 그러나 시종은 계속해서 말을 이었다.

"제가 틀렸다면 폐하의 진노를 받아 마땅하옵니다. 그러나 제 두 눈에는 버남 숲이 움직여 던시네인 언덕으로 다가오고 있나이다."

"무장을 준비하라. 적어도 과인은 무장을 갖추고 죽으리라. 바람아 파멸아, 오너라! 온 우주가 끝장날 때까지 짐의 싸움은 계속될 것이다."

맬컴과 맥더프가 무장한 잉글랜드 군대는 버남 숲의 큰 나뭇가지들을 꺾어 위장한 채로 던시네인 언덕으로 진격해 올라갔다. 잉글랜드 군이 마침내 던시네인 언덕을 넘어 성 앞으로 도달했을 때 맬컴은 전 병사에게 나뭇가지들을 버리고, 일제히 진격하라고 외쳤다.

맥베스 진영에 남아 있던 귀족은 한사코 맥베스의 공격을 말렸다. 1만 명의 잉글랜드 군이 스코틀랜드의 성을 포위한 상태였지만, 성 안에서 버티면 아직 승산은 남아 있었던 것이다. 그러나 맥베스는 기어코 군사들을 스코틀랜드의 성문 밖으로 집결시켰다.

"갈 사람들은 가라. 지금 도망가는 사람들은 탓하지 않겠다. 그러나 전장에서 등을 보이는 자는 짐의 칼에 죽으리라."

많은 병사들이 갑옷을 벗어버리고 버남 숲을 향해 도망을 쳤다.

"자, 이제 남을 사람만 남았구나. 걱정 말아라. 짐은 여자에게서 태어난 자에게 죽지 않는다. 그대들은 짐과 함께 영원한 영광을 맞이할 것이다. 자, 저들이 쳐들어 오기 전에 우리가 먼저 저들을 치자."

마침내 맥베스의 스코틀랜드 군과 맬컴의 군사가 정면으로 맞붙었다.

맬컴의 군사들은 맥베스의 스코틀랜드 성에 쌓아 놓은 버남 숲의 커다란 나뭇가지 덤불에 일제히 불을 붙였다. 자욱한 연기가 전장의 핏빛과 섞여 진보랏빛으로 변하고 있었다. 맥베스의 군대는 점차 수세에 몰렸다. 잉글랜드의 1만 군에 포위된 맥베스의 군대는 점점 맥없이 쓰러지고 있었다. 게다가 맬컴과 맥더프의 분노는 병사들의 사기를 진작시켰지만, 맥베스의 알 수 없는 오만은 병사들의 칼질을 더디게 만들었다.

그러나 맥베스는 실성한 것처럼 잉글랜드의 병사들을 닥치는대로 칼로 베었다. 그는 다가오는 파멸을 향해 검을 쥔 채 돌진했다. 칼이 부러

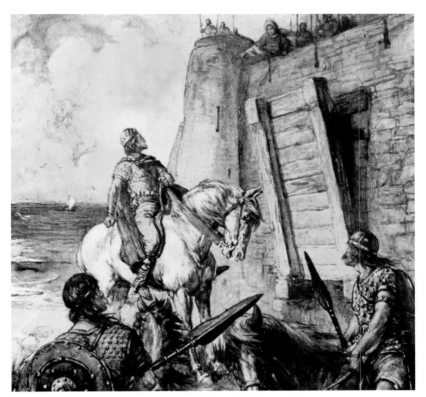

맥베스와 맥더프의 대치_ 복수심에 불타는 맥더프가 맥베스 성을 공격하는 장면이다.

질 때마다 전장에 널브러진 죽은 병사의 칼을 다시 손에 쥐며 맥베스는 앞으로 나아갔다. 맥베스는 잔인한 운명을 지금 당장 부서버릴 것처럼 운명을 거부하는 몸짓으로 적진을 향해 맹렬히 나아갔다.

"어디 있느냐, 폭군아! 이 맥더프 앞에 나타나거라."

익숙한 목소리였다. 전장의 한 가운데서 맥베스는 마침내 맥더프의 앞에 섰다.

"모든 사람 가운데 난 너만은 피해 왔었다. 물러가라! 내 심장은 네 가족들을 빨아먹은 피로 넘쳐나고 있다."

"닥쳐라! 더 이상 무슨 말이 필요하랴. 내 널 꼭 이 손으로 갈갈이 찢어 죽이고야 말겠다!"

맥더프는 맥베스에게 전력을 다해 맞섰다. 그러나 운명의 여신은 호락호락하지 않았다. 맥더프의 손을 들어주기엔 더 많은 피의 제물이 필요했다. 몇 십 합이 넘도록 맥더프와 맥베스는 팽팽하게 맞붙었다.

"그만 두어라. 맥더프여, 난 불사신이다. 여자의 몸에서 태어난 자에겐 난 죽지 않는다."

"폭군아, 네가 들었다는 그 마녀의 예언을 나도 이미 들었다. 그러나 운명의 여신은 나의 편, 나 맥더프는 여덟 달만에 어미의 배를 가르고 나왔느니라."

말을 마치자마자 맥더프는 맥베스에게 맹렬하게 달려들었다. 맥더프가 말을 끝낸 그 짧은 몇 초 사이, 맥베스는 말로 표현할 수 없는 오만가지 생각에 잠겼다. 덩컨, 부인, 마녀, 예언, 운명.

혼령 1 : 맥더프를 조심하라.

혼령 2 : 여자에게서 태어나서 맥베스를 해칠 사람 절대 없을 테니까.

혼령 3 : 버남의 큰 수풀이 던시네인 언덕으로 맥베스를 대적하여 다가오기 전에는 절대 정복 안 될 테니.

'예언이 이런 것이었나.'

맥베스는 다시 칼자루를 세게 잡고 돌진해오는 맥더프의 비수를 받아 쳐냈다.

'그러나 운명이여. 나는 아직 항복할 수 없다. 나이 어린 맬컴의 발밑 땅에 입 맞추고 잡놈들이 퍼부어대는 욕짓거리 대상은 안 될 것이다. 던시네인 언덕으로 버남 숲이 오기는 했지만 대적하는 네 놈이 여자의 배

맥베스의 최후_ 맥베스는 "여인이 낳은 자에게는 쓰러지지 않을 것이다"는 세 마녀의 예언 그대로 맹렬하게 적을 쓰러뜨린다. 맥베스는 맥더프를 만난 순간 그와는 싸우고 싶지 않아 달아나려 하지만 맥더프가 겁쟁이라고 욕하자 돌아서서 "난 여인이 낳은 자에게는 쓰러지지 않는다. 넌 사내가 낳기라도 하였느냐?"고 호기를 부린다. 그러나 맥더프는 지금까지 그런 예언 따위에 의지했던 것이냐고 비웃으면서, "난 태어나기도 전에 어머니 배를 가르고 나온 몸이다"고 맞받아친다. 이처럼 모든 예언이 맞아떨어지자 절망에 빠진 맥베스는 이젠 예언 따위는 필요 없다며 방패도 버리고 맥더프와 처절한 혈투를 벌인다. 그리고 결국 맥베스는 맥더프의 칼에 목이 잘려 비참한 최후를 맞이한다.

에서 정상적으로 나온 놈이 아니긴 하지만 난 끝까지 해보겠다. 나를 보호해 주던 내 방패를 내던져 버리겠다. 덤벼라, 맥더프. 둘 중 누군가 '그만 하자'고 울부짖는 자가 지옥행이 될 것이다!'

맥더프의 칼이 그대로 맥베스의 복부를 깊숙이 관통했다. 맥베스는 맥더프의 칼을 뿌리치고, 비틀거리며 앞을 향해 걸어갔다. 전장은 이미 핏빛 연기로 가득했다. 비명과 날카로운 쇳소리를 뚫고 맥베스의 귀 속에 희미한 환청이 들려왔다.

"맥베스를 환영하라!"

다시 마녀들이 보이는 듯했다. 맥베스는 마녀에게 물었다.

"다음 예언을 말하라."

하지만 마녀들은 아무 말 없이 맥베스만 노려보고 있었다.

맥베스는 만신창이의 몸을 추스리며 계속해서 앞으로 걸어갔다. 어렴풋이 말을 탄 맬컴의 모습이 보이는 듯도 했다. 그리고 두 발자국도 못 떼고 맥베스는 그대로 무릎을 꿇고 쓰러졌다. 맥베스의 시야로 마녀들의 형상이 점점 멀어져 갔다. 백마를 탄 맬컴의 얼굴도, 꼿꼿이 서 있는 맥더프의 모습도, 맥베스의 눈에서 서서히 사라지고 있었다.

"스코틀랜드 왕 만세! 맬컴 왕 만세!"

맬컴과 맥더프 그리고 잉글랜드의 군사들은 스코틀랜드의 성 안으로 들어갔다. 맥베스가 죽자마자 맬컴은 전쟁을 멈췄다. 맥베스 쪽에 있던 군사들도 더 이상 사기가 남아 있지 않았다. 그들에 대한 처분을 어떻게 할 것인지는 나중 문제였다.

"긴 시간을 소비하기에 앞서 그대들 각자의 충성심을 헤아려 논공행상을 할 것이오. 친족들과 영주 여러분에게는 백작의 작위를 내리겠소. 스코틀랜드 왕이 주는 최초의 명예가 될 것이오. 앞으로 이 시대에 새롭게 시작해야 할 일과 짐에게 요구되는 그 밖의 일들은 하느님의 은총으로 방법과 시간, 장소에 따라 실행할 것이오. 폭군의 시대는 끝이 났소. 스코틀랜드에는 다시 빛이 찾아올 것이오."

말을 탄 자와 말을 타지 않은 자 모두가 '맬컴 왕 만세!'를 외쳤다. 전장의 붉은 기운을 몰아내는 세찬 함성이었다. 시종 한 명은 멀리서 걸어오는 세 명의 여인의 형상을 보았다. 그러나 눈을 비비며 다시 앞을 봤을 때, 그것들은 붉은 흙먼지와 함께 눈앞에서 사라져 있었다.

| 한눈에 명화로 보는 셰익스피어 |

리어 왕

"내가 누구인지 말해줄 수 있는 자가 누구란 말이냐?"

THE TRAGEDIE OF KING LEAR

리어 왕

◆ 장소 및 등장인물

장소

브리튼

등장인물

리어 : 브리튼의 왕
고너릴 : 리어의 첫째 딸
리건 : 리어의 둘째 딸
코딜리아 : 리어의 셋째 딸
알바니 공작 : 고너릴의 남편
콘월 공작 : 리건의 남편
프랑스 왕 : 코딜리아의 남편
버건디 공작
글로스터 백작
에드거 : 글로스터의 아들
에드먼드 : 글로스터의 서자
켄트 백작 : 리어의 충신
광대 : 리어의 수행원
오스왈드 : 고너릴의 집사장
노인 : 글로스터의 소작인

리어왕(154쪽 그림)_ 고대 브리튼 왕국의 리어 왕은 나이가 들자 세 딸에게 효심 고백 대결을 시켜 왕국을 나눠주고 자신은 편안한 여생을 보내고자 한다. 그러나 가장 멋진 고백을 하리라 예상했던 막내딸 코딜리아는 입을 다물어 리어 왕의 기대를 저버리고 가장 감동적으로 효심 고백을 한 두 딸은 아버지를 배신한다. 리어는 왕의 권위와 자녀 등 모든 것을 잃고 실성한 채 광야를 헤매게 된다. **루벤스 작품.**

일식이었다. 달이 태양을 가려 낮의 빛이 사라진 밤 같은 낮이었다. 리어 왕이 중대 선언을 하기 몇 분 전 글로스터는 오랜만에 브리튼으로 돌아온 서자 에드먼드와 함께 성 밑의 어둠을 바라보고 있었다.

"불길하군."

글로스터가 말했다. 무언가를 예언하는 듯한 일식을 글로스터가 묵묵히 바라보고 있을 때 성 안에서 켄트가 나왔다.

"왕께서 모두 대강당으로 모이라고 하셨소."

"알겠소."

글로스터는 몇 번 고개를 저은 후 자세를 돌렸다. 켄트는 글로스터에게 옆의 젊은 청년이 누군지 물었다. 글로스터는 헛기침을 하며 켄트에게 말했다.

"내 자식이오만, 지금 부인의 자식은 아니오. 이 애는 9년 동안 외부에 나가 있었는데, 곧 다시 내보낼 겁니다. 에드먼드, 이 어른을 아느냐?"

"모릅니다, 아버님."

"켄트 백작이시다. 지금부터 내가 존경하는 백작님을 잘 기억해 두어라."

"경애하는 백작님, 잘 부탁드립니다."

"자네에 대해 더 잘 알게 되길 바라네."

"노력하겠습니다, 백작님."

달이 태양을 완전히 가렸고, 셋은 리어 왕의 부름을 받고 대강당으로 들어갔다.

브리튼의 왕 리어에겐 세 명의 딸이 있었다. 리어 왕은 이제 왕의 업무를 내려놓고 말년의 삶을 딸들의 사랑 속에서 행복하게 보내고 싶었다. 세 명의 딸은 왕 앞에서 무릎을 꿇은 채 그의 선언을 기다리고 있었다. 사실 세 명의 딸과 모든 대신들의 관심사는 브리튼 땅이 세 명의 딸에게 어

일식 장면_ 일식은 달이 태양과 지구 사이에 놓여 지구에서 볼 때 달이 태양을 전부 또는 일부를 가리는 현상이다. 역사적으로 태양이 긍정적인 의미를 지니고 있었기 때문에 일식 현상을 굉장히 안 좋게 보는 경향이 있었다. 그래서 많은 문화권에서 일식은 검은 존재에 의해 태양이 뜯어먹히는 일로서 여겨졌다. 리어 왕의 신하인 글로스터 백작 역시 일식이 일어나자 불길한 예감을 버리지 못한다. **앙투안 카론의 작품.**

떻게 배분될 지에 대한 문제였다. 공평하게 세 명에게 분배될 것이라는 의견과 나이순으로 고너릴이 가장 크고 좋은 땅을 차지하게 될 것이라는 의견, 의외로 리어 왕이 평소에 총애하던 막내 딸 코딜리아에게 큰 땅이 분배될 것이라는 의견 등 다양한 의견들이 분분했다. 그러나 리어 왕의 선언은 전혀 뜻밖이었다.

"딸들아, 아비는 누가 날 가장 사랑하는지 알고 싶구나. 그 사람에게 더욱 큰 선물을 주도록 하겠다."

리어 왕의 선언을 들은 세 딸도 놀랐지만, 리어 왕을 보좌하고 있던 글로스터와 켄트 백작도 왕의 선언을 듣고 굉장히 놀랐다. 왕은 어떤 사람에게도 왕국의 땅의 배분 방식에 대해 언질하지 않았고, 그날 처음 선언한 것이었다. 왕은 시종에게 왕국의 지도를 가져오라고 한 후, 첫째 딸 고너릴부터 말해보라고 했다. 고너릴은 본인이 가진 왕에 대한 사랑을 과장된 몸짓을 섞어가며 표현하기 시작했다.

고너릴 : 아버님에 대한 제 사랑은 말로 다 표현할 수 없습니다. 시력이나 걸림 없는 자유보다 소중하게, 가장 값지거나 희귀한 것 이상으로 그리고 제 생명보다도 더 사랑합니다. 아버님은 이 세상 그 무엇보다 존귀하신 분입니다. 자식으로서 드릴 수 있는 최대의 사랑으로, 모든 한계 다 넘어 아버님을 사랑하옵니다.

코딜리아 : (방백) 아버님에 대한 사랑의 표현을 어떻게 해야 좋지? 사랑으로 침묵하라.

리어 : 이 모든 영토에서 이 선부터 이 선까지, 그늘진 산림과 풍요로운 들판에다 풍부한 강, 드넓은 평야가 있는 땅을 네 소유로 해주마. 너와 네 오라비의 자식들이 영원히 상속토록. 짐의 둘째 딸 사랑하는 리건도 말해 보아라.

리건 : 전 언니와 타고난 성품이 같사오니 제 사랑도 같사옵니다. 진심으로 언니는 제 사랑을 조목조목 밝혔어요. 다만 크게 빠뜨린 부분은, 저는 가장 민감한 인간의 감각이 누릴 수 있는 모든 기쁨이 저에게 온다 할지라도 그 기쁨이 아버님에 대한 효도 이외의 즐거움이라면 일거에 떨쳐버리고 오로지 폐하께

고너릴_ 리어 왕의 장녀인 고너릴은 아버지를 무척 사랑한다며 갖은 아부와 아양을 다 떨어서 유산의 3분의 1을 받는다. **구스타프 포프의 작품**.

바치는 귀중한 사랑만이 이 세상에서 가장 큰 기쁨임을 진실로 고하나이다.

코딜리아 : (방백) 불쌍한 코딜리아! 하지만 안 그래, 왜냐하면 내 사랑은 분명히 내 입보다 더 무거울 테니까.

리어 : 너와 네 후손에게 영구히 세습으로 고너릴이 하사받은 땅보다 크기나값어치, 기쁨 또한 못지않은, 짐의 아름다운 왕국의 방대한 삼분의 일을 남기리라. 자 이제, 막내지만 내 즐거움, 네 사랑과 인연을 프랑스는 포도로 버건디는 우유로 맺자는 데 언니들 것보다 더 비옥한 삼분의 일을 위해 네가 할 수있는 말이 무엇인지 말하라.

코딜리아 : 없습니다, 폐하.

리건_ 리어 왕의 차녀인 리건 역시 언니인 고너릴 못지않은 이기주의자로, 고너릴의 행동을 모방해서 똑같이 3분의 1을 받는다. **프레드릭 샌디스의 작품.**

리어 : 없습니다?

코딜리아 : 네, 없습니다.

리어 : 없음은 없음만 낳느니라. 다시 말해보라.

코딜리아 : 소녀 비록 불운하나 제 마음을 말로 표현할 줄을 모릅니다. 전 폐하를 도리에 따라서 사랑하고 있을 뿐, 더도 덜도 아닙니다.

리어 : 뭐, 뭐라고, 코딜리아? 말을 좀 고쳐봐라. 네 행운을 망치지 않으려면.

코딜리아 : 아버님은 저를 낳아 기르시고 사랑해 주셨기에 전 그에 합당한 의무로 보답고자 복종하고 사랑하며 존경할 뿐입니다. 언니들이 아버님만 사랑한다 말할 거면 남편들은 왜 있지요? 제가 만일 결혼하면 제 서약을 받아들일

그분은 제 사랑과 걱정과 임무의 절반을 가져갈 것입니다. 전 폐하께 효도를 다하기 위해서라면 분명코 언니들처럼 결혼은 절대로 않겠어요.

리어 : 그게 진심으로 한 말이냐?

코딜리아 : 네, 폐하.

리어 : 어린 것이 그렇게도 무정하냐?

코딜리아 : 어리다 해도 진심이옵니다.

리어 : 그래라. 그럼 네 진실이 지참금이다. 왜냐하면 태양의 성스러운 광명과 헤카테의 비밀 의식과 밤의 모든 천체들의 영향에 맹세코 나는 네 부모로서 걱정근심 모두와 근친 혈연관계를 부인하고, 지금부터 영원히 너를 타인으로 취급할 테니까. 스키타이 야만족 아니면 자신의 식욕을 채우려고 제 새끼를 잡아먹는 짐승이라도 지난날의 딸자식, 너보다 더 가까울 것이며 내 동정과 구원을 그들에게 줄 것이리라.

———— ·················

리어 왕의 갑작스러운 결정에 모든 대신들은 아무 말도 못하고 있었다. 보다 못한 켄트 백작이 왕에게 말씀을 거두어 달라고 말했다. 글로스터와 더불어 켄트는 리어 왕의 오랜 충신 중 한 명이었다.

"왕이시여 말씀을 거두어……."

"닥쳐라!"

켄트가 말을 마치기도 전에 왕은 그의 말을 끊었다. 켄트 백작 외에는 감히 그 자리에서 코딜리아를 지지하는 대신은 아무도 없었다. 켄트 백작은 코딜리아의 진심이 무엇인지 알고 있었다. 때문에 왕에게 몇 가지 충언을 더 건넸지만, 그럴수록 켄트 백작에 대한 리어 왕의 분노는 가중되고 있었다.

코딜리아_ 리어 왕의 막내 딸. 좀 무던하고 단순한 면이 없진 않지만 심성이 착하고 아버지를 진심으로 사랑하는 효녀였다. 그 점을 알고 있었기 때문에 리어 왕이 가장 사랑하는 딸이기도 했다. 그러나 언니들처럼 아부하는 기술도 없고 세상 돌아가는 물정도 몰랐기 때문에 실수를 범하여 리어 왕의 사랑을 잃고 만다. **윌리엄 프레데릭 에이미의 작품**.

"공이 날 가르치려 드는 건가?"

리어 왕이 켄트 백작에게 호령을 했다. 켄트 백작으로선 왕국의 미래에 대해 이토록 변덕스러운 결정을 내리는 리어 왕의 결정을 도무지 지지할 수가 없었다.

죽을 각오를 하고 켄트 백작은 왕에게 진심어린 충언을 고하였다.

"신하라고 두려워서 할 말을 못 할 줄 아십니까? 왕이 우둔할 때의 진정한 충신이란 직언을 할 줄 알아야만 합니다. 목숨 걸고 판단컨대 막내딸의 사랑은 가장 적지 아니하며 조용한 목소리로 공허한 말 않는다고 사랑 없진 않습니다."

리어 왕은 칼을 빼들었다. 그러자 글로스터와 알바니 공작은 리어 왕이 그 자리에서 켄트 백작의 목을 치려는 것을 막았다.

"전하, 그래도 켄트이옵니다."

글로스터가 말했다. 알바니 공작도 왕에게 무릎을 꿇고 켄트 백작의 목숨은 살려줘야 한다고 말했고, 그들의 말이 끝난 뒤 리어 왕은 켄트 백작에게 말했다.

"닷새 주겠다. 그 안에 내 왕국에서 사라지거라. 만약 그 다음 날 짐의 영토 안에서 네가 발견된다면, 주저 없이 널 죽이겠다 켄트."

"왕이시여 안녕히. 신들은 코딜리아 공주님을 보호해 주소서."

켄트 백작은 왕과 코딜리아에게 작별인사를 한 후 밖으로 나갔다.

켄트 백작이 나간 이후 리어는 막내 딸 코딜리아에게 청혼을 했던 버건디 공작과 프랑스 왕을 불러들였다. 리어는 상황의 경위를 말한 후 그들에게 내팽개치듯 아무나 코딜리아를 데려가고 싶으면 데려가라고 말했다. 브리튼 땅이라는 지참금을 잃어버린 코딜리아에 대해 버건디 공작은 더 이상 관심이 없었다. 그는 왕에게 몇 마디를 확인한 다음 굳은 표정으로 나갔고, 프랑스 왕의 결정만이 남아 있었다.

"왕이시여, 우연한 행운으로 내게 온 무일푼 공주는 짐과 백성, 아름다운 프랑스의 왕빕니다. 많은 것을 가진 버건디 공작 같은 사람 아무리 많이 밀어닥쳐도 내 사랑을 빼앗지는 못할 것입니다. 코딜리아, 몰인정한 그들과 작별하오. 더 나은 곳 찾으려고 이곳을 잃는 거요."

그렇게 말하며 프랑스 왕은 코딜리아의 손을 잡았고, 리어는 그들의 행동에 대해 비아냥거리며 말했다.

"프랑스 왕. 그녀를 당신 소유로 합시다. 짐에게 그런 딸은 없으며 얼굴 또한 다시는 보지 않을 테니까. 그러니 짐의 은총, 짐의 사랑, 짐의 축복의 말도 해줄 수 없소."

왕은 대신들과 함께 대강당을 나갔고, 코딜리아는 마지막으로 언니들에게 인사를 했다.

"언니들에게 아버님을 맡깁니다. 잘 보살펴주시길 바랄 게요."

"우리 일은 우리가 알아서 할 것이니 더 이상 말할 필요 없다."

첫째 고너릴이 코딜리아의 마지막 인사를 냉정하게 받아쳤다.

"네가 힘써 챙길 일은 네 남편이다. 복종을 게을리한 너는 네가 받길 원했던 푸대접을 받아도 싸다."

둘째 리건 역시 코딜리아의 인사가 무색할 정도로 몰인정하게 굴었다. 프랑스 왕은 코딜리아의 손을 잡았고, 둘은 먼저 대강당을 나갔다. 고너릴과 리건 둘만 남은 대강당에서 고너릴은 리건에게 말했다.

"아버지 변덕이 얼마나 심한지 봤지. 아버지는 언제나 코딜리아를 가장 사랑했어. 그런데 얼마나 서투른 판단력으로 걔를 내쫓았는지 우리가 똑똑히 봤잖니."

고너릴의 말에 대해 리건이 대답했다.

"늙어서 망령이 든 거야. 켄트 추방과 같은 갑작스러운 발작증을 우리에게도 하지 말란 법이 없지."

"우리 같이 움직이자. 아버지가 지금 성미 그대로 권한을 행사하고 다

프랑스 왕에 의해 청혼 되는 코딜리아_ 리어 왕의 미움을 산 코딜리아는 그녀에게 결혼지참금을 없애자 구혼을 청한 버건디 공작은 단념하고 프랑스 왕은 그녀를 아내로 맞는다. **존 길버트의 작품.**

닌다면, 오늘 땅을 받은 게 의미가 없어. 우린 뭔가 해야 돼, 단김에 말이야."

리건은 고너릴의 말에 동의했다.

———————............

세 명의 딸에 대한 왕의 선언이 있던 밤. 글로스터 백작의 서자인 에드먼드는 미리 준비한 편지를 만지작거리며 아버지가 오기만을 기다렸다. 평소에는 글로스터 백작 앞에서 실실 웃으며 겸손한 척 했지만 에드먼드의 마음속에는 아버지에 대한 크나큰 원망이 쌓여 있었다. 글로스터 백작은 늘 정실 부인의 자식인 형 에드거에 비해 에드먼드를 홀대했었다. 게다가 9년 만에 겨우 돌아온 브리튼이었지만 글로스터 백작은 자신을 다시 밖으로 내보낼 생각만 하고 있었다. 브리튼 성 밖으로 나갈 경우 에드먼드는 영원히 형에 가려진 2등 인생을 살아야 했다.

"그럴 순 없다."

리어 왕의 세 자매_ 리어 왕의 세 자매 중 첫째와 둘째는 리어 왕의 비위를 맞춰 큰 영토를 얻었으나 거짓말을 하지 못하는 막내 코딜리아는 언니들의 아첨에 반발하여 자신은 딸의 도리를 다하여 아버지를 사랑할 뿐이라고 주장한다. 격노한 리어는 코딜리아와 의절하고, 그녀 몫의 땅을 다른 두 딸에게 나누어 준다. **구스타프 포프의 작품.**

　에드먼드가 혼자 작게 읊조리고 있는데 아버지 글로스터가 멀리서 다가오는 소리가 났다. 그는 재빨리 편지를 주머니에 숨기는 척 했다. 글로스터는 에드먼드의 계획대로 그가 편지를 허겁지겁 주머니로 감추는 모습을 봤다.

　"그것이 무엇이냐, 에드먼드."

　"아무것도 아닙니다, 아버지."

　"아무것도 아니라고? 그럼 뭣 때문에 그렇게도 황급히 주머니에 집어넣었느냐? 없음의 본질은 그 자체를 숨길 필요가 없는 법. 그 쪽지를 어서 이리 줘봐라."

　"용서해 주십시오, 아버님. 이건 형이 보낸 편진데 다 읽지는 못했습니다만, 제가 정독한 곳까지는 아버님이 보시기에 적절치 않은 내용입니다."

　글로스터는 에드먼드의 만류에도 불구하고 그에게서 편지를 낚아챘

다. 편지에는 에드먼드의 형 에드거의 이름으로 글로스터에 대한 원망의 말들이 가득 적혀 있었다. 편지에서 글로스터의 눈길을 끈 대목은 에드거가 동생에게 자신과 손을 잡고 아버지를 살해하면 수입의 반을 주겠다고 약속하는 부분이었다.

"이걸 누가 주었더냐?"

"누가 준 게 아니라 제 방 여닫이창 안으로 밀어 놓은 걸 제가 발견했습니다."

"이 일로 형이 너를 떠본 적은 없었느냐?"

"그런 일은 없었습니다 아버님. 가끔 아버지가 노쇠하면 아버진 아들의 피보호자가 되고 수입은 아들이 관리해야 한다는 말을 하곤 했지만, 그것이 진심인 줄은 몰랐습니다."

"오, 이런 불효자식이 다 있다니! 당장 놈을 체포해야겠다."

글로스터는 마음을 진정시키지 못한 채 에드먼드에게 말했다.

"아버님, 일단 진정하십시오. 편지 내용이 확실한 것도 아니고, 증거도 없습니다. 증거도 없이 형의 동기를 오해하여 너무 일을 몰아부치신다면, 아버님 명예에 커다란 흠이 생길 수도 있습니다."

에드먼드는 아버지 앞에서 잘 짓던 실실 웃는 표정을 싹 없애고, 두려운 표정을 지으며 침착하게 아버지를 설득했다. 글로스터는 절망스러운 표정으로 에드먼드와 이 일의 증거를 어떻게 잡을 지에 관해 논의했다.

"최근에 일어난 일식은 우리에게 상서롭지 않은 징조였다. 도시엔 폭동이, 지방에는 불화가, 궁정엔 반역이, 그리고 아들과 아비 사이엔 인연이 끊어졌어. 내 자식 놈도 그런 최근의 불길한 예언에 따라 나타난 거야. 아비와 적대하는 아들의 경우이지. 국왕께선 현명한 선택에서 빗나가셨어. 자식과 적대하는 아비의 경우야. 오, 게다가 고결한 켄트까지 추방당했다. 에드먼드 당장 증거를 찾아내거라. 나는 이 편지가 에드거의 것이 아니길 바라지만, 만약 증거가 나온다면 그 불한당 놈을 처단할 수밖에 없다."

에드먼드 앞에서 단호하게 말한 후 글로스터는 '오, 오'라는 절망의 말만을 반복하며 방으로 갔다. 바야흐로 궁정에도 글로스터의 집안에도 불화의 씨앗이 서서히 싹트고 있었다. 이 일이 앞으로 미칠 파장을 예상하지 못한 채, 에드먼드는 방으로 가는 아버지를 보며 슬며시 미소를 지었다.

"아버지께서? 왜?"

"저도 잘 모르겠습니다, 형님."

글로스터가 사라진 후 에드먼드는 에드거를 찾아갔다. 형 앞에 나서며 아버지가 지금 화가 많이 났으며, 가만히 있다간 형님이 경을 칠 일을 당할 수도 있다고 황급히 말했다.

"분명 어떤 놈이 날 모함한 거야."

"저도 무슨 영문인지 잘 모르겠습니다. 그러나 지금은 너무 위급한 상황입니다. 일단 집 창고로 숨으십시오. 행여라도 밖에 나가시려면 무장을 하고 다니셔야 합니다."

"무장이라고?"

"형님, 지금 상황이 일촉즉발입니다. 지금 드리는 말은 제 최상의 충고입니다. 얼른, 제발 얼른 창고로 숨으십시오."

"고마워, 에드먼드. 곧 소식을 들려줄 거지?"

"당연하지요. 전 이번 일이 형님과는 무관한 일이라고 생각합니다. 남을 쉽게 믿는 아버지에 고결한 형인데 이번 일은 형의 본성과는 너무나 거리가 먼 일이라서 저는 이 일을 형님이 꾀했을 리가 없다고 생각하고 있습니다."

에드먼드_ 글로스터 백작의 서자인 에드먼드는 충분히 능력이 있음에도 서자라는 이유로 적자보다 차별을 받는 것에 불만을 품고 음모를 꾸며 적자인 형 에드거를 죽이려 한다. 에드거는 목숨을 부지하기 위해 도망쳐 톰이라는 가명을 쓰며 미친 사람인 것처럼 행동한다. **조지 클린트의 작품**.

　의심할 겨를도 없이 에드거는 에드먼드의 열쇠를 건네받았다. 에드거는 에드먼드를 뜨겁게 한 번 안았고, 연신 고맙다고 말한 후 창고로 달려갔다. 아버지와 형이 자리를 뜬 후 에드먼드는 상황이 너무 웃겨서 견딜 수가 없었다. 자상한 척 하면서 본인이 천한 어미의 자식이란 것을 입버릇처럼 말하던 아버지 글로스터와 착하지만 멍청한 형 에드거. 은연 중에 에드먼드에게 열등감을 주었던 그 둘이 그의 계략에 감쪽같이 넘어가는 멍청이였다는 점에 에드먼드는 터져나오려는 웃음을 참느라 얼굴까지 찡그렸다. 아무도 없는 복도에서 배를 부여잡고 실컷 웃은 뒤, 에드먼드는 상황이 어떻게 바뀔지를 기대하며, 방으로 들어갔다.

한편 처형을 피해 브리튼 성 바깥을 돌아다니던 켄트는 한 숲 속에 멈춰 섰다. 켄트는 왕의 딸인 고너릴과 리건의 성격을 잘 알고 있었다. 자신을 이런 식으로 쫓아낸 왕이 원망스러웠지만, 한편으론 평생을 바친 주군의 안위가 걱정되었다. 세간에 떠도는 소문으로 리어는 이제 왕의 직위만을 가진 채 본인 명의의 땅도 없이 첫째 딸의 집에 기거 중이라고 들었다. 아무리 아버지라도 고너릴이 왕을 평생 모실 리가 없었다. 고너릴은 성미가 포악했고, 리어가 통치 중일 때도 이따금 불만을 토로하던 적이 많았던 딸이었다. 그럼에도 불구하고 왕이 막내 딸 코딜리아를 지나치게 사랑했기 때문에 후계 문제에 불안을 느껴 왕을 나름 잘 따랐다. 게다가 왕의 옆에는 고너릴과 별로 친하지 않은 리건도 붙어 있었다. 그러나 왕이 직위만을 남긴 채 자신의 모든 것을 두 딸에게 넘겨준 지금, 왕을 지켜줄 사람은 주위에 아무도 없었다.

'어차피 난 추방되었다. 이건 운명이다.'

켄트는 리어가 기거하고 있다는 고너릴의 성으로 숨어들었다. 하인 변장을 하고 리어가 하는 행동을 지켜본 켄트는 그의 행동이 불안해 보였다. 리어는 왕위를 내려놓았지만 여전히 고너릴의 성에서 왕 노릇을 했고, 고너릴은 그런 왕에 대해 차츰 화가 쌓여가는 중이었다. 게다가 어느 날 고너릴이 하인에게 하는 말을 훔쳐들었다.

"예전처럼 시중들지 말아라. 계속 그러면 저 노인네는 아직도 본인이 왕인 줄 안다."

고너릴의 성, 거대한 식탁에 리어 왕은 홀로 앉아 점심식사를 기다리고 있었다.

"아무도 없느냐! 식사는 어찌 되었느냐?"

식사가 나오지 않는다고 역정을 내는 리어 왕 앞에 검은 망토를 뒤집어

리어 왕과 켄트_ 충성심이 높은 켄트 백작은 추방을 당했음에도 주군인 리어 왕의 안위가 걱정되어 고너릴의 성에 머무는 리어 왕을 보호하기 위해 평민으로 변장하여 잠입한다. **벤자민 웨스트의 작품.**

쓴 채 변장을 한 켄트가 나타났다. 덥수룩한 수염도 모두 깎았고, 머리도 길게 길러서 리어는 켄트를 알아볼 수 없었다.

"처음 보는 녀석이군. 넌 누구냐?"

"사람입죠."

"뭐하는 사람이냐?"

"매우 정직한 사람이며 국왕 만큼이나 가난한 사람입죠."

리어는 켄트의 말을 듣고 흡족해서 웃었다.

"네가 백성인데도 불구하고 왕의 가난 만큼이나 가난하다면 꽤 심각한 상황인 게로구나. 원하는 게 뭐냐?"

켄트가 뭐라고 말하려고 할 때, 식당 문 바깥으로 고너릴의 하인 한 명이 지나가는 것이 보였다. 리어는 하인에게 왜 식사가 안 들어오냐고 물었다.

"저도 잘 모르겠는뎁쇼."

하인은 별 관심없다는 투로 말한 후 땅바닥에 침을 뱉었다. 리어는 자신 앞에서 몰지각한 행동을 하는 그의 멱살을 잡으며 말했다.

"지금 내게 뭐하는 짓이냐?"

리어 왕을 희롱하는 광대_ 출신을 알 수 없는 광대가 나타나 리어 왕의 그릇된 행적에 대해 조롱하는 장면이다. **윌리엄 다이스의 작품**.

　하인은 리어의 멱살을 풀어내고, 그를 내동댕이쳤다.

　"그야 당신은 그냥 주인마님의 아버지잖아요?"

　하인의 무례한 말에 옆에 있던 켄트의 주먹이 느닷없이 하인의 얼굴 정면을 때렸다. 급작스럽게 날아온 주먹에 하인은 켄트의 주먹을 막지도 못하고 바닥으로 고꾸라졌다.

　"무례한 놈."

　하인은 도망갔고, 켄트는 벗겨진 망토를 다시 어깨 위에 걸쳤다. 바닥에 주저앉아 있던 리어는 벌떡 일어나 그에게 동전 한닢을 줬다.

　"잘했다, 친절한 녀석아. 이건 네 봉사료의 선금이다."

　그때 기둥 뒤에서 우스꽝스러운 옷을 입고 있는 한 사람이 나왔다.

　"그 사람, 나도 좀 씁시다."

　"오, 내 귀염둥이 바보. 여태 어디 있던 게냐?"

　리어는 바보에게 말했지만, 그는 켄트에게 다가가 들개처럼 그의 주위에서 킁킁거렸다.

　"당신, 이 아저씨의 친구인가?"

　"그래."

"이봐, 이 아저씨에게선 빨리 사라져주는 게 좋을 거야. 재산은 딸들에게 다 줘도 곧 죽어도 수탉 모자는 안 내놓을 거야."

바보는 리어의 왕관을 가리키며 수탉 모자라고 말했다. 리어는 약간 인상을 찌푸리며 바보에게 말했다.

"조심해, 귀염둥아. 그러다 채찍 맞는다."

"잘 들어봐 아저씨. 있다고 다 보여주지 말고 안다고 다 아는 체하지 말고 가졌다고 다 주지 말고 들었다고 다 믿지 말고 한번에 모든 걸 걸지 말고."

바보는 갑자기 말을 끊고 리어를 쳐다봤다.

"이봐, 아저씨, 없음을 이용할 줄 알아?"

"글쎄 몰라. 없음에선 없음만 나오잖아."

바보는 물끄러미 켄트를 쳐다보고 답답하다는 듯이 말했다.

"그에게 말 좀 해줘. 자기 땅 소작료가 그 지경에 이르렀다고. 고집불통 왕이라 바보 말은 안 들으려 해. 자식들은 울면서 기뻐했네. 우리들은 울면서 쫓겨났는데. 바보 딸에 바보 왕. 결국 모두가 바보인 게지."

키득거리면서 왕의 행위를 조롱하는 바보를 보고 켄트는 그가 웬만한 멍청이는 아니라고 생각했다. 바보가 원숭이처럼 네 발로 켄트와 리어 주위를 돌아다니며 이상한 노래로 주변을 소란스럽게 하고 있는 사이, 식당으로 왕의 딸인 고너릴이 들어왔다.

"무슨 일이냐, 고너릴? 왜 그렇게 인상을 쓰는 게냐?"

팔짱을 끼고 왕 앞에 서 있는 고너릴에게 리어가 물었다.

"딸의 안색이나 살피다니, 아저씨 이제 당신도 끝이 보이네요!"

바보가 그렇게 말하자, 고너릴이 바보를 노려보았다. 바보는 활짝 웃으며 리어 왕 뒤로 숨었다. 고너릴이 리어에게 말했다.

"아버지, 저도 이제 참을 만큼 참았는데 더는 참을 수가 없네요. 왜 이런 무뢰한들을 혼내지 않고 방치하는 거죠? 아버지가 계속 이러시면 제가 세간의 비난을 받을 수밖에 없잖아요. 엄한 조치가 필요할 것 같아요."

"뭐라고? 네가 정녕 고너릴이 맞느냐?"

리어는 아직 왕의 지위를 가지고 있는 본인에게 이토록 고압적으로 대하는 고너릴을 보면서 말했다. 바보가 리어의 주위를 다시 네 발로 뛰어다니며 "리어의 그림자, 리어의 그림자" 하고 떠들었다. 고너릴이 다시 바보를 노려보자, 바보는 행동을 멈췄다.

"아버지, 간청컨대 이게 제 불효라고 생각지 말아주세요. 저는 이 방법이 아버지를 위한 길이라고 믿습니다. 제 성에서 계속 계실 거면 지금 데리고 계신 수행원 백 명을 오십 명으로 줄여주세요. 그러지 않으실 거면 제 집에서 나가 주시고요."

"천하에 못된 것! 말안장을 얹어라. 시종들을 불러 모아. 타락한 천출년아, 널 귀찮게 하지 않으마. 난 아직 딸 하나가 더 있어."

리어는 버럭 성을 내며 그 자리에서 고너릴의 집에서 나가겠다고 난동을 부렸다. 고너릴의 남편인 알바니가 뛰어나와 리어에게 사죄를 했지만 소용없었다.

"저주하리라 고너릴! 리건과 함께 나타나 네 녀석 가죽을 벗겨주겠다! 배은망덕한 녀석! 역병에나 걸려라!"

리어는 고너릴의 성문 앞에서 악담을 퍼부은 후 수행원들과 함께 길을 나섰다. 알바니는 상황을 다 이해하지 못한 채 어안이 벙벙해져서 부인 고너릴에게 상황을 물었다. 그러나 고너릴은 "아버지에겐 좋은 약이 될 거예요"라는 말만 남긴 채 아무 일도 없었다는 듯이 성으로 들어갔다. 그녀는 하인에게 편지 하나를 건네며 그것을 둘째 딸 리건에게 빨리 전

리어 왕과 광대_ 고너릴의 성에서 나온 리어 왕이 광야에서 그를 따라온 광대로부터 조롱을 당하는 장면이다. **윌리엄 홈즈 설리번의 작품.**

달해주라고 시켰다.

한편 고너릴의 성에서 나온 리어와 켄트 일행은 고너릴이 리건에게 편지를 보낸 줄도 모른 채 리건의 성으로 향하고 있었다. 리어는 켄트에게 편지 하나를 주면서 글로스터 백작에게 그것을 전달하도록 시켰다. 켄트가 잠깐 사라진 자리에서 바보는 리어에게 말했다.

"이 여자와 그 여자는 두 능금의 맛이 같을 거야. 당신은 사람 코가 왜 얼굴 중간에 있는 줄 알아?"

"몰라."

"그야, 코 양쪽으로 눈을 두자는 거지. 그래서 냄새로 미처 알아내지 못하는 걸 꼼꼼히 들여다 볼 수 있게끔. 굴 껍질이 어떻게 생기는지 알아?"

"몰라."

"나도 몰라. 그런데 달팽이에게 왜 집이 있는지는 알아."

"왜 있는데?"

"그야, 자기 집어넣으려고 있지. 집을 딸들에게 줘버리고 자기 뿔 넣을

데가 없어지면 안 되니까."

"난 천륜을 잊을 테다. 그렇게도 친절한 아비를 무정하게 내쫓다니."

"아저씨, 당신이 나라면 너무 빨리 늙었다고 매 맞았을 거야."

"어째서?"

"당신은 현명해지기 전까진 늙지 말았어야 했어."

"오, 하늘이여, 미치지 않도록 해주소서! 평정을 주소서. 아직까진 미칠 마음 없나이다. 애야 얼른 리건의 땅으로 가자."

"두 능금은 똑같다니까 아저씨."

바보는 말을 탄 리어 옆에서 조잘거렸고, 수행원들은 어두운 표정으로 리어의 뒤를 따라갔다. 리건의 성에 거의 도달하기 직전이었다.

———————·················

한편 글로스터의 저택에선 콘월 공작과 리건과 글로스터가 고너릴이 보낸 편지를 놓고 논의가 한창이었다. 리건이 읽은 언니의 편지에는 아버지가 지금 제정신이 아니고, 리건의 땅으로 가고 있다는 내용이 써 있었다. 지금 콘월과 리건은 글로스터에게 협조를 요청하기 위해 그의 저택으로 온 것이었다. 에드먼드는 그들의 논의를 기둥 뒤에 숨어서 엿들으며 또 다른 계책을 구상하고 있었다. 형은 아직 에드먼드의 지시대로 창고에 숨어 있었고, 지금 상황을 이용하면 에드거를 완전히 집 밖으로 쫓아낼 수도 있을 것 같았다. 에드먼드는 형이 있는 창고로 가서 에드거를 불렀다.

"형님, 숨은 곳이 발각됐습니다. 지금 집에 콘월 공작과 리건까지 와서 형님을 찾고 있습니다. 그분 편에 서서 알바니 공작을 나쁘게 말한 적 없어요? 생각 좀 해봐요."

에드먼드와 에드거_ 에드먼드는 자신의 야망을 위해 이복 형인 에드거를 제거하기 위한 음모를 꾸민다.

"없었어, 정말이야."

에드거는 거의 울먹이는 목소리로 창고 바깥의 에드먼드에게 말했다. 에드먼드는 창고 문을 열고 에드거에게 말했다.

"가까이로 아버님이 오는 소리가 들립니다. 상황이 급박하니 제가 속임수로 형님에게 칼을 뽑겠습니다. 자, 형님도 뽑으십시오. 방어하는 척하고, 자, 자! 이제 달아나요 형님! 잘 가요, 부디 몸조심하셔야 합니다!"

에드먼드의 거짓 위협에 공포에 휩싸인 에드거는 뒤도 돌아보지 않고 도망쳤다. 상황이 어떻게 돌아가고 있는 건지 도무지 알 수가 없었다.

에드먼드는 에드거가 멀리 도망간 것을 확인하고 뽑은 칼로 본인의 팔을 베었다. 에드먼드의 팔에서 피가 철철 흘렀고, 얼마 안 되어 횃불을 든 시종들과 글로스터가 뛰어왔다.

"대체 어찌된 일이냐?!"

"으윽, 아버님, 형님에게 당했습니다. 아버님을 살해하려는 것을 막다가 형님에게 베었습니다."

"에드거는 어디에 있느냐?"

"안쪽 출구로 도망쳤습니다."

"당장 영내 출입구를 봉쇄하라! 발견하는 즉시 처형이다!"

에드먼드의 음모_ 에드먼드는 에드거를 사지로 몰아넣기 위해 리건에게 험담과 모함을 한다.

글로스터는 시종들에게 명령했다. 그러나 에드거는 이미 글로스터의 저택을 빠져나간 뒤였다. 에드먼드는 피가 철철 나는 본인의 팔을 부여잡고 글로스터에게 힘겹게 말하는 척했다.

"아버지, 전 몇 번이나 형님을 설득해보려 했습니다. 하지만 형님은 제 말을 무시한 채 되레, "이 천박한 천출 놈아, 내가 널 반박하면 네게 무슨 신뢰나 가치가 있어 네 말을 믿겠느냐? 난 이 모든 것을 네 사주와 음모와 추악한 책략으로 돌릴 테다. 날 죽이려는 강력한 동기가 내 죽음 뒤에 따라올 네 이득임을 세상이 모를 거라 생각하면 넌 바보천치에 불과해"라고 말하며 저를 몰아세웠습니다. 그래서 아버지께 그동안 형님의 계획을 말씀드리고 싶어도 전혀 말할 수가 없었던 것입니다. 죄송합니다."

글로스터는 치가 떨리는 에드거의 악행에 아랫입술을 꽉 깨물었다. 글로스터는 피가 멈추지 않는 에드먼드의 팔을 붙들고 선언하듯이 말했다.

"이제 에드거는 내 자식이 아니다. 에드먼드, 내 자식은 오직 너 하나뿐이다. 에드거에게 주려던 내 영지도 충직하고 인정 많은 네가 물려받도록 방도를 찾아보마."

그때 뒤늦게 리건과 콘월 공작이 현장으로 왔다.

"어떻게 된 거요 백작? 에드거가 도망쳤다니?"

콘월 공작이 글로스터에게 물었다.

"지금 제가 들은 얘기가 사실이라면 아무리 복수해도 모자랄 것이오. 에드거가 아버지를 시중드는 난잡한 기사들과 어울린다는 소문을 들었는데 사실입니까?"

리건이 글로스터에게 물었다.

"모릅니다, 공주님. 그저 너무, 너무……."

글로스터가 말을 잇지 못하자 에드먼드가 리건의 물음에 대신 대답했다.

"예, 공주님. 형님은 종종 그들과 어울렸습니다."

"그럼 나쁜 영향을 받았다고 놀랄 건 없군요. 나는 오늘 저녁 언니를 통하여 그들에 대해서 들었고, 그들이 내 영지에 온다며 그곳을 잠시 떠나 있으라는 주의를 받았어요."

"에드먼드, 자네는 부친에게 자식 된 도리를 다했다고 들었네."

콘월이 아직 팔을 부여잡고 있는 에드먼드에게 말했다.

"당연한 일을 했을 뿐입니다."

"음모를 발견한 건 얘였고 보시다시피 그놈을 잡으려다 이런 봉변을 당했습니다."

"에드먼드, 이번에 보여준 자네의 미덕과 복종으로 난 자네를 천거하고 자넬 꼭 내 사람으로 만들겠네. 지금 내게는 강력히 신뢰할 인물들이 꼭 필요해."

"섬기겠습니다. 다른 건 몰라도 진실되게."

"자식 대신 감사드립니다."

콘월은 시종들에게 글로스터의 상처를 치료해 주라고 말했다. 시종의 부축을 받고 퇴장하는 에드먼드의 입가에 슬며시 미소가 번졌다.

한편 에드거는 본인을 쫓고 있는 하인들과 사냥개들의 소리를 들으며 공포에 휩싸인 채 글로스터의 저택 근처 숲 속으로 도망치고 있었다. 아무런 생각도 할 수 없었다. 그저 저들에게 잡히면 죽을 것이라는 공포만이 생생하게 온몸을 감싸왔다. 브리튼의 많은 군사들이 에드거를 쫓고 있었다. 이미 에드거에 대한 포고령이 내려진 후였고, 지금의 모습으로는 브리튼의 어디에서도 존재할 수 없었다. 사냥개 짖는 소리와 사람 소리가 멀어져간 숲 속까지 도망쳤을 때, 에드거는 재빨리 본인의 옷을 전부 벗었다. 팬티 차림으로 바닥을 마구 뒹굴었다. 숲에서 주운 날카로운 돌로 본인의 가지런한 금발을 마구 비볐다. 머리카락이 삐쭉삐쭉하게 잘렸고, 헝클어졌다. 죽지 않으려면 더 이상 '에드거'라는 존재로 다녀서는 안 되기 때문이었다. 그 순간 에드거는 불쌍한 거지 '톰'이 되었고, 살기 위해 스스로 거지의 삶으로 위장했다. 더 이상 글로스터의 저택은 에드거에겐 존재하지 않았다. 본인에 대해 조금이라도 아는 사람이 없는 장소를 향해 에드거는 계속해서 도망쳤다.

———————··············

"흠, 이상하군. 리건이 집을 비우고 글로스터의 집 앞에서 보자고 하다니."

리어와 수행원들, 켄트와 바보는 리건의 땅에 있는 글로스터 백작 저택의 문 앞에서 그녀를 기다리고 있었다. 잠시 후 글로스터가 문 밖으로 나왔고, 그는 리건과 콘월 공작이 기분이 좋지 않은 관계로 오늘은 만날 수 없을 것 같다고 왕에게 전했다. 사실 글로스터도 왕과 리건 사이에 낀 입장이었다. 다른 손님 같았으면 하인을 보내서 리건의 뜻을 전했겠지만, 글로스터는 왕에 대한 예의로 본인이 직접 나와서 리건의 뜻을 전했

리어 왕과 글로스터_ 리어 왕이 글로스터로부터 둘째 딸인 리건이 방문을 허락치 않는다고 하자 역성을 내며 리건을 부르는 장면이다. **드 아고스티니의 작품**.

다. 리어는 역정을 내며 리건을 부르기 시작했다.

"겨울은 이제부터야 아저씨. 아버지가 부자라면 자식은 효자가 나고, 아버지가 누더기를 입고 다니면 자식은 소경이 되는 법."

바보는 리어 옆에서 알듯 모를 듯한 말을 하며 무릎을 구부린 채 원숭이 흉내를 냈다.

다른 숙소에서 하루를 보내고 다시 글로스터의 저택 앞으로 리어의 일행이 왔을 때, 이번에는 리건과 콘월 공작이 왕을 맞았다. 그들은 마치 어제 아무 일도 없었다는 듯이 왕을 반갑게 맞이했다.

"오랜만이네요, 아버지!"

"둘 다 잘 잤는가?"

리어는 여전히 뚱한 표정이었지만 어제처럼 역정을 내지는 않았다. 고너릴의 땅에서 쫓겨난 교훈이 있기 때문이었다. 리어는 본인이 마음놓고 머물 수 있는 브리튼의 땅은 이제 반 밖에 남지 않았다고 생각했다. 때문에 고너릴처럼 가신의 반을 줄이라는 말만 하지 않는다면 리어는 둘째 딸의 땅에서 조용히 있을 작정이었다. 리어는 리건에게 고너릴이 얼

고너릴과 리건_ 리어 왕으로부터 많은 영토를 물려받은 고너릴과 리건은 아버지 리어 왕이 귀찮아지자 배신하고 만다. **에드윈 오스틴 애비의 작품.**

마나 사악했는지를 얘기했다. 그러나 리건은 리어의 말에 대해 '아버지가 언니를 오해한 것 같다'며 계속 말대꾸를 했다. 리어와 리건의 대화가 계속 이어지는 동안 멀리서 일군의 무리가 보였다. 리건은 앞에서 본인에게 고너릴 욕을 하고 있는 아버지를 두고 그 무리에게 달려갔다. 고너릴이었다. 리어는 리건의 땅으로 온 고너릴을 보며 다시 역정을 내려던 참이었다.

"고너릴 이놈, 뻔뻔하게도……."

"잘 왔어요, 언니!"

놀랍게도 리어의 말을 끊고 말에서 내린 언니의 손을 맞잡으며 그녀를 반갑게 맞이했다.

"오 리건, 그 애와 왜 손을 잡는 것이냐?"

"왜 제가 언니와 손을 못 잡죠? 제 잘못이 뭔데요? 경솔하고 노망 들어 모든 걸 죄라 해도 그게 다 죄가 되는 건 아닙니다."

리건이 리어의 질문에 대답했다.

"아버님, 제발 경솔하게 굴지 마세요. 어서 언니와 화해하고 달이 찰 때까지 수행원 절반을 떼고 언니네 집으로 돌아가 계신 다음 제게로 오세요. 전 지금 집을 나와 있어서 아버님 접대에 필요한 물품들도 제대로 갖추지 못한 실정이랍니다."

리건이 리어에게 말했다.

"재한테 돌아가? 오십 명을 떼버리고? 짐은 차라리 모든 것을 포기하고 늑대와 부엉이의 동료가 되리라."

"그럼, 그렇게 하시든지요."

리어의 역정에 고너릴이 심드렁하게 대꾸했다. 리어는 리건에게 다가가 화를 참으며 다시 부드럽게 말했다.

"딸애야, 제발 빈다. 날 미치게 하지 마라. 애야, 널 귀찮게 않으마. 난 모든 것을 참을 수 있단다. 나와 기사 백 명만 너의 집에 머물 수 있다면 말이다."

"전 아직 아버님을 맞을 준비가 안돼 있어요. 제발 언니 말을 들으세요. 아버님의 격정을 합리적으로 판단하는 사람들은 아버님이 늙었다고 할 수밖에 없습니다. 이게 다 아버지를 위해서 하는 말이에요. 언니는 지금 잘하고 있는 거라고요."

"그게 정녕 네 진심이냐, 리건?"

"그렇고 말고요. 만약 지금 제 땅에서 머물 거면 오십 명? 아니 반의 반을 더 줄여서 약간의 시종만 데리고 들어오세요. 어떻게 한 집 안에서 하인이 두 주인을 따를 수 있겠어요?"

"아니, 폐하. 차라리 동생이나 제게 딸려 있는 하인의 시중을 받으시면 안 될까요?"

고너릴과 리건은 리어를 약올리며 그의 앞에서 말했다.

"난 너희들에게 모든 것을 주었는데……."

"네, 좋을 때 주셨지요."

리건이 덜덜 떨고 있는 리어에게 말했다.

"자, 들어갑시다. 폭풍이 몰아닥칠 거요."

리건의 남편인 콘월 공작이 말했다.

"이 집은 좁아서 노인과 종자들을 묵게 하긴 힘들어."

리건과 고너릴은 더 이상 리어를 의식하지 않았다. 마치 눈앞에 아버지가 없다는 듯이 리어 왕에 대한 온갖 험담을 퍼부은 후 그들은 글로스터의 저택 안으로 들어갔다. 리건과 고너릴의 무리 중 글로스터만이 우두커니 서 있는 리어를 쳐다보다 콘월 공작의 눈치를 보고 저택 안으로 슬그머니 들어갔다. 고너릴은 왕을 마지막까지 지켜보다 저택으로 들어온 글로스터에게 왕을 절대로 집 안으로 들이지 말라고 명했다. 리건도 고너릴의 말에 동조했다.

"오늘 밤에는 태풍이 옵니다. 왕께서 어떻게 하실지."

"백작님, 고집불통들에겐 자기들 스스로 불러오는 피해가 스승이 되는 법입니다. 문 거세요."

리건이 말했다.

"문을 닫아 거시오, 백작. 사나운 밤입니다. 그녀의 충고대로 폭풍을 피합시다."

콘월 공작이 글로스터에게 말했다. 그들의 땅에 살고 있던 글로스터로선 당장 그들의 말을 듣지 않을 수 없는 형국이었다.

분노하는 리어 왕_ 리어 왕이 두 딸로부터 배신당하고 광야로 내몰리자 분노하여 외치는 장면을 묘사한 그림이다.

　딸들의 면전에서 모욕을 당하고 쫓겨난 리어를 보며 수행원 중 몇 명이 걷는 도중 도망쳤다. 앞으로 걸어갈수록 리어의 수행원의 숫자가 점차 줄어들었다. 리어는 글로스터의 저택에서 멀리 떨어진 곳으로 쓸쓸하게 걸어갔고, 그의 뒤를 마지막까지 따르는 시종은 바보와 켄트밖에 없었다. 콘월 공작의 말대로 사나운 밤이었다. 태풍과 거센 폭우가 내리쳤다. 방향도 없이 앞만 보고 걷고 있는 리어는 어느새 황야 속을 걸어가고 있었다. 머리 위에 항상 쓰고 있던 리어의 왕관은 바람에 날려 사라져 버렸다. 헝클어진 채로 휘날리는 백발을 부여잡으며 리어는 황야의 태풍 속을 걸었다.

　리어 : 바람아 불어라, 이 뺨이 터지도록 사납게 불어라! 하늘과 바다의 폭풍우야, 첨탑들이 잠기고 풍향계가 다 빠질 때까지 거세게 내리쳐라! 참나무 쪼개는 벼락의 선구자, 생각보다 더 빠른 유황색 번갯불아, 내 흰머리 태워라! 만물을 뒤흔드는 천둥아, 둥글게 꽉 찬 세상 납작하게 깨부숴라! 조물주의 틀

을 깨고 배은의 인간 빚는 모든 씨앗 한꺼번에 없애 버려라!

광대 : 오, 아저씨, 편안한 집 안에서 알랑방귀 뀌는 것이 황야에서 비 맞는 것보다 훨씬 나아요. 착한 아저씨, 돌아가서 딸들의 신세를 다시 집시다. 이렇게 캄캄한 밤엔 현자도 바보도 알아보지 못한다고.

리어 : 실컷 으르렁거려라! 불 내뿜고 비 쏟아라! 비, 바람, 천둥이나 번개쳐도 내 딸은 아니다. 난 너희 자연을 불친절하다고 역정내지 않겠다. 난 너희들에게 왕국을 준 일도, 자식이라 부른 일도 절대 없으니 충성을 바칠 일도 없다. 너희들 마음대로 끔찍하게 쏟아져라. 난 너희의 노예다. 불쌍하고 허약하며 경멸받는 노인이 되어 여기에 서 있다. 하지만 너희를 비굴한 앞잡이라 부르겠다. 이처럼 흰머리 늙은이와 싸우려고 하늘에서 소집한 대군이면서 사악한 두 딸과 합치려고 하니까. 아아! 그건 못할 짓이다.

광대 : 자기 머리를 넣어둘 집이 있는 자는 현명한 사람이죠.

변장한 켄트 등장

리어 : 아냐, 난 모든 인내의 표본이 되리라. 아무 말도 않으리라.

켄트 : 게 누구냐?

광대 : 어이쿠. 여기 왕관과 광대요, 아니 현명한 사람과 바보가 있답니다.

켄트 : 아! 폐하, 여기에 계셨군요. 밤을 좋아하는 동물도 이런 밤은 싫답니다. 분노에 찬 어둠 속을 떠도는 짐승들을 겁주어 굴 안에 머물게 합니다. 무서운 떼벼락, 섬뜩한 천둥과 포효하는 비바람의 신음 소린 어른이 된 이래로 겪어 본 적 없습니다. 인간은 이런 고통, 공포를 견딜 수 없습니다.

리어 : 우리들 위에서 이 무서운 소동을 벌이는 위대한 신들에게 우리들의 원수를 찾아내게 하자. 악독한 원수들이여, 용서를 빌어라. 난 지은 죄보다는 덮어쓴 게 더 많은 사람이다.

두 딸로부터 배신당한 리어 왕_ 리어 왕은 리건의 거처에서 머물 수 없게 되자 지난 날을 후회하며 절망하게 된다.

켄트 : 왕관은 어쩌시고 이런 맨머리로? 폐하, 가까이에 움집이 있는데 태풍을 피할 도움을 줄 겁니다. 거기서 쉬시는 동안에 저는 이 무정한 집 그걸 지은 돌덩어리보다 더 무정하게 바로 좀 전에도 폐하를 찾아간 저를 막은 그곳으로 돌아가 인색한 예우나마 구걸해 보렵니다.

리어 : 내 머리가 돌기 시작해. (광대에게) 얘, 넌 어떠냐? 추우냐? 나도 추워. (켄트에게) 이보게, 그 헛간은 어디 있지? 궁핍이란 이상한 재주가 있어서 천한 것을 귀하게 만들 수 있네. 자, 움집으로. (바보에게) 불쌍한 바보야, 네 녀석이 가엾단 마음이 아직은 좀 남아 있단다.

켄트의 안내를 받고 리어가 들어선 움집 안에는 비를 피하고 있는 거지가 있었고, 그 거지들의 무리 속에는 거지 톰으로 변장한 에드거가 숨어 있었다. 움집 안의 거지들 중 몇몇은 흔들리는 움집을 보며 떨었고, 몇몇은 울었다. 다른 거지 몇몇은 움집이 더욱 흔들리도록 그 안에서 실성한 듯 춤을 추었고, 무엇인지 알아들을 수 없는 말들을 했다. 춤추는 거지 중에는 톰으로 변장한 에드거도 있었다. 리어는 물에 빠진 생쥐 꼴로 움집의 입구 앞에서 춤추는 거지 톰에게 다가갔다. 톰으로 변장한 에드거는 그가 리어란 것을 알고 있었다. 그러나 본인이 에드거란 것이 탄로 나지 않도록 더 과장되게 미친 연기를 해댔다.

"저리 가, 더러운 악마야."

"너도 모든 걸 딸들에게 줘버렸어? 그래서 이 지경이 된 거야?"

리어가 톰에게 물었다.

"거지 톰에게 누가 뭘 주겠어요? 그 사악한 악마가 나를 불 속으로 화염 속으로, 여울과 소용돌이 속으로, 습지와 늪지대 위로 몰고 다녔어."

"네 딸들이 널 이렇게 궁지로 몰았어? 아무것도 안 남겨두었어? 다 주고 싶었다고?"

리어와 톰은 서로 다른 얘기를 하고 있었다.

"인간의 죄악 위에 운명처럼 떠도는 전염병은 이제 네 딸들에게 다 옮아라."

리어가 톰에게 말했지만, 톰은 리어의 말에는 아랑곳하지 않고 움집 안에서 계속해서 혼자 춤을 춰댔다.

"폐하, 그에겐 딸들이 없습니다."

켄트가 리어에게 말했다.

"사형이다, 이 역적 놈!"

갑자기 리어가 켄트에게 말했다.

"불효한 딸들 때문이 아니라면 저렇게 비참한 몰골이 될 수는 없는 법.

폭풍 치는 광야의 리어 왕과 켄트 그리고 바보의 모습이다.

버림받은 아비들이 이같은 거지꼴이 되어 아비규환 속에 놓이게 되는 것이 요즘의 유행인가?"

"핏대 오른 수탉이 암탉 위에 앉았다! 와, 와, 우, 우!"

리어가 이렇게 소리를 지르자 톰은 그의 주위를 돌아다니며 또다시 춤을 췄다.

"이 추운 밤에 우린 모두 바보, 미치광이가 될 거야."

광대가 춤추는 톰을 보며 말했다.

"우리들은 가짜다. 저들이야말로 진짜다. 우리들도 진짜가 돼야 하지 않겠는가?"

리어는 거의 벌거벗고 있는 거지들을 보며 본인의 옷을 찢으려 했고, 그런 그를 켄트가 말리는 실랑이가 벌어졌다.

"아저씨, 제발 그만. 헤엄치기엔 어려운 밤이라니까."

바보가 그렇게 말한 순간, 누군가 횃불을 치켜들고 움집 문을 열어제치며 들어왔다. 글로스터였다.

"괜찮으십니까, 폐하?"

실신한 리어 왕_ 리어 왕이 실신하자 변장한 켄트 백작과 광대와 글로스터로부터 부축을 받는 장면이다.

리어는 반쯤 찢어진 옷 소매에서 손을 떼고 글로스터를 봤고, 켄트에게 물었다.

"저 사람은 누구냐?"

그렇게 말한 후 리어는 실신하여 쓰러졌고, 그런 리어 옆에서 톰은 계속해서 괴이한 춤을 추고 있었다. 켄트와 바보가 리어를 눕히고 있는 사이 글로스터가 톰에게 물었다. 글로스터는 변장하고 있는 에드거를 전혀 못 알아봤다.

"어떻게 된 것이오?"

"내 이름은 불쌍한 톰. 개구리나 도롱뇽, 누에 등 뭐든 먹고 살지요. 타는 말과 찰 무기가 있었지만 칠 년 동안 톰의 밥은 생쥐와 들쥐, 작은 짐승뿐이었어. 날 따르는 영물을 조심해. 조용해, 시끄러, 이 악마야!"

"아니, 폐하께선 이런 동행밖에 없으십니까? 자, 이제부터 제가 안내하죠. 따님들의 비정한 명령에 복종하는 것만이 제 임무는 아닙니다. 그들은 저에게 문을 걸고 포악한 이 밤이 전하를 덮치게 놔두라고 지시를 했지만 전 위험을 무릅쓰고 폐하를 찾은 다음 불과 음식이 준비된 곳으

모시려고 왔습니다."

글로스터는 주위를 돌아보며 리어에게 말했다. 그러나 유감스럽게도 리어는 글로스터의 말을 알아듣지 못했다. 누워 있던 리어가 갑자기 몸을 일으킨 후 에드거에게 말했다.

"먼저 이 철학자와 얘기 좀 하고 싶소이다. 천둥의 원인이 뭐라 생각하시오?"

헛소리를 하고 있는 리어에게 켄트가 말했다.

"폐하, 이분 청을 받아들여 집 안으로 드시지요."

"아니, 난 이 테베의 현자와 몇 마디 더 얘기를 나누겠다. 무슨 공부를 하시나요?"

리어의 질문에 톰이 답했다.

"악마를 예방하고 벌레 잡는 방법을."

"음, 사적으로 한마디만 물읍시다."

톰과 계속해서 문답을 주고받는 리어를 보며 켄트가 글로스터에게 말했다. 글로스터는 켄트도 알아보지 못하고 있었다.

"나리, 다시 한 번 가자고 졸라보십시오. 정신이 불안정하십니다."

"아아, 충직한 켄트, 자네가 이렇게 될 거라고 말했지. 추방된 그 참사람이. 자네는 국왕이 미쳤다고 했지만, 이제는 나도 거의 미쳐 가네. 내 아들 하나가 이젠 의절했지만, 내 목숨을 노렸어, 최근에 말일세, 최근에. 난 그 녀석을 무척 아꼈어. 그 어떤 아비보다 더 끔찍이. 사실 난 슬픔으로 제정신이 아니야. 폐하 간청드리옵니다."

"아, 죄송하오."

리어는 글로스터를 알아보지 못하고 그에게 말했다.

"고매한 철학자여, 동행해 주시지요."

"톰은 추워."

"얘, 이리 와, 우리와 함께 가자."

켄트가 톰에게 말했고, 광대도 손짓을 했다. 톰은 그들을 따랐고, 리어의 무리에 일행이 한 명 더 늘었다.

"갑시다, 훌륭한 아테네 분."

리어는 아직도 정신을 못 차리고 실성해 있었다. 글로스터는 리어와 톰, 광대와 변장한 켄트를 본인의 저택에서 멀리 떨어져 있는 별채로 안내했다. 글로스터는 켄트에게 내일 아침 코딜리아가 있는 도버로 왕을 안내할 사람들이 올 것이라고 귀띔해줬다. 별채 안에서도 톰은 계속해서 괴상한 춤을 추었고, 리어는 그에게 계속 질문을 했다.

에드거 : 더러운 악마가 내 등을 물어.

광대 : 늑대의 양순함, 말의 건강함, 소년의 사랑이나 창녀의 맹세를 믿는 자는 미친 거야.

리어 : 곧 딸년들을 심문하겠다. (에드거에게) 자, 최고 재판관은 여기에 앉으시고 (광대에게) 현자께선 여기에. 그리고 이 암여우들.

에드거 : 저기 서서 노려보는 저 여자 좀 봐! 재판에 관중이 필요해요, 마님? 개울 건너 이리로 와요, 아가씨.

광대 : 그녀 배가 물이 새, 그래서 말을 못 해. 왜 감히 네게 가지 못하는지.

에드거 : 더러운 악마가 소쩍새 울음으로 불쌍한 톰을 괴롭혀. 호피단스 악마가 톰의 뱃속에서 흰 정어리 두 덩이 달라고 악을 쓰네. 꾸르륵거리지 마라, 검은 천사야, 너한테 줄 밥은 없단다.

켄트 : 어떠십니까, 폐하? 망연자실 마시고 방석 위에 누워서 좀 쉬시겠습니까?

리어 : 재판을 먼저 연다, 증인들을 데려오라. (에드거에게) 법복 입은 판관은 자

실성한 리어 왕

리를 잡으시오. (광대에게) 그리고 공평한 동료 판사, 그대는 그 옆에 좌정하고, (켄트에게) 신임받은 당신도 앉으시죠.

에드거 : 공평하게 처리하지. 자느냐 깨느냐, 즐거운 목동아, 네 양 떼가 밀밭 속에 있단다. 작은 입 벌리고 세찬 소리 내지르면 양 떼는 무사히 있을 거야. 야옹, 고양이는 회색이야.

리어 : 먼저 고너릴을 심문하라, 이 여자는 여러분 앞에서 맹세컨대, 불쌍한 국왕인 아버지를 내쳤습니다.

광대 : 이리 와요, 아줌마. 이름이 고너릴인가요?

리어 : 부인할 수 없을 거다.

광대 : 죄송해요, 난 당신이 걸상인 줄 알았어요.

리어 : 여깄다, 뒤틀린 모습에서 비뚤어진 됨됨이가 확연히 드러나는 또 한 여자. 붙잡아라! 무장하라, 칼, 횃불, 이 자리도 썩었다! 엉터리 판사님들, 도망치게 왜 두었소?

에드거 : 넌 정신 차려.

켄트 : 아, 슬프다! 그렇게 자주 자랑하시던 폐하의 인내심은 지금 어디에 있습니까?

리어 : 작은 개들 모두가, 저 봐. 멍멍이, 흰둥이, 예쁜이가 날 보고 짖어대.

에드거 : 톰이 혼내 줄 테다. 썩 꺼져라, 개새끼들! 흰 주둥이 또는 검은 주둥이, 깨물면 독 오르는 이빨도, 황소 개, 사냥 개, 잡종 개, 털 북숭이, 암놈 숫놈 사냥개라도 이 톰이 울부짖게 만들 테야. 덜덜, 덜덜. 정지! 자, 밤샘 잔치와 장터와 읍내 상가로 행차하자. 불쌍한 톰, 네 뿔잔이 비었어.

리어 : 다음엔 리건을 해부해서 심장 근처에 뭐가 자라는지 보라고 해. 조물주가 돌 같은 심장을 만든 이유라도 있는 거야? (에드거에게) 입시요, 난 당신을 내 충직한 백 명 가운데 하나로 받아들이겠소. 근데 단지 그 복장이 마음에 안 듭니다. 당신은 페르시아 식이라고 하겠지만 갈아입어요.

켄트 : 폐하, 이제 여기 누워서 좀 쉬시지요.

리어 : 시끄럽게, 시끄럽게 굴지 마. 휘장을 쳐, 그렇지, 그렇지. 우린 아침에 저녁 먹으러 갈 거야. (잠든다.)

광대 : 난 정오에 잠자러 갈 거고.

광대는 그대로 글로스터의 별채 밖으로 나갔고 다시 돌아오지 않았다. 리어는 실성을 잠시 멈추고 잠들었다. 톰으로 변장한 에드거는 계속해서 춤을 추었다. 에드거는 이제 모든 것을 이해하게 되었다. 그는 다시 '에드거'로 등장할 날을 기다리며 리어의 옆에서 계속해서 불쌍한 톰의 춤을 추었다.

━━━━━━⋯⋯⋯⋯⋯

글로스터가 본인의 저택으로 돌아오자 콘월과 리건의 시종들이 그를

실성한 리어 왕

잡아 밧줄로 꽁꽁 묶었다. 그들은 콘월 공작 앞으로 글로스터를 데려갔
고, 무릎을 꿇렸다. 콘월은 꼼짝달싹 못하게 무릎 꿇린 글로스터 앞에서
편지를 흔들며 그를 협박했다.

　"반역자 놈, 최근에 프랑스에서 어떤 편지를 받았나?"

　콘월이 글로스터에게 물었다.

　"중립을 지키는 사람이 보냈으며 적대자는 아니오."

　"교활하다."

　"거짓이고."

　글로스터의 말에 대해 리건과 고너릴이 반응했다.

"미치광이 왕을 어디로 빼돌렸지?"

콘월이 글로스터에게 물었다.

"도버로."

"뭣 때문에 도버로 보낸 거지?"

리건이 글로스터에게 물었다.

"잔인한 그대 손톱은 불쌍한 노인의 눈을 뽑고, 흉포한 언니는 기름 부은 옥체를 곰 이빨로 긁는 꼴 보고 싶지 않아서 그리로 보냈소. 불쌍한 노인은 폭우에 눈물을 더하였소. 비바람 몰아치는 시각에 늑대들이 문 앞에서 울었대도 당신은 "문지기야, 열어줘라" 해야 했고, 야수들이 들끓어도 같은 말을 해야 했소. 곧 하늘에서 천벌을 내릴 것이오. 내가 똑똑히 봐주겠소."

"그건 절대 못 볼 거다. 이봐, 그를 꽉 잡아. 네 눈알을 내 발로 짓밟아 주겠다."

"늙어 죽을 때까지 살고 싶은 사람은 날 살려주시오! 아, 정말 잔인하도다! 오, 신들이여!"

콘월이 무자비하게 글로스터의 한쪽 눈을 도려냈다. 콘월이 나머지 한쪽 눈마저 도려내려고 할 때, 글로스터의 하인이 콘월을 막아섰다.

"그 손을 멈추십쇼. 이건 짐승만도 못한 짓이요."

하인은 칼을 빼들고 콘월에게 달려들었고, 방심한 콘월에게 상처를 입혔다. 그러나 하인의 뒤에서 리건이 그의 등을 찔렀다. 하인과 콘월 공작이 동시에 쓰러졌고, 리건은 한쪽 눈이 뽑힌 채 바닥에 나뒹굴고 있는 글로스터의 얼굴을 잡고 나머지 한쪽 눈마저 도려냈다.

"내 아들 에드먼드는 어딨느냐? 에드먼드, 효성의 온 힘을 모아 이 폭거의 원수를 갚아다오."

눈을 뽑히는 글로스터_ 연극의 한 장면으로, 그의 아들 에드먼드의 배신으로 콘월에게 두 눈을 뽑힌다.

글로스터가 그렇게 말하자, 리건은 비웃으며 대답했다.

"닥쳐라 이 역적 놈아, 네 놈의 역적 모의를 고발한 게 바로 에드먼드다."
그 순간 글로스터는 지금까지 있었던 모든 일의 퍼즐이 반대로 맞춰지는 것 같은 느낌이 들었다. 눈은 잃었으나 글로스터는 모든 상황이 오히려 똑바로 보이는 듯했다.

"아, 내가 어리석었구나. 에드거가 당한 것이로구나. 아, 신들이시여, 에드거에게 행운을 내려주소서."

"저놈을 문 밖으로 내쳐버려라."

하인 한 명이 눈을 잃은 글로스터를 저택 문 바깥으로 질질 끌어냈다.

글로스터 가문에서 오랫동안 소작인 생활을 했던 노인 한 명만이 그의 눈먼 길에 동행했다. 그 끔찍한 참극을 멀리서 에드거가 지켜보고 있었다. 그는 예감이 이상해서 리어의 일행을 따라가지 않고, 글로스터의 별채 근처에서 떠돌고 있었다. 여전히 미친 거지 행색을 하며 거리를 떠돌던 에드거는 검정 안대로 눈을 칭칭 둘러맨 글로스터의 모습을 발견했다. 그는 더 이상 앞을 못 보는 글로스터의 발걸음을 멍하니 쳐다보았다. 에드거의 눈에서 눈물이 흘렀다. 그러나 에드거는 눈물을 닦아내고 노인의 부축에 따라 어둠 속을 걷고 있는 글로스터에게 다가갔다. 노인은 글

장님이 된 글로스터_ 연극의 한 장면으로, 쫓겨난 아들 에드거가 그를 부축하고 있다.

로스터에게 미친 거지 한 명이 다가오고 있다고 말했다.

"이게 그 헐벗은 친군가?"

글로스터가 노인에게 물었다.

"예, 나리."

"그럼 자넨 이제 돌아가게. 옛정이 남았다면 이 헐벗은 영혼에게 입을 것 좀 갖다 주게."

"불쌍한 톰은 추워."

에드거는 눈먼 글로스터 앞에서 여전히 미친 거지 톰 행색을 했다. 그래도 터져나오려는 눈물을 도저히 참을 수가 없어 애써 고개를 돌리고 춤을 추었다. 노인은 옷을 가지러 집으로 돌아갔고, 에드거는 장님이 된 글로스터의 손을 잡았다.

"너, 도버로 가는 길 알고 있느냐?"

글로스터가 톰에게 물었다.

"예, 주인님."

톰 행색을 하는 에드거가 떨리는 목소리로 글로스터에게 대답했다.

"자, 이 지갑을 주마. 하늘의 저주로 네가 세상 풍파를 다 겪었구나. 나를 도버의 높은 절벽으로 데려다 다오. 거기까지만 날 데려다 주고, 내가 준 돈으로 자유롭게 살아라. 도버에 다다르면 날 인도할 필요 없다."

"팔을 이리 주세요. 거지 톰이 모셔다 드릴 테니까."

노인이 오려면 아직 시간이 남았지만 톰과 눈먼 글로스터는 도버로 향했다.

━━━━━━····················

본인의 성으로 돌아가는 마차 안에서 고너릴은 에드먼드를 껴안고 애욕의 몸짓을 나누고 있었다.

"머리를 숙여요. 에드먼드, 이 키스는, 그대의 정기를 하늘로 치솟게 만들 거예요."

고너릴은 에드먼드에게 키스를 한 후 목걸이를 걸어주었다. 성문 앞에 도착했을 즈음, 에드먼드는 먼저 내려 리건의 성으로 돌아갔다. 고너릴은 멀어져 가는 에드먼드를 바라보며, 남편 알바니를 떠올렸다. '같은 남자인데 왜 그렇게 다른 거지' 고너릴의 마음속에는 이미 자신에게 등을 돌린 알바니보단 애인 에드먼드가 큰 몫으로 자리하고 있었다.

고너릴은 자신을 마중조차 나오지 않는 알바니 공작의 태도에 화가 치밀어 올랐다. 방으로 들어갔을 때 알바니 공작은 못볼 것을 본 표정으로 고너릴을 쳐다보았다.

"왔군, 몹쓸 인간. 부친이자 자비로운 왕을 버리다니. 착한 내 동서가 그걸 보고 가만 있었소? 그분 은혜 그토록 입은 사람, 그 공작이? 하늘에서 신령들이 내려와 이런 죄상들을 다스리지 않더라도 곧 때가 올 것이오."

"내게 그따위 설교 따윈 소용 없어요. 악인은 죄를 범하기 이전에 벌 받아 마땅해요! 게다가 조용한 이 나라에 프랑스 왕이 깃발 펴고 깃털 달린 투구를 쓰고 쳐들어오고 있는데, 바보 같은 도덕군자 당신은 가만히 앉아 '그가 왜 그럴까?' 하고 있군요.

"악마야, 너를 봐라. 흉측함이 마귀에겐 어울려도 당신같은 여자에겐 더 끔찍하게 어울린다."

"오, 멍청한 바보 양반!"

그때 알바니 공작과 고너릴이 있는 방으로 사자가 들어왔다.

"콘월 공작님이 죽었습니다! 글로스터의 눈을 뽑다가 자신의 하인에게 살해당했습니다."

"글로스터의 눈을?"

"그를 따르는 하인이 연민의 가책을 받아 눈을 뽑는 그 행위에 반대하며 자신의 주인에게 칼끝을 돌렸는데, 격노한 공작님은 그에게 달려들었고 혼전 중에 쓰러지면서 치명상을 입은지라 결국에는 목숨을 잃었다고 합니다. 그리고 마님, 이 편지에 빨리 답장하십시오. 동생분이 보내신 겁니다."

고너릴은 사자의 편지를 받아들었지만, 마음속에선 남편 없는 리건의 성으로 돌아간 에드먼드에 대한 생각뿐이었다. 리건도 에드먼드를 마음에 두고 있음을 고너릴은 눈치 채고 있었다. 이제 독신이 된 리건은 에드먼드를 남편으로 차지할 명분도 생긴 셈이었고, 그런 것도 모르고 고너릴은 에드먼드를 리건의 성으로 얌전히 보낸 셈이었다.

"읽어보고 답하겠다."

고너릴이 사자에게 말하고 자리를 떴다. 알바니는 방에 남아 사자에게 글로스터에 대해 물어 봤다.

"그가 눈을 빼앗길 때 그 아들은 어딨었냐?"

에드먼드와 고너릴_ 에드먼드는 자신의 야망을 위해 아버지 글로스터를 장님으로 만들고 형인 에드거를 추방시켰다. 그리고 고너릴을 유혹하여 불륜관계가 된다.

"마님과 이곳으로 왔습니다."

"여긴 없어."

"예, 나리. 돌아갈 때 그를 만났습니다."

"아버지가 그렇게 된 것을 그도 알고 있느냐?"

"예, 나리. 그가 밀고했으니까요. 그는 일부러 집을 비웠답니다. 부친에게 마음놓고 형벌을 가하라는 의도에서였죠."

"알겠다. 더 알게 되는 게 있으면 알려주게."

사자는 방을 나갔고, 알바니 공작은 수심에 잠겨 있었다. 무언가 상황이 이상하게 돌아가고 있었지만, 지금 그 상황을 반전시킬 힘이 알바니 공작에게는 없었다.

———— ....

"왕비께선 당신의 편지를 받고 무슨 슬픔의 감정이라도 보이셨나요?"

연이 닿은 사람을 통해 도버 근처에 주둔한 프랑스 군 안에 있는 코딜리아에게 리어의 처지를 알렸던 켄트는, 지금 막 소식을 갖고 돌아온 그 사람을 맞이하고 있었다.

"예. 편지를 받자마자 제 앞에서 읽으셨습니다. 가끔씩 하염없는 눈물을 흘리셨지만 자신의 감정을 왕비의 위엄으로 억누르시는 것 같았습니다."

"오, 왕비의 마음이 움직이셨군요. 별 말씀은 없으셨소?"

"왕비께선 한두 번 아버지란 이름을 가슴이 짓눌린 듯 목이 메게 발음했고 "언니들, 언니들, 부끄러워요 언니들! 켄트, 아버지, 언니들! 뭐, 폭풍 속에, 밤중에?" 하며 순간 순간 외치셨죠. 바로 그때 주옥 같은 눈에서 또다시 눈물이 떨어져 그 외침을 적셨고, 비탄을 홀로 삭이시려고 뛰쳐나가셨지요. 국왕께선 어떠십니까?"

"읍내에 머물면서 가끔씩 정신이 맑을 땐 무엇 때문에 여기에 왔는지 기억은 하시지만, 따님은 절대로 안 보려고 하십니다."

"왜 그러시지요?"

"왕께서는 크나큰 치욕감 때문에 못 보시는 거지요. 무정하게 축복도 안 내리고 낯선 나라의 위험 속으로 딸을 내쫓아 버리면서 소중한 그녀 몫을 짐승보다 못한 딸들에게 넘긴 일이 너무나 마음에 찔리시는 거죠. 불타는 수치심 때문에 코딜리아 공주님 가까이 못 가는 겁니다."

"아, 가여운 분."

"알바니와 콘월의 군대 얘긴 못 들었소?"

"움직이고 있답니다."

"난 지금 중요한 임무가 있어 한동안 신분을 감춰야 합니다. 내가 옳게 알려질 때 나와 맺은 친분을 후회하진 않을 거요."

신사는 코딜리아가 있는 프랑스 군 진영으로 다시 돌아갔다. 켄트는 리어 왕이 머물고 있는 곳으로 돌아갔다.

에드먼드와 리건의 불륜_ 리건은 에드먼드를 새로운 글로스터 백작으로 따르고 남편으로 여겼다. 그러므로 그녀는 에드먼드와 불륜관계인 언니 고너릴과 연적관계가 된다.

————··················

리건의 성으로 돌아간 에드먼드는 곧바로 그녀와 잠자리를 가졌다. 리건은 이미 에드먼드를 새로운 글로스터 백작으로서 따르고 있었고, 그를 자신의 새로운 남편으로 여기고 있었다. 에드먼드가 리건의 성으로 돌아온 다음 날 고너릴의 성에서 하인 한 명이 리건이 보낸 편지의 답장을 가지고 왔다. 프랑스 군과의 전쟁에 대한 내용이었다. 하인은 리건에게 고너릴의 편지를 전달한 후 에드먼드를 찾았다.

"그를 왜 찾는 거지?"

"마님께서 서신을 전달하라고 하셨습니다."

"편지 좀 보자."

리건은 하인의 몸을 뒤져 편지를 빼앗았다. 리건이 예상했던 것처럼 고너릴이 에드먼드에게 사랑을 갈구하는 내용이었다.

"난 알아, 네 마님은 남편을 사랑하지 않아. 게다가 최근에 여기 왔을 때 에드먼드에게 추파의 눈길을 던지면서 대단히 의미 있는 표정을 지어 보였어. 하지만 내 남편은 죽었고, 에드먼드와 난 얘기를 끝냈어. 네 마님이 지금 내가 네게 해준 내 얘기를 듣고 제발이지 정신 좀 차렸으면 좋겠어. 그럼 잘 가게. 아, 네가 만약 눈먼 역적 글로스터를 발견하면 없애

도록 해. 그 사람에 대한 동정심으로 인해 민중이 반감을 가지기 전에."

이 말을 남기며 리건은 하인에게 본인이 차고 있던 보석 달린 목걸이 하나를 빼주었다.

"그를 만날 수만 있다면 제가 누구 편인지 확실히 보여드리겠습니다, 마님."

하인은 들뜬 표정으로 에드먼드에게 서신을 전하러 도버로 떠났다.

⸺⸺⸺ ················

"언덕 꼭대기엔 언제 닿게 되나?"

글로스터는 톰 행색을 하고 있는 에드거의 손에 의지한 채 도버의 들판을 걷고 있었다.

"여긴 평평한 것 같은데."

"앞이 깎아지른 듯이 가팔라요. 쉬, 파도소리 들리세요?

"안 들려, 정말이야."

글로스터는 본인이 정말 도버의 절벽으로 가고 있는지 점점 의심스러워 졌다. 그러나 앞을 볼 수 없었기에 에드거의 손에 의지하여 갈 수밖에 없었다.

"눈의 고통 때문에 모든 감각이 둔해졌나 봅니다."

"정말로 그런 것 같네. 근데 자넨 아까부터 목소리가 바뀌고 이전보다 더 나은 내용을 얘기하는 것 같구만."

글로스터를 부축하며 여정을 시작한 다음부터 에드거는 정상적으로 행동했다. 하지만 여전히 글로스터에게 에드거라고 밝히지 않았고, 그

글로스터와 에드거(204쪽 그림)_ 장님이 된 글로스터를 그의 아들 에드거가 도버의 언덕으로 인도하는 장면이다. **폰위제르의 작품.**

를 주인님이라고만 불렀다. 에드거는 비교적 예전의 말투를 회복한 후 글로스터를 다르게 대했다.

에드거와 글로스터는 벌판의 낮은 언덕을 올랐다. 에드거는 글로스터에게 앞에는 절벽이라고 말했다.

"날 거기 세워줘."

"손을 이리 주세요. 한 발짝만 더 나아가면 낭떠러지 끝이에요."

"내 손을 놓아줘."

글로스터는 본인이 절벽이라고 생각하는 낮은 언덕 앞에서 무릎을 꿇었다.

"오, 위대한 신들이여, 저는 이 세상을 포기하고 당신들 앞에서 짊어진 고난을 떨치려고 합니다. 제가 더 오랫동안 견디면서 당신들의 저항 못할 큰 뜻에 따라 살아가려고 하더라도 제 인생의 혐오스런 육체의 몰골은 저절로 타버릴 겁니다. 에드거가 살았다면, 오, 그애에게 축복을! 그럼 얘야, 잘 가거라."

글로스터는 낮은 언덕 앞으로 발을 내디뎠다. 내딛는 공간엔 땅이 없었고 글로스터는 그 밑으로 푹 떨어졌다. 아주 낮은 높이였기 때문에 글로스터는 모래 바닥 위에서 잠시 고꾸라진 채 쓰러져 있었다. 누워 있는 그의 앞에 다시 에드거가 나타나 말을 걸었다.

"나리는 뭡니까?"

"저리 가, 죽게 놔둬."

"나리가 얇은 천, 깃털이나 공기라면 모를까 수십 길 아래로 곤두박질쳤다면 계란 깨지듯이 산산조각 났을 텐데, 여전히 숨을 쉬고 있으며 몸에서 피 한 방울 안 나고 말을 하며 온전하오. 돛대 열을 붙여 놓아도 나리가 수직으로 떨어진 고도에는 못 미칠 것입니다. 나리, 아직까지 살아

도버의 절벽에서 글로스터와 에드거

있다는 것은 기적이오. 다시 말해 보시오."

"내가 떨어지긴 한 건가?"

"이 천애의 절벽에서 떨어졌죠. 안 보이시나요?"

"맙소사, 보다시피 난 눈이 없소. 불행한 사람은 죽음으로 자신을 끝장 낼 혜택도 못 받는단 말인가? 불행한 사람이 폭군의 분노를 자살로 시들 게 해서 오만한 그의 뜻을 꺾을 수 있음은 진정 위안 되는 일인데."

"팔을 이리 주세요."

에드거는 쓰러져 있는 글로스터를 다시 일으키고, 몸에 묻은 모래 먼지를 털어냈다. 에드거는 더 이상 거지 톰 행세를 하지도 않았지만, 자신이 에드거라고 밝히지도 않았다. 다만 친절하고 교양있는 말투로 글로스터를 부축하며 말을 걸었다.

"어때요? 설 수 있겠어요?"

"어렵지만 걸을 수는 있을 것 같네."

"불가사의합니다. 절벽 꼭대기에서 당신과 헤어진 사람이 누구였지요?"

"가엾고 불쌍한 거지였소."

"제가 이 아래에서 보았을 때 그의 눈은 두 보름달 같았어요. 코는 일천 개나 되어 보였고 뒤틀린 뿔들은 분노한 바다처럼 날뛰고 있었죠. 놈은 악마였으니 운 좋은 당신은 인간에겐 불가능한 일들을 거침없이 해내 존경받는 광명한 신들이 지켜줬다 생각하십시오."

에드거는 글로스터에게 지금까지 그를 부축해 여기까지 함께한 이가 힘없는 거지가 아닌 광포한 악마였다고 말했다. 즉, 눈먼 글로스터가 거친 세상을 헤쳐나갈 수 있는지 알아보기 위해 지금까지 악마의 시험을 받아 죽음 직전까지 갔었다고 말했다.

"내가 그런 혹독한 시련을 이겨냈다면 지금부턴 견뎌낼 거요, 고난이 '됐다 됐다' 외치고 스스로 사라질 때까지. 난 당신이 얘기한 악마를 사람이라 생각했소. 그 악마가 여러 번 '악마, 악마' 그렇게 말하며 날 거기로 인도했소."

"무구한 인내심을 가지세요."

에드거는 글로스터를 데리고 계속해서 도버의 벌판을 걸어갔다.

멀리서 말발굽 소리가 들렸다. 비틀거리는 글로스터와 그를 부축해 걷고 있는 에드거에게 말발굽 소리는 점점 가깝게 들리고 있었다.

"저기 현상범이 있다. 운수대통이구나!"

고너릴의 하인이었다. 리건은 그가 글로스터를 죽일 경우 더 큰 보석을 주겠다고 약속했다. 에드먼드에게 서신을 전하러 가는 길, 하인은 운 좋게도 비틀거리면서 도버 벌판을 걷고 있는 글로스터를 발견한 것이었다. 하인은 말에서 내려 칼을 뽑고 글로스터에게 달려들었다. 글로스터를 뒤에서 찌르려는 순간, 에드거가 잽싸게 칼을 든 하인의 팔을 붙잡았다.

"놔라, 이 자식아. 안 그러면 네놈부터 죽일 테다."

리어 왕 일행과 만나는 글로스터와 에드거_ 도버 해협에서 재회하는 리어 왕의 일행들. **존 런시먼의 작품.**

하인이 에드거에게 일갈했다.

"착한 양반, 그냥 댁이 갈 길 가시고, 이 촌놈들은 못본 체 하고 그냥 지나가게 해주슈. 여러 말 하지 않겠소."

"비켜라, 이 버러지같은 놈!"

하인이 다시 칼을 들고 에드거에게 달려들었지만, 에드거는 그의 눈에 벌판의 모래를 뿌린 후 칼을 낚아채 하인의 복부를 깊숙이 찔렀다.

"난 너를 잘 알아. 부지런한 악당이지. 사악한 그 악녀가 시키는 대로 넌 그 여주인의 악덕에 충실했어."

하인은 그 자리에서 즉사했고, 에드거는 그의 주머니를 뒤졌다. 주머니에선 고너릴이 에드먼드에게 보내는 편지가 나왔다.

'주고받은 우리의 맹세를 잊지 말아요. 당신이 내 남편을 해치워 버릴 기회는 얼마든지 있고, 의지만 있다면 시간과 장소 또한 우리에게 이롭게 제공될 거랍니다. 그가 승리하여 돌아오면 만사 헛일이에요. 그럼 난 죄인이고 그의 침대는 내 감옥이 되고 말 테니 나를 그 역겨운 지옥에서 구해주고 수고한 대가로 그의 자리를 채우세요. 당신의 (아내라고 말하고 싶은) 사랑스러운 애인, 고너릴.'

에드거는 편지를 주머니에 찔러넣고, 글로스터와 다시 도버를 향해 걸었다. 그리고 얼마 안 가서 켄트와 함께 미친 거지 왕 행색을 하고 있는 리어 일행을 마주쳤다. 리어는 잡초와 들꽃으로 만든 꽃 왕관을 쓰고 벌판에서 외롭게 춤을 추고 있었다.

"누구냐? 나는 국왕이다. 암호를 대라."

리어가 에드거에게 말했다. 톰 행색을 버린 에드거는 가슴이 찢어지는 심경으로 리어의 말에 대답했다.

"향기로운 박하."

"통과!"

글로스터가 리어의 목소리를 듣고 반응했다.

"저 목소리, 저 억양, 너무 잘 기억난다. 국왕이시지요?"

"암, 당당한 왕이지. 내가 노려보니까 백성들이 벌벌 떤다. 저자를 살려준다. 죄목이 뭐라고? 간통이라고? 그래도 죽이진 않겠다. 간통으로 죽는다고? 아냐! 성교를 장려하라. 글로스터 천출 아들이 적법한 내 딸들보다 자기의 아비에게 더 친절했으니까. 욕정아, 난교하라. 난 군인이 필요하다."

"오, 그 손에 입 맞추게 해주소서."

글로스터는 허공에 손짓을 하며 리어를 찾았다. 에드거는 더 이상 참지 못하고 눈물을 흘렸고, 켄트도 그 광경을 안타깝게 바라보았다.

실성한 리어 왕과 눈먼 글로스터의 만남

"손부터 닦아야겠다. 송장 냄새가 나니까."

"오, 무너진 대자연의 걸작이여, 이 우주도 그렇게 무너지리라. 저를 알아보시겠어요?"

눈을 잃은 노인과 정신을 잃은 노인이 서로를 마주 보고 있었다. 글로스터는 리어를 알지만 그를 보지 못했고, 리어는 글로스터를 알지만 그를 알아보지 못했다. 글로스터는 계속해서 왕 앞에서 통곡을 하며 리어의 기억을 상기시키려 했다. 몇 번의 실랑이 끝에 리어는 눈앞에 있는 글로스터에게 말했다.

"이봐, 내 운명에 가슴 아파 울려거든 내 눈을 가져가게. 자넬 잘 알고말고. 이름은 글로스터. 참아야 해. 우리는 울면서 여기까지 왔어. 내 설교 잘 들어봐."

글로스터는 국왕이 제정신인 채로 미친 척을 하는 것인지, 미친 정신인데 제정신인 척 하는 것인지 도무지 가늠이 되지 않았다. 어떤 방향이든 글로스터는 리어와 본인이 이 지경이 된 이 운명을 도무지 견딜 수가 없었다. 꽃장식 왕관을 쓰고 리어는 엎드려 있는 글로스터 앞에서 다시 고독한 춤을 추었다.

"아, 아, 슬프다!"

글로스터가 말했다.

"넓고 넓은 바보들이 무대로 나왔다고. 인간은 태어날 때부터 울어."

리어가 운명적인 말을 하며 켄트와 글로스터, 에드거 앞에서 이상한 춤을 출 때 멀리서 두 명의 일행이 그들에게 다가왔다. 켄트가 보낸 신사와 코딜리아였다. 코딜리아는 거지 행색을 하고 있는 켄트를 알아보고 눈물을 흘리며 그를 안았다. 그에게는 고맙기보단 갚을 수 없는 미안함이 먼저 고개를 들어 코딜리아는 켄트를 제대로 바라보지도 못했다. 그러나 코딜리아가 미쳐버린 아버지와 마주쳤을 때, 그녀는 몸을 가눌 수 없을 만큼 깊은 슬픔에 휩싸였다.

멀리서 이상한 차림으로 춤을 추고 있는 아버지를 보며 코딜리아의 뺨에선 하염없이 눈물이 흐르고 있었다.

코딜리아 : 폐하, 저를 알아보시겠어요?

리어 : 망령이라고 알고 있소. 어디서 죽었어요?

코딜리아 : 정신이 되돌아오시기엔 아직도 갈 길이 멀구나.

신사 : 아직 잠에서 덜 깨셨으니 잠시 홀로 두시지요.

리어 : 내가 지금까지 어디 있었지? 여기는 어디고? 햇살이 아름답군. 난 몹시 힘들었어. 나 같은 사람 보면 가엾어 죽고 말 거야. 할 말을 모르겠네. 이게 내 손인지 아닌지 알 수가 없네. 어디 보자. 찌르니까 아프구나. 지금 내가 어떤 지경에 처해 있는지 그것이 알고 싶구나.

코딜리아 : (무릎 꿇고) 오, 저를 바라보세요, 폐하. 그리고 손을 얹어 축복해 주세요! (무릎을 꿇으려는 그를 말린다.) 꿇으시면 안 됩니다.

리어 : 제발 날 놀리지 마시오. 난 대단히 어리석고 멍청한 노인이오, 한 시간도 안 빼놓고 팔십이 넘었소. 그리고 솔직히 말하면 정신도 멀쩡하진 않은 것 같소. 당신과 이 사람을 알아봐야 하는 건데 그게 의심스럽소. 이곳이 어딘지도 모르겠고 내 모든 기억을 다 짜내봐도 이런 옷은 기억에 없으며 간밤에 묵은 곳이 어딘지도 모르겠소. 비웃지 마시오, 내 정신이 정상이라면 이 여인은 내 자식 코딜리아 같으니까.

코딜리아 : 맞아요, 저예요, 저.

리어 : 눈물에 젖었느냐? 그렇구나. 울지 마라. 나에게 독약을 준대도 마시겠다. 네가 날 원망하고 있다는 걸 알고 있다. 언니들은 분명히 기억컨대 나에게

잘못했어, 이유 없이. 너는 좀 이유가 있겠지만.

코딜리아 : 없어요, 아무것도 없어요.

리어 : 내가 지금 프랑스에 있는 것인가?

켄트 : 전하의 왕국에 계십니다.

리어 : 전부 나를 속이고 있어.

신사 : 걱정하지 마십시오, 왕비님. 큰 광기는 보셨듯이 가라앉았지만 지나간 과거를 다시 기억나게 하는 것은 아주 위험합니다. 빨리 안으로 모시고요, 더 안정될 때까진 자극하지 마십시오.

코딜리아 : 폐하, 걸어 보시겠어요?

리어 : 날 참아줘야 해. 제발 잊고 용서해라. 난 늙고 어리석다.

리어 왕을 만나는 코딜리아_ 프랑스의 왕비가 된 코딜리아가 실성한 아버지 리어 왕을 만나는 장면이다. **에드워드 매튜의 작품**.

코딜리아는 리어를 부축하고 켄트와 함께 프랑스 군의 진영으로 들어갔다. 함께 가자는 일행의 요청을 만류하고 에드거는 따로 할 일이 있다며 도버의 벌판에 홀로 남았다. 글로스터도 그들을 따라가지 않았고, 계속 에드거와 함께했다. 그리고 마침내 에드먼드를 필두로 한 브리튼 군의 선제 공격으로 코딜리아가 지휘하는 프랑스 군과 브리튼의 전투가 시작되었다. 각자의 악의와 정의가 교차하는 상황 속에서 그들의 피비린내 나는 혈투는 긴 시간 지속되었다.

그러나 마침내 도달한 결론은 유감스럽게도 프랑스의 패배, 코딜리아 군의 패배였다.

———— ·················

브리튼 군의 승리가 확정된 이후 에드거는 아버지를 부축한 채 전쟁의 한복판에서 멀리 떨어진 곳으로 피해 갔다.

"자, 주인님, 손을 이리 주세요, 어서요! 리어 왕이 지고 나서 딸과 함께 잡혔어요. 제 손을 잡으세요. 자, 어서!"

"안 가겠소. 여기서 그만 썩겠소이다."

"뭐라고요, 또 나쁜 생각을? 인간은 온 것처럼 가는 것도 견뎌야만 합니다. 다 때가 있지요. 자, 어서."

"그 또한 사실이오."

그러나 글로스터는 얼마 안 가 도버의 벌판에서 푹 쓰러졌다. 더 이상 일어나지 않았고, 에드거의 품에서 쓸쓸한 죽음을 맞이했다. 그렇게 아버지를 보낸 후 에드거는 고너릴의 하인에게서 **빼낸** 편지를 품에 숨긴 채 승리한 브리튼 군의 진영으로 몰래 숨어 들어갔다. 변장을 한 후 알바니 공작이 있는 천막으로 숨어 들어갔고, 그에게 에드먼드에게 가기로

감옥에 갇힌 리어 왕과 코딜리아_ 에드먼드에게 포로가 된 리어 왕과 코딜리아가 감옥에 갇힌 장면을 묘사한 그림이다. **에드워드 매튜의 작품.**

돼 있던 고너릴의 편지를 전달했다.

"제가 비록 초라해 보이지만 거기에서 주장한 걸 입증해 줄 투사를 내놓을 수 있습니다. 에드먼드와 고너릴, 리건이 모였을 때 승리를 축하하는 것처럼 나팔을 불어주십시오. 이 편지의 내용을 증명할 만한 투사를 불러내겠습니다."

"알겠다."

상황은 급박하게 흘러갔다. 코딜리아와 리어는 에드먼드 진영의 포로로 잡혀 있었다.

"최선을 다 한 자가 최악의 순간을 맞는 것은 우리가 처음은 아니에요. 고난에 지친 왕이시여, 전 그런 아버님만 생각하면 가슴이 미어집니다. 저는 아버님만 아니었으면 찌푸린 운명의 여신과 맞서 싸워 분명히 이겼을 것입니다. 언니들을 만나보지 않으시겠어요?"

코딜리아가 끌려가면서 리어에게 말했다.

"아냐, 아냐, 아냐. 자 우리, 감옥으로 가자. 우리 둘이서만 새장 속의 새가 되어 구슬피 노래를 부르자. 네가 나의 축복을 원하면 나는 무릎 꿇고서 네 용서를 구하마. 그렇게 우린 살고 기도하고 옛이야기하고 금빛 나비들 보며 웃고, 불쌍한 녀석들의 궁정 소식 듣자."

리어는 아름다운 한때를 회상하며 꿈결처럼 읊조리고는 코딜리아를 꼭 안고 다시 말했다.

"우리 부녀를 떼어 놓으려면 하늘의 불 막대로 번개보다 더 세게 몰아내야 하리라. 눈물을 닦아라. 그놈들이 우리를 울게 하기 이전에 염병이 놈들을 통째로 삼킬 거다! 그놈들이 먼저 굶어 죽을 거다. 가자."

에드먼드는 그들을 끌고 가는 장교 한 명에게 귓속말로 말했다.

"어서 이리 오게. 내 말을 잘 들어. 감옥으로 그들을 따라가. 이걸 받게."

에드먼드는 장교에게 서신 하나를 주었고, 거기에는 코딜리아를 처치하라는 밀명이 적혀 있었다.

"지금 이 순간 자네는 한 계급 올랐네. 자네가 할 큰일에 대한 질문은 용납 못한다. 하겠다, 못 하겠다 둘 중 하나만 답하라."

"하겠습니다."

장교가 리어와 코딜리아를 따라갔다.

리어와 코딜리아를 감옥에 가두었다는 소식을 듣고, 알바니 공작이 에드먼드에게 찾아왔다. 에드먼드 앞에는 고너릴과 리건이 있었고, 그들은 눈치를 보며 에드먼드 근처에서 서성거렸다.

"오늘의 싸움에서 포로들을 공이 잡고 있지요? 그들 중 코딜리아와 국왕을 요구하오."

"비참한 늙은 왕은 적당한 장소로 보내어 감금했습니다. 그의 존재가 알려지면 민심이 다시 다른 쪽으로 향할 것이오. 왕비도 마찬가지 이유로 감옥에 같이 보냈습니다."

"그들을 정중하게 모시라는 내 명을 공께선 듣지 못했소?"

"사로잡은 건 나입니다. 명령하지 마십시오."

"공, 미안한 말이지만 나는 공을 전쟁에서 부하로만 생각했지 동료로는 생각해 본 적 없소."

뻣뻣한 태도로 나오는 에드먼드에게 발끈한 알바니 공작이 그에게 말했다. 그러나 리건이 둘의 대화에 끼어들었다.

"그건 내가 높이기 나름이에요. 그는 내 군대의 지휘를 맡았고, 내 지위와 권한을 가진 이인자였으니 동료라고 부르는 데에는 손색이 없지요."

갑자기 리건이 에드먼드를 옹호하는 것을 보고 고너릴이 끼어들었다.

"그는 네가 지위를 주지 않아도 스스로의 장점으로 자신을 드높였어!"

"아니에요. 그는 내가 준 권리로 최고와 대등하게 되었어."

그 상황을 어이없게 바라보고 있던 알바니 공작이 리건에게 말했다.

"그렇다면 에드먼드가 처제의 남편이 된다면 최상일 테지요."

고너릴과 리건_ 에드먼드가 전투를 승리로 이끌자 고너릴과 리건은 그를 놓고 본격적으로 연적의 싸움을 시작한다. **에드윈 오스틴 애비의 작품**.

"농담이 진담되곤 한답니다. 이제 내 몸과 나의 군대 그리고 나의 모든 재산은 에드먼드 백작의 것이고, 이 세상을 증인으로 이 자리에서 당신을 내 주인, 내 남편으로 삼겠어요."

"그를 갖고 놀겠다고?"

리건은 언니의 말을 무시하며 탁자 위에 있던 음료를 마셨다. 그러나 그 음료는 고너릴이 준비한 독이 든 음료였다. 상황이 안 좋게 돌아갈 것을 염두에 두고, 고너릴은 처음부터 에드먼드를 차지하기 위해 알바니와 리건을 독살하려고 생각하고 있었던 것이다. 초소 안의 네 사람 사이에 이해관계가 복잡하게 꼬여 있었다. 고너릴은 리건이 음료를 마시는 것을 보고 계속 분한 표정으로 연기했다. 그리고 마지막으로 알바니 공작이 그 음료를 마시기를 기다렸다. 알바니 공작은 에드먼드에게 집착하는 고너릴을 보며 변장한 에드거의 편지가 사실이라는 확신이 들었다. 알바니 공작은 음료를 마시는 대신 고너릴의 눈앞에 그녀가 하인을 통해 에드먼드에게 보냈던 편지를 꺼내들었다. 알바니 공작은 부하를 불러 큰 소리로 나팔을 불게 했다.

"처제의 요구는 내 아내의 이해관계 때문에 못 들어주겠소. 그녀는 에드먼드와 재혼할 계약을 맺었고 난 그녀의 남편으로서 당신의 혼사를 반대하오. 에드먼드, 이 화려함으로 치장한 독사 고너릴과 너를 체포한다."

리건이 비틀거렸고, 알바니는 칼을 꺼내서 에드먼드를 겨냥했다.

"네 흉악무도한 갖가지 반역죄를 입증해 줄 사람이 안 나온다면 결투를 하자."

"누군지는 모르지만 그놈은 거짓말을 하고 있는 것이오. 나팔을 부시오. 감히 다가온다면 그자든 당신이든, 누구든, 내 신실과 명예를 굳건히 지키겠소."

실신한 리건_ 리건이 언니인 고너릴이 타는 독약이 든 음료를 마시고 실신하는 장면을 묘사한 그림이다.
마커스 스톤의 작품.

　리건이 쓰러졌고, 병사들이 그녀를 부축하여 막사로 데려갔다. 어딘가에서 망토로 모습을 가린 남자가 걸어오고 있었다. 병사 한 명이 에드먼드에게 다가오는 그에게 물었다.

　"당신은 누구인가? 이름은? 계급은? 그리고 지금 이 소환에 왜 응하였는가?"

　"내 이름은 잃었소. 반역의 이빨에 뜯겨서 말살되었으니까. 하지만 난 내가 맞닥뜨릴 상대 이상으로 고귀한 신분이오."

　변장한 에드거의 말을 듣고 알바니 공작이 다시 물었다.

　"그 상대가 누구인가?"

　"에드먼드요."

　"내가 본인이다. 할 말이 무엇이냐?"

　"그 칼을 뽑아라. 내가 칼을 뽑는 것은 내 기사의 명예와 맹세와 선서의 특권이라는 것을 알기 바란다. 너는 지금 젊은 나이에다 힘도 좋고, 직위도 높아 요직을 차지하고 있다는 것은 알고 있다. 그러나 너는 반역자임에는 틀림이 없다. 네가 만일 아니라고 부정한다면 내가 이 칼, 나의 무예, 나의 용기로 네 가슴을 찢어 결단코 증명해보이겠다."

에드거가 칼을 빼들었고, 에드먼드도 맞서며 칼을 빼들었다.

"네 이름을 묻는 게 순서겠지만 겉모습이 참 멋지고 늠름해 보이며 입에선 교육 받은 냄새가 좀 나니 기사쯤 되는 걸로 알겠다. 난 기사도 법에 따라 안전하게 신중히 지연시킬 권리를 경멸하며 차버리고 네가 열거한 반역 죄목들을 네게 도로 던지겠다."

몇 번의 불꽃 튀는 경합이 지나갔고 잠시 후 에드먼드는 에드거의 칼을 맞고 쓰러졌다. 쓰러진 에드먼드를 보고 고너릴이 비명을 지르며 소리쳤다.

"역적이다. 저 자를 붙잡아라."

"닥쳐라, 이 여자야. 네가 죄인이다."

"지금 누굴 보고 죄인이라 말하는가! 내가 이 나라의 법이다."

고너릴이 악마 같은 표정으로 알바니에게 말했지만, 이미 병사들은 그녀의 말을 따르지 않고 있었다. 쓰러져 있는 에드먼드가 변장한 에드거에게 말했다.

에드먼드의 패배에 분노하는 고너릴_ 연극의 한 장면으로, 에드거가 에드먼드를 쓰러뜨리자 이에 울부짖는 고너릴의 모습이다.

"당신이 고발한 일들을 내가 했소. 더 많이, 훨씬 많이. 시간이 가면 차차 알게 될 것이오. 날 이긴 당신은 누구시오? 고귀한 사람이면 용서해 주겠소."

"우리 이제 자비심만 주고받자. 에드먼드, 내 혈통도 예전엔 너보다 더 훌륭했지."

에드거는 망토를 벗고 변장을 풀었다.

"내 이름은 에드거, 네 아버지의 아들이다."

"형? 내 목숨을 거둘 셈인가?"

"에드먼드, 악몽은 이제 끝났다."

에드거는 쓰러진 에드먼드를 안았다.

"제발 부탁이니, 우리 서로 용서하자. 더 이상의 악몽은 되풀이하지 말자."

"형, 지금까지 어디에?"

"살기 위해 거지의 모습으로 변장하고 발각되지 않으려 필사적으로 도망다녔다. 그리고 그때 우연히 양 눈을 잃은 아버지를 만났다. 그렇지만 어째선지 아버지께 아들임을 밝히지는 못했지."

"아버지는, 어떻게……?"

에드거는 에드먼드를 꼭 안은 채로 하염없이 눈물을 흘렸다.

"마지막까지 세상과 겨루다가 버티지 못하고 돌아가셨다. 스스로 목숨을 끊진 않으셨다. 자비로운 신들께서 그에게 미소를 남긴 채 목숨을 거둬가셨다."

알바니 공작은 에드거의 얘기를 어두운 표정으로 심각하게 듣고 있었다. 그때 병사 한 명이 그 상황 속으로 달려왔다.

"공작님의 부인께서 자결하셨고, 동생 분은 독살당하셨습니다."

그 말을 듣고 죽어 가고 있던 에드먼드가 에드거에게 말했다.

코딜리아의 죽음_리어 왕이 코딜리아의 죽음을 슬퍼하며 정신이 돌아온다. **제임스 베리의 작품.**

"두 사람과 난 약혼했습니다. 우리 세 사람이 한날 한시에 죽게 되는군요."

난장판의 상황 속에서 병사들 사이를 비집고 켄트가 나타났다. 그는 애타게 리어를 찾고 있었다. 알바니는 에드먼드에게 리어와 코딜리아가 어디에 있느냐고 물었다. 에드먼드는 장교에게 지시한 본인의 말을 알바니에게 알렸지만 그들이 리어와 코딜리아가 갇혀 있는 감옥에 갔을 때는 이미 상황은 비극으로 치닫고 있었다. 알바니 공작은 감옥 문을 열었고, 리어는 죽은 코딜리아를 품에 안고 감옥 안에서 뚜벅뚜벅 걸어 나왔다. 근처에는 죽어가는 에드먼드와 리건과 고너릴이 바닥에 널브러져 있었다. 에드거는 여전히 에드먼드를 안은 채 있었고, 켄트가 무릎을 꿇고 리어를 바라보고 있었다.

리어 : 통곡, 통곡, 통곡하라! 오, 목석 같은 인간들아! 내가 너희 같은 눈과 혀를 가졌다면 천장이 깨지라고 울 것이다. 얘는 영영 가버렸어. 사람이 죽었는지 살았는지 난 알아. 얜 흙처럼 죽었어. (그녀를 내려놓는다.)

켄트 : 예언된 세상의 종말이 이건가?

에드거 : 그렇지 않으면 그 무서운 종말의 그림자인가?

리어 : 깃털이 움직인다, 살아 있구나! 그렇다면 이건 내가 여태껏 겪어온 모든 슬픔이 보상될 수 있다.

켄트 : 오, 저의 주군이시여!

리어 : 제발, 저리 가!

에드거 : 폐하의 충신 켄트 백작입니다.

리어 : 너희들은 모두 이 살인자 역적 놈들이다. 구할 수 있었는데, 이젠 영영 가버렸어. 코딜리아, 코딜리아, 잠시만 머물러라. 하? 뭐라고? 얘 음성은 언제나 부드럽고 상냥하고 조용했어. 여자에겐 빼어난 것이지. 널 목매던 그 잡놈을 내가 죽여버렸어.

신사 : 사실입니다.

리어 : 이봐 내가 해치웠지? 나도 한땐 천근 나가는 칼을 용맹하게 휘두르며 많은 적들을 해치웠었어. 이제는 늙었고 많은 시련 때문에 망가졌지만. (켄트에게) 누구신가? 내 눈이 썩 좋진 않아, 조만간 좋아지겠지만 말이야.

켄트 : 운명이 사랑하고 미워한 두 사람을 자랑한다면 여기에 그 중 한 사람이 있습니다.

리어 : 눈이 침침하구나. 켄트가 아닌가?

켄트 : 맞습니다. 폐하의 충신 켄트입니다. 그런데 폐하의 하인 카이어스는 어디 있습니까?

리어 : 참 좋은 녀석이야, 그 말은 할 수 있어. 공격도 잘 해, 잽싸게 말이야. 죽어서 썩었지만.

켄트 : 아뇨 전하, 제가 바로 그 사람…….

리어 : 그런가? 조만간 알게 되겠지.

켄트 : 전하께서 변하고 기울기 시작한 때부터 그 슬픈 발길을 따랐던…….

리어 : 여기로 잘 왔네.

켄트 : 제가 바로 그입니다. 모든 것이 어둡고 죽은 듯하군요. 큰따님 두 분은 자해한 후 절망해서 죽었고요.

리어 : 음, 그렇게 생각해.

알바니 : 폐하께선 자신이 하시는 말씀도 잘 모르고 계십니다. 우리가 신분을 밝혀도 헛일이오.

신사 등장

에드거 : 그럴 겁니다.

신사 : 에드먼드가 죽었습니다, 공작님.

알바니 : 그런 사실은 여기선 중요하지 않다네. 여러 경들, 친구들께 나의 뜻을 밝히겠소. 이 노쇠한 대왕께 위안되는 일이라면 뭐든지 해드릴 것입니다. 노왕께서 살아 계신 동안 다시 이 나라를 통치할 왕위를 드릴 생각이오. (에드거와 켄트에게) 두 분에겐 복권에다 영예로운 행위로 인하여 받고 남을 상금과 여러 가지 특전을 더하겠소. 모든 아군들에게는 무용의 대가를, 모든 적군들에게는 당연한 처벌을 내릴 것이오. (리어 왕을 보면서) 아! 저길 좀 보시오.

리어는 품 안에서 축 늘어진 코딜리아를 보며 서럽게 노래를 불렀다. 울음인지 노래인지 모를 구슬픈 소리를 읊조리는 리어 옆에는 노백작 켄트가 있었다.

리어 : 불쌍한 내 바보가 죽었다. 생명이 없다 없어! 왜 개나 말이나 쥐는 살아 있는데 넌 숨조차 못 쉬느냐? 넌 다시 못 돌아와 절대로, 절대로, 절대로, 절대로. 이봐 거기 너, 부탁이 있다. 이 단추 좀 끌러줘.

켄트 : (울면서) 네, 폐하.

리어 : 고맙네, 켄트. (죽는다)

코딜리아의 죽음을 노래하는 리어 왕_ 코딜리아는 이미 프랑스 왕가에 속했음에도 광야 속에 비참히 죽어갈 아버지를 구하기 위하여 영국에 선전포고를 하고 목숨을 바쳐 전투에 참전하나, 결국 우세한 영국군에게 포로로 잡혔다가 에드먼드에 의해 감옥에 갇혀 허무하게 죽어 버린다. 그리고 그녀의 유해는 프랑스 왕이 오열하며 본국으로 데리고 간다. 전쟁은 끝났지만 결국 리어 왕도 자신의 어리석은 결정을 후회하다 죽고 만다. **헨리 하워드의 작품.**

　리어는 코딜리아의 곁에 힘없이 쓰러졌다. 자살도 타살도 아닌, 생의 의지를 다한 죽음이었다. 모든 것을 경험한 노인의 죽음 앞에서 사람들은 하염없이 눈물을 흘렸다. 에드거가 죽은 리어를 일으키려고 하자 켄트가 말했다.

　"그분 혼을 괴롭히지 마시오, 가시도록. 이 험한 세상의 형틀에 더 묶어두려 하면 우리를 미워하실 겁니다."

　리어는 더 이상 숨을 쉬지 않았다. 다섯 명의 시체는 사람들에 둘러싸인 채 고요히 멈춰 있었다.

　"그렇게 오랫동안 버티신 게 놀랍지요, 아마도 막내딸 때문에 수명이 더 연장되었던 것 같습니다."

　켄트가 말했다.

　"이분들을 모셔 가라. 지금 우리가 할 일은 거국적인 애도이다. (캔트와 에드가에게) 그대들 내 마음의 두 벗은 이 나라를 통치하고 난국을 수습하는 데 힘써주기 바라오."

알바니가 켄트와 에드거에게 말했지만, 둘은 자리를 뜨지 않고 리어와 코델리아 앞에서 장승처럼 굳어 있었다. 켄트가 먼저 입을 열었다.

"저는 곧 장도에 올라야 하는데, 주인께서 부탁을 하시니 거절할 수가 없군요."

켄트의 말에 에드거도 입을 열었다.

"이 슬픈 시국의 무게를 우리는 서로 감당해야 합니다. 으례적인 말은 삼가고 우리가 당장 필요로 하는 것만을 말하기로 합시다. 최고의 노인이 최고로 견디셨소. 젊은 우린 절대 그만큼 보지도 살지도 못할 것입니다."

사람들은 죽은 리어 왕 앞에서 계속해서 눈물을 흘렸다. 잘못된 선택으로 스스로 몰락의 길을 걸었지만, 그는 스스로 죽지 않았다. 리어는 모든 것을 경험한 뒤에 죽음에 도달했고, 켄트와 에드거는 노인의 마지막을 애도하며 눈물을 흘렸다. 그곳에는 공포와 두려움, 슬픔과 숭고가 한데 섞여 너울거렸다. 그리고 그 중앙에는, 위대한 왕은 아니었지만, 위대한 인간이었던 리어의 죽음이 있었다. 모든 감정과 정신을 소진한 후 비로소 리어는 멈추었다. 모든 여정이 끝났을 때 리어는 슬프지만 후련한 표정으로 멈춰 있었고, 주위의 사람들은 복잡한 표정으로 멈춘 그를 보며 울었다.

오셀로

"질투를 조심하시옵소서.
질투는 사람의 마음을 농락하며 먹이로 삼는 녹색 눈을 한 괴물이니까요."

THOS. W. KEENE.

OTHELLO

W. J. Morgan & Co.
LITH. CLEVELAND, O.

오셀로

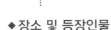

◆ 장소 및 등장인물

장소

베니스, 키프로스

등장인물

오셀로 : 베니스 정부에 근무하는 무어인 장군
이야고 : 오셀로의 기수
카시오 : 오셀로의 부관
로데리고 : 베니스의 신사
데스데모나 : 브라반시오의 딸이며 오셀로의 아내
브라반시오 : 베니스의 원로원 의원이며 데스데모나의 아버지
로도비코 : 브라반시오의 친척
에밀리아 : 이야고의 아내
비앙카 : 매춘부
몬타노 : 키프로스 행정부의 오셀로 전임자
베니스의 공작
원로원 의원들

오셀로(228쪽 그림)_ 이 작품의 흥미는 정직의 가면을 쓴 악(惡)의 천재 이야고의 활약에 있으며 그의 행동의 동기에 대해서는 여러 차례 비평가들 사이에서 논의의 대상이 되었다. 오셀로는 지나치게 단순한 주인공이라고 보이기 쉬우나 그가 자기의 가슴에 검(劍)을 박는 최후의 장면에서 참회하는 그의 심정과 다시금 데스데모나의 진실을 확인하게 된 그의 기쁨을 읽어낼 때에야 이 작품의 주제를 이해할 수 있다. **18세기 오셀로 포스터**

이야고에게 로데리고는 이용가치가 충분한 멍청이였다.

"여보시오! 브라반시오, 브라반시오 각하!"

한밤중이었다. 베니스의 원로원 의원인 브라반시오의 문을 깜깜한 한밤중에 이토록, 세게 두드릴 사람은 사랑에 눈이 먼 로데리고 말고는 없었다. 그는 거의 미쳐 있었다. 이 상태가 이야고에게는 좋은 먹잇감이 아닐 수 없었다.

"누구냐? 이렇게 날 야밤에 불러내는 사람은 누구인가?"

"각하, 가족들이 다 집안에 있습니까?"

"왜, 뭣 때문에 묻는가? 벌써 내가 자네에겐 내 딸을 줄 생각이 없다고 몇 번이나 말해두었을 텐데. 자네 베니스에서 쫓겨나고 싶은가?"

"각하, 그것이 아니오라."

"분명히 말해두지만 이번 일로 자네는 쓴맛을 보게 될 것이야."

로데리고는 브라반시오의 냉랭한 반응에 아무런 대꾸도 못하고 갑자기 얼어 붙었다. 아이고 저 멍청이, 기둥 뒤에 숨어 있던 이야고가 로데리고 대신 브라반시오에게 말을 걸었다.

"각하, 이 분은 순수한 마음을 가지고 온 분입니다."

"거긴 또 누구인가?"

이야고는 다시 기둥 뒤로 숨었다. 로데리고가 말을 이었다.

"각하, 딸의 방을 확인해 보십시오. 만약 각하의 딸이 이 방에 없다면 필시 음탕한 무어인의 저속한 품 속에 있을 것이옵니다."

"이제 네가 말도 안 되는 계략으로 날 속이려 드는구나."

"각하, 만약 따님이 제 말과 다르게 편안히 잠들어 계시다면, 저는 모든 책임을 지고 망발의 대가로 엄한 처벌을 받겠습니다."

브라반시오는 잠시 생각하더니 하인에게 딸의 방을 확인해보고 오라

브라반시오에게 고자질하는 로데리고 _ 이야고의 계략으로 로데리고가 브리반시오에게 딸이 부정을 저지르고 있다고 일러바치는 장면의 판화그림이다.

고 지시했다. 몇 분 뒤 하인에게 그의 딸 데스데모나가 방에 없다는 소식을 듣자 브라반시오는 그럴 리가 없다며 횃불을 들고 집 안으로 들어갔다. 기둥 뒤에 숨어 있는 이야고가 로데리고에게 말했다.

"전 그만 가봐야겠습니다. 제가 여기 있으면 무어인에게 불리한 증언을 하게 될 텐데, 지금 제 처지로는 그럴 수가 없습니다. 저는 그를 혐오하지만, 아직 그의 부하니까요. 그럼 안녕히."

이야고가 자리를 떴다. 브라반시오가 곧바로 집에서 나와 로데리고에게 물었다.

"여봐라, 로데리고, 내 딸이 지금 어디 있는지 아느냐? 당장 나를 인도해 주게나. 내 수고는 보답하지."

이야고는 천천히 걸으며 그들의 이야기를 엿들었다. 그러고는 희미한 미소를 지었다.

오셀로_ 오셀로는 무어인이기 때문에 작품 곳곳에서 인종차별을 당하며, 자기 자신도 백인들의 한가운데의 유일한 무어인이라는 것과 옛날의 노예생활 때문에 깊은 콤플렉스로 괴로워한다. **헨리 페로넷 브릭스의 작품**.

"오셀로 장군님, 지금 당장 숨으셔야 합니다. 브라반시오 각하가 따님을 찾으러 이곳으로 오고 있습니다."

이야고는 급하게 달려온 척하며 오셀로가 있는 처소로 갔다.

"데스데모나의 일로 오는 것인가?"

"그런 것 같습니다."

"언젠가는 마주칠 일이었다. 나는 도망치지 않을 것이다."

브라반시오와 그의 하인들이 햇불을 들고 오셀로가 있는 방으로 들이닥쳤다.

"이 더러운 도둑놈, 내 딸을 어디다 감췄느냐? 어떤 추악한 검은 흉계로 내 딸을 너의 품속으로 들어가게 만든 것이냐. 널 지금 당장 체포하고 구속할 것이다."

격분한 브라반시오는 오셀로에게 흥분을 감추지 못하고 소리쳤다. 하인들이 오셀로에게 달려들려고 하자, 이야고와 카시오가 칼을 뽑았다.

"모두 멈추시오. 너도 멈추어라, 이야고. 존경하는 의원님, 제가 어디로 가서 당신이 제기한 고소에 답변하길 원하시는 겁니까?"

"당연히 감옥으로 가야지. 적당한 때에 정상적인 절차에 따라 법대로 너를 처분하기 전까지는."

"말씀대로 될까요? 급히 절 찾아 전갈을 보내신 공작께서 이 일을 어떻게 생각하실까요?"

카시오가 말을 이었다.

"사실입니다, 의원님. 공작께선 지금 회의 중이고 의원님에게도 사람이 갔습니다."

"뭐? 이 밤중에 말이오? 그렇다면 놈을 연행하라. 내 문제도 사소한 것은 아니다."

베니스_ 당시 베니스(베네치아)는 독립된 공화국으로, 자국의 영토를 지키기 위해 많은 용병들이 필요했다. 일테면 베니스는 용병들이 지켜준 공화국이라 해도 무방하다. 이런 배경은 무어인인 오셀로가 신분을 뛰어넘어 장군으로 활약할 수 있는 토대가 되었다. **그림은 베니스의 산마르코 성당의 입구로 카날레토의 작품이다.**

브라반시오의 하인들이 오셀로의 팔을 잡았다. 그러나 오셀로는 그들의 손을 뿌리치고 제 발로 당당하게 브라반시오를 따라 걸어갔다.

─────── ·················

이 시각 공작과 베니스의 다른 의원들은 터키 군의 침입에 대한 대응방안에 대해 실제로 회의 중이었다.

"장군 잘 오셨소. 의원도 잘 오셨소. 마침 의원의 고견이 필요했던 참이오."

"용서하십시오 공작. 저는 공적인 일이 아닌 사적인 일로 공작을 찾아왔습니다."

"무슨 일이오?"

"딸 아이 때문입니다."

"따님 신변에 문제가 생겼습니까?"

"제겐 그렇습니다. 이상한 놈에게 도둑맞아 더럽혀지고 타락하고 말았습니다."

"그런 추악한 방법으로 당신 딸의 넋을 빼고 당신에게서 딸을 빼앗아 간 자가 누구이든 지엄한 베니스의 법에 따라 엄중히 처벌할 것이오."

"참으로 감사합니다."

브라반시오는 오셀로를 손으로 가리켰다.

"이 자이옵니다."

회의장에 정적이 감돌았다. 공작은 오셀로에게, 무슨 할 말이 있느냐고 물었다.

"존경하옵고 현명하신 의원님들, 귀하고 선하신 귀족 여러분, 제가 이 노인의 따님을 데려간 것은 사실이옵니다. 오늘 저는 브리반시오 각하의 따님과 결혼했습니다. 저는 변명하는 재주가 없습니다. 다만 허락해 주신다면, 제 결혼의 경위를 솔직하게 말씀드리겠습니다."

오셀로의 뜻밖의 선언에 브라반시오는 다시 자리를 박차고 일어나서 소리쳤다.

"너무나 순진하고 조금만 누가 뭐라 해도 얼굴을 붉히던 처녀였습니다. 그런 애가 겁나서 쳐다보지도 않던 무어인과 사랑에 빠지다뇨?!"

"청컨대 그녀를 불러서 그녀의 부친 앞에서 저와의 관계에 대해 진실을 말할 수 있게 해주십시오. 만약 그녀의 말 중에 저의 거짓이 드러난다면 현재 저에게 주어진 직책을 박탈하심은 물론 목숨을 거두어도 좋습니다."

공작은 시종 한 명에게 데스데모나를 데려오라고 말했다. 오셀로는 다시 말을 이었다.

"그녀의 부친은 저를 사랑하여 자주 집으로 초대했으며 저에 대한 자세한 신상 이야기들과 그동안 제가 경험해온 전략, 전술, 전투 등에 대해서도 묻곤 했습니다. 그리고 데스데모나는 제게 더 귀를 기울여 주었습니다. 열심히 성심껏 들어주길래 그녀의 따뜻한 마음에 기대 기회를 엿보아 그녀의 진심을 확인했고, 제 얘기를 더욱 자세하게 해주었습니다. 그녀는 저의 고통에 진심으로 슬퍼했으며, 점점 더 저의 고통에 귀 기울여 주었고, 저는 그런 그녀를 사랑했습니다."

오셀로의 말이 끝나자 회의장 안으로 데스데모나가 들어왔다.

"마침 잘 왔다, 딸아. 이 자리에서 솔직히 말해 보아라. 너는 누구를 가장 따르느냐?"

"존경하는 아버님, 제 출생과 교육은 모두 아버님의 덕분입니다. 제 삶과 교육은 부모에 대한 존경을 가르치고 있습니다. 그러나 여기 제가 사랑하는 사람이 생겼습니다. 제 어머니께서 할아버지 보다도 아버지께 더 사랑을 느끼는 만큼 저는 저의 주인인 이 무어인에게 제 사랑을 바치려고 합니다."

브라반시오는 모든 게 다 끝났다는 듯이 큰 한숨을 쉰 후 오셀로를 바라보았다.

"알겠다. 그만하면 됐다. 자식을 낳느니 얻어 기를 걸 그랬다. 이리 오게, 무어인이여."

브라반시오는 오셀로와 데스데모나의 사이에 섰다.

"온 맘을 다하여 이 아이를 자네에게 주겠네. 물론 지금처럼 이미 자네 것이 되지 않았다면, 절대로 주지 않았을 딸일세."

브라반시오는 회의장의 구석으로 발걸음을 옮겼다.

"청컨대, 국가의 대사를 계속 논해 주십시오."

브라반시오가 말했다. 공작은 터키가 만반의 준비를 갖추고 키프로스를 향하고 있는 급박한 상황을 언급했다. 그러고는 오셀로에게 오늘 밤

데스데모나의 선택_ 데스데모나가 오셀로를 사랑한다고 선언함으로, 그녀의 아버지 브라반시오는 어쩔 수 없이 두 사람의 사랑을 허락하고 만다. **잭 레이 워들워스의 작품.**

즉시 키프로스로 출전해 줄 것을 명했다.

"존경하는 각하. 제가 무어인을 사랑해서 그와 한시도 떨어져 살 수 없게 된 것이 감히 법도를 깨고 운명에 반항한 일로 세상에 알려질까 두렵습니다. 제 마음은 남편의 임무에도 충실히 따르는 것입니다. 그와 함께 가게 해주시길 부탁드립니다."

그녀의 말을 듣고 오셀로도 말했다.

"승낙해 주십시오. 하늘에 맹세코 말씀드리지만 아내가 같이 있음으로 해서 제게 주어진 중대한 임무를 소홀히 하지는 않을 것입니다."

공작은 그들을 보며 미소를 지었다.

"그대들 뜻대로 하시오."

공작은 회의를 끝냈고, 의원들은 차례로 회의장 밖으로 나갔다. 허탈해 하는 브라반시오 곁으로 공작이 다가가서 작은 목소리로 말했다.

"의원, 덕이 있는 사람은 아름다운 법. 당신의 사위는 색은 검어도 매우 아름다운 사람이오."

공작의 덕담에도 브라반시오의 마음은 전혀 풀리지 않았다. 손을 잡고 바깥으로 나가는 데스데모나와 오셀로를 향해 브라반시오는 냉랭하게 말했다.

"무어인, 눈이 있다면 저 아이를 조심하게. 아비를 속였으니 자넬 속이지 말라는 법도 없지."

브라반시오는 고개를 휙 돌리고 회의장 밖으로 나갔다.

——————·················

"이야고, 데스데모나를 부탁하네. 그대의 아내 에밀리아가 그녀의 곁에서 보살펴 주게 하고, 때를 보아 키프로스로 데려와 주게. 나는 지금 당장 키프로스로 가야 하니."

오셀로의 말에 이야고는 모든 것을 본인에게 맡기라는 듯한 표정을 지어보였다. 오셀로를 포함한 대부분의 회의장 인원이 바깥으로 나가자, 로데리고가 이야고에게 다가왔다.

"이야고. 난 당장 물에 빠져 죽어버리고 싶네. 오, 데스데모나."

로데리고는 기둥을 얼싸 안고 데스데모나의 이름을 부르며 슬피 울기 시작했다.

"참으로 어리석은 분이시군요. 이런다고 안 될 일이 되기라도 한답니까."

이야고는 기둥을 잡고 울고 있는 로데리고를 보며 말했다.

"이 상황에 나보고 어떻게 하란 말인가!"

로데리고는 갑자기 격분하며 이야고에게 대들었다. 이야고는 로데리고의 얼굴에 바짝 기대 속삭이듯 말했다.

"저는 나리의 친구로서 영원한 우정을 약속한 바 있습니다. 지금이 바로 나리를 도울 수 있는 적기인 듯 싶습니다. 나리께서 필요한 자금을 마련해 주시면, 나머진 제가 다 알아서 하겠습니다. 나리, 무어인이 가는 전쟁터에 따라가는 겁니다. 가짜 수염을 붙이고 변장을 해서, 키프로스에 가서 적당한 기회를 엿보고 계시면 나머지는 제가 다 알아서 처리하겠습니다. 나리는 제 계획에 따라 움직이시면, 만사가 문제없이 해결될 겁니다. 단언컨대 데스데모나가 언제까지 저 무어놈을 사랑하겠습니까?"

로데리고는 홀린 듯 이야고의 말을 경청했다.

"그러니까, 돈, 돈만 있으면 된다는 말이군. 나는 돈만 준비하면 된단 말이지, 이야고!"

로데리고는 주머니에서 돈주머니를 꺼냈다.

"일단 이것을 받게. 재산을 처분하면 더 주겠네. 나는 내 땅을 전부 팔아서 자네를 따라가겠네! 데스데모나만 얻을 수 있다면!"

이야고는 로데리고의 돈주머니를 받으며 말했다.

"걱정하지 마십시오, 나리. 내일 또 얘기합시다."

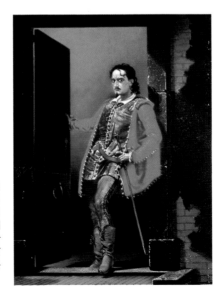

이야고_ 이야고는 여러 가지 면에서 오셀로와 대극에 위치한다. 우선 인종적으로 백인이며, 베니스 출신이다. 그 점을 들어서 오셀로를 '무어 놈'이라고 깔보고 있다. 정작 오셀로는 무어인인데 지위가 높지만, 자신은 백인이면서 지위가 낮다. 자신의 노력과 지혜로 성공한 오셀로와는 달리 말 잘하고 사교관계를 잘 맺어 출세하려는 약삭빠른 인간이다. **에드윈 부스의 작품.**

로데리고는 할 일을 다 했다는 듯 후련한 마음으로 회의장 밖으로 서둘러 나갔다. 이야고는 유쾌한 미소로 그를 배웅해 주었다. 그러고는 바로 표정을 바꿔 사악한 사람이 돼 로데리고를 비웃는 사람으로 변했다. 이야고는 돈벌이가 안 된다면 저런 얼간이를 상대할 일은 없었을 것이다.

일단 저 얼간이를 이용해서, 카시오를 몰아내자. 이야고는 이전부터 무어인 장군을 못마땅하게 여겼지만, 그가 자신의 자리여야 마땅한 부관에 카시오를 앉히자 그의 분노는 극에 달했다. 그러나 언제나 그렇듯이 이야고는 그것을 겉으로 드러내지 않았다.

키프로스. 보는 눈이 많은 베니스와는 달리 마음만 먹으면 얼마든지 음모를 꾸밀 수 있는 좋은 환경이었다.

———————⋯⋯⋯⋯⋯⋯

흑마를 탄 오셀로가 성 안으로 들어왔다.

"제군들이여 들으시오! 전쟁은 끝났고, 터키 군은 침몰하였소!"

오셀로가 말했다. 데스데모나는 오셀로를 껴안았고, 군중들은 만세를 외쳤다. 곧이어 박수 세례와 함께 '오셀로'를 외쳤다. 오셀로는 군중 속에 섞여 있는 몬타노를 발견하고 반가운 마음에 그에게 달려갔다. 그는 터키 군의 침입 전, 키프로스 행정부의 오셀로 전임자였다.

"축제를 엽시다!"

전쟁에 임박했던 키프로스 사람들의 초조함은 오셀로의 등장과 함께 단번에 환희로 바뀌었다. 오셀로는 데스데모나와 행복했고, 카시오는 그런 오셀로를 보필하며 자신의 존재가치를 인정받는 기분이었다.

화톳불 주위로 춤추는 사람들과 술 마시는 사람들의 모습이 겹쳐졌다. 야외에선 남녀가 음탕한 놀이를 즐기기도 했고, 수염 기른 남자들

승리한 오셀로를 환영하는 데스데모나_ 오셀로가 터키와의 전쟁에서 승리하고 돌아오자 데스데모나를
비롯하여 베니스의 많은 사람들이 환영나온 장면을 묘사한 그림이다. **토머스 스토타드의 작품**.

은 한때의 젊은날을 회상하며 흐뭇한 미소를 지으며 병을 비웠다. 덥수
룩한 수염으로 자신을 가린 로데리고는 침울한 표정으로 벌컥벌컥 술만
마시고 있었다.

"또또, 대책없이 술병만 축내고 있군요, 나리."

"이젠 정말 다 끝났네, 이야고. 나는 정말 죽을 걸세."

"그러지 마시고, 제가 혹하는 얘기를 들고 왔으니 들어보시고 죽을지
말지를 결정하시죠. 먼저 이 말부터 해두죠. 데스데모나는 오셀로의 부
관 카시오를 사랑하고 있습니다."

"카시오를? 말도 안 되는 소리 하지 말게."

"손가락을 입에 대고 천천히 듣기만 하십시오. 여자가 일상을 즐기려
면 눈요기가 있어야 합니다. 그런데 매일 새까만 낯짝만 보면 그녀에게
무슨 즐거움이 있겠습니까? 그녀의 매끈한 육체가 오셀로를 몇 번만 맞
아들이면 이내 속았다는 걸 깨달을 겁니다."

데스데모나_ 베니스의 원로원 의원 브라반시오의 아름다운 딸인 그녀는 중년의 흑인장군 오셀로의 스릴이 넘친 모험담을 듣고 그를 사랑하게 되어 아버지의 뜻을 거역하고 비밀리에 그와 결혼한다. **프레드릭 레이튼의 작품.**

"그녀가 그럴 리가 없네. 데스데모나는 천사 같은 여자야!"

로데리고는 이야고의 말에 버럭 화를 내었다.

"천사 같다고요? 아무렴요, 그래도 그녀가 마시는 와인은 평범한 포도로 만든 것일 뿐입니다. 데스데모나가 키프로스에 도착했을 때 카시오의 손바닥을 만지작거리는 걸 못 봤습니까?"

"그건 남편의 부관에 대한 인사일 뿐……."

"음란한 인사의 어두운 서막이죠. 게다가 마차에서 내려 카시오가 그녀의 귀에 대고 속삭이는 장면은 또 어쩌구요. 그렇게 사소한 관계가 지속되다가 나중에는 진짜가 되는 겁니다."

로데리고는 몸을 떨면서 허공에 손을 휘휘 저었다.

"오늘 밤 카시오 부관이 야경을 합니다. 나리도 야경을 나가십시오. 그리고 카시오를 화나게 하십시오. 나머지는 제가 알아서 하겠습니다."

"알겠네."

이제 곧 비극의 서막이 모습을 드러내려 하고 있었다.

"장군의 건강을 위하여!"

카시오는 술잔을 높이 쳐들며 외쳤다. 벌써 몇 잔을 먹었는지 알 수 없을 만큼 시간이 많이 흘렀다. 술자리의 흥에 맞춰 이야고와 일행들은 카시오에게 계속 술을 권했고, 카시오는 마다하지 않고 -물론 그도 그 흥에 취해 있었다- 그 술을 꿀꺽꿀꺽 받아 마셨던 것이다.

"자, 여러분. 이제 술자리는 그만 파하고 각자의 자리로 돌아가도록 합시다. 난 술에 취하지 않았고, 이것은 왼손이고 이것은 오른손입니다."

카시오는 취기가 오르는 것을 가까스로 누르며 꼿꼿하지만 우스꽝스러운 자세로 허리춤을 정리하고, 앞으로 걸어갔다. 이야고는 이때다 싶어 술자리에 섞여 있는 로데리고에게 '그를 따라가 시비를 걸라'고 지시했다. 그리고 잠시 후 카시오는 로데리고를 내동댕이쳤다.

"감히 내게 지시를 해!"

칼을 뽑고 로데리고에게 달려드는 카시오를 본 몬타노가 그를 저지했다.

"안 돼요, 부관. 제발 참으시오."

몬타노가 그의 팔을 잡고 말했다. 카시오의 흐릿한 시야에는 몬타노가 뚜렷하게 보이지 않았다.

"놓으시오. 놓지 않으면 머리통을 부숴버리겠소."

"부관, 당신은 취했어요."

로데리고의 한마디에 카시오는 칼을 뻗었고, 몬타노의 복부에 상처를 낸 후, 주먹으로 그의 얼굴을 가격했다. 이야고는 로데리고에게 다가가 귓속말로 '폭동이다!'를 외치라고 시켰다. 로데리고는 일부러 오셀로가 있는 방으로 뛰어가며, '폭동이다!'를 계속해서 외쳐댔다. 성 안에서 오셀로가 뛰쳐나왔다.

"무슨 일이냐? 이 순간부터 움직이는 자는 모두 죽이겠다. 카시오, 상황을 말하라."

오셀로가 자신을 부르는 말을 들었을 때, 카시오는 비로소 정신을 차렸다. 오셀로는 피를 흘리는 몬타노를 바라보았다.

"몬타노, 어찌 된 일이오. 당신이 쌓아온 모든 명성과 평판을 잃고 싶은 것이오?"

"그게 무슨 말도 안 되는 소리요. 오셀로, 나는 중상을 입었소. 그대의 부하인 이야고가 이런 사단을 만들었단 말이오."

이야고는 몸을 덜덜 떨며 차렷 자세로 오셀로 옆에 서 있었다.

"묻겠다, 이야고, 누가 시작했나?"

카시오는 이미 돌이킬 수 없는 지경에 이르렀음을 직감하고 상사의 처분만 기다리고 있는 듯했다. 이야고는 굉장히 단어 선택을 신중히 하며 오셀로에게 사건의 진상을 고했다.

"장군님, 인간이기 때문에 훌륭한 자도 가끔은 이성을 잃어버릴 때가 있죠. 비록 부관님이 이 분에게 잘못하긴 했지만 부디……."

"알겠네, 이야고."

이야고의 말을 가로막고 오셀로는 근엄한 표정으로 카시오 앞에 섰다.

"카시오……. 네가 해친 이 분은 키프로스에서 명망 높고 존경받는 분이시다."

오셀로는 카시오가 어깨에 찬 가죽 혁대를 풀었다.

"이 시간부로 자네는 내 장교가 아닐세."

오셀로의 엄중한 문책에 카시오는 무릎을 꿇으며 괴로워했다. 이야고는 상심하는 카시오 곁을 떠나지 않고 남아 그의 말을 들었다.

카시오와 로데리고의 결투_ 이야고의 음모로 로데리고가 카시오에게 시비를 걸어 싸움이 벌어지는 장면의 판화 그림이다.

"이야고, 난 명예를 잃었네. 이제 난 짐승과 다름없는 아무런 희망도 없는 사람이 되었어."

"제가 방법을 찾아보겠습니다. 부관님."

이야고는 최대한 목소리를 낮추고 차분한 어조로 카시오가 솔깃할 만한 조언을 늘어놓기 시작했다.

"어떻게 할지 가르쳐 드리죠. 이렇게 되면 장군의 부인이 상사나 마찬가지입니다. 그러니 데스데모나님께 모든 것을 부탁해 보세요. 사정을 하시면 복직을 도와주실 겁니다. 당신을 위하여 진심으로 드리는 말씀입니다. 죄송합니다. 더 얘기해드리고 싶지만 전 이제 야경을 돌아야 합니다. 안녕히 계십시오 부관님."

"고맙네, 이야고."

이야고는 아직도 상황 파악이 잘 안돼 멍하니 하늘만 쳐다보고 있는 카

오셀로와 이야고_ 이야고는 자신의 음모대로 오셀로의 부하 장교인 카시오를 모함하여 장교직에서 내쫓
는다. **솔로몬 알렉산더의 작품.**

시오를 조소하며 회심의 미소를 지었다. 낄낄거리며 길을 걷는 이야고 앞으로 로데리고가 뛰쳐나왔다.

"여기 와서 아무것도 된 게 없네. 나는 죽어라 하고 얻어맞기만 했고, 데스데모나는 여전히 저 무어인의 품속에 있네. 이젠 아무런 희망이 없어. 난 베니스로 돌아가겠네."

"아이고, 나리. 왜 이렇게 조바심을 내고 계세요. 물론 카시오의 주먹은 불같은 아픔을 안겼을 거고, 나리의 얼굴에도 자연히 상처가 났겠죠. 근데 한번, 생각해 보세요 나리. 일이란 순서가 있는 법입니다. 오늘 나리가 소동을 일으킨 덕분에 어떻게 되었습니까?"

"나는 이 지경이 되었지."

"그로 인해 데스데모나의 곁에서 카시오를 몰아내지 않았습니까? 그는 바로 오셀로에게 신뢰를 잃었고, 나리는 한 걸음 더 데스데모나에게 다가갈 수 있게 된 거란 말입니다."

로데리고는 멈칫했다. 그 틈을 놓치지 않고 이야고는 말을 이었다.

"저는 다 이해합니다 나리. 데스데모나는 절세의 미인이죠. 나리가 그러는 것도 이해가 가지만 기다리는 김에 조금만 더 기다려 주십시오. 나리는 제 친구고, 저는 최선을 다하겠습니다."

로데리고는 갑자기 감정이 북받쳐 올랐다. 조금 전까지만 해도 이야고가 원망스러웠지만, 지금 이 섬에서 자신의 마음을 알아주는 사람이 이야고밖에 없다는 것을 깨달은 순간 로데리고는 자신이 원망할 상대를 착각했음을 알게 되었다.

"벌써 아침이군요, 나리. 기쁜 일을 하면 시간이 쏜살같습니다. 가서 기다려 주십시오. 다음 계획은 곧 말씀드리겠습니다."

"미안하네, 그리고 정말 고맙네."

로데리고는 다시 어둠 속으로 사라졌고, 이야고는 다시 낄낄거리며 길을 나섰다.

———··················

카시오는 데스데모나에게 고개를 숙이고 연신 감사의 인사를 했다. 데스데모나는 카시오가 얼마나 충성스런 오셀로의 부하였는지를 누구보다 잘 알고 있었다. 이야고는 그들의 모습을 멀리서 지켜보며 자신의 계획대로 일이 잘 굴러가리라는 것을 믿어의심치 않았다. 오셀로가 이야고에게 다가오자 이야고는 고개를 돌리고 아무것도 못 본 척을 했다. 오셀로가 물었다.

"방금 아내 옆에 있던 게 카시오가 아닌가?"

오셀로의 그 말에 이야고는 흠칫 놀라는 표정을 지으며 말을 더듬었다.

"카, 카시오라고요? 아닐 겁니다, 장군."

데스데모나는 오셀로를 발견하고 양팔을 벌린 채 그에게로 달려왔다.

"오, 내 사랑. 내 그대 사랑 않을 때 내 영혼은 파멸하고 혼돈이 오리. 누구와 있었소?"

"당신의 부관, 카시오예요."

순간 이야고가 표정을 찡그렸다.

"당신의 냉대에 슬퍼하고 있는 청탁자를 만났답니다. 여보, 카시오는 당신을 끔찍이 존경하고 있어요. 그와 딱 한 번만 더 만나 주세요. 그를 저녁식사에 초대할까요?"

"여보, 그 일은 나중에 얘기합시다. 지금은 훈련에 들어가야 하오."

"알겠어요, 여보. 전 당신의 의견이 무엇이든 따르겠어요."

오셀로와 데스데모나가 팔짱을 끼고 계단을 내려갔다. 이야고는 다

카시오의 데스데모나 예방_ 오셀로의 충직한 부하인 카시오는 뜻하지 않은 사건으로 장교 자리에서 물러나게 되자 오셀로의 부인 데스데모나를 만나 인사를 하는 장면이다. **루도비코 마르체티의 작품.**

정한 그들의 뒷모습을 바라보며 아쉬운 표정을 감출 수 없었다.

훈련이 끝난 후, 오셀로는 땀을 닦으며 옷을 갈아입었다. 나무통의 물에 손을 씻고 있을 때 이야고가 옆으로 다가와 손을 닦을 천을 건네주었다.

"존경하는 장군님, 장군님께서 마님에게 청혼하실 때 카시오도 두 분 관계를 알고 있었습니까?"

"처음부터 끝까지 다 알고 있었네, 이야고."

"그렇군요."

"그런데 그건 왜 묻나?"

흰 천으로 손과 목을 닦으며 오셀로가 이야고에게 물었다.

"별거 아닙니다. 그냥 궁금했을 뿐입니다."

"그게 왜 궁금하지?"

질문의 의도를 부랴부랴 무마시키려는 이야고를 보고 오셀로의 궁금증은 더욱 커졌다. 이야고는 약간 심각한 표정을 짓고 있었지만, 오셀로의 눈을 자꾸 피하는 척했다.

"이런 말씀 드리기 뭐하지만 저는 카시오가 마님을 모르는 줄 알았습니다."

"잘 알지. 자주 우리 둘 사이를 왕래해 주었거든."

"정말입니까?"

"정말이냐니? 정말이고 말고."

이야고는 더 이상 말을 않고, 바지춤의 주머니에서 허름한 천 하나를 꺼냈다.

"혹시 카시오에게 뭔가 의심스러운 데가 있는가? 자네 나한테 무슨 할 말이라도 있는 건가?"

"말하지 않는 것이 장군님을 위하는 것일 수도 있습니다."

"뭔가 있군! 제발 자네 생각을 숨김 없이 말해 주게, 정직한 이야고. 어떤 나쁜 일이라도 괜찮네."

"물론 제 추측이 틀렸을 가능성이 높습니다. 장군, 저는 생각보다 의심이 많은 사람이고, 질투 때문에 없는 일을 꾸며대는 버릇이 있습니다."

"무슨 뜻으로 하는 말인가?"

"장군님, 남자나 여자나 명예는 영혼의 보물입니다. 장군님, 부디, 부디…… 질투를 경계하십시오."

"지금 왜 그런 소리를? 내가 질투에 눈이 먼 생활을 하고 있다고 생각하는가? 그렇지 않네, 정직한 이야고. 나는 음흉한 일이라면 흉내도 낼 수 없는 사람이란 말일세."

이야고는 슬픈 표정을 지으며 자세를 돌려 오셀로의 눈을 쳐다보았다.

"그렇다면 솔직하게 장군님에 대한 저의 사랑과 의무에 따라 말씀드리겠습니다. 아직 증거는 없습니다만 부인을 잘 관찰하십시오. 특히 카

이야고의 거짓말을 듣고 충격에 휩싸인 오셀로

시오와 같이 있을 때 말입니다. 저는 이태리 사람들의 성향을 잘 압니다. 베니스에선 바람을 피워도 남편만 모른다면 하늘에 부끄러워하질 않거든요. 그들의 양심은 연애를 해선 안 된다는 것이 아니라 들키지 않아야 한다는 것입니다."

오셀로는 자세를 가다듬고 고개를 저었다. 지금 이야고에게 들은 말들에 대해 생각을 정리할 필요가 있었다. 잠시 후 오셀로는 이야고에게 다시 물었다.

"그게 정말인가?"

"아버지도 속이신 분입니다."

말을 내뱉은 후 오셀로는 속으로 참 멋진 말인데 하고 생각하고는 가만히 수심에 잠긴 표정으로 자리에 멈춰 있었다.

"기분을 상하게 해드렸습니다. 그저 의심스럽다는 의미로 흘려 넘기시고 그 이상 비약하진 마십시오. 심려를 끼쳐드렸군요. 죄송합니다, 장군."

"알고 있네! 나는 데스데모나를 믿네!"

"당연하죠, 장군. 그녀는 정직한 사람입니다. 그러니 부디……."

"그러나……."

오셀로는 뜸을 들이며 천천히 말을 이었다.

"만약, 만약, 순리에 어긋나는 생각을 행동으로 옮기려 한다면……."

"바로 그것입니다. 마님은 고향이나 신분, 피부색이 같은 남자들을 마다했습니다, 장군. 솔직히 말해, 그 점은 제게 너무 이상하게 보였습니다. 죄송합니다, 장군. 정말 외람된 말씀이오나, 마님은 혹시 저희 백인과 장군을 비교해보고 결혼을 후회하고 있는 것은 아닐지, 그런 불순한 의심이 제 머릿속을 괴롭히고 있었습니다."

오셀로는 하지 말았어야 할 질문을 했다고 자신을 책하고 있었다. 자신의 호기심을 원망하며, 이야고가 말하지 않겠다고 했을 때 이 이야기를 마쳤어야 한다고 오셀로는 생각했다. 그러나 이미 오셀로의 마음속에서는 지진이 일어나고 있었다.

"알겠네. 뭐든지 더 알게 되면 내게 알려주게. 물러가게, 이야고."

오셀로의 갈등_ 이야고의 음모에 오셀로는 데스데모나를 의심하기 시작한다. **주세페 사바텔리의 작품.**

　이야고가 자리를 뜨고도 한참동안 오셀로는 그 자리에 우두커니 남아 있었다.

　"왜 결혼 같은 걸 했던가……?"

　오셀로는 작게 읊조렸다.

————————⋯⋯⋯⋯⋯

　오셀로는 머리를 쥐어 싸매고 침대에 누워 있었다. 어쩌면 본인이 자초한 일일 수도 있었다. 차라리 알지 못했다면, 괴롭지 않았을 것을. 침대 바닥을 주먹으로 치며 오셀로는 허공을 향해 뜻모를 원망의 말만 쏟아내고 있었다. 그 소리를 듣고 바깥에 있던 데스데모나가 들어왔다.

　"여보, 어쩐 일이세요? 저녁상과 초대받은 이 섬의 귀족들이 당신을 기다리고 있어요."

　"머리가 좀 아프구려."

　"잠을 잘 못 자서 그런 걸 거예요."

　데스데모나는 치맛자락에서 손수건을 꺼내 오셀로의 이마를 닦아주었다.

오셀로와 데스데모나_ 오셀로의 갈등 속에 아무 것도 모르는 데스데모나는 남편의 어두운 표정을 보고 손수건을 꺼내 오셀로의 이마를 닦아준다. 하지만 오셀로는 그녀의 손길을 뿌리치고, 손수건은 바닥에 떨어진다. 그리고 이 손수건을 이야고의 부인 에밀리아가 손에 넣는다. **다니엘 맥클리즈의 작품.**

오셀로는 그녀의 손길을 살며시 뿌리치고 자리에서 일어섰다.

"됐소. 시간이 지나면 나아지겠지. 같이 갑시다, 여보."

데스데모나와 오셀로는 같이 방을 나갔다. 침대 위에는 데스데모나가 오셀로의 머리를 묶어주려고 준비했던 손수건이 떨어져 있었다. 데스데모나의 시중을 들던 에밀리아가 재빨리 그것을 주머니에 넣었다. 무슨 이유인지 모르지만 남편 이야고가 그렇게 입에 달고 살던 '데스데모나의 손수건'이었다.

───────·················

저녁 식사가 끝나고 에밀리아가 방으로 돌아가자 이야고는 이미 침대에 엎드린 채 잠을 자고 있었다.

"여보, 일어나봐요. 당신한테 줄 게 있어요."

이야고는 귀찮다는 표정을 지으며 자세를 돌려 에밀리아를 바라보았다. 보나마나 흔해 빠진 거겠지, 라며 대수롭지 않게 아내를 쳐다보던 이야고는 뜻하지 않은 기회가 본인에게 굴러들어왔음을 직감했다. 그것은 오셀로가 데스데모나에게 결혼의 증표로 줬다는 '손수건'이었던 것이다. 이야고는 에밀리아의 손에 있던 손수건을 재빨리 가로챈 후 물었다.

"어디서 났어? 훔친 거야?"

"아뇨, 마님이 우연히 침대에 떨어뜨린 걸 주웠을 뿐이에요. 뭣 때문에 이깟 손수건을 슬쩍 해오라고 계속 말한 거예요?"

"'이깟 손수건'이라니, 이게 얼마나 귀한 물건인데, 당신은 알려고 하지 말고, 그냥 잠자코 있어."

이야고는 미래의 본인의 모습을 그려보았다. 옆에는 무어인 오셀로와 카시오가 시중을 들고 있었고, 그의 밑에선 헐떡이며 정신 나간 표정으로 자신의 육체를 탐하는 데스데모나가 누워 있었다. 이야고는 손수건을 만지작거리며 일이 제대로 풀려가고 있다며 만족스러운 미소를 지었다.

————··················

성 앞 바닷가. 오셀로는 새벽 공기를 마시며 부글거리는 머리와 가슴을 진정시키고 있었다. 방안에서 오셀로가 나간 것을 본 이야고는 곧바로 우연을 가장하여 오셀로를 따라 성 앞의 바닷가로 나갔다. 오셀로는 이야고를 보자마자 갑자기 역정이 치밀어 그에게 달려들었다.

"네 녀석 때문이다! 네 놈이 내 마음속에 혼돈을 일으켰어! 모든 병사가 그녀의 몸을 즐겼다고 해도 내가 몰랐다면 나는 행복했을 것이다. 근데 네 놈이……. 그러니 당장 아내의 부정을 말해줄 눈에 보이는 증거를

데스데모나의 손수건을 손에 넣는 이야고_ 이야고의 부인 에밀리아로부터 데스데모나의 손수건을 취득하는 이야고의 장면을 묘사한 그림이다. **루도비코 마르체티의 작품.**

가져와라. 그렇지 않으면 내 영혼에 맹세컨대 너를 죽여버릴 것이다. 증거를 보여라, 아니면 목숨을 구걸하라!"

오셀로는 모래사장에 이야고를 내동댕이친 채 그의 멱살을 잡고 원망 섞인 말투로 외쳤다. 하지만 이야고도 당당하게 오셀로의 말에 대꾸했다.

"잘 알겠습니다, 장군! 저도 이제 그만 정직해야 되겠습니다. 제 직위를 거두십시오. 저는 당장 이곳을 떠나겠습니다. 오 맙소사! 내 정직이 이토록 끔찍한 독화살로 나에게 돌아올 줄이야. 오! 오⋯⋯."

"빌어먹을⋯⋯."

이야고는 바닥에서 오셀로를 올려다보며 슬픈 표정을 지었다.

"어떻게, 어떻게 데스데모나가 그런⋯⋯."

"제가 장군께 심려를 끼쳐드린 걸 후회합니다⋯⋯."

이야고는 뜸을 들이며 최선의 시나리오를 짜기 시작했다. 그리고는 천천히 입을 열었다.

"결국⋯⋯ 만족하고 싶으십니까?"

오셀로는 고개를 끄덕였다.

"만족하고 싶다. 만족하지 않으면 이 혼돈을 잠재울 수가 없어. 제발, 제발 내게 확실한 부정의 증거를 다오, 정직한 이야고!"

"이 임무는 정말 감당하기 싫군요. 하지만 어리석게도 장군님을 위하는 마음에서 이토록 깊이 관여하게 됐으니 대책을 말씀드릴 수밖에요. 한 가지 여쭤볼 게 있습니다. 마님께 혹시 딸기 수가 놓인 손수건이 있으신가요?"

"나의 첫 선물이었다. 소중한 결혼의 증표였지."

"그건 몰랐습니다만, 오늘 카시오가 그 손수건으로 땀을 닦고 있는 걸 봤습니다."

"지금 당장 아내에게 확인하고 오겠네. 그게 사실이라면 사흘 안에 카시오가 살아 있지 않단 말을 내게 들려주게. 망할 년, 음탕한 년, 오! 악마여. 나는 왜 너를 사랑한 것인가. 정직한 이야고, 이제 내 부관은 자네일세."

"충실히 따르겠습니다. 장군. 언제나 저는 장군님의 부하일 뿐입니다."

오셀로는 키프로스의 성으로 성큼성큼 돌아갔다. 모든 것이 이야고의 계획대로 진행되어가고 있었다.

———— ················

"에밀리아, 내가 그 손수건을 어디서 잃었을까?"

데스데모나는 침대에 엎드린 채 한참을 울고 있었다. 분명 어제까지만 해도 남편의 땀을 닦아주던 그 손수건이 감쪽같이 사라진 것이었다. 예쁜 딸기 모양의 수가 놓인 손수건을 데스데모나는 남편의 분신처럼 매일 지니고 다녔다.

"대체 그게 어디 간 것일까, 에밀리아. 분명 어제까지만 해도 그게 있었는데 참."

"마님, 전 모르겠네요."

에밀리아는 초조했다. 그게 그렇게까지 중요한 물건인 줄은 모르고 있었다. 갑자기 방문을 열고 오셀로가 들어왔다. 데스데모나는 고개를 돌린 채 얼른 눈물 자국을 없앴다.

"오셨어요?"

"기분이 안 좋아 보이는구려, 부인."

"아니에요. 베니스의 아버지가 잠깐 생각이 나서 좀 우울했어요."

"저런. 땀도 나는 것 같은데, 잠깐 그 손수건을 좀 주시오. 내 부인의 이마에 난 땀을 닦아주리다. 그 손수건은 어머니가 돌아가실 때 내게 주시며 아내를 맞게 되면 사랑의 정표로 주라고 하셨던 손수건이오."

오셀로는 떨리는 목소리로 데스데모나에게 말했다. 데스데모나의 한마디에 모든 상황은 반전될 수도 있었다. 그녀의 손에서 손수건을 건네받을 수만 있다면 누구도 탓하지 않은 채 이야고와 데스데모나를 모두 사랑할 자신이 있었다. 제발, 제발.

"그게……. 잠깐 어디에 두고 왔어요, 여보."

오셀로는 가슴이 철렁 내려앉았다. 모든 것이 끝장난 기분이었다.

"어디……. 어디 두고 왔단 말이오?"

"잠깐 어디에 좀 두고 왔어요 여보."

데스데모나는 손수건이 그렇게 중요한 의미일 줄은 몰랐다. 만약 그것이 남편의 어머니가 며느리에게 주려던 소중한 선물이었다면 절대로, 절대로 잃어버리지 않았을 것이다. 데스데모나의 머릿속은 오만가지 생각으로 어지러웠다. 순간 데스데모나의 머릿속에선 어제 말했던 카시오와의 저녁식사가 떠올랐다.

"그건 그렇고 카시오 말이에요, 여보. 아주 훌륭한 사람이에요."

"먼저 손수건을 가져오시오."

"당신만을 따랐던 사람이에요. 오늘 당장 저녁식사에 부를까요?"

데스데모나를 팽개치는 오셀로 _ 오셀로는 끝내 자신의 감정을 추스리지 못하고 폭발하여 애원하는 데스데모나를 뿌리친다. **외젠 들라크루아의 작품.**

"손수건!"

오셀로는 데스데모나에게 버럭 소리를 질렀다.

"손수건을 가져오라니까!"

오셀로는 그렇게 말한 후 데스데모나의 방을 나갔다. 데스데모나는 오셀로가 박차고 나간 방문을 한참동안 멍하니 바라보았다. 아무것도 변한 게 없는데, 무언가 자꾸 안 좋게 변해가는 것만 같았다.

───────·················

오셀로는 지하실의 바위에 걸터앉았다. 이야고에게 방금 데스데모나와 카시오가 몸을 겹쳤다는 이야기를 들은 직후였다. 그의 몸은 데스데모나와 카시오가 겹친 모습을 상상하며 부들부들 떨고 있었다. 머리에선 식은땀이 났다. 증세는 점점 악화되어 오셀로의 검은 눈동자가 눈꺼풀 위로 치켜 올라가고 있었다. 간질 발작이었다.

이야고는 괴로워하는 오셀로를 보며 슬슬 본인의 약효가 온몸으로 퍼지고 있음을 감지했다. 입에서 거품을 내뿜기 직전의 발작 증세에 놀란 체하며 이야고는 오셀로에게 달려들었다. 이미 눈이 뒤집힌 오셀로는 이야고의 득의만면한 미소를 볼 수 없었다.

"장군! 장군! 괜찮으십니까?"

몇 분 뒤 오셀로의 간질 발작이 진정되고, 오셀로는 이야고를 꽉 껴안고 말했다.

"도와주게. 자네에게 살생의 도움을 요청하는 것은 도리에 어긋나는 일이란 것을 알고 있네. 그러나 데스데모나와 카시오를 죽이지 않으면 나는 죽지도 못한 채 이 바위 위에서 영원히 정신이 멈춘 채로 있을 것 같네."

이야고는 당황한 척 하며 오셀로를 가볍게 뿌리쳤다가, 다시 그의 어깨를 양손으로 잡았다. 덜덜 떠는 눈빛으로 이야고를 바라보는 오셀로를 지그시 바라보며 이야고는 결심이 선 듯 고개를 끄덕였다.

"전 장군의 충성스러운 부하입니다. 장군이 하라시면 무슨 일이든 마다하지 않겠습니다. 명령해 주십시오. 마침 제가 이곳으로 카시오를 불렀으니, 장군은 저 뒤편에 숨어서 저희의 얘기를 들으십시오. 그러면 더 이상의 망설임은 사라지고, 그들을 어떻게 처단할 것인지만 머릿속에 남을 것입니다."

이제 오셀로는 이야고의 인형처럼 그의 꼭두각시가 되어 있었다. 그의 말에 어떤 토도 달지 않았다. 오셀로는 정확히 이야고가 말한대로 은밀한 곳에 숨었고, 잠시 후 카시오가 지하실로 내려왔다. 부글부글 끓어오르는 마음을 겨우 가다듬고 카시오와 이야고의 대화를 엿들었지만, 잘 들리지 않았다. 그러나 순간 오셀로의 귀에 한 문장이 또렷이 들렸다.

염탐하는 오셀로 _ 오셀로가 카시오와 매춘부 비앙카가 손수건을 놓고 이야기하는 장면을 숨어보는 연극의 한 장면이다.

"불쌍한 계집. 아무래도 날 좋아하는 게 틀림없어."

카시오의 입에서 들어선 안될 말이 튀어나왔다. 그러고는 카시오는 이야고 앞에서 깔깔대며 웃었다. 하지만 카시오가 말한 계집은 데스데모나가 아닌 매춘부 비앙카를 말하는 것이었다. 이야고는 그 사실을 알고 있었다. 때문에 정확한 고유명사가 아닌, '그녀'라는 표현으로 오셀로를 착각하게 만든 것이었다.

"당신이 그녀와 결혼한다는 소문이 파다하던데요?"

이야고는 일부러 카시오의 속을 떠보듯 넌즈시 물었다. 물론 오셀로가 들으라고 하는 말이었다.

"그런 농담 말게. 그 매춘부가 멋대로 퍼뜨린 소문일세. 이렇게 매달려 기대어 울면서 나에게 항상 달려드니까 어쩔 도리가 없지 뭔가."

오셀로의 눈이 다시 뒤집히려고 할 때, 지하실로 뜻밖의 손님이 찾아왔다. 매춘부 비앙카였다. 그녀는 카시오에게 손수건을 집어 던지며 말했다.

"방에서 우연히 발견했는데 누가 놓고 갔는지는 모른다고?! 그런 헛소리는 집어 치워, 당신. 이건 어떤 음탕한 년의 정표야? 그런데 나보고 그와 비슷한 걸 만들어보라고? 그럼 당신은 그걸 또 누구한테 줄 생각이지?

가져가. 누구한테 받았건 그 거지 같은 년한테 다시 돌려주라고! 난 아무 것도 안 만들 테니까."

지금 벌어지고 있는 일에 오셀로는 치를 떨었다. 오셀로의 눈앞에서 본 인의 손수건을 놓고 카시오와 웬 여인이 다투고 있는 소리를 똑똑히 들은 것이었다. 전날 이야고는 카시오의 집에 방문해 데스데모나의 손수건을 슬쩍 그의 방에 떨어뜨리고 갔다. 카시오는 그 손수건을 발견하고 예쁜 손수건이라고 생각하여 자신의 창녀인 비앙카에게 모양을 본뜨라고 맡긴 상태였다. 그리고 비앙카는 손수건을 유심히 보며, 그것이 분명 여자의 것이라고 생각하여 격분한 후 카시오에게 돌려주러 온 것이었다.

비앙카가 지하실을 나가자, 이야고는 카시오에게 그녀를 따라가라고 말했다.

"그래야겠네, 그냥 놔두면 온 동네에 떠들고 다닐 여자네."

카시오가 나간 지하실에는 다시 오셀로와 이야고만 남아 있었다. 이야고는 뒤편에 숨어 있는 오셀로에게 다가갔다. 오셀로는 무거운 표정으로 이야고에게 말했다.

"저 놈을 어떻게 죽여야 하지?"

오셀로는 허리춤에 찬 단검을 꺼내 본인의 손바닥을 그었다. 엷은 상처 부위에서 피가 흘러 나왔다.

"검은 복수여, 활활 타올라라. 내게 포악한 증오를 타오르게 하라."

이야고는 오셀로를 마주하고 무릎을 꿇었다. 이야고 역시 허리춤에 찬 단검으로 본인의 손바닥을 그었다.

"나 이야고는 지혜의 손길을 담아 마음을 배신당한 오셀로에게 바칩니다."

어느새 피로 범벅이 된 두 사람의 손바닥이 겹쳐졌다. 손을 맞잡은 채로 오셀로가 이야고에게 말했다.

손님을 맞는 오셀로 _ 오셀로가 베니스 의원들이 보낸 손님들을 맞는 장면의 그림이다. **찰스 웨스트 코프의 작품**.

"그대의 호의에 감사하네. 오늘 밤 당장 독을 준비해 주게."

"독은 안 됩니다. 잠자리에서 목을 졸라야 증거가 남지 않습니다. 그녀가 더럽힌 그 자리에서 조르십시오."

이야고의 말을 듣고, 오셀로는 고개를 끄덕였다.

"좋아! 훌륭한 방법이로군. 정의의 심판이야."

"카시오는 제게 맡기십시오."

"그의 죽음을 내게 주게."

갑자기 나팔소리가 울렸다. 키프로스의 성에서 들려오는 소리였다. 누군가 귀한 손님이 왔다는 뜻이었다. 두 사람이 서둘러 성으로 돌아갔을 때, 브라반시오의 친척인 로도비코 공작과 브라반시오의 동생인 그라시아노가 와 있었다. 데스데모나도 오랜만에 키프로스로 온 사촌오빠를 맞이하러 방안에서 나와 있었다. 로도비코에게 베니스 의원들의 편지를 받고 오셀로가 말했다.

"삼가 읽어보겠습니다. 잘 오셨습니다, 공작님."

"근데 무슨 내용인가요, 사촌오빠?"

데스데모나가 로도비코에게 물었다. 그러나 로도비코는 심각한 표정으로 침묵을 유지한 채 오셀로의 반응만을 지켜보고 있었다. 오셀로는 천천히 손에 놓인 편지를 읽었다. 카시오에게 키프로스의 통수권을 넘기고, 베니스로 귀국하라는 내용이었다. 로도비코가 이야고에게 물었다.

"카시오 부관은 잘 지내시나?"

"그럭저럭요."

이야고의 대답이 끝나기도 전에 데스데모나가 이야기에 끼어들었다.

"남편과 카시오 사이에 불화가 생겼답니다. 사촌오빠가 원만하게 해결해 주리라 믿어……."

"그렇게 생각하오?"

데스데모나의 말이 채 끝나기도 전에 오셀로가 그녀의 말을 끊었다. 오셀로는 무뚝뚝하게 한마디 건네고는 다시 편지로 눈길을 돌렸다.

"무슨 문제라도 있었소?"

로도비코가 데스데모나에게 물었다.

"정말 유감스러운 일이에요. 카시오를 아끼는 마음으로 저는 둘의 화해를 위해서라면 뭐든 하겠어요."

"빌어먹을!"

"여보?"

"당신 제정신이오?"

"왜 그렇게 화를 내시죠?"

데스데모나는 오셀로의 눈치를 살피며, 로도비코에게 물었다.

"편지 때문인가 봐요. 카시오에게 통수권을 넘기고 본국으로 귀환하라는 내용일 테니."

"그건 참으로 기쁜 일이네요."

데스데모나를 구타하는 오셀로 _ 오셀로는 베니스 의원들이 보는 가운데 실성한 듯 데스데모나에게 폭력을 가한다. 그녀는 아버지를 속인 저주를 받은 것이다. **외젠 들라크루아의 작품.**

순간 오셀로가 데스데모나의 뺨을 후려쳤다. 순식간에 일어난 일이라 그 자리에 있던 모든 사람들이 당황하며 오셀로와 그녀를 쳐다보았다.

"내가 무슨 잘못을 했나요?"

데스데모나는 더 이상 말을 잇지 못하고 눈물만 흘렸다.

"지금 이 순간은 내가 직접 봤다고 해도, 베니스의 누구도 믿지 않을 것이오. 너무 심하오, 사과하시오. 울고 있잖소."

오셀로가 데스데모나를 모질게 대하며 말했다.

"썩 꺼져!"

"기분 상하시게 남아 있진 않겠어요."

데스데모나는 방으로 돌아갔다.

"아무튼 키프로스에 잘 오셨소, 공작."

오셀로도 딱딱하지만 예의를 갖춰 말한 후 자리를 떴다.

"저 무어인이 우리가 예전에 알고 있던 훌륭한 장군 맞는가?"

로도비코는 놀라워하며 이야고에게 물었다.

"많이 변하셨습니다."

이야고는 씁쓸한 표정을 지은 채 로도비코에게 인사하고 자리를 떴다.

━━━━━ ·················

오셀로는 에밀리아를 방으로 불러 데스데모나의 요즘 상태를 추궁하고 있었다. 그러나 에밀리아는 데스데모나가 간통했다는 데 대해 그럴 만한 일은 없었다는 답만 할 뿐이었다. '결국 저 년도 데스데모나와 한 패일 뿐이다.' 말 잘하는 창녀의 뚜쟁이에게 더 이상 물어볼 건 없다고, 오셀로는 생각했다. 오셀로는 에밀리아를 방에서 내쫓았다. 잠시 후 데스데모나가 방으로 들어왔다.

"당신은 뭐요?"

오셀로가 그녀에게 물었다.

"당신의 진실되고 충실한 아내죠."

"그럼 정직하다고 맹세해!"

"하늘은 알고 계실 겁니다."

"하늘은 당신의 부정을 잘 알고 계시지."

오셀로를 달래는 데스데모나 _ 오셀로의 슬픔을 목격한 데스데모나가 그를 껴안고 목에 키스를 하려는 장면이다. **벨기에 무명화가의 작품.**

"제가 부정하다니요? 누구랑요? "

데스데모나는 자리에 서서 오셀로의 팔을 잡았다. 오셀로는 혐오스럽다는 듯이 그녀를 노려보았다.

"오, 저리 가시오. 제발."

데스데모나를 물리친 오셀로는 그녀를 등진 채 서러운 눈물을 보이기 시작했다.

"오, 슬픈 날이에요. 저 때문에 우시는 건가요?"

데스데모나는 오셀로를 뒤에서 껴안고 그의 목에 키스했다. 그녀는 이 모든 일이 결국 남편의 평소 간질과 갑작스럽게 베니스로 돌아오라는 원로원의 명령 때문이라고 생각했다.

"당신은 너무나도 아름답소."

오셀로는 그녀의 손길을 부드럽게 뿌리쳤다. 그리고 데스데모나의 얼굴을 손으로 어루만지면서 오셀로는 말을 이었다.

"그 향기는 너무나 달콤해서 코가 아플 지경이지. 당신은 차라리 태어나지 말았어야 했소."

"대체 제가 무슨 죄를 저지른 건가요?"

"무슨 죄냐고? 난잡한 창녀야!"

"정말 너무 심하세요!"

"창녀가 아니던가?"

"전 기독교인이에요!"

"창녀가 아니고?"

"아녜요, 전 구원받은 몸이에요."

"오, 하나님, 자비를 구하소서. 오셀로와 결혼한 교활한 베니스의 창녀
가 바로, 그대 아니오! 성 베드로의 지옥문을 지키는 문지기 아씨!"

두 사람의 다툼을 들다 못한 에밀리아가 방으로 들어왔지만, 오셀로
는 하룻밤 화대를 내던지듯 땅바닥으로 동전 몇 개를 떨어뜨린 후 밖으
로 나갔다.

한참을 방안에서 우는 데스데모나를 에밀리아는 어르고 달랬다. 대체
본인도 모르는 새 무슨 잘못을 저질렀기에 '창녀'라는 모욕적인 소리를

데스데모나를 위로하는 에밀리아

남편에게 듣는단 말인가. 남편에게 이유도 모르는 수모를 당하면서도 데스데모나는 여전히 본인이 무엇을 잘못했는지 스스로에게 묻고 있었다. 내가 잘 모르는 사소한 것 때문에 남편이 기분이 상했던 걸까. 그러나 아무리 생각해도 자기가 뭘 잘못했는지 도무지 떠오르지 않았다. 본인이 잘못한 게 없다는 사실이 데스데모나의 슬픔을 더 깊게 각인시켰다. 알 수 없는 이유로 그들의 사랑이 금 가 버리는 게 데스데모나로선 끔찍하게 두려웠던 것이다.

———— ⋯⋯⋯⋯⋯⋯

　한편 훈련장에서 나온 이야고 앞으로 불쑥 로데리고가 나타났다. 로데리고는 그의 목에 단검을 겨누며 이야고를 위협했다.
　"더 이상은 못 참겠네! 지금까지 바보처럼 참았던 일들도 가만 두지 않겠어!"
　"진정하고 잠깐만 제 말을 들어보십시오."
　"자넨 말과 행동이 달라. 이젠 직접 데스데모나에게 부딪혀 보겠어!"
　"정말 대단한 용기군요, 나리. 다시 봤습니다."
　로데리고는 이야고의 목 앞까지 단검을 들이밀며 그를 더 위협했다.
　"화를 내는 것도 무리는 아닙니다. 그러나 저는 나리의 문제에 성실히 임했습니다."
　"말 같지 않은 소리, 하지도 마!"
　"나리께서 화내실 만도 하죠. 그러나 바로 오늘입니다. 나리가 저를 죽이려는 결단력에 거짓이 없다면, 그 의지와 용기를 오늘 밤 보여주십시오. 그래서 내일 밤이면 데스데모나와 즐기지 못한다면 저를 이 세상에서 쫓아내고 목숨도 거둬가셔도 됩니다. 그때 절 죽이셔도 늦지 않습니다."

이야고는 본인의 피부를 찌르고 있는 단검을 보며 말했다. 로데리고는 잠깐 고민한 후, 단검을 거두었다.

"그래서, 어떻게 하면 된단 말이가?"

이야고는 로데리고에게 카시오를 제거하기 위한 계획을 설명했다. 왜 그가 카시오를 제거해야 하는지, 카시오를 제거하는 것이 오셀로를 제거하는 것과 어떻게 이어지는지, 이야고는 로데리고에게 장황하게 설명했다.

"그러니까 결론은 카시오를 죽이면 다 해결된단 말이지."

"예, 그럼 제가 모든 장애물을 제거하고, 홀로 방안에 남은 데스데모나의 침실로 나리를 안내해 드리지요."

"이번이 마지막일세."

"여부가 있겠습니까."

로데리고는 자리를 떴다. 누구에게든 오늘 밤이 결전의 날이었다.

───────··············

에밀리아는 데스데모나가 씻을 목제 욕조에 따뜻한 물을 받고 있었다. 데스데모나가 욕조 안으로 발을 넣었다.

데스데모나 : 여기……. 핀을 좀 뽑아줘, 에밀리아.

(에밀리아가 다시 데스데모나에게로 온다. 핀을 뽑는다.)

데스데모나 : (노래한다) "딱한 처녀 한숨 쉬며 무화과 나무 아래 앉아서 애오라지 푸른 버들 노래했네. 손은 가슴, 머리는 무릎에 올려놓고 버들아 버들아, 노래했네. 맑은 시내 흐르면서 그녀 신음 읊조리고 버들아 버들아, 노래했네.

시중을 드는 에밀리아_ 에밀리아는 이야고의 부인으로, 그녀가 이야고에게 건네준 손수건 때문에 일은 엄청나게 커졌다. 그러나 그녀는 이러한 사실을 알지 못했다. **테오도르 샤세리오의 작품.**

짠 눈물 떨어져 바윗돌 녹여주고……."

이것 좀 치워줄래, 에밀리아.

"버들아 버들아, 노래했네."

이제 어서 가보게. 곧 오실 거야…….

"내 화환은 애오라지 푸른 버들, 노래했네. 그이 비난 안 하네, 멸시해도 당

연하네……."

어, 가사가 틀렸네. 쉬! 누가 두드리지?

데스데모나와 에밀리아_ 에밀리아는 데스데모나를 어릴 때부터 모셔온 몸종으로 이야고와 결혼하여 비극을 잉태한다. **외젠 들라크루아의 작품.**

에밀리아 : 바람이랍니다.

데스데모나 : "난 연인에게 배신자라 말했어요, 그런데 그이가 뭐랬는지 아세요? 버들아 버들아, 노래했죠. 자기가 구애하는 여자가 늘어나면 나도 잠자는 남자가 늘어날 거래요."

이제 가봐, 에밀리아, 잘 자. 내 눈이 가렵네, 이게 울 징조인가?

에밀리아 : 아무 관계 없어요.

데스데모나 : 관계가 있다고 들었어. 오, 남자들, 남자들이란! 자기네 남편들을 말해 봐, 에밀리아, 그렇게 추잡한 방식으로 남편을 속이는 여자들이 진정코 있다고 생각해?

에밀리아 : 그야 분명 있지요.

데스데모나 : 세상을 다 준다 해도 넌 그런 짓을 할 수 있겠어?

에밀리아 : 그럼, 안 하실 거예요?

데스데모나 : 음, 저 달님에 맹세코!

에밀리아 : 저도 않을 거예요, 저 달님에 맹세코, 어둠 속에서라면 할지도 모르지만.

데스데모나 : 아니야, 너는 않을 거라 생각해.

에밀리아 : 아니에요, 저는 할 수 있을 거라고 생각해요. 하지만 그를 해치운 다음 감쪽같이 뒤처리를 하고 원상태로 돌아올 거예요. 물론, 전 그런 일을 쌍가락지 때문에 하지는 않을 거고, 비단 몇 필이나 저고리나 치마나 모자 또는 그 비슷한 선물을 준대도 않을 거예요. 하지만 이 세상 전부를요? 맙소사, 자기 남편을 왕으로 만드는 데 희생을 감수하지 않을 여자가 어딨어요? 그 목적이라면 전 연옥에 떨어져도 좋아요.

데스데모나 : 내가 만일 이 세상 전부를 바라고 그런 비행을 범한다면 지옥에 떨어질 거야.

에밀리아 : 글쎄요, 그런 비행도 이 세상 안의 비행일 뿐이잖아요. 수고한 대가로 이 세상을 차지했다면 그건 자기 세상 안에 있는 비행이니까 재빨리 바로잡을 수 있잖아요.

데스데모나 : 난 그런 류의 여자는 없다고 생각해.

에밀리아 : 있어요, 아주 많이요. 하지만 전 아내들이 타락하게 되는 건 남편들 잘못이라 생각해요.

데스데모나는 욕조에서 오랫동안 몸을 씻었다. 밤이 깊어졌다.

"눈이 가렵네. 울 일이 있으려나."

그리고 그 말이 데스데모나가 한 마지막 혼잣말이었다.

로데리고와 이야고는 카시오가 오는 길목 옆 기둥 뒤에 숨어 있었다.

"곁에 있어 주게. 실패하면 어쩌지"

"제가 뒤에 있을 테니 대담하게 처리하세요, 나리."

이야고는 로데리고의 손을 잡았다. 이야고는 좀 더 뒤에 있는 기둥으로 이동했다. 어차피 끝내는 둘 다 죽일 생각이었다. 만일 로데리고가 살아 남게 되면 그는 이야고를 죽이려 달려들지도 몰랐다. 카시오가 살아남는다면, 오셀로에 의해 본인의 계략이 드러날 수도 있었다. 이야고에게 최선의 결과는 둘이 싸우다 둘 다 죽는 것이었다.

멀리서 카시오가 뚜벅뚜벅 걸어오는 모습이 보였다. 카시오가 기둥 근처로 다가왔다. 기둥 뒤에 숨어 있던 로데리고가 칼을 번쩍 들고 카시오에게 달려들었다.

"죽어라!"

그러나 카시오는 로데리고가 칼을 빼는 소리를 듣자마자 자객의 존재를 알아차렸다. 카시오는 로데리고의 칼을 가볍게 쳐내고 그의 복부에 깊숙이 칼을 찔러 넣었다. 카시오가 바로 앞의 로데리고에게 칼을 날리는 사이, 이야고는 카시오의 등 뒤에서 그의 다리를 찌르고 도망쳤다. 이야고의 바람대로 두 명의 사내가 길바닥에 누워 피를 흘리고 있었다.

소동을 듣고 성안에서 사람들이 달려 나왔다. 카시오를 찌르고 어둠 속으로 달아났던 이야고도 횃불을 들고 현장으로 다시 달려왔다. 이야고는 카시오에게 말했다.

"어떻게 된 겁니까, 부관님?!"

"살려주게, 이야고. 저 녀석이 찔렀네."

로데리고는 비틀거리며 어둠속으로 도망치고 있었다. 이야고는 어둠

카시오와 로데리고의 결투_ 카시오가 쓰러지자 뒤에서 그의 다리를 찌르고 있는 이야고의 모습이다.

속으로 달아나는 로데리고에게 달려갔다. 사람들은 이야고를 보고 '저놈
이다!'를 외치고 있었다. 이야고는 주변엔 아랑곳하지 않고 로데리고의
입을 막았고, 상처 부위에 다시 단검을 찔러 넣었다.

"아니, 네 놈이 어떻게 나를……."

로데리고는 절망에 찬 표정으로 이야고를 한번 쳐다보고는 이내 바닥에 널브러졌다.

"살인자를 죽였다!"

이야고가 큰 소리로 사람들을 향해 소리쳤다.

───── ·················

한편 오셀로는 성 밖의 소동엔 개의치 않고 데스데모나가 누워 있는 침소의 문 앞에 있었다. 문은 열려 있었고, 데스데모나는 여느 때처럼 평안하게 잠들어 있었다. 오셀로는 침대에 누워 있는 데스데모나에게 마지막 입맞춤을 했다. 그녀가 깨어났다.

데스데모나 : 누구예요? 오셀로?

오셀로 : 그렇소.

데스데모나 : 여보, 침대로 오시겠어요?

오셀로 : 데스데모나, 저녁 기도는 했소?

데스데모나 : 예, 여보.

오셀로 : 아직 죄를 고하지 못한 게 남아 있거든 다시 기도하여 용서를 구하시오.

데스데모나 : 아 여보, 그게 대체 무슨 뜻이에요?

오셀로 : 글쎄 하라면 하라니까. 난 근처에 있겠소. 준비 안 된 영혼을 죽이고 싶진 않아. 당치 않지, 당신 영혼을 죽이고 싶진 않아.

데스데모나 : 지금 절 죽인다고 하셨나요?

오셀로 : 그렇소.

오셀로와 데스데모나_ 오셀로가 데스데모나를 죽이려 침실에 들어서는 장면을 묘사한 그림이다. 안토니오 무뇨스 디벨레인의 작품.

데스데모나 : 오, 하나님! 제게 자비를 베푸소서!

오셀로 : 전적으로 동감이야!

데스데모나 : 그렇다면 죽이지는 말아주세요.

오셀로 : 흠!

데스데모나 : 그래도 겁이 나요, 당신이 두 눈을 그렇게 굴릴 때면 살기가 도니까요. 제가 왜 겁을 내야 하는지는 몰라요, 나는 죽을 만큼 잘못한 것이 하나도 없는데, 그런데도 겁이 나요.

오셀로 : 네 죄를 생각해 봐.

데스데모나 : 저에게 죄가 있다면 당신을 사랑한 죄밖에 없어요.

침실에서의 오셀로와 데스데모나_ 오셀로는 데스데모나를 죽이려 침실에 들어서나 그것을 알 수 없는 데스데모나는 오셀로를 반긴다. **아돌프 웨이스의 작품.**

오셀로 : 그 때문에 넌 죽는 거야.

데스데모나 : 사랑하기 때문에 죽어야 한다는 죽음은 이상해요. 아, 왜 그렇게 아랫입술을 깨무세요? 잔인한 격정이 당신의 온몸을 뒤흔들고 있단 징후네요. 하지만 그것이 제 미래를 암시하진 않기를 바라고 또 바랍니다.

오셀로 : 조용해, 입 다물고!

데스데모나 : 그럴 게요. 그런데 뭐가 문제예요?

오셀로 : 내가 그렇게 아끼며 네게 준 손수건을 넌 카시오에게 주었어.

데스데모나 : 아니에요, 제 생명과 영혼에 맹세코 아니에요. 그분을 불러와서 물어봐요.

오셀로 : 잘 생각해 봐. 거짓 맹세를 한다고 달라질 건 아무 것도 없어. 어차피 넌 죽을 목숨이니까.

데스데모나 : 예, 하나 아직은 죽을 때가 아니에요.

오셀로 : 아니야, 죽을 거야. 그러니까 네 죄를 솔직히 고백해. 그것을 조목조목 맹세하고 부인해도 괴롭게 신음하는 내 강력한 신념을 말살시킬 수는 없을 테니까. 넌 죽어야 해.

데스데모나 : 오! 주님, 제게 자비를 베푸시길!

오셀로 : 소용없어.

데스데모나 : 그리고 당신도 자비를 베푸시길! 전 평생 당신께 죄지은 적 없어요, …… 카시오를 절대 사랑하지도 않았고 하늘이 허락하는 사랑만 했어요. 절대로 그에게 정표를 준 일 없어요.

오셀로 : 맹세코 그자의 손에서 내 손수건을 보았어. 오 위증의 여인아, 넌 돌 같은 심장으로 내가 뜻하는 일을 살인이라 부르게 하는구나, 난 그걸 희생이라 생각하고 있었는데. 그 손수건을 보았어.

데스데모나 : 그럼 그가 주은 거지 저는 결코 준 적 없어요. 이리로 불러와서 진실을 고백하라 그래요.

오셀로 : 그자가 고백했어.

데스데모나 : 뭐라고요?

오셀로 : 너를…… 가졌다고.

데스데모나 : 어떻게? 부정한 짓을 했다고요?

오셀로 : 그래.

데스데모나 : 그렇게 말했다고는 생각 안 해요.

오셀로 : 당연히 못하지. 입을 막았어, 용감한 이야고가 처리했어.

데스데모나 : 그 말은 …… 죽였단 말이에요?

오셀로 : 놈의 머리카락 마디마다에 생명이 있어 그걸 다 죽여버렸다 하더라도 내 복수심에 불타는 그 불을 다 끌 수는 없을 것이야.

데스데모나 : 아아, 그는 게략에 말리고, 난 파멸을 맞는구나.

오셀로 : 닥쳐, 이 매춘부야, ……내 앞에서 놈을 위해 울고 있어?

데스데모나 : 오 여보, 절 내쫓되 죽이진 말아주세요.

오셀로 : 꼼짝말고 누워있어, 이 매춘부야!

데스데모나 : 오늘은 싫어요. 오늘 밤엔 살려줘요.

오셀로 : 안 돼, 만약 몸부림치면…….

데스데모나 : 반 시간만, 영혼의 구원을 빌 시간만이라도!

오셀로 : 너무 늦었어. (그녀를 목 조른다)

데스데모나 : 오 주님, 주님, 주님!

데스데모나의 방 문 바깥에서 에밀리아의 애타는 말소리가 들렸다. 오셀로는 죽은 데스데모나가 보이지 않도록 커튼을 치고 침소 문을 열었다.

"방금 전 살인사건이 벌어졌습니다. 주인님! 카시오가 로데리고라는 베니스인을 죽였습니다."

"로데리고와 카시오가 죽었다고?"

"아뇨, 카시오는 살았습니다."

"이런!"

오셀로는 작게 읊조렸다.

커튼이 처져 있는 침대에서 별안간 푸드득 소리가 났다. 에밀리아는 오셀로를 지나쳐 침소 안으로 들어갔다. 문을 열 때부터 무언가 이상한 느낌을 받았던 에밀리아는 침대의 사방에 처져 있는 커튼을 걷었다. 데스데모나가 침대에 축 늘어진 채 작은 목소리로 무언가를 말하고 있었

데스데모나를 죽이는 오셀로(280쪽 그림)_ 오셀로는 데스데모나의 애원에도 불구하고 그녀를 목졸라 숨을 멈추게 한다. **곤살레스 피네다의 작품**.

데스데모나의 죽음_ 거짓된 음모로 속아넘어간 오셀로는 끝내 그가 사랑한 데스데모나를 죽이기에 이른다. **알렉상드르 마리 콜린의 작품**.

다. 그러나 에밀리아가 데스데모나의 근처로 다가왔을 때, 그녀는 이미 생명을 다한 상태였다.

"내가 죽였소. 그녀는 사악한 창녀였소."

"마님을 모함하지 마세요. 사악한 악마는 당신입니다. 마님은 정말 진실하셨어요."

"카시오와 놀아났어! 네 남편에게 물어봐! 내가 근거 없이 이런 짓을 했다면 지옥에 떨어져도 좋다. 네 남편은 다 알고 있어."

"제 남편이요? 제 남편이 마님이 부정하다고 했다고요?"

꼿꼿한 자세로 오셀로의 행동에 반기를 들던 에밀리아의 몸이 떨리기 시작했다.

"그래, 정직하고 불의를 못 참는 그대의 남편이 말해줬다."

"제 남편이……. 오, 오! 그 사악한 영혼은 하루에 반 조각씩 썩으리라. 새빨간 거짓말. 모든 게 새빨간 거짓말이다."

오셀로는 칼을 빼들어 에밀리아의 목에 겨눴다.

"맘대로 해봐, 무어인. 당신이 한 짓에 대해 하늘은 결코 용서하지 않을 것입니다."

"입 닥쳐."

오셀로의 칼이 그녀의 목을 점점 더 비집고 들어갔다.

"맘대로 해봐, 멍청이, 바보에다 천치! 이런 짓을 저지르다니. 칼은 무섭지 않아요. 스무 번을 죽여도 당신 짓을 세상에 알릴 겁니다. 사람 살려! 나 좀 살려 줘요! 무어인이 마님을 죽였어요!"

에밀리아는 오셀로의 칼을 뿌리치고 방 밖으로 뛰쳐나갔다. 에밀리아의 외치는 소리를 듣고 바깥에서 사람들이 몰려왔다. 일전에 카시오의 칼에 찔렸던 이야고와 몬타노, 로도비코, 그라시아노도 들어왔다. 에밀리아는 방 안으로 들어온 이야고를 보고 말했다.

에밀리아 : 당신이 남자라면 이 악당의 거짓을 밝혀줘요. 마님이 지조가 없다고 말해 줬다는데 난 안 그런 줄 알아요, 당신은 그런 악당이 아니니까. 말해 봐요, 가슴이 터질 것만 같아요.

이야고 : 근거 있는 사실로 확인한 만큼만 내 생각을 말했고 그 이상은 안 했어. 정말이야.

에밀리아 : 그렇다면 마님이 지조 없단 말을 한 적은요?

이야고 : 있지.

에밀리아 : 거짓말, 역겹고 저주받을 거짓말을 했어요. 맹세코 거짓말, 사악한 거짓말이에요. 마님이 카시오와 지조를 깼다고, 카시오와 그랬다고 말했어요?

이야고 : 그래, 카시오와. 이봐, 입 다물어.

에밀리아 : 못 다물어요. 말해야만 되겠어요. 마님이 여기 자기 침대에서 살해되었어요.

모두 : 오, 하느님 맙소사!

에밀리아 : 그리고 이 살인은 당신 말 때문에 벌어진 일이에요.

오셀로 : 여러분 놀라지 마시오, 정말 사실이오.

몬타노 : 있을 수 없는 끔찍한 일이 벌어졌군.

에밀리아 : 악행, 악행, 악행이다! 생각해 보니까 짐작 간다. 오 악행이다! 그때도 그렇게 생각했다. 슬퍼 죽겠구나. 오, 악행, 악행이다!

이야고 : 아니, 당신 미쳤어? 집으로 가, 빨리 가란 말이야!

에밀리아 : 여러분, 제가 말할 수 있도록 해주세요. 복종해야 옳겠지만 지금은 아니에요. 이야고, 난 영영 집에 안 갈지도 몰라요.

오셀로 : 오! 오! 오! (침대에 엎어진다)

에밀리아 : 그래요, 엎어져 울부짖어요. 하늘이 우러러본 가장 순결한 여인을 당신이 죽였으니까.

오셀로 : (일어나며) 오, 그녀는 더러웠다. 처삼촌, 못 알아뵀습니다. 질녀는 저 침대에 누워 있고 이 손으로 방금 숨을 끊은 게 사실이며 제 행동이 끔찍하고 무섭게 보일 줄 압니다.

그라시아노 : 불쌍한 데스데모나, 그나마 네 아비가 죽어서 다행이다. 그에게 네 혼인은 치명적인 것이었고 순결한 슬픔을 못 견뎌 늙은 명줄 끊어졌어. 그가 지금 살아서 이 꼴을 본다면 얼마나 절망을 할까. 그렇지, 자신의 선한 천사 저주하고 멀리하여 형벌을 받을 거다.

오셀로 : 그건 애석한 일이지만 이야고가 알기로 그녀는 카시오와 수치스런 행위를 수없이 범했어요. 카시오가 고백했고 그녀는 제가 사랑의 표시이자 약

데스데모나의 죽음_ 데스데모나의 죽음에 대한 사실들이 드러나는 가운데 오셀로가 후회로 울부짖는 모습이다. **조 부캐넌의 작품**.

속으로 그녀에게 처음 준 정표를 가지고 그자의 엽색 행각에 보답했던 거랍니다. 제가 그걸 그자의 손에서 보았는데 바로 손수건입니다. 제 아버님이 어머님께 사랑을 표하며 드렸던 것이지요.

에밀리아 : 오 하느님, 하느님!

이야고 : 제기랄, 조용해.

에밀리아 : 밝힐 거예요. 조용하라고요? 안 돼요. 난 공기처럼 자유롭게 말을 할 거예요. 하늘과 인간과 악마들 모두가, 모두가 나에게 창피를 주더라도 말을 할 거예요.

이야고 : 주절거리지 말고 빨리 집으로 가라니까.

에밀리아 : 못 가요. (이야고가 에밀리아를 찌르려고 한다)

그라시아노 : 저런, 여자에게 칼을 들이대는가?

에밀리아 : 오, 어리석은 무어인아, 문제의 손수건은 내가 우연히 주워서 남편에게 준 거야. 정말이지, 그런 하찮은 물건에 걸맞잖게 너무나 엄숙하고 진지한 태도로 훔쳐달라 졸라댔으니까.

이야고 : 치사한 화냥년!

에밀리아 : 마님이 카시오에게 줬다고? 아, 그게 아니고 내가 주워서 저 작자에게 준 거야.

이야고 : 이런 못된 년, 거짓말 하지 마!

에밀리아 : 맹세코, 절대 거짓말이 아니에요 여러분. 오, 이 살인마 멍충아, 당신 같은 바보에게 그 훌륭한 아내가 가당키나 해?

오셀로 : 저 하늘에 천둥 말고는 내려칠 게 없습니까? 이 나쁜 놈!

(이야고에게 달려든다. 몬타노가 그의 칼을 빼앗는다. 그때 이야고가 뒤에서 에밀리아를 찌른다)

그라시아노 : 여자가 쓰러졌다. 이야고놈이 제 아내를 죽였어.

에밀리아 : 오! 마님 곁에 저를 뉘어주세요. (이야고 퇴장)

그라시아노 : 그놈이 제 아내를 죽이고 도주했어.

몬타노 : 천하에 나쁜놈이오. 이 무기를 받으시오, 내가 여기 무어인에게서 뺏은 거요. 자, 문 밖의 모든 입구를 차단하고 절대로 못 빠져나가게 막으시오. 난 이야고 그 악당놈을 뒤쫓겠소. (몬타노와 그라시아노 퇴장)

오셀로 : 내 용기는 사라졌고 온갖 시시한 애송이가 내 칼을 가져가네. 하지만 이름뿐인 명예는 왜 지키려 하지? 다 버리자.

에밀리아 : 마님 노래가 뭘 예언했죠? 쉿, 제 목소리 들려요? 전 백조처럼 노래하며 죽을래요. (노래한다) "버들아, 버들아". 무어인아, 그녀는 순결했고 당신을 사랑했어, 어리석은 무어인아. 진실을 말하니까 내 영혼은 천복 받고 생각대로 말하면서 난 죽는다, 난 죽는다. (죽는다)

데스데모나와 에밀리아는 나란히 침대 위에서 눈을 감았다. 이제 오셀로의 눈에선 더 이상 눈물도 나오지 않았다. 그의 마음은 메두사를 보고 딱딱하게 굳어버린 사람의 심장처럼 급격하게 메말라가고 있었다. 모든 게 끝나버린 세계에서 오셀로가 할 일은 하나밖에 없었다. 항상 차고 다니던 하얀 망토를 벗어 땅바닥에 내려놓았다. 최소한의 상하의만 착용한 채 사람들이 방 안으로 들어오길 기다리고 있었다.

방 밖으로 도망쳤던 이야고는 멀리 가지 못하고 몬타노에게 잡혔다. 사람들은 이야고를 끌고 오셀로와 죽은 데스데모나, 에밀리아가 있는 방으로 돌아왔다.

사람들은 이야고를 밧줄로 꽁꽁 묶은 채 살인의 방의 바닥에 무릎을 꿇렸다. 그 뒤로 카시오가 사람들의 부축을 받으며 천천히 방 안으로 들어왔다. 사람들이 카시오를 부축하는 틈을 비집고 오셀로가 이야고의 배를 단검으로 찔렀다. 사람들은 이야고와 오셀로를 모두 붙잡고, 그들의 무릎을 꿇렸다. 오셀로는 이야고를 바라보았다.

이야고의 체포_ 이야고의 간악한 음모가 드러나 반항하는 그를 몬타노가 제압하여 체포하기에 이른다.

"피는 나지만 난 죽지 않는다, 무어인."

이야고가 오셀로를 바라보며 말했다.

"너를 죽이지는 않을 것이다. 너는 사는 것이 더 낫다. 차라리 죽는 게 행복할 테니."

로도비코는 무릎을 꿇고 바라보고 있는 두 사내의 중간에 섰다. 그는 둘 모두를 혐오스럽게 바라보며 오셀로에게 말을 걸었다.

"그는 이미 죄상의 일부를 자백했소. 한때 모든 이들의 선망의 대상이었던 그대가 이 자와 카시오의 살해를 공모했었소?"

"그렇소."

오셀로가 말했다.

"존경하는 장군님. 그럴 이유가 없잖습니까?"

카시오가 말했다.

"썩은 내 나는 그 주둥이로 지껄이지 말라. 이 악마 같은 놈이 왜 그렇게 내 영혼을 함정에 빠뜨렸는지 좀 물어봐 주겠소?"

"아무것도 묻지 마시오. 더 이상 나는 아무 말도 안 할 것이오."

그리고 이야고는 입을 굳게 닫았다.

로도비코는 이야고가 이미 자백한 죄상에 대해 말했다. 이야고는 눈을 감은 채 누구의 얼굴도 보지 않으려고 했다. 입꼬리가 약간 올라간 이야고의 표정은 도무지 이 끔찍한 상황을 만든 장본인이라곤 믿기지 않을 정도였다.

카시오와 사람들의 증언이 줄줄이 이어지고, 사건의 모든 진상이 밝혀진 뒤, 로도비코는 엄숙한 자세로 말했다.

로도비코 : 이 방을 나서서 함께 가야만 되겠소. 이 순간부터 당신의 권한과

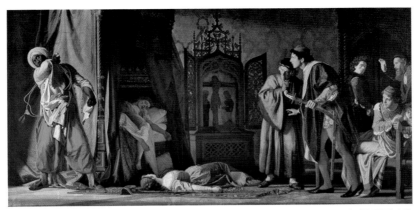

오셀로의 자결_ 데스데모나와 에밀리아의 죽음 가운데 오셀로는 자신의 목에 스스로 단검을 찔러 숨을 거둔다. **폼페오 몰멘티의 작품.**

명령권을 박탈하고 카시오가 키프로스를 통치하게 할 것이오. 이놈에게 고문으로 오래 살려놓는 교묘하고 잔인한 방법이 있다면 쓰게 할 것이며 당신은 베니스 정부가 당신 과오의 진상을 밝혀낼 때까지 엄중히 가둬둘 것이오. 자, 그를 데려가라.

오셀로 : 잠깐만, 한두 마디만 하겠소. 난 정부에 공헌이 좀 있고 그들도 아는 바요. 그 일에 대해서는 더 이상 말하지 않겠소. 그러나 당신이 보고서를 작성할 때 이 사태를 있는 그대로 말해 주길 바라오. 정상 참작에 대한 말은 꺼내지도 말고 악의를 가지고 적지도 말아주길 바라오. 현명하진 못했지만 혼신을 다 해 아내를 사랑한 사람을, 쉽게 질투하진 않지만 일단 빠지면 극도로 혼란되는 사람을, 자기 손으로 자기네 부족보다 더 값진 진주를 던져버린 비천한 인디언과 같은 사람을, 부드러운 분위기에 익숙하진 않지만 차분히 가라앉은 두 눈에서 눈물을 미르라나무가 약용 진액을 흘리듯이 줄줄 쏟아내는 사람을 말해야만 할 것이오. 그런 다음 덧붙여, 오래 전에 알레포에서 머리에 터번 두른 악랄한 터키 놈이 베니스인을 무자비하게 폭행을 가하면서 이 나라를 욕했을 때 내가 그 할례한 개자식의 목을 잡아 찔렀다고 하시오. 이렇게. (칼로 자신의 목을 찌른다)

로도비코 : 아, 비참한 말로로다!

그라시아노 : 옛날의 모든 명예와 영예가 다 허사로 끝났구나!

오셀로 : 당신의 숨을 끊을 때 나는 당신에게 입을 맞추었소. 이제 나에게 남은 길이 있다면 당신에게 입을 맞추며 나 스스로 목숨을 끊는 길밖에 없소.

(싸늘하게 식은 데스데모나 위에 쓰러진다)

카시오 : 의기가 높았던 분이라 이걸 염려했지만 무기가 없다고 생각했소.

로도비코 : (이야고에게) 오 스파르타 개잡놈아, 넌 고뇌와 굶주림과 바다보다 더 잔인하다. 저 침대에 실려 있는 비극을 보거라, 네 놈의 소행이다. 눈 뜨고 이 광경을 쳐다보지 못하겠다, 감추도록 하여라. 그라시아노님, 이 집과 무어인의 재산을 압수토록 하십시오, 당신에게 상속될 테니까. 그리고 총독에겐 이 가증할 악당 놈의 재판을 맡깁니다, 시간과 장소와 고문까지. 오, 꼭 집행하십시오! 저는 곧장 배에 올라 이 무거운 행위를 무거운 마음으로 정부에 고하리다. (모두 퇴장)

    몇몇 사람들이 이야고를 끌고 밖으로 나갔다. 카시오는 모든 사람들이 나간 방에 남아 한참동안 침대 위에 있는 세 사람을 바라보았다. 세 사람 모두 침대 위에 쓸쓸히 누워 있었다. 카시오는 비틀거리며 침대 근처로 다가가 커튼을 친 후 방의 모든 불을 껐다. 문 앞에서 그들에게 고개를 한 번 숙인 뒤, 방 밖으로 나간 카시오가 문을 닫았다.
    끝없는 정적이 흘렀다. 아무도 없는 방. 방안에선 싸늘하게 식은 세 명의 남녀가 쓸쓸하고도 음산한 키프로스의 마지막 밤을 보내고 있었다.

| 한눈에 명화로 보는 셰익스피어 |

로미오와 줄리엣

"말리면 말릴수록 불타는 것이 사랑이다.
졸졸 흐르는 시냇물도 막으면 막을수록 거세게 흐른다."

로미오와 줄리엣

◆ **장소 및 등장인물**

장소

베로나와 만투아

등장인물

에스칼루스 : 베로나의 군주
파리스 : 귀족 청년, 군주의 친척
머큐쇼 : 군주의 친척, 로미오의 친구
몬터규 : 몬터규 가문의 수장
몬터규 부인
로미오 : 몬터규의 아들
벤볼리오 : 몬터규의 조카, 로미오의 친구
발사자 : 로미오의 하인
캐풀렛 : 캐풀렛 가문의 수장
캐풀렛 부인
줄리엣 : 캐풀렛의 딸
유모 : 줄리엣에게 젖을 먹인 여자
캐풀렛 사촌 : 캐풀렛 가문의 노인
티볼트 : 캐풀렛 부인의 조카
피터 : 줄리엣 유모의 하인
로렌스 신부 : 프란체스코 교단 소속
존 신부 : 프란체스코 교단 소속

로미오와 줄리엣(292쪽 그림)_ 서로 견원지간인 가문에서 태어난 로미오와 줄리엣이 사랑을 하게 되고 그들의 비극적인 죽음이 가문을 화해하게 만드는 이야기이다. 셰익스피어 당대에서부터 햄릿과 함께 가장 많이 공연되었으며 지금도 여전히 공연되고 있다. 두 주인공은 젊은 연인의 전형으로 자리 잡았다. **포드 브라운 작품.**

백주대낮에 베로나의 거리 한복판에서 난투극이 벌어졌다. 베로나가 생긴 이래 철천지 원수처럼 아옹다옹하는 몬터규와 캐풀렛 가문 사람들의 난투극이었다. 거리를 온통 들쑤셔대는 두 집안의 싸움을 말리는 것은 늘 베로나의 군주였고, 이번에도 역시 그랬다. 군주는 두 가문의 난투극 이후 베로나 거리에서의 싸움을 금했지만, 만나기만 하면 서로 시비를 거는 두 가문의 젊은이들의 불같은 성격을 막기에는 역부족이었다. 군사를 대동한 군주의 백마 무리가 싸움 중인 베로나의 두 가문을 가로지르며 등장했다. 군주는 그들에게 당장 무기를 내려놓으라고 명령했다.

"캐풀렛과 몬터규로 인해 베로나의 평화가 또 깨졌다. 벌써 세 번의 핏빛 다툼이 있었다. 우리의 거리에서! 또 다시 이런 일이 있을 시에, 엄중히 책임을 묻겠노라! 거듭 말하니 목숨이 아깝거든 모두 물러가라! 캐풀렛은 지금 나를 따라오고, 몬터규는 오후에 들르라."

양 가문의 수장은 백마를 탄 군주 앞에서 고개를 숙였다. 벌써 세 번이나 거리를 엉망으로 만드는 두 가문의 난투극이 있었기에 군주도 질릴 대로 질린 상태였다. 말을 마친 군주는 다시 성으로 돌아갔다.

상황이 어느 정도 수습되고, 벤볼리오와 몬터규, 몬터규 부인은 집으로 돌아가고 있었다. 몬터규 부인은 벤볼리오에게 로미오가 난투극에 참여했는지를 물었다. 로미오는 없었다는 말에 부인은 안도의 한숨을 내쉬었다.

몬터규 부부의 눈에 멀리서 로미오가 나뭇가지 하나를 들고 걸어오는 모습이 보였다. 몬터규는 벤볼리오에게 로미오의 고민이 무엇인지 알아보라고 부탁하고 부인과 함께 자리를 떴다.

"어디서 오는 건가, 사촌!"

"방금 지나가신 게 아버지지?"

몬터규 가문과 캐퓰렛 가문의 싸움_ 원수지간인 몬터규 가문과 캐퓰렛 가문은 둘 다 세력 있는 귀족 집안이라 이들 집안에 고용된 하인들이나 사람도 많은데 이들조차도 서로 길거리에서 보기라도 하면 욕하고 싸우기 일쑤였다. 걸핏하면 길거리에서 이 두 집안이 으르렁거리며 집단패싸움을 벌였다.

"그렇다네."

벤볼리오가 로미오의 곁으로 왔다. 자리를 뜨려는 로미오의 눈에 부상당한 몬터규의 하인과 하녀의 우는 모습이 보였다.

"또 싸움이 벌어졌어? 언제부터 베로나가 사랑보다 증오로 가득찼지?"

로미오는 나뭇가지를 바닥에 팽개치고, 방금 몬터규의 사람들이 간 곳과 반대 방향으로 걸어갔다. 벤볼리오가 로미오를 따라갔다.

———————··············

군주의 성에서 빠져나와 집으로 돌아온 캐퓰렛은 군주의 친척인 파리스와 베로나 거리 난투극에 관한 처벌에 대해서 이야기하며 걷고 있었다. 사실 처벌에 대한 얘기보단 몬터규에 대한 얘기가 더 많았다.

"몬터규도 같은 벌로 규제를 받을 테니, 나같은 늙은이가 평화를 지키는 게 어렵진 않을 것 같구먼."

"두 분 다 명망 높으신 어른인데 그리 오래 반목하며 사시다니 참으로 안타깝습니다. 그건 그렇고 어르신, 제 청혼을 어떻게 생각하십니까?"

“전에도 말했지만 우리 애는 아직 세상물정 모르는 14살도 채 안 된 어린아이라네.”

“더 어린데도 어엿한 어머니가 된 여인도 많아요.”

“일찍 핀 꽃은 일찍 시드는 법. 딸애는 내 유일한 희망이야. 직접 딸애에게 점수를 따게. 그 애의 마음이 중요하네. 그건 그렇고 오늘밤 집안 연회를 여는데, 다른 가문의 백작들도 와 주시면 한층 빛나는 연회가 될 것이오. 피터! 이 명단의 사람들을 찾아내서 그분들께 전하라!”

캐퓰렛 가문의 하인인 피터가 캐퓰렛이 건넨 명단을 받아들고 서둘러 밖으로 사라졌다.

그 시각 옆방에선 캐퓰렛 부인이 의자에 앉아 하녀에게 머리 손질을 받고 있었다. 방 안에 있는 유모는 침대 위에 있는 이불을 정리했다. 그때 줄리엣이 캐퓰렛 부인이 앉아 있는 방으로 달려왔다.

“부르셨어요, 어머니?”

“다른 게 아니라……. 아, 잠깐 모두 나가 있거라.”

캐퓰렛 부인은 방 안에 있는 하녀들을 물렸다. 유모를 제외하고 하녀들이 밖으로 나갔다. 캐퓰렛 부인은 딸과 유모를 번갈아 바라보다 말했다.

“유모도 알다시피 이 애 나이가 찼지 않은가?”

“그럼요, 전 시간까지 말씀드릴 수 있어요.”

“아직 14살이 안 됐지.”

“분명히 말하자면 아직 14살은 아니죠. 수확제까지 며칠이나 남았죠?”

“열나흘쯤 될 거야.”

“수확제 날 저녁이 되어야 확실한 열넷이죠. 수잔과 아가씨 나이가 같았는데, 수잔은 하늘 나라에 먼저 갔지요. 이제 아가씨도 열넷이니 결혼할 때가 되었죠! 제 살아생전에 아가씨의 결혼을 볼 수 있으면 여한이 없

줄리엣_ 이 작품의 여주인공으로, 자신의 가문인 캐퓰릿 가와 서로 반목하는 몬터규 가의 청년 로미오를 사랑하게 된 비운의 여인이다. **아더 휴즈의 작품.**

겠습니다."

유모는 목에 차고 있던 팬던트를 잠깐 바라보고, 줄리엣을 꼭 껴안았다. 줄리엣 역시 익숙한 몸짓으로 유모의 품 안에 쏙 안겼다.

"바로 그 얘기를 하려던 참인데. 줄리엣, 넌 어떻게 생각하느냐?"

유모의 품에서 빠져나온 줄리엣은 어머니 앞으로 다가와 쭈뼛거리며 말했다.

"생각하지 않은 것을 자랑으로 여기고 있었어요, 어머니."

"그럼 지금 생각해 보아라. 베로나 명문가에는 너보다 어린 데도 어미가 된 신부들도 꽤 있다. 나도 네 나이 때 어머니였고. 헌데 파리스가 네 사랑을 구한다고 들었다."

"세상에 아가씨! 그리 훌륭한 분은 없으세요!"

줄리엣과 캐퓰릿 부인의 대화에 다시 유모가 끼어들었다.

"베로나의 꽃도 그분보다는 못하지."

캐퓰렛 부인이 말했다.

"그분은 진정 꽃이세요!"

유모가 말했다.

캐퓰렛 부인이 유모를 잠깐 노려보았다. 유모는 아차 싶어 두 발짝 뒤로 물러났다.

"어떠니? 그를 사랑할 수 있겠니?"

"노력해 보죠. 한 번 뵙고 생각해 보겠어요."

그때 하인이 들어와 캐퓰렛 부인과 줄리엣을 불렀다. 연회가 시작되었다는 소식이었다.

───── ··············

날이 저물었다. 캐퓰렛의 연회장 근처로 몬터규의 사내 몇 명이 몰려와 숨어 들어갈 기회를 엿보고 있었다. 일행엔 로미오와 벤볼리오도 끼어 있었다. 이날 회동은 로미오의 부탁으로 모인 것이었다. 로미오는 캐퓰렛 가문의 로잘린이라는 여인을 사랑하고 있었다. 머큐쇼는 로잘린을 사모한다는 로미오의 이야기를 듣고 '그렇다면 그녀를 보러 우리는 어디든 가야만 한다!'라며 몬터규 친구들에게 회합을 촉구했고, 그의 어수선한 웅변에 몬터규의 젊은 사내들이 로미오 주위로 모인 것이었다.

"내 얼굴을 가릴 가면을 주시오!"

머큐쇼는 건네받은 해골 가면을 쓰고 우스꽝스러운 표정을 지으며 낄낄거렸다.

"뭐라고 둘러대고 들어가지? 아니면 그냥 막 쳐들어갈까?"

로미오가 벤볼리오에게 물었다.

로미오_ 이 작품의 남주인공으로, 그는 줄리엣을 만나기 전 로잘린이라는 여성을 사랑하고 있었으나 그녀는 수녀가 되려고 맹세한 상태였다. 로미오는 이런 이루어질 수 없는 사랑으로 인해 절망에 빠져 있었다. **보티첼리 작품.**

"그냥 무작정 쳐들어가는 거야, 사촌! 우린 춤이나 추면 그만."

뭔지 모를 흥에 겨운 벤볼리오가 과장된 몸짓으로 몬터규의 사내들을 독려했다.

"무도회에 가는 건 적의는 없지만, 현명한 짓은 아니야!"

로미오가 벤볼리오에게 신중하게 말했다. 평소 차분한 벤볼리오도 어느새 몬터규 사내들의 흥취에 빠져들었다. 몬터규의 사내들은 로미오를 붙잡고, 캐풀렛의 연회장을 향해 노래를 부르며 다가갔다. 못 이긴 척 그들을 따르는 시늉을 했지만, 로미오의 마음속에서는 두려움과 함께 기대 섞인 흥분이 살아나고 있었다. 베로나의 거리에 종소리가 울려퍼졌다.

중세의 연회장_ 로미오는 줄리엣을 만나기 전 그가 사랑했던 로잘린을 만나기 위해 캐풀렛의 연회장을 간다. **주세페 그리소니의 작품.**

마침내 캐풀렛의 연회장에 가면 쓴 몬터규의 사내들이 도착했다. 캐풀렛이 직접 그들을 맞이했다.

"신사 숙녀 여러분들, 이렇게 와 주셔서 대단히 감사합니다! 나도 한때는 가면 쓰고 아리따운 숙녀 귓속에 이야기를 속삭일 때가 있었는데, 다, 다 지나갔어요. 잘 오셨소, 여러분들! 악사들은 흥겹게 연주하라."

캐풀렛은 몬터규 사내들의 정체를 알아채지 못하고 그들을 연회장 안으로 들였다. 신분 높은 어른들과 젊은 남녀들이 함께 어울려 축제의 밤을 빛내고 있었다. 축제가 시작되자 캐풀렛은 참석한 사람들 모두에게 인사를 하고 나서 연회장의 한 켠에 앉아 쉬고 있었다.

연회장 안에서 일행들과 잠시 떨어진 로미오는 넋을 잃은 표정으로 한 여인만을 바라보고 있었다. 로잘린이 아니었다. 그러나 그의 눈에 들어온 모습은 그가 태어난 이래 지금까지 전혀 본 적이 없었던 천사의 모습이었다. 아직 줄리엣의 이름도 모르는 로미오는 넋을 잃은 채 천사의 몸짓 하나하나를 관찰했다. 몸짓만으로도 그녀의 부드러운 향기가 전해져 오는 듯했다. 이 세상 사람이 아닌 것 같았다. 줄리엣도 본인을 바라보고 있는 가면 쓴 사내를 언뜻 바라보았다. 로미오는 그녀와 얼굴이 마주치자 그녀에게 고개를 숙여 인사하는 시늉을 했다.

한편 로미오가 하인을 부르는 그의 목소리를 듣고, 캐풀렛 부인의 사촌인 티볼트는 그가 로미오임을 바로 알아차렸다.

"어르신, 연회장에 몬터규 놈이 들어와 있습니다. 오늘 밤 축하연을 조롱하는 행위입니다."

티볼트는 손가락으로 저만치에 있는 로미오를 가리켰다. 캐풀렛도 로미오의 명성을 익히 들어 알고 있었다. 적대하는 가문이라지만 로미오만큼은 번듯한 청년처럼 보였다.

"로미오인가? 저 청년이라면 내버려 두어라, 조카야. 점잖게 행동하고 있잖느냐."

"우리의 수치입니다!"

"뻔뻔한 놈! 소동을 일으키기만 해봐라."

티볼트는 자리를 박차고 연회장 밖으로 뛰쳐 나갔다. 동시에 연회장의 춤곡이 바뀌었다. 로미오는 춤을 추며 줄리엣의 근처로 다가갔다. 로미오가 가면을 벗었다. 둘은 손바닥을 마주 대며 서로의 눈을 쳐다봤다.

로미오 : (줄리엣에게) 너무나 보잘것없는 내 손으로 이 성전을 더럽힌다면, 제 입술은 아마도 수줍어하는 두 순례자처럼 감미로운 키스로 거친 접촉을 부드럽게 하려는 고상한 죄를 범하겠지요.

줄리엣 : 순례자님, 경건함을 이렇게 겸손하게 나타내는 그 손에게 너무 잘못하십니다. 성자상과 순례자도 만져 보는 손이 있고 맞잡은 두 손은 순례자의 키스나 다름없는데.

로미오 : 성자상도 순례자도 부드러운 입술은 있잖아요?

줄리엣 : 예, 순례자님, 죄를 씻는 입술이죠.

로미오와 줄리엣의 키스_ 로미오가 줄리엣의 발코니에 올라 그녀에게 키스를 하는 장면이다. 두 사람의 키스 장면은 많은 화가들로부터 그려져 왔다. **프란체스코 하예즈의 작품.**

로미오 : 그렇다면 성자여, 그대의 입술로 일을 하게 합시다. 기도를 — 허락해

요, 그대에 대한 믿음에 신뢰가 쌓일 수 있도록.

줄리엣 : 성자상은 기도는 허락하나 일을 하진 못해요.

로미오 : 그렇다면 기도하는 동안에 가만히 있어요. (그녀에게 키스한다)

이렇게 나의 죄는 그대의 입술에 의해 사함을 받았소.

줄리엣 : 그렇다면 당신의 죄가 내 입술로 옮겨 왔군요.

로미오 : 내 죄요? 오, 이 달콤한 죄의 이동! 내 죄를 다시 돌려줘요.

(그녀에게 다시 키스한다)

줄리엣 : 키스를 배웠군요.

그때 유모가 줄리엣을 불렀다.

"아가씨, 어머니가 오시랍니다!"

줄리엣은 로미오를 한 번 힐끔 본 뒤 아쉬운 눈으로 캐풀렛 부인에게

달려갔다. 로미오는 가면을 다시 쓴 채 유모에게 물었다.

"그녀의 어머니가 누구신가?"

"그분은 이 댁 마님이며 현명하신 캐풀렛의 안주인님이시죠."

유모는 그렇게 말하고 자리를 떴다. 유모의 한마디에 로미오는 가면을 벗고 멀어져가는 줄리엣을 바라보며 착잡한 심정에 젖었다. 캐풀렛이라니. 상념에 잠긴 채 로미오는 그 자리에서 떠날 줄을 몰랐다.

연회가 끝나고 사람들은 캐풀렛의 배웅을 받으며 자리에서 물러갔다. 줄리엣은 유모를 불러 방금 본인과 입맞춤을 한 사내의 이름을 물어보았다. 주변에 그의 정체를 물어본 유모는 놀란 표정으로 줄리엣에게 다시 돌아왔다.

"아가씨, 우리 집안과 원수지간인 몬터규의 외동아들 로미오래요!"

줄리엣은 연회장을 나가는 로미오를 바라보았다.

"내 사랑이 원수의 씨라니! 너무 늦게 알았구나!"

줄리엣은 로미오와 입맞춤한 입술을 살포시 더듬었다. 아직도 그의 감촉이 남아 있는 것만 같았다.

———————————···············

연회장을 나온 로미오는 집으로 가지 않고 줄리엣이 있는 캐풀렛의 정원에 숨어 들었다. 멀리서 벤볼리오와 머큐쇼가 로미오를 찾는 요란한 소리가 들렸지만, 로미오에겐 그 소리가 들리지 않았다. 그저 딱 한 번만 더 줄리엣을 보고 싶었다. 로미오는 몇 시간을 그렇게 캐풀렛 가의 정원에 숨어 줄리엣이 나오기만을 기다렸다. 밤이 깊어 인적이 드문 시간. 캐풀렛 가의 창문에 줄리엣이 보였다. 그녀는 팔을 괸 채로 수심에 가득찬 표정으로 누군가를 그리워하고 있었다.

줄리엣 : 오, 로미오, 로미오, 왜 당신은 로미오인 거죠? 아버지를 부인하고

로미오와 줄리엣_ 줄리엣을 사랑하게 된 로미오는 연회가 끝난 뒤 몰래 정원으로 숨어 들어가 줄리엣을 만나 사랑을 고백한다. **율리우스 살레스의 작품.**

그대 이름 거부해요. 그렇게 못한다면 애인이란 말만 하세요. 그럼 난 더 이상 캐퓰렛이 아니에요.

로미오 : 더 들을까, 아니면 이쯤에서 말을 걸까?

줄리엣 : 나의 적은 그대의 이름만이 그러해요. 몬터규가 아니라도 그대는 로미오죠. 몬터규가 뭔데요? 손도 발도 아니고 얼굴이나 사람 몸도 아니에요. 오, 로미오! 다른 이름 가지세요! 이름이 뭐 대수인가요? 우리가 장미라 부르는 건 다른 말로도 같은 향기 날 거예요. 로미오도 마찬가지, 로미오라 안 불러도 호칭 없이 소유했던 그 귀중한 완전함을 유지할 거예요. 로미오, 그 이름을 벗어요. 그대 이름 대신에 나를 다 가지세요.

로미오 : 그대 말을 들을 게요. 연인이라 불러주면 다시 세례받고 로미오란 이름 벗을 게요.

줄리엣 : 누구신대 이렇게 밤의 장막 속에서 제 비밀을 알아채게 된 거죠?

로미오 : 이름으론 누구인지 그대에게 말할 수가 없습니다. 성자시여, 제 이름을 저 자신이 미워합니다. 제 이름이 그대의 적이 되기 때문이죠.

줄리엣 : 그대 혀가 내놓은 말 내 귀로 들은 것이 백 마디도 채 안 돼도 그 음성은 알아듣죠. 로미오님 아닌가요?

로미오 : 아가씨가 싫다면 어느 쪽도 아닙니다.

줄리엣 : 어떻게 오셨어요, 말해 봐요, 뭣 때문에? 정원의 벽은 높고 넘어오기 힘들어요 캐퓰렛 누군가가 그대를 발견하면 몬터규 고려할 때 그댄 죽는 곳이에요.

로미오 : 내 사랑의 날개로 높은 벽을 날아 올랐죠. 돌로 지은 장애물은 사랑을 못 막고 사랑의 힘은 불가능한 모든 일을 할 수 있으니까요. 그러므로 캐퓰렛 사람들 나를 막진 못합니다.

줄리엣 : 만약 그대 본다면 죽이려고 할 거예요.

로미오 : 아! 그들의 수많은 칼보다도 더 큰 위험이 그대 눈에 있답니다. 그대만 즐겁다면 그들의 적개심으론 날 베지 못할 겁니다.

줄리엣 : 아무리 그렇다 하더라도 그들이 못 보면 좋겠어요.

로미오 : 캄캄한 밤이어서 그들 눈엔 안 띄지만 그대 사랑 없다면 그들이 찾아내도 여한 없소. 그들의 미움으로 내 생명 끝나는 게 사랑 없이 연장된 죽음보다 나으니까요.

줄리엣 : 누구의 안내로 이곳까지 오신 거죠?

로미오 : 사랑이 맨 처음 찾아보라 알려줬죠. 그는 내게 조언했고 난 눈을 빌려 줬죠. 머나 먼 바닷물에 씻기는 이름 모를 해안만큼 그대가 아무리 멀리 있다 하여도 이런 선물 구하려고 항해했을 겁니다.

줄리엣 : 지금은 밤의 가면 내 얼굴을 덮었어요. 안 그러면 오늘 밤 하신 말 때문에 처녀 뺨은 홍조가 되었을 거예요. 했던 말을 기꺼이, 기꺼이 부인하고 싶어요. 하지만 관습은 버리자! 날 사랑하세요? "네"라고 말하실 줄 알아요. 그 말을 믿을 게요. 그래도 맹세를 하신다면 거짓될 수 있답니다. 만약 나를 너무 빨리 얻었다고 생각하면 다시 구애토록 심술궂게 찌푸리고 "안 돼요" 할 테지만, 아니라면 절대로 안 그래요. 참말이지 몬터규님, 난 너무 좋아요. 그래서 내 행동이 가볍다 치부할 수 있겠지만 날 믿어 주세요. 교활하게 앙큼떠

는 여자보다 더 진실된 사람임을 입증할 거예요. 고백컨대, 그대가 내 사랑의 감정을 엿듣지만 않았어도 그대를 더 쌀쌀맞게 대했을 거랍니다. 그러니 날 용서하고 깜깜한 이 밤중에 들켜 버린 내 허락을 가벼운 사랑으로 여기지는 마세요.

로미오 : 숲속 깊은 곳을 은빛으로 물들이는 저 하얀 달님에게 서약컨대……

줄리엣 : 오, 둥근 궤도 안에서 한 달 내내 변하는 지조 없는 달에게 맹세하진 마세요. 그대의 사랑이 저 달처럼 변할까봐 두려워요.

로미오 : 달님 아님 어디에다 맹세하죠?

줄리엣 : 아무 맹세 마세요. 하겠다면 지조 있는 자신에게 맹세해요, 이 몸이 오늘부터 숭배하는 신이니까. 그럼 그 맹세 믿을 게요.

로미오 : 오, 내사랑!

줄리엣 : 로미오, 맹세하지 말아요. 그대가 좋긴 해도 오늘 밤 이 언약은 즐겁지 않답니다. 너무너무 성급하고 무모하고 빨라요. "번개 친다" 말하기도 전에 번개처럼 사라지는 번쩍임과 꼭 같아요. 이 사랑의 새싹은 싱그런 숨결을 받아 우리 다시 만날 땐 예쁜 꽃으로 피어나 있을 거예요. 잘 가세요! 내 가슴속에 있는 감미로운 휴식이 그대의 마음에도 깃들기를!

로미오 : 오, 난 이렇게 원하는데 그대는 떠나요?

줄리엣 : 오늘 밤에 무엇을 원하시는데요?

로미오 : 진실한 사랑 서약 교환하는 거랍니다.

발코니의 로미오와 줄리엣(306쪽 그림)_ 이 작품에서 가장 로맨틱한 장면인 로미오가 줄리엣의 발코니로 올라가 그녀에게 사랑을 고백하는 장면이다. **프랭크 버나드 딕시**의 작품.

로미오와 줄리엣_ 발코니 난간에서 사랑을 나누는 로미오와 줄리엣. **앙리 피에르 피코우의 작품**.

줄리엣 : 요청도 하기 전에 내 것은 이미 당신 것. 하지만 그것을 다시 주고 싶네요.

로미오 : 철회하고 싶어서요? 이유가 뭔데요?

줄리엣 : 너그러운 마음으로 또다시 주려고요. 아낌없는 내 마음은 드넓은 바다처럼 끝이 없고 사랑 또한 함께 깊어 더 많이 줄수록 더 많이 우러나죠. 그 사랑 무한하니까. (안에서 유모가 부른다) 안에서 소리가 들려요. 잘 가요, 내 사랑! 곧 갈게, 유모. 평안하세요, 몬터규님. 잠시만 기다려요, 돌아올 테니까. (줄리엣 위에서 퇴장)

로미오 : 오, 축복, 축복받은 밤이다! 밤이라서 이 모든 게 실제라고 하기엔 너

무나 기분 좋게 달콤한 꿈일까 봐 두렵구나. (위에서 줄리엣 등장)

줄리엣 : 로미오님, 몇 마디만 더 하고 안녕을 고할게요. 그대의 사랑이 참으로 진실되고 진정 결혼을 원한다면, 내일 내가 보내는 사람 편에 답변을 주세요. 언제 어디서 예식을 거행할지. 그러면 나의 모두를 그대에게 바치고 이 세상 어디든 남편으로 따를게요.

줄리엣은 결혼의 서약을 하기 위해 내일 아홉 시 로미오에게 사람을 보내겠다고 했다. 말이 끝난 뒤에도 침묵 속에서 두 남녀는 서로를 안타까운 눈빛으로 하염없이 바라보았다. 줄리엣은 나무 위에 위태롭게 서 있는 로미오에게 작별의 키스를 했다.

"안녕히 가세요, 내 사랑."

줄리엣이 먼저 방 안으로 들어갔고, 로미오는 그녀가 사라진 자리를 오랫동안 바라보았다. 로미오는 집으로 가지 않고 바로 결혼 서약을 맺어줄 로렌스 신부의 암자로 뛰어갔다.

아침 안개가 살포시 내려앉은 베로나의 들판. 로렌스 신부는 바구니를 들고 들판의 약초들을 캐고 있었다. 멀리서 인기척이 들렸다. 로렌스 신부는 허리를 펴고 앞을 바라봤다. 로미오가 뭣에 그리 신이 났는지 흥얼거리며 신부에게 달려오고 있었다.

"안녕하세요 신부님!"

"로미오! 이렇게 일찍 일어난 걸 보니 분명 좋은 일이 생긴 게로구나. 아니면 어젯밤 우리 로미오가 통 잠을 설쳤거나."

로렌스 신부는 눈앞으로 다가온 로미오의 얼굴을 어루만지며 기뻐했다.

"정말입니다. 하지만 오히려 달콤한 휴식이었죠."

"맙소사! 로잘린하고 같이 있었니?"

"로잘린? 아니예요."

로미오는 마치 오래 전에 잊었던 이름을 듣는 것처럼 '로잘린'이라는 이름에 어색하게 반응했다. 어제까지만 해도 자신이 로잘린을 보려고 캐풀렛의 연회장에 몰려갔다는 사실이 믿기지 않았다. 로미오는 로렌스 신부의 말을 듣고 '아, 로잘린' 하고 남의 일처럼 말했다. 로미오에겐 로잘린이란 이름은 이미 오래전에 잊혀진 이름인 것만 같았다.

"그 이름은 잊었고, 고민도 잊었습니다."

로렌스 신부는 로미오의 머리를 쓰다듬었다. 둘은 암자로 들어갔다. 로미오는 어제 있었던 일을 로렌스 신부에게 신이 나서 말했다. 로미오의 얘기를 듣는 로렌스 신부의 표정이 점점 어두워졌다.

"저희를 신성한 혼례로 결합케 해주세요! 바로 오늘이요!"

"네가 그리도 사랑했던 로잘린을 어찌 그리 빨리 잊었느냐? 젊은이의 사랑은 마음속에 있지 않고 눈 속에 있구나!"

로렌스 신부는 어이없어하며 로미오에게 말했다.

"신부님은 로잘린을 사랑한다고 절 꾸짖으셨잖아요!"

"그렇다고 다른 사랑을 찾으라곤 안 했어!"

로미오와 로렌스 신부_ 1968년에 제작된 영화 〈로미오와 줄리엣〉의 한 장면으로, 로미오(레오나드 화이팅)가 로렌스 신부에게 줄리엣과의 결혼 주례를 부탁한다.

십자가에 못 박힌 예수의 상이 로렌스 신부와 로미오를 내려다보고 있었다. 로렌스 신부는 십자가를 바라보며 잠깐 생각에 잠겼다가 의기소침해진 로미오에게 말했다.

"뜻이 있을 테니 너희에게 도움을 주마. 이로 인해 두 가문의 원한이 진정한 사랑으로 변할지도 모르지."

로미오는 단번에 축 늘어졌던 어깨를 풀고 로렌스 신부의 손등에 키스를 했다.

———————·················

한편 머큐쇼와 벤볼리오는 아직까지도 나타나지 않고 있는 로미오에 대해 한참 너스레를 떨었다.

"캐풀렛 부인의 조카인 티볼트가 로미오 가에 편지를 보내왔어!"

"보나마나 도전장이겠지. 로미오는 도전을 피하지 않을 거고. 불쌍한 로미오. 로미오는 이미 죽은 몸이네."

"왜, 티볼트가 뭔데?"

"검술의 달인이지."

멀리서 로미오가 다가왔다. 머큐쇼가 다리를 절뚝거리는 시늉을 하며 우스꽝스러운 모습으로 로미오를 피했다. 벤볼리오도 머큐쇼와 똑같이 절뚝거리는 시늉으로 로미오를 맞았다.

"오, 봉쥬르 시뇨르 로미오! 이건 너의 프랑스 바지에 맞춘 프랑스식 인사야! 어제 저녁엔 뺑소니로 멋지게 우리를 골탕 먹였더군!"

"뭘 골탕 먹였단 말이야?"

"슬쩍 발뺌했던 것 말이야. 생각 안 나나?"

"미안해. 허나 중요한 용무가 있었어."

로미오를 찾는 줄리엣의 유모_ 로미오가 그의 친구들인 머큐쇼와 벤볼리오와 함께 있을 때 줄리엣의 유모가 로미오를 만나는 장면이다. **존 매시 라이트의 작품.**

"오오, 중요한 용무가 있을 땐 실례할 수도 있겠지."

머큐쇼의 광대짓은 좌중을 편안하게 만들었고, 로미오는 그의 행동을 유쾌하게 받아쳤다. 머큐쇼의 광대짓에 몬터규의 젊은이들이 삼삼오오 모여 낄낄대고 있을 때, 멀리서 이상한 차림을 한 중년의 여성이 다가왔다. 그 여인은 여러 가지 천들을 모아 만든 이상한 드레스를 입고 있었다. 뒤에선 하인 한 명이 바닥에 질질 끌리는 그녀의 옷을 잡고 보조를 맞추어 뒤따라오고 있었다. 머큐쇼와 몬터규의 젊은 사내들이 그녀를 어떤 식으로 골려줄까 고민하고 있을 때, 그녀가 사내들에게 성큼 다가왔다. 줄리엣의 유모였다.

"여러분, 로미오 도련님은 어디 계시죠?"

몬터규의 젊은 사내들이 '오오, 로미오! 로미오!'를 외치며, 상황을 더욱 우스꽝스럽게 만들었다. 그때 로미오가 일어나서 말했다.

"제가 로미오입니다."

"댁이 로미오 도련님이라면 얘기 좀 하고 싶어요."

로미오는 계단에서 내려와 유모에게 다가갔다. 계단에 앉아 있는 젊은 사내들은 '뚜쟁이다! 뚜쟁이!'라고 말하며 로미오와 유모가 대화를 하는 내내 짓궂게 굴었다. 유모는 로미오를 한쪽 귀퉁이로 데리고 가서 그에게 귓속말로 말했다.

"아가씨가 혼자만 알고 있으라면서 도련님을 찾으라 해서 왔습니다. 하지만 우리 아가씨를 꼬여서 헛된 천국을 보여주시려 한다면, 사람들 말처럼 그건 아주 못된 짓이랍니다. 남의 아가씨를 유혹해 이상한 일을 하려는 건 사내가 할 짓이 아니구요."

"유모는 그런 말 마시오. 아가씨께 오늘 저녁 성당으로 오시라 전하시오. 로렌스 신부님 승관에서 고해한 뒤에 결혼식을 올릴 예정이오."

로미오는 용건만 말한 뒤 수고비라며 유모에게 은전을 주었다.

"이건 유모의 수고비요."

"별말씀을요. 안 받아요, 한 푼도."

"무슨 말씀을. 받아요."

유모는 로미오의 은전을 재빨리 주머니에 넣었다. 유모는 갑자기 활기찬 어투로 줄리엣에 대해 말했다.

"아가씨는 정말 사랑스러운 분이랍니다. 어린 아이가 재잘거리던 시절엔, 아 참. 아가씨께 푹 빠진 파리스라는 분이 계시죠. 전 그분이 근사하다 말했다가 아가씨께 핀잔만 들었죠."

로미오는 두서없이 수다스럽게 떠들어대는 유모의 말을 끊고 말했다.

"아가씨께 안부 잘 전해 줘요!"

"천 번이라도요! 피터!"

유모와 피터는 다시 캐풀렛 가로 돌아갔다.

줄리엣은 캐풀렛의 정원에서 유모가 오기를 눈 빠지게 기다리고 있었다. 유모는 분명 반시간 안에 돌아올 거라고 약속했는데, 지금이 몇시람? 줄리엣은 유모의 어수선하고 느린 발걸음을 탓하며, 얼른 유모가 로미오의 소식을 가지고 돌아오길 눈이 빠지게 기다렸다. 줄리엣은 조바심이 나서 캐풀렛의 정원을 빙빙 돌아다녔다. 그때 멀리서 느릿느릿 걸어오는 유모가 보였다.

"유모! 왜 그렇게 늦게 와? 슬픈 소식이라도 기쁘게 말해줘요. 하인은 저리 내보내."

"피터, 대문에서 기다려. 오, 녹초가 됐어요. 아가씨, 우선 숨 좀 돌리구요. 뼈가 쑤셔요."

유모와 줄리엣이 줄리엣의 방으로 들어갔다. 유모는 아직도 숨이 찬지 연신 손부채질을 했다. 줄리엣은 다시 조심스럽게 유모에게 물었다.

"사랑스런 유모, 내 사랑이 뭐라 해요?"

줄리엣은 한껏 애정을 담아 유모를 껴안으며 말했다. 유모는 호탕하게 웃으며 줄리엣에게 말했다.

"예의 바르고 친절하고 미남에 남자답고 건장하신 그분께서는…… 근데 마님은 어디 계시죠?"

유모는 갑자기 말을 바꿔 줄리엣에게 물었다.

"마님이 어디 계시냐니? 집에 계시지, 어디 계셔? 장황하게 늘어놓다가 갑자기 어머니는 왜 찾아요, 유모?"

"아가씨 그리도 몸이 달아요? 이게 보답하시는 거예요? 다음부터는 심부름을 하지 않겠어요!"

"로미오님이 뭐라셨어, 유모?"

유모는 방문을 잠그고 줄리엣에게 다가왔다.

줄리엣과 유모_ 로미오를 만나고 오는 유모를 만나는 줄리엣. **헨리 페로넷 브릭스의 작품.**

"오늘 고해성사 가는 건 허락받으셨어요?"

"받았어."

"그럼 지금 당장 로렌스 신부님 암자로 가 보세요. 남편 되실 분이 기다리시니."

줄리엣은 유모를 껴안으며 그녀의 볼에 뽀뽀를 하고, 서둘러 방을 나갔다.

─────────·················

"하느님! 예식을 축복해 주시고, 후일 슬픔으로 책망치 마소서."

로렌스 신부가 암자의 십자가 앞에서 기도했다. 뒤에서 로미오가 나와 로렌스 신부와 같은 자세로 '아멘'이라고 답했다.

"이 순간의 기쁨을 대신하는 슬픔은 이 세상엔 없으리라."

로미오의 말이 끝나기 전에 로렌스 신부는 로미오의 손을 잡고 말했다.

"그 같은 기쁨은 또한 그에 상응하는 슬픔을 부르기 마련. 적당히 사랑해라, 긴 사랑은 적당히 오래 가는 법이다. 너무 빨리 도착해도 너무 늦은 지각이야. 아가씨가 왔구나."

암자의 문을 열고 줄리엣이 로미오에게 달려왔다. 몇 년 만에 다시 본 연인처럼 둘은 격렬하게 포옹하며 키스했다. 로렌스 신부는 더는 둘을 못 붙어 있게 잽싸게 둘을 떨어뜨렸다. 줄리엣이 로렌스 신부의 손등에 가벼운 키스를 하고 인사를 했다.

"신성한 성당에서 둘만 둘 순 없어요. 두 사람을 하나로 축복해 주기 전에는. 자, 빨리 가서 일을 끝내자."

로렌스 신부는 기독교의 예법에 따라 줄리엣과 로미오를 그날 부부의 연을 맺게 해주었다. 아름답고 포근한 밤이었다.

———————— ················

"머큐쇼, 부탁인데 제발 좀 물러나자. 날은 덥고 캐풀렛 사람들이 많이 돌아다녀. 이렇게 더운 날엔 안 그러던 사람도 미친 피가 끓는다니까. 조금만 상대를 건드려도 곧 싸우게 될 거야, 저들이랑."

벤볼리오가 머큐쇼에게 말했다. 머큐쇼는 물에 적신 손수건을 머리에 두른 채 거리를 돌아다니고 있었다.

"허튼 소리! 자넨 마치 술집에 들어가서 칼을 테이블에 얹어 놓고서 '네가 필요할 일이 없길 바란다'라고 말하는 부랑아나 다름없어!"

"내가 그런 사람같단 말이야?"

"자네 같은 사람 둘만 있으면 당장 맞붙어 서로 죽이려 들 걸세!"

로미오와 줄리엣의 결혼 서약_ 로미오와 줄리엣이 로렌스 신부를 주례 및 증인으로 삼아 결혼 서약을 하는 장면이다. **프란치스코 하예즈의 작품.**

벤볼리오는 머큐쇼의 말에 적절한 대꾸를 하려 했지만, 머큐쇼는 자꾸 '허튼 소리, 허튼 소리'라고 외치며 벤볼리오의 입을 자신의 손수건으로 막았다.

"자넨, 볕을 쬐고 자다가 개를 끌고 지나가던 사람이 기침을 해서 자신을 깨웠다고 싸움을 건 적도 있지 않은가? 그러면서 나더러 싸우지 말라니! 원!"

"머큐쇼! 캐풀렛 녀석들이 오고 있어!"

"제길, 올 테면 오라지!"

멀리서 티볼트와 캐풀렛 가의 사내들이 오고 있었다. 그들도 벤볼리오와 머큐쇼를 발견하고 그곳으로 다가왔다.

"안녕들 하시오!"

티볼트가 말했다.

"안녕하시오!"

머큐쇼가 답했다.

"누구든 말 한마디 합시다."

"한마디 더 붙이시죠. 한마디에 싸움 한판이라고."

"소원대로 해드리죠. 기회만 주신다면."

티볼트가 허리춤에 차고 있는 혁대를 만지작거리며 머큐쇼에게 다가왔다.

"그쪽에서 기회를 만들 수는 없소이까?"

머큐쇼가 다가온 티볼트에게 시비를 걸었다. 티볼트가 헛웃음을 지었다.

"여긴 길거리니 조용한 곳으로 가서 따져 봅시다. 아니면 보는 눈도 많으니 이대로 헤어지던가."

"사람 눈은 보라고 있는 건데 볼테면 보라지! 난 여기서 한 발작도 움직이지 않을 거야!"

멀리서 로미오가 오고 있었다. 티볼트는 머큐쇼의 말을 무시하고 로미오에게 다가갔다.

"머큐쇼!"

로미오가 머큐쇼를 부르며 근처로 다가왔다. 티볼트와 캐풀렛의 사내들이 머큐쇼에게로 가는 로미오의 앞을 막아섰다.

"로미오, 네 이름보다는 악당이라 부르는 게 내 최선의 존중이다."

"티볼트, 내겐 자네를 아껴야 할 이유가 생겼네, 그러니 그리 화를 내더라도 난 개의치 않겠네. 잘 가게! 자넨 날 잘 몰라."

로미오는 티볼트를 지나쳐 머큐쇼에게로 갔다. 머큐쇼가 박수를 치며 웃었다.

"이봐, 로미오, 지금 자네가 내게 준 모욕은 용서 못하니 돌아서서 칼을 뽑아라!"

로미오는 가던 길을 멈추고 다시 티볼트에게로 돌아섰다.

"난 자네를 모욕한 적이 없네. 오히려 자네를 아낀다네. 내가 자네를 아끼는 이유는 차차 알게 될 테지만 이제 캐풀렛의 이름도 내 이름처럼 소중히 생각할 일이 생겼네. 그러니 진정하게."

로미오는 양 손으로 티볼트의 손을 잡고 흔들었다. 그러고는 머큐쇼에게로 갔다. 티볼트는 로미오가 잡았던 손을 코에 대고 역한 냄새를 맡은

티볼트 캐풀렛_ 줄리엣의 친척으로, 상당히 다혈질적인 성격의 청년. 젊은 세대지만 몬터규 가문에 대한 적대감은 캐풀렛 가문의 가주보다도 훨씬 더 심해 이 적대감으로 결국 일을 치르게 된다. **제임스 윌리엄 월락의 작품**.

표정을 지었다. 티볼트와 캐풀렛의 사내들은 로미오에게 보란듯이 일제히 수돗가로 갔다. 티볼트는 마치 더러운 것을 만진 양 손을 흐르는 물에 여러 번 닦았다. 머큐쇼는 캐풀렛 젊은이들의 모욕적인 언행을 보자 그자리에서 칼을 빼들고 티볼트에게 달려갔다.

"쥐나 잡는 티볼트! 고양이 왕이시여, 그대의 아홉 개 목숨 중에 하나를 뺏을 수 있고 여덟 개 마저도 빼앗을 수 있다. 칼을 뽑지 않을 테냐? 빨리 안 빼면 네 두 귀가 먼저 달아날 줄 알아라."

머큐쇼는 티볼트의 목에 칼날을 들이밀었다. 티볼트는 머큐쇼가 들이민 칼을 옆으로 밀어내며 말했다.

"상대해 드리죠."

머큐쇼는 낄낄거리며 웃었다.

"머큐쇼, 칼을 집어넣게!"

로미오가 머큐쇼의 손을 잡고 다급하게 말렸다. 머큐쇼는 로미오를 밀쳐내고는 즉시 티볼트와 결투를 시작했다. 로미오는 계속해서 두 사람의 싸움을 말리려 했지만 소용없었다. 티볼트와 머큐쇼는 한치도 물러서지 않고 서로의 칼 끝을 겨누며 계속 결투를 진행했다.

"군주님께서 베로나 거리에서의 싸움을 금지시키셨네! 티볼트, 그만하게!"

로미오가 머큐쇼와 티볼트의 싸움에 끼어들었다. 그때 티볼트가 로미오의 팔 밑으로 머큐쇼의 심장을 찔렀다. 머큐쇼가 비틀거리며 뒷걸음질쳤다. 칼끝에 묻은 피를 보자 티볼트도 당황해하며 뒷걸음질을 쳤다. 티볼트와 캐풀렛의 사내들이 거리 한쪽으로 사라졌다.

"긁힌 것 뿐이라네! 내 시동은 어딨나? 이봐, 의사를 불러와."

머큐쇼를 둘러싼 사내들은 머큐쇼의 과장된 몸짓에 그의 행동이 이번에도 연극일 거라고 생각했다. 로미오 역시 그의 허풍스런 행동을 보고 웃음을 지었다. 그러나 잠시 후 머큐쇼의 얼굴이 점점 하얘지기 시작했다. 로미오에게 부축을 받은 머큐쇼가 비난하는 투로 로미오에게 말했다.

"왜 끼어든 거야. 난 자네 팔 밑에서 찔렸어."

"난 그저 잘해보려고……."

머큐쇼는 고개를 가로저으며 로미오를 뿌리쳤다. 힘이 빠진 다리가 접혔다. 머큐쇼는 영혼이 빠져나가는 것 같은 기분으로 베로나의 계단 앞에 서 있었다. 머큐쇼의 눈에서 로미오와 다른 사내들의 얼굴이 점점 흐릿해져가고 있었다. 머리는 핑핑 돌았고, 눈앞은 어지러웠다. 몸이 갑자기 뜨겁다가 차갑다가 했다. 무언가 잘못 되어가고 있었다. 눈알이 튀어나올 것 같았다. 가슴에 댄 손을 떼어 보았다. 피가 흥건하게 젖어 있었다.

순간 머큐쇼는 자기가 희생양이 됐다고 생각했다. 머큐쇼는 몬터규도 캐풀렛도 아니었다. 군주의 친척이고, 로미오의 친구였을 뿐인데, 운 나

머큐쇼의 죽음_ 티볼트와의 싸움에서 로미오의 친구인 머큐쇼가 죽음을 당하는 장면이다. **프랭크 버나드 딕시의 작품.**

쁘게 상황에 말려든 것이었다. 갑자기 모든 게 원망스러웠다. 개 같은 녀석들. 누구를 원망해야 할 지 모르겠으니, 지금 그에게 떠오르는 것은 이 베로나의 거리를 낮이고 밤이고 더럽혔던 몬터규와 캐퓰렛뿐이었다. 머큐쇼는 온 힘을 다해 비틀거리며 항상 그들이 앉아 낄낄거리던 계단의 정상으로 올라갔다. 머리카락을 만졌지만 감각이 없었다.

아래쪽의 사내들을 바라보며 머큐쇼가 외쳤다. 광기의 목소리였다.

"두 집 놈들 염병에나 걸려라! 자네 두 집안의 싸움이 나를 구더기 밥으로 만들었어!"

그 말을 마지막으로 머큐쇼는 계단 밑으로 굴러 떨어졌다. 그때까지도 머큐쇼의 장난으로 생각하던 사내들은 '머큐쇼, 머큐쇼'를 외치며 낄낄거렸다. 그러나 잠시 후 미동도 않는 머큐쇼를 보고 사내들의 소음이 멈췄다. 머큐쇼가 죽은 것이었다.

"오늘의 어두운 불행은 더욱 더 악화되리라! 이제 겨우 시작된 이 비극은 결말을 내야만 한다. 티볼트는 의기양양해서 돌아갔는데, 머큐쇼는 하늘로 돌아갔구나! 불같이 타는 분노여! 나를 인도하라! 티볼트!"

로미오는 말리는 사내들을 뿌리치고 티볼트를 향해 달려갔다. 사나운 기세로 달려오는 로미오를 보고 티볼트도 가던 길을 멈췄다. 로미오는 티볼트에게 다가가며 악의에 찬 절규를 퍼부었다.

"티볼트, 네게 악당이란 말을 되돌려 주마. 머큐쇼의 혼백은 아직도 우리 머리 위를 빙빙 돌고 있다. 그 혼백의 동반자로 너나 나! 아니면 둘 다를 원한다!"

로미오는 칼을 빼들고 티볼트에게 달려들었다. 티볼트는 로미오의 칼을 재빨리 피하고, 허리춤에 차고 있던 칼을 뺐다.

분노에 찬 로미오의 칼날이 거칠게 티볼트를 몰아세웠다. 티볼트는 로미오의 분노의 칼날을 능숙하게 받아냈다. 로미오와 티볼트를 따라 온 사내들은 비장한 마음으로 그들의 결투의 관객이 되어 서로를 응원했다. 몇 십 명의 사내들의 움직임으로 주위의 모래 바람이 그들의 모습을 가렸다. 칼싸움에 더 능숙한 티볼트는 순식간에 로미오를 구석으로 몰아부쳤다. 그러나 티볼트가 회심의 일격을 가하려는 순간 로미오는 티볼트의 칼날을 젖히고 복부 깊숙이 칼을 꽂았다. 하루만에 머큐쇼에 이어 베로나의 거리에서 두 명의 젊은이가 죽은 것이었다.

"오, 로미오! 도망쳐, 달아나! 시민들이 다 봤어! 티볼트는 살해됐고, 붙잡히면 넌 사형이야! 여기서 도망쳐, 로미오!"

벤볼리오가 횡급히 로미오에게 소리쳤다. 두 가문의 원한을 종식시킬 줄 알았던 로미오는 하루 만에 두 가문의 적대를 가장 비극적으로 몰고 간 장본인이 되고 말았다. 로미오는 실성한 듯 어딘가로 달아났다.

티볼트를 죽이는 로미오

군주와 캐풀렛 부인이 사고 현장에 왔을 땐 머큐쇼와 티볼트의 시체가
거리에 그대로 누워 있었다. 캐풀렛 부인은 분노하며 티볼트 살해의 대
가로 로미오를 사형시켜야 한다고 주장했지만, 군주 또한 친척인 머큐
쇼의 죽음에 형언할 수 없는 충격에 휩싸인 상태였다. 벤볼리오가 사건
정황을 설명했고, 뒤늦게 현장으로 찾아온 몬터규가 '로미오는 머큐쇼의
죽음에 정당한 분노를 행사한 것'이라며 자신의 외동아들의 정당성을 주
장했다. 군주는 슬픔 속에서 판결을 내렸다.

"지금 이 시간 부로 로미오를 베로나에서 추방한다. 이 순간부터 그가
베로나의 거리에서 발각되면 사형에 처해질 것이다."

군주의 엄숙한 선언 앞에서 두 가문의 모든 사람들은 이의를 제기하
지 못했다.

로미오는 황급히 로렌스 신부의 암자에 숨어들어 웅크린 채 울고 있었다. 벌써 베로나의 거리에서 추방되었다는 소식이 로렌스 신부에게 전해진 뒤였다. 당장 줄리엣을 보지도 못하고 이 거리에서 쫓겨날 수도 있다는 두려움이 로미오를 두렵게 했다. 로렌스 신부의 암자에서 하염없이 눈물을 흘리는 로미오 앞에 누군가가 암자의 문을 두드렸다. 줄리엣의 유모였다.

"신부님, 우리 로미오 도련님은 어디 있나요?"

"저기 암자 바닥에서 울고 있소."

유모는 로렌스 신부에게 줄리엣 아가씨도 똑같이 울고 있다고 했다. 로미오는 유모를 발견하고 울먹이며 물었다.

"유모, 줄리엣은 어때요? 날 무서운 살인자라 생각진 않소?"

"울기만 하세요. 티볼트님을 부르다 로미오님을 부르다……"

순간 로미오는 로렌스 신부의 암자 한 켠에 꽂혀 있는 칼을 뽑아 자신의 가슴을 찌르려 했다. 로렌스 신부가 로미오의 난동을 겨우 막았다.

"실망했다. 그러고도 네가 대장부란 말이냐? 미쳐 날뛰는 꼴이 물불 못가리는 짐승과도 같구나. 네가 티볼트를 죽였잖아? 너는 죽어도 좋지만 널 의지하는 줄리엣마저 죽일 셈이냐? 일어나라!"

로렌스 신부는 자살하려는 로미오를 떼밀어 그를 암자의 기둥으로 고꾸라뜨렸다.

"너의 줄리엣이 살아 있으니 행복하고, 티볼트가 널 죽이려 했지만 오히려 네가 그를 죽였고, 분명 너는 사형을 당해야 할 텐데 법이 네 편이 되어 추방으로 끝났다. 그런데 넌 대체 뭘 더 바라는 것이냐! 행복이 너의 머리 위로 쏟아지고 있으니, 그만 하고 가서 줄리엣을 위로해 줘라. 허나 군사들이 닥치기 전에 떠나라. 아니면 만투아로 못 갈테니! 네가 만투아

줄리엣을 만나는 로미오_ 베로나에서 추방당한 로미오가 줄리엣을 만나는 장면이다. **프레데릭 레이턴의 작품**.

에 나가 있는 동안 두 사람의 결혼을 공표해서 영주님의 허락을 얻은 뒤 지금 이별의 2백만 배에 이르는 기쁨을 가지고 널 불러들이도록 하겠다."

로렌스 신부의 말에도 로미오는 계속해서 울며 암자의 한쪽 구석에 웅크리고 있었다.

"유모는 빨리 가서 집안 식솔들을 전부 재우시오. 깊은 슬픔 뒤에는 깊은 잠이 몰려올 테니. 사람들이 깊이 잠들 때쯤 로미오가 그곳으로 갈 것이오."

유모가 나간 뒤 웅크리고 있던 로미오가 일어났다. 로렌스 신부는 지쳐 앉아 있었다. 로미오가 그의 손등에 키스를 하자, 로렌스 신부는 엷은 미소로 그에게 어서 가보라고 권했다. 로미오는 로렌스 신부에게 감사의 인사를 한 후 암자를 나가 줄리엣에게로 향했다.

─────────⋯⋯⋯⋯⋯

캐풀렛의 연회 날, 로미오는 나무 뒤에 숨어 창문으로 다가온 줄리엣을 훔쳐보았던 그 정원을 통과해서 줄리엣의 방으로 몰래 들어갔다. 한밤중이었고, 집안 사람들은 모두 슬픔에 잠긴 채 긴 잠에 빠져 있었다. 줄리엣

로미오와 줄리엣_ 마지막 사랑을 나누는 로미오와 줄리엣을 묘사한 그림이다. **외젠 들라크루아의 작품.**

은 창문으로 들어오는 로미오를 보고는 울면서 그를 껴안았다. 슬픔이 그들의 만남을 더욱 극적으로 만들어주었다. 남은 시간이 얼마 없다는 사실이 그들의 몸을 안타까움으로 더욱 뜨겁게 만들어주었다.

서로의 몸을 껴안은 로미오와 줄리엣은 단 한 순간도 떨어지지 않고 그 날 밤 계속 붙어 있었다. 하얀 시트의 침대 위에서 어린 연인은 자연스럽게 한 겹, 두 겹 옷을 벗었다. 아마 달빛색과 대조되어 줄리엣의 몸은 더 하얗게 보였지만, 군데군데 옅은 열네 살 소녀의 풋풋한 아련함이 어린 연인들을 더욱 처연하게 빛내주었다. 풋내 나는 어린 연인들의 기나긴 포옹은 긴 밤의 시간을 앞당기듯 단숨에 흘러갔다. 어쩌면 이 시간 이후 오랫 동안 못 볼 수도 있다는 두려움 속에서 어린 연인은 조급하게 서로의 몸속으로 들어가 사랑을 나눴다. 부드럽고 달콤한 밤의 노래는 종달새의 울음과 함께 끝났지만, 그들은 아침이 된 줄도 모르고 서로를 껴안고 침대 위에서 영원할 것만 같은 밤을 함께 보내고 있었다.

캐풀렛 부인이 줄리엣에게 오고 있다는 유모의 다급한 전갈에 로미오는 황급히 옷을 챙겨 입었다. 창문 밖으로 급히 몸을 숨기는 로미오에게 줄리엣은 안타까운 심정으로 "곧 만나겠지요?"라고 물었고, 로미오는 줄리엣에게 작별의 긴 입맞춤을 하며 "곧 만날 거예요. 안녕 줄리엣"이라고 말한 뒤 창문 밖으로 뛰어내렸다. 로미오가 빠져나간 창문을 보며, 줄리엣은 긴 여운 속에서 로미오가 방금 키스한 본인의 입술을 손가락으로 매만지며 서러움에 눈물을 흘렸다.

줄리엣이 침대에 앉아 로미오를 생각하며 계속 울고 있을 때, 캐풀렛 부인이 방으로 들어왔다. 캐풀렛 부인은 딸이 사촌인 티볼트를 잃은 슬픔으로 밤새 울고 있는 것이라 생각했다.

"줄리엣, 기쁜 소식이 있단다. 네가 아비를 잘 둔 덕이지. 너의 슬픔을 빨리 잊게 해주려고 아버지가 기쁜 날을 정하셨단다. 다가오는 목요일 아침에 남자답고 고상한 파리스 백작이 성 베드로 성당에서 널 행복한 신부로 맞이할 거란다."

"로렌스 신부님이 계신 그 성당에서요?"

줄리엣은 너무나 놀라 울음마저 뚝 멈추고 침대 위에서 순간적으로 뒷걸음질을 쳤다. 줄리엣은 세상을 다 잃은 듯한 절규하는 목소리로 "싫어요, 싫어요!"를 연발했다. 그 소리를 듣고 줄리엣의 아버지가 문고리가 떨어져나가듯 줄리엣의 방문을 세차게 열고 들어왔다.

"넌 우리에게 감사해하지도 않는단 말이냐? 자랑스럽지도 않아? 배은망덕한 것 같으니. 그렇게 훌륭한 신랑감이 싫다고? 바보 같은 것! 은혜도 모르는 것! 결혼하지 않으려면 당장 나가거라!"

줄리엣은 아버지의 폭언에 베개를 부여잡고 계속해서 울었다.

"당신 미쳤어요?"

캐풀렛 부인이 소리쳤다.

"아버님! 이렇게 빕니다!"

줄리엣은 아버지에게 다가가 애원했지만, 캐풀렛은 "닥쳐라, 이 못된 것!" 하며 사랑하던 딸을 매정하게 뿌리쳤다. 줄리엣을 때리려는 캐풀렛 앞을 유모가 막아서며 말했다.

"이러지 마세요, 주인님!"

"유모가 뭘 안다고 그래! 딸애는 내 방식대로 할 거요!"

"흥분하지 마세요."

캐풀렛 부인이 남편을 진정시키며 말했다.

"맙소사! 이게 도대체 어찌 된 일이냐. 목요일이 다가온다. 목요일에 나는 너를 백작께 보내겠다. 아니면 목 매거나 거지가 되어 거리에서 죽든지 맘대로 해라! 그리 되면 내 유산은 한 푼도 못 받을 거야!"

"아버지!"

줄리엣은 아버지에 대한 서운한 마음을 감추지 않았고, 캐풀렛은 방문을 박차고 나갔다. 줄리엣은 그저 망연자실한 채 하염없이 눈물만 흘렸다. 캐풀렛 부인 역시 캐풀렛을 따라 방 밖으로 나가려는 순간, 줄리엣이 어머니의 손을 잡고 사정을 했다.

"사랑하는 어머니, 절 버리지 마세요! 한 달, 아니 일주일만 결혼식을 연기시켜 주세요!"

"지금은 아무 말도 하지 말렴. 난 한마디도 안할 테니. 네 마음대로 하거라!"

줄리엣은 자신을 방바닥에 내팽개치고 멀어져가는 부모를 바라보았다. 줄리엣은 유모의 품에 안겨 울며 말했다.

"왜 아무 말도 않는 거예요, 유모?"

"제 말을 믿으세요. 로미오는 추방되셨고, 다시 돌아와 아가씨를 구해줄 수 없어요."

유모는 울고 있는 줄리엣의 머리를 안쓰럽게 쓰다듬으며 말했다. 숨을 한 번 고른 후 유모는 다시 말을 이었다.

"이렇게 된 이상 백작님과 결혼하시는 것이 최선이에요."

줄리엣은 차가운 말로 자신을 달래는 유모를 낯선 얼굴로 쳐다보았다. 울며불며 운명에 저항하던 줄리엣은 문득 깨달았다. 유모까지 그런 말을 할 정도면 이 집안에서 자신의 편은 아무도 없을 것 같았다. 울음을 그친 줄리엣은 유모를 노려보았다.

"백작님은 좋은 분이십니다. 그분에 비하면 로미오는 벌레만도 못하죠."

유모는 엉망이 된 줄리엣의 방을 치우며 다시금 냉정하게 쐐기를 박았다. 줄리엣은 그런 유모의 말이 사실인지 믿기지가 않았다.

"진심으로 하는 얘기예요?"

줄리엣의 물음에 유모는 아무 말 없이 이부자리를 정리했다. 집안에 본인과 로미오의 관계를 지지해주는 이가 단 한 사람도 없다는 것을 깨달앉을 때 줄리엣은 놀랍도록 빠르게 평정심을 되찾았다.

"유모, 어머니께 아버지의 노여움을 참회하러 로렌스 신부님께 간다고 전해줘."

"잘 생각하신 거예요."

유모는 다정한 마음으로 줄리엣을 껴안으려고 했지만, 줄리엣은 다가오는 유모를 매몰차게 뿌리치며 "가, 가!"라고 연거푸 소리쳤다. 유모는 직감적으로 줄리엣이 자신을 하인과 주인의 관계로 대한다고 느꼈다. 줄리엣에게서 물러나는 유모의 눈에는 서운한 빛이 서려 있었다. 줄리엣 역시 유모를 그렇게 보내고 싶진 않았지만 어쩔 수 없었다. 지금 줄리엣에겐 로미오를 악당으로 보는 캐퓰렛의 모든 사람들이 적으로 보였다. 사랑에 수반되는 고통이 이토록 아픈 것인지 줄리엣은 그때 처음으로 깨달았다.

———————·················

"백작님께선 아가씨의 마음이 어떤지 잘 모르겠다고 말하셨죠. 순서가 바뀌었군요. 저는 백작님이 줄리엣을 어떻게 생각하는지 잘 모르겠네요."

로렌스 신부가 파리스 백작에게 말했다. 파리스 백작은 로렌스 신부에게 줄리엣과의 결혼에 관한 조언을 듣고자 성당을 찾았다. 용무를 마치고 방금 암자 밖으로 나오는 중이었다.

멀리서 줄리엣이 로렌스 신부의 암자로 달려왔다. 파리스는 그녀를 보자 반갑게 말을 걸었다.

"기쁜 만남이군요, 내 사랑! 내 신부여! 성당에 고해하러 오셨나요?"

"당신의 아내가 된다면 그럴 지도 모르죠. 참 신부님 지금 시간 있으세요?"

줄리엣은 파리스의 말을 무시하고 로렌스 신부에게 말했다.

"있다마다요. 백작님, 잠시 자리를 비켜주시죠."

줄리엣과 로렌스 신부_ 로렌스 신부는 줄리엣을 위해 묘책을 강구한다. **토마스 프랜시스 딕시의 작품.**

"성사에 방해가 되면 안 되죠. 줄리엣, 목요일 아침 일찍 모시러 가겠소. 그럼 그때까지 잘 있으시오."

파리스는 줄리엣의 이마에 가볍게 키스를 한 후 암자 밖으로 나갔다. 줄리엣은 암자의 방으로 들어가서 로렌스 신부의 팔을 잡고 울었다.

"문을 닫고 같이 울어 주세요. 저에겐 희망도 저를 구해줄 도움도 아무것도 없어요."

엎드려 우는 줄리엣을 보고 로렌스 신부가 말했다.

"오, 아가씨. 나는 그대의 슬픔을 이미 알고 있소."

"궁지에서 빠져나갈 방법이 없을까요. 신부님. 신부님 지혜로 도움을 주시지 못한다면 전 죽고 싶어요."

로렌스 신부는 울고 있는 줄리엣의 손을 꼭 잡은 채 두 손을 모으고 기도를 했다. 한참동안 기도를 하고 있던 로렌스 신부가 눈을 번쩍 뜨고는 벽에 걸려 있던 바구니 안에서 약병 하나를 꺼내들며 말했다.

"상황이 절박한 만큼, 희망이 있기는 하오. 파리스 백작과 결혼하느니 자결하겠다는 결심만 있다면!"

"파리스 백작과 결혼하느니 성벽에서 뛰어 내리겠어요. 그것도 안 되면 새로 판 무덤에서 죽은 사람의 수의를 입고 그와 저를 숨으라고 하세요!"

"그만!"

절규하는 줄리엣의 말을 막은 로렌스 신부는 바구니에서 꺼낸 약병을 줄리엣의 손에 건네주었다.

"어서 돌아가시오. 집에 가서 파리스와의 결혼에 동의한다고 하세요. 그리고는 내일 밤엔 유모와 같이 자지 마시고 혼자 주무세요. 주무시기 전에 그 병에 든 약을 모두 드세요. 다 드시고 나면 바로 차디찬 졸음이 온몸의 혈관에 퍼질 겁니다. 맥박도 멈추고 가사상태가 올 겁니다. 산 사람의 증거인 온기도 숨결도 사라지고 마치 죽은 사람 같아 보이죠. 그런 상태가 42시간 지속됩니다. 그러고 나서 잠에서 깨어나듯 자연스럽게 소생하죠."

줄리엣은 침방울마저 삼키며 로렌스 신부의 말을 집중해서 들었다. 눈물은 이미 뚝 그쳐진 뒤였다. 로렌스 신부가 말을 이었다.

"그동안 전 로미오에게 암자로 오라고 전해서 그날 밤 로미오와 함께 그대가 깨어나는 것을 확인한 후 로미오와 그대를 만투아로 보내드리겠습니다."

"신부님, 전 두렵지 않아요."

"집에 가셔서 단단히 결심하고, 차질없이 실행하세요."

"신부님, 감사합니다. 안녕히 계세요!"

줄리엣은 로렌스 신부의 손등에 감사의 키스를 했고, 암자 밖으로 나갔다. 줄리엣이 사라지자 로렌스 신부는 로미오에게 알릴 서신을 전할 존 신부를 만나 사정을 설명하고 그를 만투아로 보냈다.

───────···············

집으로 돌아온 줄리엣은 아버지 캐퓰렛에게 무릎을 꿇고 용서를 구했다. 캐퓰렛은 크게 기뻐하며 줄리엣을 일으켜 앉혔다. 캐퓰렛 부인과 유모는 마치 자신의 일인 양 다행스러워 하며 그녀의 선택에 크게 기뻐했

깊은 잠에 빠진 줄리엣_ 절망에 빠진 줄리엣이 로렌스 신부가 준 약을 먹고 실신하자 그녀가 죽은 줄 알고 가족들이 깊은 슬픔에 빠지는 장면을 묘사한 그림이다. **프레데릭 레이튼의 작품.**

다. 그리고 그날 밤. 줄리엣은 유모와 모든 하인을 방 밖으로 보내고, 침대 위에서 로렌스 신부가 준 약병을 열었다. 순간적으로 두려움이 몰려왔지만 줄리엣은 정성스레 신에게 기도를 한 뒤 병 안에 있는 약을 전부 마셔버렸다. 약을 마시자마자 졸음이 쏟아졌다. 그대로 침대에 고꾸라진 채 줄리엣은 긴 잠에 빠졌다.

어둠이 채 가시기 전에 유모는 캐풀렛 가의 온 집안을 채울 만한 비명 소리로 집안의 식구들을 깨웠다.

"주인님! 주인님! 아가씨가 돌아가셨어요! 줄리엣 아가씨가!"

캐풀렛과 캐풀렛 부인이 줄리엣의 방으로 들어왔을 땐, 차갑게 식은 줄리엣의 몸이 침대에 축 늘어진 모습으로 놓여 있었다. 너무 갑작스러운 막내딸의 죽음에 캐풀렛은 도무지 믿기지 않는다는 표정으로 망연히 그녀가 누워 있는 침대만 쳐다보았다. 오직 유모만이 온 집안에 울려퍼지도록 펑펑 눈물을 흘렸고, 캐풀렛 부인은 충격으로 쓰러졌다. 온 집안의 식구들은 티볼트를 잃은 지 며칠 안 되어 또 다른 비극을 맞게 된 상황을 충격적으로 받아들였다. 잠시 후 눈물이 메마르도록 캐풀렛의 온 집안에 통곡의 소리가 들렸다. 서러운 그들의 울음소리 앞에서 아침을 알리는 종달새의 지저귐은 원래 없던 것처럼 들리지 않았다.

━━━━━ ·················

 "주인님!"

로미오의 하인 발사자가 황급히 달려왔다. 줄리엣과의 달콤한 밤을 보내고 만투아로 도망온 지 하루가 지난 뒤였다. 창가에 앉아 침울한 표정으로 만투아의 거리를 바라보고 있을 때, 발사자의 목소리가 들렸다. 발사자는 로미오가 줄리엣의 상태를 알아보라 베로나로 보낸 그의 하인이었다. 로미오가 발사자에게 물었다.

 "오, 발사자! 줄리엣은 무사하겠지?"

발사자는 멍한 표정으로 로미오에게 아무 말도 못하고 있었다. 로미오는 발사자의 어깨를 부여잡고 다시 줄리엣의 안부를 물었다. 순간 발사자의 눈에서 눈물이 흘러내렸다.

 "아씨가 돌아가셨습니다, 주인님."

발사자가 울면서 로미오에게 말했다. 시체는 캐풀렛 가문 가족묘에 있고, 아가씨의 시체가 관 속에 안치되는 걸 보았다고 발사자는 말했다. 로미오는 발사자가 무슨 말을 하는지 잠깐 이해가 되지 않았다. 어제까지만 해도 그토록 생생하던 줄리엣의 생기가 다음날 바로 멎어버렸다니, 이런 일이 있을 수 있을까. 로미오는 도무지 이해가 되질 않았다. 잠깐 눈을 감은 로미오의 마음속에서 갑자기 분노가 치밀어올랐다.

 "운명이여! 난 너를 믿지 않으련다!"

로미오는 만투아의 도피처에서 나와 줄리엣이 안치되어 있다는 베로나의 캐풀렛 가문 납골당으로 달려갔다. 발사자도 그 뒤를 따랐다. 그러나 캐풀렛 가문의 가족묘 앞에 도착했을 때, 로미오는 발사자에게 본인이 가진 금과 보석 등의 가치 있는 물건들을 모두 준 뒤 혼자 안으로 들어갔다.

"잘 가고, 잘 살아라, 발사자. 착한 사람."

───────···············

한편 로렌스 신부는 줄리엣의 장례를 마치고, 약효가 끝나는 42시간을 기다리고 있었다. 그때 문을 두드리는 소리가 들렸다. 만투아로 보냈던 존 신부의 목소리였다.

"신부님 계십니까?!"

"오, 어서 오게. 안 그래도 궁금하던 차인데, 로미오가 뭐라던가? 만약 뜻을 적었으면 편지를 이리 주게."

"송구스럽게도 전하지 못했습니다. 가는 길에 도시 검역관들에게 잡혔고, 저를 역병이 창궐했던 지역에서 온 것으로 착각한 그들이 저를 가둬 놓고 못 나가게 했습니다."

줄리엣에게 잠자는 약을 건네는 로렌스 신부_ 로렌스 신부는 로미오가 추방된 후에 줄리엣을 잠시 죽은 것처럼 위장시킨 후 로미오가 몰래 돌아와 그녀와 함께 만투아로 가서 잘 살게 할 수 있도록 계획까지 짜두고 이를 실행시키려 했다. 허나 계획이 담긴 편지의 전령 역을 맡은 존 수사의 발이 만투아의 로미오에게 제대로 닿기 전에 묶인 것부터 시작해 일이 사정없이 꼬여버리고 만다. **윌리엄 제임스 그랜트의 작품.**

"오, 불운한 일이다! 빨리 줄리엣이 자고 있는 가족묘로 가봐야겠다. 더 큰 불행이 일어날까 두렵구나! 세 시간만 지나면 줄리엣은 깨어날 텐데. 신이시여, 제발 로미오가 그녀의 장례 소식을 못 들었기를 바라옵니다."

로렌스 신부는 급히 줄리엣이 있는 가족묘로 향했다.

━━━━━━ ··················

한편 줄리엣이 잠들어 있는 가족묘에는 예비 신부의 죽음을 슬퍼하는 또 다른 사내인 파리스가 있었다. 그는 깊은 슬픔에 잠겨 있었다. 가족묘의 문이 열리는 소리가 들렸다. 파리스는 몸을 숨기고 누가 오나 지켜보았다. 몬터규의 로미오였다. 줄리엣의 관을 발견한 로미오는 그녀의 관으로 다가갔다. 로미오가 줄리엣의 관을 열려고 하자, 분노에 찬 파리스가 그 앞에 나타났다.

"야비한 몬터규야, 불경한 작업을 멈춰라. 죽음 넘어서까지 복수를 추구해? 저주받은 악당아, 내 너를 체포한다. 복종하고 같이 가자, 넌 내 손에 죽어야 할 테니까."

그러나 로미오는 줄리엣의 관 앞에서 실성한 나머지 군주의 친척이자 죽은 친구 머큐쇼의 친척이었던 파리스를 알아보지 못했다.

"젊은이, 광기로 나를 몰아 또 하나의 죄업을 떠안지 않도록 해 주시오."

"그 따위 애원은 과감히 무시하고 내 너를 중범자로 현장에서 체포한다."

파리스는 로미오에게 달려들었지만, 파리스보다 더 큰 슬픔과 분노의 광기에 휩싸인 로미오를 감당할 수는 없었다. 몇 합 겨루지도 못하고 로미오에게 복부를 관통당한 파리스는 그 자리에서 초라하게 쓰러졌다. 또 한 명의 사망자를 발생시킨 후 로미오는 횃불을 밝혀 그의 얼굴을 확인했다. 파리스 백작이었던 것이다. 그러나 로미오에게 지금 그의 죽음은 작은 슬픔에 불과했다. 로미오는 관을 열고 줄리엣의 얼굴을 어루만졌다. 죽은 사람이라고 보기엔 어울리지 않는, 온기가 가시지 않은 아름다운 줄리엣의 모습이었다. 로미오는 주머니에 넣어 온 독약이 든 병을 꺼냈다.

로미오 : 사람들이 죽음을 맞는 순간 유쾌해지는 일이 더러는 있지! 간수들은 그것을 죽기 전의 섬광이라 부르지. 하지만 이를 어찌 섬광이라 부를 수 있는가! 오, 내사랑이여, 아내여, 꿀 같은 그대 목숨 빨아들인 죽음도 아름다운 이 자태만은 어찌하지 못했군요. 당신은 아무 것에도 정복되지 않았소. 입술과 뺨 위엔 아름다운 붉은 깃발이 아직도 그대로고 창백한 죽음의 군기는 거기까지 못왔소. 티볼트, 피 젖은 수의 입고 거기 왜 누웠나? 오, 네 젊음을

줄리엣의 시신을 확인하는 로미오_ 로미오는 줄리엣의 시신을 확인하고는 자신도 독약을 마셔 목숨을 끊는다. **프랭크 딕시의 작품.**

두 동강낸 이 손으로 너의 적인 나의 젊음 끊어 놓는 것보다 더 나은 호의를 어떻게 베풀지? 사촌은 고인이 되었지만 날 용서해주기 바래! 아, 사랑하는 줄리엣, 아직도 왜 이렇게 아름다운가? 실체 없는 죽음이 깡마르고 흉측한 그 괴물이 연정 품고 당신을 자신의 애인 삼기 위하여 여기 이 어둠 속에 가뒀다고 믿을까요? 그것이 두렵기에 난 여기 당신과 함께 남아 희미한 이 밤의 궁전을 절대로 떠나지 않을테요. 당신의 못난 시녀들과 난 여기, 언제까지든 머물 거요. 오, 이곳에 내 영원한 안식처를 삼을 것이고 저 별들의 멍에를 지치고 지친 이 몸에서 떨쳐 낼 것이오. 나의 눈이여, 마지막으로 보아라! 나의 팔이여, 마지막으로 포옹하라! 나의 입술이여, 오 너, 숨의 관문이여, 달콤한 키스로 다 삼키는 죽음과 영원한 계약 맺어라! 오라, 쓰디쓴 죽음이여, 불쾌한 안내자여! 그대, 절망한 선장이여, 바다에 지친 배를 파선의 바위 위로 지금 즉시 몰아가라! 내 님을 위하여! (마신다) 오, 신기한 약이다! 약효가 번개 같네. 난 이렇게 키스하며 죽는다. (죽는다)

──────── ············

로렌스 신부가 캐풀렛 가의 가족묘 앞에 왔을 때, 로미오의 하인 발사자는 그곳을 떠나지 못하고 남아 있었다. 로렌스 신부는 발사자에게 로미오가 들어간지 얼마나 됐는지 물었고, 그는 '반시간'이라고 말했다.

가족묘의 문을 열고 들어갔을 때, 그 안에는 피를 흘리고 널브러져 있는 파리스의 시신과 잠자는 줄리엣을 안고 있는 로미오의 시체가 있었다. 줄리엣의 배 위에는 로미오가 마신 독약 병이 떨어져 있었다.

비극의 한복판에서 줄리엣이 깨어났다. 로렌스 신부가 준 약효가 다 한 것이었다. 정말 모든 게 한 발 늦어버렸다. 거역 못할 커다란 힘 때문에 로렌스 신부의 계획이 한꺼번에 물거품으로 변하고 말았다. 줄리엣

캐플렛 가의 가족묘 내부_ 로렌스 신부가 납골당을 들어섰을 때는 이미 늦고 말았다. 로미오는 숨을 거두고 줄리엣은 깊은 잠에서 깨어난다. **윌리엄 제임스 그랜트의 작품.**

은 가족묘의 문을 열고 들어온 로렌스 신부를 쳐다보았고, 로렌스 신부가 로미오와 함께 왔을 것이라 생각했다. 그러나 예상과 달리 자신의 배 위에서 익숙한 살내음을 느끼고 줄리엣은 아래를 내려다보았다. 로미오였다. 줄리엣은 쓰러져 있는 로미오를 보는 순간 순식간에 상황이 이해되었다. 그녀의 배 위에는 로미오가 마신 독약 병이 있었다.

　로렌스 신부가 한발짝 늦게 줄리엣이 앉아 있는 무덤으로 달려갔고, 줄리엣은 로미오의 허리춤에 있던 혁대 안에서 단검을 빼 들었다.

　"오! 운명이여, 내 심장이 네 칼집이다. 짧은 순간에 날 죽게 해 다오."

줄리엣의 비통_ 로미오의 죽음을 확인한 줄리엣은 그를 따라 자결하여 함께 죽는다. **다이볼트의 작품.**

　　로렌스 신부가 줄리엣의 손을 막으려는 찰나 칼날은 한발 앞서 줄리엣의 심장을 관통하고 말았다. 어린 연인들은 그렇게 사랑의 희생양으로 아침 이슬처럼 찰나의 섬광이 되어 사라져 버렸다.

────────···············

　　베로나의 성문 앞. 군주와 몬터규, 캐풀렛의 가주들과 집안 사람들이 나와 있었다.

군주 : 절규하는 입들을 잠시 동안 봉해 놓고 모호한 점들을 말끔하게 들춰내어 사태의 근원과 진정한 사실을 알아내면 난 당신들 슬픔의 지휘관이 된 다

음 죽음까지 가 보겠소. 그때까진 꾹 참고 인내로 불운을 다스리려 하오. 의심스러운 자들을 모두 데려오라.

로렌스 신부 : 그 첫째가 저입니다. 능력은 없으나 이 무서운 살인의 때와 장소가 모두에게 불리하여 가장 크게 의심받는 사람입니다. 그래서 유죄이면서 무죄인 저 자신을 스스로 고발, 면죄하고자 이 자리에 섰습니다.

군주 : 신부는 이 상황에 관해 아는 바를 똑똑히 말하시오.

로렌스 신부 : 사실대로 고하지요, 저기 죽은 로미오는 줄리엣의 믿음직한 남편이며 저기 죽은 줄리엣은 로미오의 당당한 아내로 제가 결혼시켰고, 둘의 비밀 결혼 날은 티볼트의 제삿날이었어요. 그런데 그의 사망 때문에 신랑은 도시에서 추방됐고 새 신부는 그를 위해 애태웠답니다. 당신들은 그녀의 비탄을 풀기 위해 그녀를 파리스 백작과 강제 결혼시키려 했지요. 그녀는 제게 와서 슬픈 모습으로 파리스와의 결혼을 면해 줄 모종의 수단 강구를 요청했고, 자살 결심을 털어놓았죠. 그때 저는 그녀에게 (제 의술에 의거하여) 한 가지 묘약을 주었는데 그 약은 의도대로 효력을 발휘하여 그녀 몸에 죽음의 모습을 만들 수 있었습니다. 한편 저는 로미오에게 이 밤에 여기 와서 그녀의 약효가 끝나는 시간이 됐을 때 잠시 빌린 무덤에서 꺼내야 한다고 썼지요. 하지만 제 편지를 갈무리 한 존 신부가 우연한 사고로 지체됐고, 어제 저녁 그 편지를 다시 갖고 왔답니다. 그래서 저 혼자 그녀 가족 묘에서 꺼낸 다음 로미오에게 사람을 보낼 때까지 그녀를 제 암자에 은밀히 감춰 두려 했지요. 하지만 그녀가 깨어나기 얼마 전 제가 여기 왔을 땐, 고귀한 파리스와 진실한 로미오가 뜻하지 않게 죽어 있었습니다. 그녀는 깨어났고, 전 나오라 간청하며 하늘이 하는 일을 인내로 견디자고 하다가 소리가 나기에 겁을 먹고 나왔는데 그녀는 절망이 너무 커 안 가겠다 했었고 이 상황은 그녀가 자해한 것 같습니다. 이것이 지금까지 일어난 비극의 전모이며 결혼의 성사에 대해선 유모가 다 압니다.

이번 일에 본인의 잘못으로 이 비극적인 사건의 전말은 다 제 실수로 비롯된 것이니 이 늙은 목숨을 최고로 가혹한 법에 따라 바치고자 합니다.

군주 : 우리는 당신을 언제나 성자로 알고 있소. 로미오의 하인은 어딨느냐? 할 말이 있으면 하라.

발사자 : 로미오님께 줄리엣 아가씨의 죽음을 전했을 때 주인님은 서둘러 만투아를 떠나서 바로 이 무덤에 왔습니다. 이 편지를 아침 일찍 몬터규님께 전하라 하시고 가족묘에 들어가셨습니다.

군주 : 편지를 줘보거라, 내가 읽어 보겠다. 야경을 깨운 백작의 시종은 어딨느냐? 여봐라, 네 주인은 어찌하여 이곳으로 왔느냐?

시동 : 주인님은 줄리엣 아가씨 묘에 꽃 뿌리러 오셨는데 저보고는 물러서 있으라 해서 그렇게 따랐습니다. 곧 누군가가 들어와 무덤을 열려 했고 주인님은 그 소리를 듣자마자 칼을 뽑아들었습니다. 그때 저는 야경을 부르려고 달려갔습니다.

군주 : 이 편지로 보건대 신부의 말이 모두 맞다. 그들의 사랑의 여정과 안타까운 그녀의 죽은 소식 그리고 가족묘에 죽어서 줄리엣과 누우려 했던 기막힌 사연 등이 그대로 적혀 있다. 이 원흉들 어딨느냐? 캐풀렛! 몬터규! 하늘이 당신들의 기쁨을 사랑으로 죽였으니 당신들의 미움에 어떤 천벌을 내렸는지 보라. 나 또한 두 가문의 불화에 눈 감은 대가로 사랑하던 고귀한 친척을 잃었다. 모두가 벌 받아 마땅하다.

캐풀렛 : 오, 몬터규님, 이 헛된 재산 받으시오. 내 딸의 소유 재산은 이것이 전부이오, 더는 없습니다.

몬터규 : 하지만 난 더 주겠소. 그녀의 조상을 순금으로 건립하여 베로나의 이름이 영원할 때까지 변함없이 정절 지킨 줄리엣의 모습보다 더 높이 매겨주는 사람이 존재하지 않도록 할 것이오.

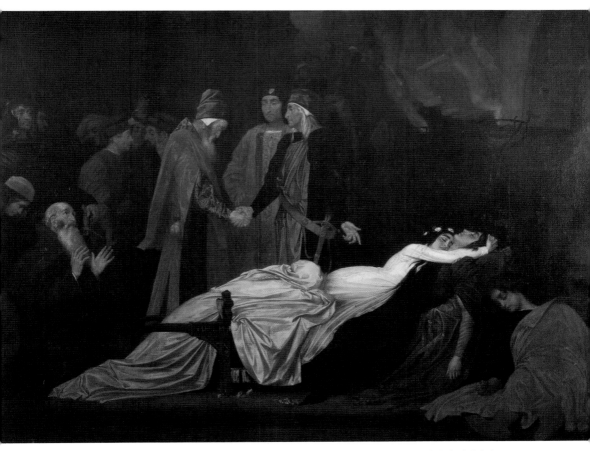

로미오와 줄리엣의 죽음_ 베로나의 영주는 이 사건의 전말을 로렌스 신부, 파리스의 하인, 발사자의 증언과 로미오가 아버지에게 남긴 편지를 통해 파악한다. 이후 몬터규 가문의 당주와 캐풀렛 가문의 당주를 불러 한숨을 쉬며 그대들의 오랜 불화를 하늘이 불쌍한 젊은이 둘을 희생시켜 끝냈다며 질타하고 나 역시 그대들을 말리지 않았기에 두 명의 친척을 잃었으며 우리들 모두 벌을 받은 것이라고 말한다. 두 당주는 순금으로 서로의 자식의 모습을 한 금상을 세우기로 하고 두 가문의 오랜 불화는 막을 내리게 된다. **프레데릭 레이튼의 작품.**

캐풀렛 : 같은 값의 로미오도 아내 곁에 설 것이오. 우리들 반목의 가련한 희

생자들 말이오!

군주 : 암울한 평화가 이 아침에 내렸으니 태양은 비탄으로 얼굴을 안 보인다.

여길 떠나 슬픈 일들을 더 얘기해 보라. 용서받고 벌 받는 자들이 있으리라.

줄리엣과 로미오 얘기보다 더 비통한 얘기는 절대 없었으니까.

몬터규와 캐퓰렛 가문이 생긴 이래로 베로나의 거리에 첫 평화가 찾아왔다. 어린 연인의 목숨으로 빚어진 우울한 평화였다. 한동안 로미오와 줄리엣의 슬픔이 온 거리를 감쌌고, 그럴수록 아름다웠던 두 연인의 얼굴은 사람들의 뇌리에 더 많이 각인되었다.

| 한눈에 명화로 보는 셰익스피어 |

베니스의 상인

"살은 주되 피를 흘려서는 안 되며,
피를 한 방울이라도 흘리면
샤일록은 재산을 몰수당하고 사형에 처해진다."

베니스의 상인

◆ 장소 및 등장인물

장소

베니스의 부두, 베니스 거리, 베니스의 법정

등장인물

안토니오 : 베니스의 상인. 바사니오의 절친
바사니오: 안토니오의 친구이자 포셔의 청혼자
포셔: 벨몬트의 부유한 집의 딸. 거대한 유산을 상속받은 절세미인
샤일록: 유대인 고리대금업자
제시카: 샤일록의 딸로, 아버지와는 대조적으로 상냥한 처녀
로렌조: 제시카의 애인이자 안토니오의 친구
그레시아노, 살레리오, 솔라리오: 안토니오의 친구들
네리사: 포셔의 하녀이자 심복
튜벌: 유대인 샤일록의 친구
론슬롯: 어릿광대
베니스의 공작, 모로코 왕, 아라곤 왕: 포셔의 청혼자들
레오나르도: 바사니오의 하인
벨서저: 하녀

베니스의 고관들, 법정의 관리들, 간수, 하인들, 시종들

베니스의 상인(346쪽 그림)_ 악독한 유대인에게 큰 빚을 진 16세기 한 베네치아 상인에 관해 쓴 희극으로 이탈리아의 옛날 이야기에서 취재한 것이다. 그림은 포셔가 자신의 신랑감을 간택하는 장면이다. **알렉상드르 카바넬의 작품.**

절친한 친구들인 살레리오와 솔라리오가 베니스의 부두에서 안토니오의 우울증에 관한 심정 토로를 듣는다. 안토니오의 우울증은 짐을 잔뜩 실은 화물선이 사고라도 나면 어쩌나 하는 불안감에서 온 것이었다. 안토니오의 답답한 심정을 들은 살레리오와 솔라리오는 배들은 바다의 수레처럼 잘 굴러서 바다 위를 질주하고 있을 테니 안심하라며 안토니오를 위로했다. 안토니오는 친구들의 염려에 그것 때문만은 아니니 자네들이 신경쓸 일이 아니라고 말했다.

"그렇게 크게 신경쓰지 않아도 되네. 다행히 나는 물건을 배 한 척에 다 모두 싣지도 않았고, 어느 한 곳과 거래하는 것도 아니네. 내 전 재산이 올 한 해의 사업에만 달려 있는 것도 아니니 엄밀히 말하면 우울증의 원인이 그것만은 아니야"라며 우울증의 원인이 다른 데 있음을 밝혔다.

잠시 후 또 다른 친구인 바사니오와 그레시아노가 나타나 오랜만에 안토니오와 해후했다. 그 자리에서 절친인 바사니오가 안토니오에게 긴히 할 말이 있다고 했다.

"안토니오, 자네도 알다시피 나는 분수에 안 맞게 사치스런 생활을 했기 때문에 가산을 탕진해 버렸네. 한마디로 너무 흥청망청하는 생활 덕에 끌어안게 된 빚이지. 그런데 이번에 자네의 우정을 믿고 내 계획과 생각을 모두 털어놓을 일이 생겼네. 내 빚을 청산할 수 있는 계획을 털어놓아도 괜찮겠나?"

안토니오는 안심하고 말해보라며 바사니오가 필요하다면 아낌없이 주겠다고 다짐했다.

그러자 바사니오는 자신이 사모하고 있는 벨몬트의 아름다운 여인인 포셔에 대한 고백을 털어놓았다.

"실은 벨몬트에 많은 유산을 상속받은 포셔라는 처녀가 있다네. 상당한

안토니오와 그의 친구들_ 안토니오는 절친인 바사니오의 불행과 고민에 대해 위로하며 자신의 신용을 담보하여 보증을 선다.

미인인 데다가 외모 이상으로 마음씨도 고운 여성이라네. 그녀가 언젠가 내게 은근한 눈빛을 보낸 적도 있었지. 그녀에 관한 소문이 나라 밖까지 퍼져서 내로라하는 청혼자들이 구름처럼 그녀 주위로 몰려드나봐. 오, 안토니오! 내게도 그들과 비견할 만한 재력이 있다면 내가 청혼에 성공할 자신이 있어."

"이것 참, 친구의 절실한 부탁인데 안타깝게 됐네. 실은 내 전 재산은 지금 바다 위에 떠 있네. 그래서 내 수중에는 당장 쓸 수 있는 현금이 없네. 그나마 담보로 삼을 만한 변변한 물건조차 없다네. 만의 하나 베니스에서 내 신용을 담보로 빌릴 수 있다면 알려주게. 벨몬트의 아름다운 포셔를 자네의 피앙새로 만들기 위해서라면 내 신용을 담보로 해도 개의치 않겠네."

한편 벨몬트의 포셔 저택에선 포셔와 하인 네리사가 포셔의 배우자감을 놓고 설레는 설전이 한창이었다.

"좋은 일을 실천하는 게 무엇을 말하는 건지 아는 것만큼 어려운 일은 없을 거야. 스무 명에게 착한 일을 하라고 지시하는 건 쉽지만 자신이 착한 일을 실행하기는 힘든 법이지."

"포셔 아가씨, 무슨 어려운 문제라도 있나요?"

포셔_ 벨몬트의 거부 상속인. 그녀가 아버지로부터 막대한 재산을 물려받았다는 소문이 돌자 수많은 청혼자들이 그녀의 집앞으로 몰려들어 구혼을 한다. **제임스 드롬골 린튼의 작품**.

　"이성은 어떻게든지 열정을 제어할 법을 강구하겠지만 뜨거운 열정은 차가운 이성을 늘 뛰어넘는 법이지. 내가 연애이론에 박식하다고 해서 남편감을 고르는 일도 수월하리라고 단정하면 안돼. 아, 선택이라는 단어여! 내가 원하는 상대를 선택할 수도, 싫은 사람을 거절할 수도 없는데, 난 누굴 택해야 하지?"

　"지금까지 청혼해 오신 분들 중에서 아가씨의 마음을 사로잡으신 분이 한 분도 없었나요?

　"네리사, 이름을 대봐, 그러면 한 사람씩 평을 해볼게. 내 평을 듣고 네가 내 마음을 맞혀봐."

　"나폴리의 공작님은요?"

　"그분은 말 얘기 빼고 나면 달리 할 말이 없어."

　"그럼 팰러타인 백작님은 어떠세요?"

　"아, 그 사람, 늘 상을 찌푸리고 있었지."

　"그럼 프랑스의 귀족 르 봉 경은요?"

"하느님께서 창조하셨으니 그 사람도 남자라고 해야겠지. 나도 사람 갖고 조롱하는 게 죄라는 건 알고 있어. 하지만 그 사람은 남의 흉내만 내더구나. 그런 사람과 결혼하려 했다면 스무 번도 더 했겠지."

"그러면 색소니 공작의 조카 되시는 그 젊은 청년요?"

"정신이 멀쩡한 아침에도 싫지만, 술에 취해 있는 저녁에는 정말 대책 없는 인간이야."

"그러나 만일 그분이 올바른 상자를 고른다면 어떡하죠? 상자를 선택한 배우자를 아가씨가 거절하신다면 아가씨는 아버님의 유언을 거역하는 거잖아요."

"그러니까 그런 일이 벌어지지 않도록, 상자 위에 라인산 백포도주가 철철 넘치는 술잔을 놓아야지. 그럼 그 사람은 술의 유혹에 못 견뎌 그 상자를 선택하고 말겠지."

"그런데 아가씨, 혹시 기억나지 않으세요? 아버님께서 살아계실 때 몽페라르 후작과 같이 이곳에 오셨던 젊은 청년 말이에요. 학자이면서 군인이셨던 그 베니스분 말이에요."

"오, 그래, 기억하고말고. 아마 바사니오라는 이름의 늠름한 청년이셨지."

"그래요, 그분요. 제 부족한 두 눈에도 아름다운 아가씨의 배필감으로는 최고였어요."

"나도 기억나. 그분이라면 네가 칭찬할 만하지."

포셔와 네리사는 지금까지 결혼상자를 선택하러 온 수많은 청혼자들을 떠올리다가 베니스의 청년 바사니오를 기억해냈다. 그러자 두 사람은 마치 좋은 기억이라도 떠올렸다는 듯이 내심 흐뭇한 미소가 얼굴에서 떠나지 않았다.

바사니오는 포서에게 청혼할 자금을 마련하기 위해 지독한 수전노인 유대 상인 샤일록을 찾아가 삼천 더컷을 빌려달라고 했다. 그러면서 보증은 친구인 안토니오가 설 것이라고 말했다. 그 말을 듣는 순간 샤일록은 안토니오의 재산이라야 바다에 둥둥 떠 있는 담보에 불과한 것이 아니냐며 탐탁지 않아 했다.

　샤일록의 마뜩지 않아 하는 표정을 보자 바사니오는 안토니오 공에 대해 무슨 나쁜 평이라도 들었냐며 따지듯이 물었다. 그러자 샤일록이 음흉한 미소를 띠며 말했다.

　"아니, 그럴 리가요. 제가 보기엔 보증인으로는 재력이 괜찮으신 분이죠. 하지만 그분의 재산이란 게 뜬구름같단 말이죠. 바다에 둥둥 떠 있는 불확실한 재산이죠. 그분의 상선 한 척은 트리폴리스로, 또 한 척은 서인도로, 그리고 또 한 척은 멕시코로, 또 다른 한 척은 영국을 항해하는 중이라고 들었소. 그러니까 그분의 재산이란 건 세계 각지에 흩어져 있는 셈이죠. 그래도 재력이야 충분하지요. 삼천 더컷이라, 그분의 보증을 믿어도 괜찮을 것 같소."

　거래가 거의 성사단계에 이를 무렵 두 사람이 거리를 걸어가고 있는데 마침 안토니오가 나타났다. 그러자 샤일록은 평소 안토니오가 자신의 정당한 사업을 고리대금업이라고 비난했던 일을 생각해내며 가만 두지 않겠다고 마음속으로 다짐한다.

　"지금 내 수중에 있는 돈을 헤아려보니 삼천 더컷이라는 거금을 당장 빌려 드리기는 어렵겠소. 다만 유대인 부자인 튜벌이 내게 융통해줄 수 있을 거요. 그런데 기간은 몇 달이면 되겠소?"

　그때 안토니오가 나타나 자신은 원칙적으로 이자를 받고 돈거래를 하

샤일록에게 돈을 빌리려는 바사니오_ 안토니오의 재산을 담보로 바사니오는 유대인 샤일록에게 돈을 빌린다. **필사본 그림.**

지는 않지만 이번엔 친구가 빌려달라니 어쩔 수 없게 됐다며 사정을 호소했다.

"아, 참, 생각난 게 있어서 말씀드리는데요. 나리, 나리는 제가 거래소에서 돈놀이를 고리로 한다면서 저를 수없이 비난하셨지요. 저를 두고 이교도라느니, 사람 잡는 개라느니 하면서 제 웃옷에 서슴없이 침을 뱉기도 했고요. 제 돈을 마음대로 이용하시면서 말이죠. 그런데 지금 나리께서는 이 개같은 놈의 돈이 필요하신 거군요? 개에게 무슨 돈이 있겠습니까?"

"그 말 참 잘했소. 샤일록. 앞으로도 나는 당신을 개자식이라 부를 것이고, 계속 침을 뱉을 것이며, 발길질도 할 것이오. 그러니 내 친구에게 돈을 빌려준다고 생각하지 말고 차라리 원수에게 그 돈을 고리대로 써먹었다고 생각하시오. 그래야 계약을 어길 경우 당신이 원하는 대로 위약금을 받아낼 수 있지 않겠소?"

"아니 제가 어쨌다고 다짜고짜 화부터 내시고 그럽니까? 저는 여태껏 받은 모욕도 잊고 이자도 한푼 받지 않고 필요한 돈을 융통해 드리려고 하는데, 제 말을 끝까지 들어보지도 않고 화부터 내시는군요."

그러자 바사니오는 사태가 뜻밖의 지경으로 흘러가고 있다고 우려하며 친구의 말을 호의로 받아들여달라고 정중하게 부탁했다. 그러자 샤일록은 내심 심각하게 고민하는 시늉을 하더니 그럼 공증인에게 가서 차용증서를 쓰고 바사니오에게 보증도장을 찍어달라고 했다. 그러면서 앞으로 벌어질 사단의 원인을 제공할 중요한 한마디를 했다.

"만일 나리께서 차용증서에 명시된 대로 지정된 날짜와 장소에서, 약속한 액수의 돈을 갚지 못하실 경우, 위약금으로 나리의 몸 어디에서든 제가 원하는 곳의 살을 1파운드만 떼어 주시는 게 어떻겠습니까?"

그러자 바사니오는 안토니오가 위험에 처할 수도 있음을 염려해 그런 차용증서엔 도장을 찍을 수 없다고 한사코 만류했다. 그러자 안토니오는 걱정할 것 없다며 샤일록의 제안을 받아들이고 함께 공증사무실로 갔다.

———·················

벨몬트의 포셔 저택에 요란한 나팔소리가 울리고 모로코 영주와 수행원이 도착했다. 모로코 영주는 자신의 피부색 때문에 자신을 과소평가하지는 말라며 포셔의 마음을 훔칠 수 있기를 기원했다. 이에 포셔는 자신은 배필을 고를 때 자신이 원하는 사람을 선택할 수 없고, 오직 운명은 제비뽑기에 달려 있다고 말했다. 그러니 모로코 영주도 신중하게 선택해 줄 것을 당부했다. 그러면서 상자를 잘못 고르게 되면 앞으로 어떤 여성에게도 청혼할 수 없다며 다시 한 번 신중하게 이 제안에 임할 것을 부탁했다.

———·················

그 시각 샤일록의 집 방에선 샤일록의 딸인 제시카와 하인 론슬롯이 아버지의 악독한 행위를 비난하고 있었다. 이 시간은 론슬롯이 바사니오의 하인이 되기 위해 바사니오 댁으로 떠나게 됨을 아쉬워하는 둘만의 시간이었다. 또한 베니스의 다른 거리에서는 로렌조와 그레시아노, 살레리오, 솔라리오가 가장무도회를 준비하는 모의를 했다. 이때 제시

샤일록과 제시카_ 샤일록은 고리대금업자지만 자신의 딸 제시카를 끔직히 사랑한다.

카를 사모하는 로렌조는 제시카의 하인인 론슬롯에게서 전해받은 연애 편지를 친구들에게 읽어주며 둘만의 영원한 사랑을 맹세했다. 한편 샤일록은 제시카에게 자신은 오늘 초대받은 저녁식사에 가야 한다며 집의 열쇠 꾸러미를 잘 간직할 것을 당부했다. 이에 제시카의 하녀인 론슬롯은 주인어른에게 1시간 후에 가면무도회가 열려서 거리가 시끌벅적할 것이라고 말했다. 그러자 샤일록은 제시카에게 거리에서 아무리 요란한 무도회가 열려도 창문으로 얼굴을 내밀고 길거리를 내다보면 안 된다고 단단히 주의를 주었다.

이에 제시카는 누가 자신의 운명을 막지만 않는다면 이제부터 아버지와는 영영 이별이라고 마음속으로 다짐했다. 아버지의 주의 따위는 아랑곳하지 않고 제시카는 거리의 가면무도회장으로 나가 사모하는 연인인 로렌조를 만나 사랑의 징표를 담은 상자를 건네받는다. 둘은 아름다운 소년 복장의 햇불잡이와 함께하기 위해 샤일록의 방에서 넉넉히 돈을 챙겨 갖고 사랑스런 가면무도회를 즐기기 위해 거리로 나섰다.

_____ ....

며칠 뒤 포서 저택에는 모로코 영주가 운명의 상자를 고르기 위해 포서의 방에 들어섰다. 첫 번째 상자는 금 상자요, 두 번째 상자는 은 상자, 그리고 세 번째 상자는 납 상자였다. 포서는 영주에게 오로지 한 상자에만 자신의 초상화가 들어 있으며, 그걸 고르면 자신은 그 사람의 배필이 된다고 알려준다. 모로코 영주는 납 상자에 적힌 '나를 선택하는 자는 전 재산을 걸고 모험을 해야 한다'는 문구를 보고 이건 자신을 협박하는 글 귀라며 납 상자를 외면한다. 은 상자에는 '나를 선택하는 자는 그 신분에 합당한 것을 얻으리라'고 써 있자, 그 신분에 합당한 사람이 바로 자신이 아닐까 싶어 은 상자 앞에서 머뭇거린다. 그런데 은 상자 가까이에 금 상 자가 있고 상자 표면에 '나를 선택하는 자는 만인이 원하는 것을 얻으리 라'고 적혀 있자, 자신이 택할 상자는 바로 이 상자라며 금 상자를 선택 한다. 모로코 영주가 금 상자의 열쇠를 열자 두루마리엔 '반짝인다고 해 서 모두 금은 아니다. 그대는 이렇게 말하는 것을 자주 들었을 터. 황금 의 무덤 속엔 구더기가 우글대는 법. 그대가 용감한 만큼 현명했다면, 이 런 답은 받지 않았을 것을. 잘 가시오, 당신의 청혼은 끝났소'라고 적혀 있는 게 아닌가. 모로코 영주는 아무 말 없이 자신의 선택이 잘못됐음을 시인하고 패자로서 표표히 사라졌다.

며칠 뒤, 포셔 저택에 또 한번의 요란한 나팔소리가 들렸다. 그 소리 는 아라곤 영주와 시종들이 들이닥쳐 포셔에게 구애하기 위해 온 환영 의 소리였다.

이에 포셔는 어김없이 세 상자 중에 자신의 초상화가 들어 있는 상자 를 선택하면 결혼식이 곧 거행될 것임을 천명했다.

아라곤 영주는 납 상자의 문구와 금 상자의 문구를 찬찬히 훑어보고는 자신에게는 어울리지 않는 상자라고 단언했다. 이후 은 상자에 '나를 선 택하는 자는 그 신분에 합당한 것을 얻으리라'는 문구가 쓰인 글귀를 보 자 바로 이 문구가 자신이 듣고 싶은 말이라고 자신만만하게 말한다. 그 러면서 어느 누구도 자신에게 과분한 명예나 지위를 탐내선 안 되며, 합

포셔의 청혼 상자_ 연극의 한 장면으로, 아라곤의 영주가 은 상자를 선택하는 장면이다.

당한 자격을 갖춘 자만이 명예를 얻을 수 있다며 과감하게 은 상자를 선택한다. 하지만 은 상자엔 눈을 끔벅이는 멍청이 바보의 초상화가 그려진 두루마리가 나왔다. 그 두루마리에는 "일곱 번 불에 달군 은 상자여, 판단 또한 일곱 번 달궈야 올바른 선택이 가능한 것을. 이 세상에는 은으로 본성을 감싼 바보들이 있나니, 바로 이 은 상자가 그러하다. 그러니 당장 떠나시오. 당신의 운명은 여기까지요"라는 비아냥대는 문구가 적혀 있었다. 포셔는 아라곤 영주의 분통에 찬 얼굴을 보며 "죄 짓는 자와 그것을 평가하는 사람은 그 입장도 결과도 완전히 반대지요"라며 은 상자를 고른 선택을 받아들일 것을 영주에게 종용했다.

───────── ················

며칠 후 베니스의 거리에는 몇 몇 상인들과 샤일록이 달아난 샤일록의 딸과 베니스 상가 소식을 화제로 이런저런 얘기를 주고받는다. 솔라리오와 살레리오는 샤일록에게 달아난 딸에 대해서 너무 속상해하지 말라고 위로했다. 친구들의 위로에도 샤일록은 분을 못 참고 자신의 피붙이가 자신을 배신했다며 분개했다. 그때 살레리오는 샤일록에게 안토니오가 바다에서 큰 손해를 입었다는 소문을 못 들었냐며 화제를 안토니오 소문으로 돌렸다. 이에 샤일록은 안토니오에게 진 빚을 절대 잊지 못한다고 말했다. 그러면서 지금까지는 예수쟁이에게 호의를 베푼답시고 이자도 없이 돈을 빌려주곤 했지만 이번엔 차용증서대로 안토니오가 돈을 못 갚으면 그의 살을 떼어낼 것임을 분명히 했다.

잠시 후 샤일록의 친구인 유대인 튜벌이 나타났다.

"자네 딸 소문이 있는 곳은 전부 수소문해 봤지만 허탕이었네."

"아이고, 난 망했구나! 내가 이런 몹쓸 짓을 당하다니, 이천 더컷짜리 보석에다 다른 보석들도 줄줄이 갖고 갔다네. 딸년이지만 차라리 내 발치에서 뒈져버리는 게 낫겠다! 그 도둑년이 큰돈을 가져가는 것도 모자라 그 도둑년을 잡느라고 또 큰돈을 써야 하다니."

"불운한 건 지금 자네뿐만 아니야. 내 오다가 제노바에서 들은 이야긴데, 트리폴리스에서 귀향하던 안토니오의 상선이 난파당했다고 하더군."

"뭐라고? 하느님, 고맙습니다. 정말 고맙습니다. 그게 사실인가."

"살아 돌아온 선원들한테 들은 얘기야. 내가 베니스로 오는 길에 안토니오의 채권자들과 동행했는데, 모두들 안토니오가 파산할 수밖에 없다고들 안타까워 하더군."

"허허 참, 반가운 소식이 아닐 수 없네. 옳지, 이참에 그놈을 단단히 혼내주고 욕을 보여야겠군. 그래 어디 약속한 돈만 안 가져와 봐라, 내 놈의 심장을 단단히 도려낼 테니."

———— ················

벨몬트의 포셔 저택에선 바사니오와 포셔, 그레시아노와 네리사가 모여 심각한 표정으로 인생일대의 중대사를 놓고 의견을 나누고 있었다.

포셔는 바사니오에게 거듭 거듭 신중한 선택을 당부했다.

포셔의 청혼 상자_ 납 상자를 선택하는 바사니오. **제임스 드롬골 린튼의 작품.**

포셔: 서두르지 마시고 조금만 기다려 주세요. 혹 선택을 잘 못하기라도 하신다면 우린 이대로 헤어져야 할 터이니, 조금만 참고 기다려 주세요. 무언가 확실하게 말할 수는 없지만 제겐 어떤 느낌이 와요. 사랑한다고 섣불리 말할 순 없지만, 당신을 놓치기는 싫군요. 무모한 선택을 감행하시기 전에 이곳에 한두 달 머무르시면 어떨까요. 아, 당신 눈빛이 원망스럽군요. 저를 사모하는 그 눈빛에 제 마음은 그만 두 조각이 나고 말았으니까요.

바사니오: 무엇을 망설이십니까. 어서 선택하게 해주시오. 이대로 있으니 마치 고문대 위에 올라 있는 죄수의 심정이라오.

포셔: 고문대라뇨? 바사니오님, 어서 고백해 보세요. 당신의 사랑 속에 어떤 배신이 숨어 있는지.

바사니오: 그런 건 없소. 차가운 눈과 뜨거운 불이 공존하기 어렵듯이 나의 사랑에도 거짓된 마음은 들어설 자리가 없다오.

포셔: 그럼 진실된 고백을 해보시죠.

바사니오: 고백합니다, 당신을 사랑한다고. 이것이 내가 할 수 있는 최선의 고백입니다. 오, 행복한 고문이 아닌가. 날 고문하는 사람이 내가 구원받을 수 있는 해답을 주는 사람이라니, 자, 이제, 내 운명을 결정하게 될 상자 앞으로 나를 안내해 주시오.

포셔: 그렇다면 저쪽으로 가시지요! 저기 저 상자들 중 하나에 제 초상화가 들어 있어요. 저를 진심으로 사랑하신다면 분명히 찾아내실 수 있을 거예요.

바사니오: 자고로 겉모습이 그럴 듯해도 속은 겉과 다른 법, 그럼에도 사람들은 그럴 듯한 겉모습이 좋은 걸로 판단하곤 하지. 아무리 썩어빠진 소송사건도 그럴 듯한 변론 하나면 사악한 표면은 가려져 보이지 않게 마련이지. 황금이여, 나는 너를 원치 않는다. 또 창백한 낯짝을 하고 사람들을 현혹하는 천한 은이여, 너 역시도 나는 원치 않는다. 그러나 보잘것없는 납이여, 솔깃한 말로 뭔가를 말해주려는 모습, 이 가식 없는 네 모습이 그 어떤 웅변보다 나를 감동시키는구나. 그래, 난 너를 택하기로 했다. 제발 좋은 결과가 나오기를!

포셔: 어머나, 정말 다른 감정은 다 사라져 버렸네. 이제 내게 남은 사랑뿐. 아, 사랑이여! 하지만 진정해야지. 기쁨이 지나치면 화를 불러오는 법, 이 과분한 축복을 어찌 혼자 감당하랴. 과하면 물리는 법이니, 제발 좀 덜어다오.

바사니오: (상자를 연다) 무엇이 들어 있을까? 오! 아름다운 포셔의 초상화로구나! 이런 아름다운 그림을 화가가 그릴 수 있었을까? 눈 하나를 그리고 나면 황홀감에 빠져 나머지는 손도 못 댔을 텐데. 그러나 그 어떤 초상화도 그녀의 아름다움에는 미치지 못하지. 가만 있자, 이 안에 두루마리 족자가 들어 있군. '겉모습 만으로 선택하지 않은 그대여, 행운이 따라 올바른 선택을 했도다. 그대에게 행운이 있으라. 그대는 세상에 없는 행운을 차지했으니, 만족하고 더 이상 새것을 찾으려 하지 말라. 진정 지상의 행복이요, 하늘의 축복으로 이 선택을 받아들인다면, 그대의 연인에게로 발걸음을 돌려서 사랑의 키스로 청혼을 하라.'

포셔: 바사니오님, 저는 당신께서 보고 계신 그대로 그저 한 여자에 지나지 않습니다. 저에게 있는 모든 것을 합쳐 봤자 내놓을 것이 별로 없는 부족한 것 투성이인 존재랍니다. 저는 교양도 없고, 교육도 받지 못했고, 세상물정도 모르는 여자이지요. 그러나 다행스러운 건, 아직 나이가 젊으니 무엇이든 배울 수 있다는 겁니다. 게다가 제 성품이 온화하여 저의 주인이시고, 지배자이

포셔와 바사니오_ 두 사람의 결혼이 성사되자 서로 키스를 하는 장면이다.

신 당신의 가르침에 온전히 순종할 수 있을 따름입니다. 저 자신뿐 아니라 제가 소유한 것 모두가 이제는 당신 것입니다.

바사니오: 내가 할 말을 당신이 다 하시니 난 입이 열 개라도 할 말이 없소. 내 심장 속에 흐르는 피만이 내 진심임을 알고 계십시오. 한 가지 분명한 것은 이 반지가 내 손가락에서 떠나는 날에는 내 생명도 다하는 날이라는 겁니다. 아! 그땐 이 바사니오가 죽었다고 단언해도 좋습니다.

바사니오와 포셔의 아름다운 사랑의 언약식 자리에 포셔의 하녀 네리사와 바사니오의 친구인 그레시아노도 기쁨을 감추지 못했다. 그레시아노는 포셔 아가씨가 친구인 바사니오와 백년해로의 가약을 맺을 때 동시에 결혼식을 올리기로 하고 그 배필이 네리사임을 밝혔다. 두 사람은 포서와 바사니오가 사랑을 맹세할 때 자신들도 사랑을 맹세했다.

───────··················

　바사니오와 포서의 기쁜 소식을 축하하기 위해 로렌조와 살레리오, 그레시아노가 모처럼만에 한자리에 모였다. 그런데 그 자리에서 살레리오가 안토니오의 안타까운 내용을 담은 편지를 전했다. 그 편지에는 안토니오의 배가 모두 난파되었다는 충격적인 소식이 실려 있었다. 트리폴리스 것도, 멕시코 것도, 잉글랜드와 리스본, 바바리와 인도에서도 배가 난파되었다는 믿을 수 없는 사연이었다. 더 안 좋은 소식은 벌써부터 샤일록이 이 소식을 듣고 약속 날짜가 지난 걸 구실로 베니스 법정에 공정한 재판을 열 것을 공작에게 청원하고 있다는 말까지 전했다. 제시카는 아버지의 속마음을 들었는데, 아버지가 필요로 하는 건 오직 안토니오의 살덩이뿐임을 강조해 말했다고 전했다.
　포서는 안토니오 소송건을 좀더 정확히 알기 위해 바사니오에게 구체적인 조건을 말해 줄 것을 요구했다.
　"곤경에 처한 분이 당신의 절친이란 말이죠?"
　"그렇소. 나의 가장 친한 친구라오. 고결한 천성에, 남을 돕는 일이라면 두 팔을 걷어붙이는 그런 사람이지. 그 누구보다 옛 로마인의 명예로운 정신을 소중히 여기는 사람이오."
　"그분이 유대인에게 진 빚이 얼마인데요?"
　"나 때문에 삼천 더컷을 빌렸소."
　"어머나, 겨우 그 정도인가요? 그럼 육천 더컷을 주고 그 차용증서를 말소시키세요. 우선 같이 교회로 가서 결혼식부터 올려요. 그리고 그 친구분을 찾아가세요. 그 정도의 하잘것없는 빚이라면 스무 배라도 갚아

안토니오의 편지를 읽는 바사니오 어려워진 안토니오의 편지를 읽은 후 포셔는 그를 도우라며 위로를 한다. 헨리 피터스 그레이의 작품.

드릴 수 있어요."

바사니오는 포셔의 진심어린 배려에 감사해하며 안토니오의 편지를 읽었다.

"바사니오, 이런 소식을 전하게 돼 유감이네. 내 배들은 모두 난파됐네. 채권자들은 갈수록 더 가혹하게 나를 몰아붙이고 내 형편은 점점 설 자리를 잃고 있네. 자네의 일로 유대인에게 준 차용증서는 기한이 지나 내 목숨을 내놓지 않고는 도저히 갚을 길이 없을 것 같네. 내 목숨을 내놓으면 부채는 다 청산이 되겠지. 죽기 전에 단 한 번이라도 자넬 볼 수만 있다면 자네와 나 사이의 부채는 청산되는 셈이네."

안토니오의 안타까운 파산 소식이 전해지고 며칠이 지나자 베니스의 거리엔 샤일록이 베니스의 법정으로 공작을 찾아가는 모습이 포착됐다. 샤일록은 얼마 전 안토니오에게 차용증에 적혀 있는 대로 집행할 테니 그리 알라며 막무가내로 엄포만 놓았다. 안토니오가 아무리 자신의 사정을 호소하며 선처를 구해도 샤일록은 자신은 예수쟁이들의 중재에 넘어가 당신의 호의를 받아줄 바보가 아니라며 더 말하기도 싫으니 법대로 집행하겠다고 통보했다.

이 모습을 지켜본 솔라리오는 인간과 함께 살아온 개 가운데 저렇게 몰인정하고 지독한 사냥개는 처음 본다며 혀를 내둘렀다. 하지만 안토니오는 자신이 샤일록의 빚 독촉에 시달려온 사람들을 도와준 적이 있어서 샤일록이 자신을 철천지원수처럼 미워하는 거라며 이번 일이 쉽사리 끝나진 않을 것임을 염려했다.

───────────·················

한편 포셔 저택에선 포셔와 네리사, 로렌조, 제시카와 밸서저 등이 모여 안토니오의 소송 건을 해결할 방안을 모색하고 있었다.

먼저 로렌조가 바사니오의 안타까운 심정을 전했다.

"부인, 면전에서 이런 말씀을 드리기가 쑥스럽습니다만, 부인께서도 진실한 우정에 대해 고귀하신 생각을 갖고 계실 것입니다. 부인의 부군에게 안토니오 경이 얼마나 소중한 친구인가를 아시게 된다면, 이 일을 어떻게 해결하셔야 되겠는지를 누구보다 잘 헤아리실 줄 압니다."

"저는 지금까지 친절을 베풀고 후회한 적은 없답니다. 제가 알기로 진실한 친구의 관계란 대화하면서 많은 시간을 보내고, 그 영혼이 우정의 굴레로 맺어져 있는 사이죠. 그래서 그 모습이나 태도, 기질이 서로 비슷해지죠. 짐작컨대 제 남편의 소중한 친구인 안토니오님도 분명 제 남편과 닮은 점이 있을 거예요. 그렇다면 제가 아무리 많은 비용을 지불한다 해도 아깝지 않은 일 아닌가요? 로렌조 씨, 남편이 돌아오실 때까지 이집의 관리를 맡아 주셨으면 해요. 저는 네리사의 남편과 제 남편이 돌아올 때까지 수도원에 머물며 안토니오님이 무사히 나오실 수 있도록 기도

베니스의 법정_ 안토니오의 채무 문제로 재판이 벌어지는 장면을 묘사한 그림이다. **토머스 힐의 작품.**

도 드리고 묵상도 하면서 기원의 시간을 갖기로 작정했답니다."

"자, 네리사, 우린 남편들을 만나러 가자꾸나."

"그분들이 단박에 우릴 알아볼 텐데요."

"그러니까 변장을 해야지. 우리가 남자 옷을 입으면 사람들은 틀림없이 우릴 남자로 볼 거야. 난 당당한 모습으로 칼도 차고, 말할 땐 소년과 어른 사이의 변성기에 있는 사내아이처럼 피리 소리 같은 목소리를 낼 거야."

"그럼 우리가 정말 남자가 되는 건가요?"

"당연하지. 자 서둘러야겠다. 시간이 얼마 없어. 오늘 안으로 20마일을 가야 하니까."

───── ·················

드디어 재판의 선고 일이 다가왔다. 베니스의 법정엔 공작과 고관들, 피고인 안토니오와 안토니오의 절친 바사니오, 솔라리오와 그레시아노, 살레리오가 불안한 심정을 다독이며 재판의 진행을 지켜보고 있었다.

공작은 안토니오의 출두를 확인하고 안토니오는 출두했음을 알렸다. 공작은 유감스럽게도 소송인인 샤일록이 자비심이라곤 털끝만큼도 찾아볼 수 없는 냉혈한이라며 안토니오에게 법정에서 법정 다툼이 치열할 것임을 각오하라고 미리 공언했다. 드디어 샤일록이 등장하면서 한치 앞도 내다볼 수 없는 숨막히는 세기의 재판이 펼쳐졌다.

공작: 그대가 지금은 악의에 찬 주장을 일부러 굽히지 않지만 재판이 막바지에 이르면 자비와 동정으로 이 자리에 모인 사람들이 바라는 결과를 얻으리라고 믿고 싶소. 최근에 피의자가 입은 손해는 사람의 의지로는 어쩔 수 없는 불행한 파산이라고 밖에 볼 수 없을 거요. 아무리 안토니오 같은 거상이라도 쓰러질 수밖에 없는 큰 손실을 입었으니, 그 딱한 처지에 연민의 정을 느끼는 게 사람의 감정이지 않겠소? 여기 모인 사람들은 그대의 자비로운 답변을 기대하고 있소.

샤일록: 소인의 생각은 이미 말씀드린 바입니다. 정확히 차용증서에 명시된 원금과 위약금을 받겠다는 것입죠. 만일 공작님께서 제 소송을 거절하신다면 각하가 다스리시는 이 나라의 법과 자유는 만인에게 공평하게 행사되지 않았다고 말할 수 밖에 없을 것입니다. 각하께서는 저에게 물으실 지도 모르겠습니다. 왜 삼천 더컷을 마다하고 한사코 썩은 살 한 덩어리를 달라고 고집하느냐고요. 제가 그 물음에 대답할 의무는 없습니다. 저의 타고난 기질 때문이라고 하면 답이 되겠습니까? 한 가지 딱부러진 이유는 아니지만, 안토니오에게 쌓이고 쌓인 증오와 혐오의 감정 때문에 손해 보는 소송을 제기하게 됐다고 말씀드릴 수밖에 없습니다.

바사니오: 그걸 답변이라고 하느냐? 인정머리라곤 손톱만큼도 없는 놈아!

샤일록: 내가 당신 마음에 드는 답변을 해야 할 의무가 있었던가?

안토니오: 바사니오, 상대는 유대인이라는 것을 잊지 말게. 될 수 있는 대로 구구절절하게 변호하지 말고 간단하고 신속하게 결말이 나도록 도와주게. 나에겐 판결이, 저 유대인에겐 제뜻대로 이루어지도록 내버려두게.

바사니오: 자, 여기 삼천 더컷에다 더붙여 육천 더컷을 내지.

베니스의 법정_ 벨라리오 박사의 편지를 낭독하려는 모습의 필사본 그림.

샤일록: 그 육천 더컷이 내가 빌려준 돈의 두 배가 되는 큰 돈이지만 이미 기한이 지나 나는 받아들일 생각이 없소. 나는 차용증서대로 받겠소.

공작: 인간에게 자비를 베풀지 않으면서 어찌 신의 자비를 바라는가?

샤일록: 죄 지은 것도 없는데 판결을 두려워할 필요가 뭐 있겠습니까? 제가 요구하는 살덩이 1파운드는 제가 비싼 대가를 치르고 요구하는 것입니다. 그건 제 소유물이니 어떻게 해서든 받아낼 권리가 있습니다. 공작님께서 제 요구를 거절하신다면 베니스의 법은 아무런 구속력도 없는 종이조각에 불과할 뿐입니다. 자, 이젠 판결을 내려주십시오.

공작: 샤일록, 나는 지금 내 직권으로 이 법정을 폐정시킬 수도 있다. 그렇지만 이 사건을 합리적으로 진행하고 판결하기 위해 모셔 온 석학 벨라리오 박사께서 오늘 이 법정에 오기로 되어 있으니 그분에게 판결을 맡기도록 하겠다.

살레리오: 각하, 문 밖에 사자 한 사람이 와 있습니다. 박사께서 보내신 편지를 갖고 패듀어에서 지금 막 도착했다고 하옵니다.

공작: 그 편지를 이리 가져오너라. 그리고 사자도 불러들이고.

네리사, 법관 서기 복장을 하고 법정에 등장한다.

공작: 그대는 패듀어의 벨라리오 박사가 보내서 왔는가?

네리사: (절을 하며) 그렇습니다, 각하. 벨라리오 박사께서 공작님께 안부를 전해달라고 하셨습니다.

공작: 벨라리오 박사가 보낸 이 편지에는 젊고 박식한 박사 한 분을 법정에추천한다고 했는데, 그분은 지금 어디 계신가?

네리사: 네, 문 밖에서 공작 각하의 분부를 기다리시며, 입장을 허락하실지 아닐지 몰라서 대기하고 있습니다.

공작: 진심으로 환영하는 바이다. 자, 누가 가서 그분을 법정으로 정중히 모셔 오도록 하라. 그동안 벨라리오 박사의 편지를 이 법정에서 낭독하도록 하라.

서기: (편지를 읽는다) 공작 각하, 부디 그 자리에 참석치 못함을 헤아려 주십시오. 각하의 친서를 받았을 때 소인은 공교롭게도 와병 중에 있었습니다. 마침 로마에서 저를 보고자 달려온 젊은 박사 한 분이 병원에 있었습니다. 그의 이름은 벨서저입니다. 소인은 박사에게 유대인과 상인 안토니오 간에 진행 중인 소송 사건의 자초지종을 알아듣기 쉽도록 잘 설명해 주었습니다. 그의 해박한 지식은 소인이 아무리 잘 설명드려도 부족합니다. 다행히 그가 소인의 간청을 받아들여 대신 그곳으로 가서 각하의 요청에 응하게 되었습니다. 아직 젊은 데도 불구하고 노련한 판단력과 합리적인 사고를 갖춘 예리한 법조인을 소인은 여태껏 본 적이 없습니다. 각하께서 그를 환대해 주시기를 바라 마지 않으며, 그 어떤 말로도 그의 뛰어난 실력을 제대로 칭찬할 수 없음을 양해해 주시기 바랍니다.

공작: 벨라리오 박사가 보내주신 편지의 내용은 금방 들으신 바와 같소. 아, 저기 그 젊은 박사가 오는군. 자, 먼저 악수나 합시다. 벨라리오 박사가 보내신 분이오?

포셔: 그렇습니다. 각하.

공작: 잘 오셨소. 지금 이 법정에서 심의 중인 소송 사건의 내용에 대해서는 잘 들으셨겠죠?

포셔: 네, 상세하게 들었습니다. 그럼 어느 분이 상인이고, 어느 분이 유대인

베니스의 법정에 나타난 포셔_ 남장으로 변장한 포셔가 샤일록의 차용증서를 확인하는 장면이다. **제임스 클라크 후크의 작품**.

이신지요?

공작: 안토니오와 샤일록, 두 사람 모두 앞으로 나오라.

포셔: 그대가 샤일록인가?

샤일록: 네, 맞습니다.

포셔: 제기한 소송이 이상하기는 하지만, 절차에는 별다른 하자가 없으니 베니스의 법으로는 당신을 비난할 수가 없소. (안토니오에게) 당신의 목숨이 원고의 손아귀에 들어 있다는 걸 아시오?

안토니오: 네, 저 사람이 그렇게 주장하고 있으니까요.

포셔: 이 증서를 인정하시오?

안토니오: 인정합니다.

포셔: 피고가 사실을 인정하는데 원고는 자비를 베풀 마음이 없습니까?

샤일록: 아니 제가 왜 자비를 베풀어야 합니까? 이유를 말씀해 보시지요.

포셔: 자비는 주는 자와 받는 자를 함께 축복하는 이중의 축복이기 때문이지. 그러니 유대인이여, 그대의 요구는 정당하다 할 수 있겠지만 정당만 내세우면 세상 그 어떤 이도 구원받을 수 없다는 점을 명심하시오. 만일 그대가 자비 없는 정당성만 계속 고집한다면 이 엄정한 베니스의 법정은 부득이 저 상

인에게 몰인정한 선고를 내리지 않을 수 없소.

샤일록: 자신이 한 일은 자신이 책임져야겠지요! 저는 지금 이 증서에 명시된 대로만 해달라고 법에 요구하는 겁니다.

포서: 안토니오는 그 차용금을 갚을 능력이 없는가?

바사니오: 아닙니다. 제가 대신 이 법정에서 돈을 갚겠습니다. 그것도 원금의 두 배로 갚겠습니다. 부족하다면 열 배라도 갚을 수 있습니다. (무릎을 꿇고 양손을 펴든다) 이렇게 부탁드립니다. 박사님의 권한으로 이번 한 번만 이 잔혹한 악마의 의도가 관철되지 않도록 도와주십시오.

포서: 그럴 수는 없소. 베니스의 어떤 권력도 법전의 내용을 단 한줄도 바꿀 순 없소. 그러면 그게 하나의 선례로 기록되고, 비슷한 종류의 위법 행위가 수없이 반복되어 국가의 기강이 문란해질 것이기 때문이오.

샤일록: 명판사 다니엘의 재현일세. 젊고 현명하신 판사님, 존경하옵니다!

포서: 그 차용증서를 좀 봅시다.

샤일록: 존경하는 판사님, 여기 있습니다.

포서: 샤일록, 원금의 세 배를 주겠다는데, 받아들이지 그런가?

샤일록: 그럼 하늘을 두고 한 맹세는 어떻게 되는 겁니까? 제 영혼을 두고 한 맹세는요. 베니스를 다 주신다 해도 그럴 수는 없습니다.

포서: 약속한 기한을 넘겼으니 할 수 없군. 차용증서에는 이 상인의 심장 가장 가까운 곳에서 살 1파운드를 잘라내겠다고 명시돼 있으니 이 유대인의 주장이 잘못된 게 없소. 하지만 유대인, 지금이라도 자비를 베푸는 게 어떻겠소? 원금의 세 배를 받고 이 증서를 찢어버리는 게.

샤일록: 증서의 내용대로 빚이 청산되고 나면 박사님의 말씀대로 하지요. 그러나 이 증서대로 판결을 내려 주십시오.

안토니오: 저도 바라는 바입니다. 판결을 내려 주십시오.

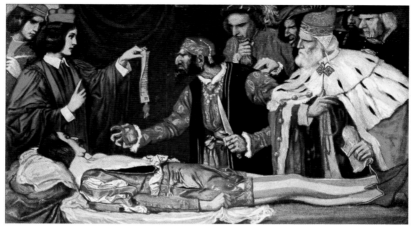

포셔의 재판_ 안토니오가 가슴을 벗은 채 누워 있는 가운데 포셔가 샤일록에게 차용증서를 확인시키는 장면이다.

포셔: 그렇다면 할 수 없군. 피고의 가슴을 열고 저 사람의 칼을 받을 준비를 하시오.

샤일록: 그렇습니다. 바로 저 가슴팍이에요. 증서에도 그렇게 씌어 있지요. 심장에서 가장 가까운 곳, 그곳이 저 가슴을 열어야 있지 않겠습니까.

포셔: 좋소. 원고는 저울은 준비가 되어 있소? 살덩이를 달 저울 말이오.

샤일록: 예, 여기 있습니다. (외투 밑에서 저울을 꺼낸다.)

포셔: 샤일록, 당신 부담으로 의사를 불러오시오. 피고의 상처를 아물게 하지 못하면 출혈로 인해 생명이 위험할 테니.

샤일록: 증서에 그렇게 쓰여 있습니까?

포셔: 그런 말은 증서에 없지만 그게 무슨 상관이요? 그 정도의 자비는 베푸는 것이 좋을 텐데.

샤일록: 그런 글귀는 없습니다. 증서에 없네요.

포셔: 안토니오, 무슨 할 말은 없는가?

안토니오: 각오는 돼 있습니다. 악수나 하세, 바사니오. 잘 있게, 친구여. 자네 때문에 내가 이런 처지가 됐다고 슬퍼하지는 말게. 자네가 친구를 잃는

포셔의 재판_ 베니스의 법을 알려주는 포셔의 모습이다.

걸 슬퍼만 해준다면 난 자네의 빚을 갚아준 걸 결코 후회하지 않겠네. 저 유대인이 내 심장 깊숙이 칼을 찔러만 준다면 그 심장 덕에 자네의 빚을 갚게 될 테니 말일세.

바사니오: 오, 안토니오, 결혼한 내 아내는 나에겐 생명처럼 소중하네. 하지만 내 생명도, 내 아내도, 자네 생명보다 더 소중할 순 없어. 여기에 있는 이 사악한 악마로부터 자네만 구할 수 있다면 난 모든 걸 희생해도 좋아.

포셔: 만일 당신 부인이 옆에 있어서 이 얘기를 들었다면 그리 달갑지는 않았을 것 같은데요.

네리사: 그런 말은 아내가 듣지 않는 자리에서나 해야겠지요. 아마도 아내가 들었다면 가정불화감이네요.

포셔: 저 상인의 살 1파운드는 원고의 것이오. 본 법정이 그걸 인정하고 법이 보장한다.

샤일록: 과연 공정한 판사님이시다. 자 판결이 났다. 각오하라, 안토니오.

포셔: 잠깐 멈추시오. 자비심이라곤 한톨만치도 없는 유대인에게 아직 할 말이 남았소. 이 증서에는 단 한 방울의 피도 원고에게 준다는 말이 없소. 여기에는 '살 1파운드'라고만 적혀 있으니 살을 1파운드만 잘라 가라. 단, 한 방울

이라도 피를 흘린다면 그대의 토지를 비롯한 모든 재산은 베니스 법률에 따라 국고로 귀속될 것이니 그리 알라.

그레시아노: 오, 얼마나 공정한 판사님이신가! 들었지, 이 유대 놈아?

샤일록: 이게 법이라고?

포서: 법조문을 직접 읽어보시오. 원고는 정의를 요구했으니, 원고가 바라던 것 이상으로 엄정한 판결을 받게 될 것이오.

샤일록: 그러시다면 아까 그 세 배로 갚겠다는 제안을 받아들이겠습니다. 증서에 명시된 원금의 세 배를 받게 해주시고 저 기독교도는 석방시키십시오.

바사니오: 옛다, 이것 받고 꺼지거라.

포서: 잠깐! 유대인은 정의로운 재판을 요구했다. 증서에 적힌 것 외에는 아무 것도 받을 수가 없다. 물론 증서대로 단 한 방울의 피도 흘려선 안 되며, 살을 잘라내되 더도 말고 덜도 말고 정확히 1파운드만 잘라내야 한다. 만일 조금이라도 무겁거나 가벼워 저울이 머리카락 한 올이라도 한쪽으로 기울 경우엔 원고는 사형에 처해질 것이고, 원고의 전 재산은 베니스의 법정에 몰수당할 것이다.

그레시아노: 다니엘 명판사가 재림하셨군. 유대 놈아, 네 놈은 이제 꼼짝달싹 못하게 되었구나.

포서: 유대인은 무엇을 주저하는가? 어서 위약의 대가를 받으시오.

샤일록: 원금만 받으면 곧 물러가겠습니다.

포서: 그대가 받을 수 있는 것은 오직 살 1파운드뿐이오.

샤일록: 이런, 제기랄 이따위 말도 안 되는 판결이 어디 있어. 나는 더 이상 이런 소송을 진행하고 싶지 않소.

포서: 잠깐만 기다리시오, 유대인! 그대에게 적용해야 할 법 조항이 하나 더 있소. 베니스의 법률이 정한 바는 아래와 같소. (법조문을 읽는다) 만일 외국인

포셔의 재판_ 샤일록은 포셔의 재치 있는 판결로 모든 것을 잃게 되는 처지가 된다.

이 직·간접적으로 베니스 시민의 생명을 노렸다는 사실이 판명될 경우 가해자 재산의 절반은 피해자에게 돌아가도록 되어 있고, 나머지 절반은 국고에 귀속되도록 되어 있소. 또한 가해자의 생명은 오로지 공작님의 재량에 달려 있고, 어느 누구도 이의를 제기할 수 없다고 돼 있소.

공작: 우리 기독교인들의 정신이 너의 정신과 얼마나 다른가를 보여주겠다. 그대가 간청하기 전에 목숨만은 살려주겠다. 네 재산의 절반은 안토니오에게, 나머지 절반은 국가에 귀속될 것이다. 그러나 개선의 여지를 보인다면 벌금형 정도로 감해 줄 수는 있다.

포셔: 국고에 귀속될 재산은 그렇게 해야겠지만, 안토니오의 몫은 다릅니다.

샤일록: 아니오. 목숨이든 뭐든 다 가져가시오. 내 재산을 빼앗아가면 그게 바로 내 목숨을 빼앗는 거나 다를 게 뭐 있소?

포셔: 안토니오, 그대는 이 사람에게 자비를 베풀 생각인가?

안토니오: 존경하는 공작 각하, 그리고 이 법정에 계신 여러분, 국고에 귀속될 원고의 재산 절반을 돌려주시고 벌금도 면해 주셨으면 합니다. 그리고 재산의 나머지 절반은 제게 맡겨 주셨으면 합니다. 원고가 사망하면 최근 원고의 딸을 훔쳐 결혼한 젊은 신사에게 그 몫을 양도해 주고 싶기 때문입니다. 물론 전제조건이 있습니다. 첫째, 이 같은 은혜를 입었으니 유대인은 그 보답

으로 기독교로 개종했으면 하는 것입니다. 둘째, 여기 이 법정에서 재산 양도 증서를 작성하는 것입니다.

공작: 좋아, 그렇게 하도록 합시다.

포서: 그대는 어떤가, 유대인? 더 할 말이 있는가?

샤일록: 없습니다.

포서: (네리사에게) 서기, 양도증서를 작성하도록 하라.

샤일록: 공작 각하, 부탁이 있습니다. 여길 떠날 수 있도록 허락하여 주십시오. 제가 몸이 좀 불편해서요. 잠깐 동안도 자리에 서 있기가 어렵습니다. 양도증서는 집으로 보내주시면 서명하겠습니다. (샤일록 비틀거리며 퇴장)

바사니오: 훌륭하신 박사님, 저와 이 친구는 박사님의 지혜로운 판결 덕분에 죽음을 면하게 되었습니다. 유대인에게 갚으려던 삼천 더컷을 성의로 드리고자 하오니 받아 주셨으면 합니다.

포서: 마음이 흡족하시다면 그것으로 충분히 보수는 받은 거나 다름없습니다. 바라건대 다음에 만날 일이 있거든 저를 모른 체 하지나 말아 주세요.

바사니오: 박사님, 제발 제 호의를 받아 주세요.

포서: 그렇게까지 말씀하시니 받아들이겠습니다. (바사니오에게) 우정의 표시로 그 반지 정도는 빼주실 수 있겠죠? 설마 싫다고는 안 하시겠지요?

바사니오: 이 반지 말씀입니까? 이건 싸구려 반지인데요. 이런 값싼 반지를 부끄러워서 어떻게 드리지요?

포서: 제가 받고 싶은 것은 그 반지뿐입니다. 웬지 그 반지가 마음에 끌리네요.

바사니오: 실은 값이 문제가 아니라 이 반지는 좀 사연이 있는 반지라서요. 대신 베니스에서 제일 비싼 반지로 보답하겠습니다.

포서: 뭐, 그럴 것 까지야. 아무튼 당신은 말로만 선심을 쓰시는 분이군요. 처음에는 무엇이든 요구하라고 하셔서 청했더니, 이제 와선 사람을 구걸하는

남장으로 변장한 포셔_ 포셔의 지혜로 안토니오가 승소하자 바사니오는 보답하고자 한다. 그러자 포셔는 다른 건 필요없고 바사니오의 손에 낀 결혼반지를 달라고 요구한다. **존 에버렛 밀레스의 작품.**

거지꼴로 만드네요.

바사니오: 박사님, 이 반지는 사실 제 집사람의 징표입니다. 아내는 이 반지를 제게 끼워주면서 이것을 절대로 팔거나 남에게 주어서도, 잃어버려서도 안 된다는 맹세까지 시켰습니다.

포셔: 정 그러시다면 어쩔 수 없네요. 만약 제가 그 반지를 받을 자격이 있다고 생각하신다면, 저에게 그걸 준다고 해서 당신을 원망하진 않을 겁니다. 자, 그럼 안녕히 계십시오.

안토니오: 여보게 바사니오, 그 반지를 박사님께 드리게. 자네 부인의 뜻을 무시하자는 건 아니지만, 저분의 수고와 내 우정을 고려하여 다시 생각해주면 고맙겠네.

바사니오: 그레시아노, 빨리 박사님을 뒤쫓아가서 이 반지를 박사님께 전해 드리게. 자 이제 자네 집으로 가세. 모두 내일 아침 일찍 벨몬트로 달려가세.

─────··············

며칠 후 로렌조와 제시카가 포셔 아가씨를 흉보며 알콩달콩 사랑의 밀어를 속삭이는 시간을 보내고 있을 즈음, 소경이 흉한 소리를 먼저 듣는다고 먼 곳에서 포셔 아가씨와 네리사가 나타났다. 로렌조는 포셔가 돌아온 걸 환영하고 포셔는 자신이 자리를 비운 흔적을 남기지 말라고 로렌조와 네리사에게 신신당부한다.

반갑게 바사니오와 만남의 포옹을 한 포셔는 오랜만에 찾아온 바사니오의 친구인 안토니오를 소개한다. 그때 네리사에게 그레시아노는 반지에 새겨진 문구 때문에 그 반지를 법정에서 서기에게 줘버렸다며 핀잔을 한다. 반지에 새겨져 있는 문구는 '날 사랑하고, 버리지나 마세요'라고 적혀 있었다. 그러자 포셔는 그레시아노가 네리사에게 비난을 받을 만한 짓을 했다며 네리사를 두둔한다. 부인에게 받은 첫 선물을 그렇게 남에게 가볍게 줘버린 건 사랑의 맹세를 져버린 거나 다름없다는 논리였다. 그러면서 연인의 반지는 '진실한 사랑의 맹세를 손가락에 건 거라'며 반지의 의미를 역설했다. 반지의 소중함을 역설하던 그 자리에서 하필 바사니오가 반지를 판사님께 선물로 드렸다는 걸 그레시아노가 고해바친다. 포셔는 바사니오에게 어찌된 영문이냐며 따져 묻고 바사니오는 그럴 수밖에 없었다며 답답한 자신의 처지를 애써 고백해 본다. 하지만 포셔는 일부러 꽁한 표정을 지으며 다시는 그 박사를 절대 집 가까이에 접근도 시키지 말 것을 신신당부한다.

안토니오: 유감스럽게도 제가 싸움의 원인이 된 것 같군요.

바사니오와 포셔_ 포셔가 자신의 결혼반지 사건을 듣고 따져 묻자 바사니오가 당황하며 상황을 설명하는 장면이다. **헨리 피터스 그레이의 작품.**

포셔: 그건 아니에요. 당신을 환영합니다.

바사니오: 포셔, 그때는 어쩔 수 없어서 그랬으니, 내 잘못을 용서해 주시오. 이 많은 친구들 앞에서 당신에게 맹세하겠소. 아니, 지금 내 모습에 비치는 당신의 아름다운 두 눈에 걸고 맹세하겠소.

포셔: 무슨 그런 말씀을! 제 눈동자가 둘이니, 아마 당신의 위선적인 모습이 두 군데 다 비치겠지요. 한 눈에 하나씩. 차라리 위선적인 당신을 걸고 맹세하시죠. 그럼 아주 믿음직한 맹세가 되겠네요.

안토니오: 저는 한때 바사니오의 행복을 빌며 이 몸을 저당잡혔지요. 하지만 부인 남편의 반지를 가져가신 그분이 아니었더라면 전 벌써 죽었을 겁니다. 이번엔 다시 제 영혼을 담보로 맹세합니다. 남편께서 앞으로 다시는 맹세를 깨뜨리는 일이 없도록 해달라고 맹세하지요.

포셔: 그럼 당신께서 다시 보증인이 돼주세요. (손가락에서 반지를 뺀다) 이걸 저분에게 주시고, 저번 것보다 더 소중히 간직해 달라고 말씀해주세요. (안토니오에게 반지를 건넨다)

안토니오: 이 반지를 받게나, 바사니오. 그리고 이 반지를 잘 간직하겠다고 맹세하게.

바사니오: 아니 이건 내가 박사님께 드렸던 그 반지가 아닌가!

포셔: 용서해 줘요. 바사니오님. 이 반지는 법정에서 본 그분에게 받은 거예요. 이걸 받은 답례로 저는 박사와 동침했고요.

네리사: 저도 용서해 주세요. 그레시아노님. 저도 어젯밤 이 반지의 대가로, 아직 다 자라지도 않은 그 소년과 동침했어요.

그레시아노: 이게 무슨 소리야. 한여름에 신작로 고친 격이 됐으니. 고칠 필요도 없는 길을 말이야. 우리가 남편 구실을 하기도 전에 아내들이 먼저 바람난 셈이네.

포셔: 그런 점잖지 못한 말씀은 하지도 마세요. 모두들 놀라셨겠죠? 자, 여기 편지가 왔으니 언제든지 틈이 나면 읽어 보세요.패듀어의 벨라리오 박사님으로부터 온 편지랍니다. 벨라리오 박사는 저 포셔였고, 서기는 네리사였습니다. 여기 로렌조님이 증인이 되어 주실 거예요. 저는 당신이 출발하신 직후에 법정을 떠나서 지금 막 돌아왔거든요. 안토니오님, 정말 잘 오셨습니다. 오늘의 기쁨을 두배로 더해줄 희소식이 있네요. 이 편지를 빨리 뜯어보세요. 그걸 읽으시면 당신의 배 세 척이 짐을 잔뜩 싣고 입항했다는 걸 아시게 될 거예요.

안토니오: 그저 말문이 막힐 뿐이군!

바사니오: 당신이 그 박사였단 말이지? 그런데도 내가 당신을 몰라봤단 말이오?

안토니오: 아름다운 부인이시여, 당신 덕에 나는 목숨과 재산을 건졌습니다. 이 편지를 보니 분명 내 상선이 무사히 항구에 정박했군요.

포셔: 그리고 로렌조님, 내 서기가 당신에게도 좋은 소식을 가지고 왔답니다.

네리사: 그렇습니다. 사례금도 받지 않고 거저 드리죠. 유대인 샤일록이 당신과 제시카에게 유산 전부를 양도한다는 특별 양도증서예요. 샤일록이 사망을 하면, 유산을 전부 당신들에게 물려주겠다는 특별 양도증서죠.

로렌조: 아리따운 두 분의 부인, 이건 굶주린 사람에게 하늘이 만나를 내려주시는 격이군요.

포셔: 벌써 동이 틀 때가 됐네요. 모두들 이번 일에 대해 궁금하신 게 많으실 거예요. 자, 일단 안으로 들어가시죠. 그리고 마음껏 저희 두 사람을 심문하세요. 시원하게 대답해 드릴 테니까요.

| 한눈에 명화로 보는 셰익스피어 |

한여름밤의 꿈

"아무리 쓸모없고 비천한 것이라 해도 사랑은
그것들을 가치 있고 귀한 것으로 바꿔놓을 수 있어.
사랑은 눈으로 보는 게 아니라 마음으로 보니까."

A MIDSOMMER NIGHTS DREAME

한여름밤의 꿈

◆ 장소 및 등장인물

장소

아테네의 시시어스의 궁전, 아테네 퀸스의 오두막, 아테네 인근 숲 속

등장인물

시시어스: 아테네의 공작으로 히폴리타와 결혼을 앞두고 있다
히폴리타: 아마존의 여왕, 시시어스의 약혼녀
이지어스: 허미아의 아버지
라이샌더: 허미아를 사랑하는 총각
디미트리어스: 허미아의 약혼자
허미아: 이지어스의 딸
헬레나: 디미트리어스를 짝사랑하는 처녀
오베론: 숲을 지배하는 요정의 왕
티타니아: 요정의 여왕
요정: 티타니아의 시녀
퍽: 로빈 굿펠로라고도 불리는 작은 요정
퀸스: 목수로 보텀 등과 어울려 공작의 결혼식을 축하하는 연극을 준비한다
보텀: 직조공, 플루트: 풀무 수선공, 스너우트: 땜장이 등등
요정과 왕과 왕비의 시중을 드는 다른 요정들. 시시어스와 히폴리타의
시중을 드는 시종들

한여름밤의 꿈(382쪽 그림)_ 이 작품은 불화의 모든 요소들이 결혼을 통해 화해와 조화를 이루게 되는 과정을 흥미진진하게 그리고 있다. **에드워드 로버트 휴스의 작품**.

아테네의 시시어스의 궁전에서 시시어스와 히폴리타는 다가올 그믐달이 떠오를 밤에 결혼식을 올리기로 했다. 히폴리타는 나흘 밤이 지나면 다가올 결혼식을 고대하며 낭만적인 여름밤을 손꼽아 기다리고 있었다.

한참 다가올 축복의 날을 그리며 흐뭇한 기분에 젖어 있는 두 사람에게 허미아의 아버지 이지어스가 달려와 허미아가 자신이 점지해준 디미트리어스를 마다하고 라이샌더에게 마음을 빼앗겼다며 시시어스 공작의 현명한 판단으로 아비의 특권을 허락해 달라고 부탁한다.

이에 시시어스 공작은 허미아와 디미트리어스 그리고 라이샌더를 불러 허미아의 의향을 물으며 왜 아버지가 점지해준 디미트리어스를 마다하고 라이샌더를 택하려고 하는지를 묻는다. 주변의 반대를 무릅쓰고 허미아는 디미트리어스와의 결혼을 거절하면 자신에게 어떤 형벌이 따르는지를 묻는다. 허미아의 물음에 시시어스 공작은 교수형을 당하든가, 세상 사람들과 영원히 등진 채로 살아야 한다고 말해주었다.

디미트리어스는 이 말도 안 되는 상황을 도무지 납득할 수 없다며 허미아에게 다시 한 번 자신과 결혼해 달라고 애원한다. 그러자 라이샌더가 나서서 디미트리어스는 네다의 딸 헬레나에게 구애해 그 여자의 영혼을 사로잡은 바 있다고 말한다. 그러면서 현재 헬레나는 디미트리어스에게 넋을 잃고 신처럼 받들고 있으니 디미트리어스는 헬레나와 맺어져야 한다고 강변한다.

디미트리어스는 다혈질의 사내이다. 걸핏하면 얼굴을 붉히며 조금이라도 난처한 일이 생기면 곧장 핏대를 세우면서 기차 화통을 삶아먹은 것처럼 돼지 멱따는 소리를 질러대는 그런 사람이다. 반면 라이샌더는 디미트리어스와는 정반대로 침착하고 온순한 성격의 남자이다. 그러면서도 행동은 민첩했다. 머리숱은 탐스러울 정도로 풍성했고, 빗어 넘기

허미아와 헬레나 _ 디미트리어스는 허미아를 좋아하고 헬레나는 디미트리어스를 좋아하고 허미아는 라이샌더를 좋아하는 4각 관계에 놓인다. **에드워드 포인터의 작품.**

든 내리든 언제나 부드러운 머릿결을 간직하고 있었다. 얼굴 피부도 워낙 깨끗해서 조금은 핏기가 없어 보일 정도로 창백하기까지 했다.

　허미아는 어려서부터 원하는 것은 뭐든지 얻을 수 있다는 남부럽지 않은 환경에서 자란 소녀였다. 언제나, 당장, 무엇이든 원하는 것이라면 희망사항이 빨리 해결되지 않을 때엔 입꼬리만 살짝 실룩거리면 주변에서 뭐든 즉시 해결해 주곤 했었다. 이런 허미아에게 세상에 안 되는 것도 있다는 사실은 상상조차 할 수 없었다. 우선 그런 세상에서 살고 싶지도 않았거니와, 그런 세상에 대해선 자신이 치를 값이 너무 비싸도 안 되었다. 그런 허미아가 지금 난생 처음으로 있을 수 없는 일을 당한 것이다. 그것도 다른 사람도 아닌 아버지라는 큰 장애물에! 이 고집불통 천둥벌거숭이를 어쩌지 못하자 아버지 이지어스는 시시어스 공작을 찾아가 통사정을 하게 된 것이었다.

"시시어스 공작 전하, 공작께서 결단을 내려주십시오! 제 딸이 해야 할 바를 분명하게 결정해 주십시오."

결단? 결정? 시시어스 공작이 가장 좋아하는 말이었다. 그에게 있어 힘을 과시할 수 있는 이 결정적인 한마디는 장작을 패는 것과 똑같았다.

"허미아!"

공작이 근엄하게 말했다.

"여기에는 두 가지 가능성만이 존재한다. 아버지 말을 듣느냐, 안 듣느냐지."

"저도 아버지 말을 듣고 싶어요. 그런데 제가 사랑하는 사람은 디미트리어스가 아니라 라이샌더인데 어떻게 하라고요?"

"그렇다면 결정은 두 가지밖에 없다. 너를 수녀원으로 보내거나, 아니면 내가 결정을 내리는 것이다. 아버지에게 너를 집안에 감금시켜도 좋다고! 잘 생각해 보거라. 시간은 내 결혼식날까지 주겠다. 그 정도면 충분히 생각할 시간은 되겠지."

그러나 허미아는 공작의 권고와는 달리 또 다른 가능성도 있겠다고 생각했다. 그건 바로 이 왕국에서 도망을 치는 것이다. 아테네를 떠나 아무도 모르는 다른 곳으로 라이샌더와 멀리 떠나는 것이다. 허미아는 조금 전까지 아버지와 공작으로부터 심한 모욕을 들은 라이샌더를 바라보며 희망에 찬 제안을 했다.

"라이샌더, 우리 함께 이 도시를 몰래 빠져나가자."

"그러자."

"이따 밤에 만나자."

허미아와 라이샌더(386쪽 그림)_ 시시어스와 히폴리타의 결혼식으로 분주한 어느 날, 허미아와 라이샌더는 아버지의 결혼 반대에 맞서 숲으로 사랑의 도주를 한다. **존 시몬스의 작품.**

"그래."

"숲 속에서."

"그래."

"한 번쯤 아니라고 거절해도 괜찮아."

"아니야, 난 너와 같이 숲으로 도망가는 게 현명한 선택이라고 생각해."

이쯤 되자 허미아는 입이 근질거려서 참을 수가 없었다. 그녀에게는 둘도 없는 친구인 헬레나가 있었다. 절친에게조차 비밀을 가져야 한다는 것이 허미아는 못내 아쉬웠다. 하지만 그건 자존심과도 연관된 문제였다. 지금 내가 하고 있는 일은 옳은 일이다. 왜? 내가 하는 일이니까. 그런 마당에 말 못할 게 무엇인가? 헬레나가 내 계획에 대해 모르고 있을 이유가 없었다.

그런데 헬레나는 허미아와는 정반대 성격이었다. 그녀는 조용히 사색에 잠기는 걸 즐겼고 슬픔을 벗 삼았다. 사람들은 그런 그녀에게 일부러 불행만 쫓는 아이 같다고 수군거렸다. 그녀는 항상 축축하게 젖은 목소리로 말했다. 오늘 어떤 양말을 신어야 할지를 놓고도 그녀는 늘 망설였다. 워낙 천성이 예민한 아이라 늘 양심의 가책에 시달렸다. 어딘가 모르게 부족하고 모자란 것에서 그녀는 세상의 가치를 느꼈다. 그렇게 온순하고 내성적인 소녀가 하필이면 다혈질인 디미트리어스를 좋아했다. 그건 전혀 놀랄 일도 아니었다. 절친인 허미아가 디미트리어스를 싫어한다지 않는가. 문제는 허미아에게 딱지맞은 디미트리어스를 헬레나는 좋아한다는 것이고, 이런 헬레나를 디미트리어스는 죽기보다 더 싫어한다는 것이었다. 그녀의 불행은 달콤할 정도로 완벽했다. 헬레나는 급기야 해서는 안 될 생각까지 하기에 이른다. '허미아의 계획을 디미트리어스에게 확 털어놔 버릴까? 그러면 그가 내 차지가 될지 어떻게 알아.'

헬레나와 디미트리어스_ 헬레나는 자신이 좋아하는 디미트리어스에게 허미아가 라이샌더와 함께 숲으로 사랑의 도피를 할 것이라고 일러바친다. **존 시몬스의 작품.**

"디미트리어스?"

헬레나가 풀 죽은 목소리로 그를 불렀다.

"왜 또? 무슨 일 있어?"

디미트리어스는 헬레나의 목소리만 들어도 짜증부터 났다. 뭐든지 그녀가 말하는 것은 다 짜증이 났다.

"응, 뭘 좀 물어볼 게 있어서."

"뭔데, 뭐가 궁금한 건대?"

"너 혹시 알고 있어. 니가 그렇게 죽고 못사는 허미아가 오늘 밤 라이샌더와 함께 숲으로 야간도주를 한대."

"뭐야?"

"숲에서 만나기로 했다더라."

"그게 무슨 소리야."

너무나 흥분한 나머지 머리끝까지 화가 치민 디미트리어스는 부르르 몸을 떨며 소리쳤다.

"숲에서 만난다고!"

"그래, 그것도 한밤중에, 이제 어떻게 할 거야? 디미트리어스."

"내 이것들을 가만 두나 봐라! 어디서 만난대? 정확히 어디서 만나기로 한 거야?"

"내가 그리로 데리고 갈게."

헬레나는 풀 죽은 목소리로 울먹이며 말했다.

———— ....

같은 시각, 목수 피터 퀸스의 작업장에서는 사람들이 모여서 연극을 준비하고 있었다. 이들은 시시어스가 공표한 연극 경연대회에 나가기 위해 바쁜 와중에도 짬을 내 모인 것이었다. 물론 우승하고 싶다는 욕심으로. 다만 우승을 의심하는 사람은 연출을 맡은 퀸스 외에는 단 한 사람도 없다는 것이 문제였다.

연극의 ABC는 다 목수인 퀸스로부터 시작된다. 퀸스가 연출을 맡았다. 작품도 그가 썼다. 그는 마치 천장의 대들보를 올리듯, 등장인물들의 성격을 가늠했다. 대패로 다듬듯, 대사를 다듬었다. 저녁이 되자 제법 그럴 듯한 완성도를 갖춰 가기 시작했다. 퀸스는 자신의 새 작품에 이렇게 이름을 붙였다.

"피라무스와 티스베, 그들의 가장 잔인한 죽음을 둘러싼, 가장 슬픈 코미디."

거기에는 사랑, 죽음, 전율, 공포 등 삶의 모든 것이 다 들어 있었다. 퀸스는 각각의 역할도 아예 배우들에게 맞춰서 짰다. 미장이 톰을 예로 들어보자. 무대에 선 그의 대사는 마지막 한 자까지 그럴 듯했다. 다만 문제가 있었다. 그는 말할 때마다 우물우물거리는 버릇이 있었다. 가구장이 스눅은 어떨까? 그가 "말에 안장을 얹었습니다"라고 말하는 순간 관객들은 생난리가 났다. 사람들은 그가 말할 때마다 아예 두 손으로 귀를

피라무스와 티스베_ 오비디우스의 〈변신이야기〉에 나오는 이야기로, 셰익스피어의 〈로미오와 줄리엣〉의 원형이 된 그리스 신화이다. **클로드 고테로의 작품.**

막을 지경이었다. 스눅의 목소리는 사람의 간담을 서늘하게 할 정도로 소름이 돋는 괴상한 쇠소리를 지니고 있었다. 풀무수선공 플루트는 더 말할 것도 없었다. 그는 무대에 아주 조심스럽게 내보내야 했다. 여자로 꾸민 그는 아무튼 무대 앞에 나가기는 했다. 그러나 그가 무대에 올라가기만 하면 마치 관객들을 얼음처럼 착 얼어붙게 만드는 놀라운 진정제 같은 재주를 지녔다.

하지만 뭐니 뭐니 해도 이 연극 배역 중의 압권은 직조공 보텀이었다. 그는 무대에만 섰다 하면 구수한 사투리를 실패에 감긴 실을 풀듯 술술 풀어놓는데, 마치 그의 직업같이 화려한 옷감을 짜는 것처럼 놀라운 재능을 지니고 있었다. 그만 무대에 들어서면 모든 게 순풍에 돛단 듯 순조롭게 풀려나갔다.

이제 각자의 역할을 정해야 할 시간이 되었다. 모두가 선망하는 천생 연기자 보텀은 주인공 피라무스 역을 맡았다. 물론 하기로 마음만 먹으면 그는 티스베의 어머니 역이나 피라무스의 아버지 역도 훌륭히 소화해낼 수 있었다.

"이것 참 흥미로운 연극이 될 것 같군."

보텀이 많은 배역을 못 맡게 되자 못내 아쉽다는 듯이 혼잣말을 했다.

"배우 한 사람이 모든 역을 맡는다! 그것 참 흥미롭지 않을까?"

"그럴려면 이 모임은 뭐하러 해?"

풀무수선공 플루트가 볼멘소리를 했다.

"그럼 우리는 별로 할일이 없으니까 집에 가지 뭐."

가구장이 스눅이 말했다.

하지만 그래서야 천하의 피터 퀸스가 만든 연극이 되겠는가. 보텀이 피라무스를, 플루트가 티스베를, 스눅이 사자를 맡게 되면서 모두의 불만은 한순간에 사라져버렸다.

이 연극 모임은 훌륭했다. 그것도 아주! 심지어 질투를 느끼는 사람들마저 있었다. 경쟁세력이 생겨나지 않을 리가 없었다. 상대편을 염탐하는 사람까지 생겼다. 몰래 숨어든 사람들은 목공소의 창턱 끝까지 목을 쭉 빼고는 귀를 쫑긋 세웠다. 안에서 들려오는 소리를 마치 빨대를 물고 빨아들이듯 하나도 빠트리지 않으려고 심각하게 안을 엿보고 있었다. 심지어 기록하는 경우까지 있었으며 상대방 연극 내용을 하나도 빼놓지 않고 베끼기에 여념이 없었다. 보는 눈이 심각하게 많아지자 퀸스의 연극팀은 어쩔 수 없이 숲 속 빈터에서 몰래 연습을 하기로 했다.

————·················

이 숲의 지배자는 요정의 왕 오베론이었다. 물론 왕은 자신의 권력을 아내 티타니아와 함께 행사했다. 왕의 숨결이 나무와 풀잎을 쓰다듬고, 잎사귀 위의 무당벌레를 간질일 저물녘이면, 티타니아는 요정들이 자기로 인해 서로 부딪치지 않도록 비행궤도를 조정하면서 살랑거리는 날개짓을 장단조의 아름다운 선율로 바꿔주곤 했다. 그런데 요 며칠 사이 부부관계가 많이 틀어져 있었다. 며칠 전 오베론과 티타니아는 부부싸움을 했기 때문이었다. 여왕은 지금 기분이 단단히 상해 있었다. 뭐 그리 심각

오베론과 티타니아_ 요정의 왕 오베론과 왕비 티타니아의 모습이다. **조지프 노엘 패턴의 작품.**

한 문제는 아니었고, 한 요정을 둘러싸고 두 사람 간에 의견충돌이 빚어졌기 때문이었다. 그 참에 숲의 분위기는 그야말로 엉망이었다.

오베론은 평소 싸우는 걸 싫어했다. 무엇보다 그는 티타니아를 끔찍이 사랑했다. 아내에게 싫은 소리 한 번 해본 적이 없는 오베론이었다.

오베론은 며칠 동안의 기억을 더듬어보았다. 언젠가 그는 사랑의 꼬마 신 아모르를 본 일이 있었다. 당시 아모르는 사랑에 빠져 있었다. 그냥 빠진 정도가 아니라 아예 정신이 홀딱 나갔다. 그건 바로 숲 속에서 산딸기를 따고 있는 처녀에게 흠뻑 빠졌기 때문이었다. 평소의 밝고 포동포동한 아모르의 얼굴이 애욕을 참느라 일그러져 있는 모습을 오베론은 똑똑히 보았다. 욕정을 참지 못한 아모르는 화살통에서 화살 한 대를 꺼내 처녀를 향해 쏘았다. 그러나 화살은 빗나가고 말았다. 처녀는 아모르의 난리법석을 전혀 눈치 채지 못하고 계속 산딸기를 땄다. 화살은 처녀를 지나 엉뚱하게 꽃 한 송이를 맞추었다. 그것은 조그만 팬지였다. 가까이 가서 꽃을 살펴본 오베론은 아모르의 화살 덕택에 화살에 맞은 꽃이 마법의 꽃으로 변했음을 알았다. 그 꽃의 줄기에서 즙을 짜내 자고 있는 사람의 눈꺼풀에 바르면, 그 사람은 깨어나자마자 가장 가까이에 있

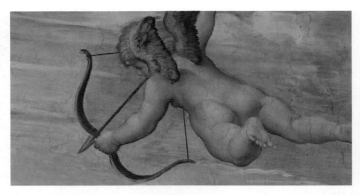

아모르_ 고대 그리스 신화에 나오는 사랑의 신으로, 로마 신화에서는 큐피드 또는 아모르라고 한다. 미의 여신 아프로디테의 아들로, 활과 화살을 가지고 있다. 에로스가 쏜 금화살에 맞으면 처음 본 상대에게 바로 사랑에 빠지고, 납화살에 맞으면 사랑을 거부하게 된다. 이와 관련해 '아폴론과 다프네'의 이야기가 있다.

는 존재와 사랑에 빠지게 되었다. 그 존재가 사람이든 동물이든 그건 개의치 않았다.

오베론은 시종 퍽을 불렀다. 퍽은 아주 착한 정령이었지만 가끔 못된 정령이 되기도 했다. 한마디로 도대체 종잡을 수 없는 정령이었다.

"여봐라 퍽!"

오베론이 말했다.

"마법의 꽃을 찾아서 한 줄기만 꺾어 오너라."

오베론의 말이 끝나기가 무섭게 퍽은 쏜살같이 숲으로 달려갔다. 오베론은 퍽을 보내놓고 나서 한 시간 가량 혼자 고독에 잠기는 것을 즐겼다. 그러나 오늘 밤 이 시간이 지나면 아마도 오베론의 한가한 여유는 웬만해선 찾을 수 없으리라. 그러기에는 오늘 밤의 숲의 사정은 무척 소란할 것이기 때문이다.

———————·············

퀸스의 집에서 희미한 불빛이 새어나오고 있었다. 퀸스와 여러 배우들이 재미있는 비극이자 서글픈 희극인 〈피라무스와 티스베〉를 연습하고 있었다.

"친애하는 퀸스!"

보텀이 말했다.

"불후의 명작을 쓰셨구려. 그러나 연극에 문제가 좀 있는 것 같소."

"뭐가 문제지, 보텀?"

"숙녀요, 숙녀가 문제입니다."

"우리 극단에는 여자가 없는데."

"극단엔 없지만 객석에는 있소. 만일 피라무스가 마지막 장면에서 자기 배를 칼로 찌르면, 숙녀분들은 놀라서 가슴이 철렁 내려앉을 것이오."

"그건 보텀 말이 맞아."

미장이 스나우트가 맞장구를 쳤다.

"공연에 앞서 일종의 안내문을 써야 하오."

보텀이 주장했다.

"칼로 벤다는 것이 진짜가 아니라는 내용 말이요. 그리고 피라무스가 자기 배를 진짜로 찌르는 것이 아니라는 것도."

"그거 좋군."

고개를 끄덕이며 퀸스는 메모했다.

또다시 연습이 시작되었다. 제일 먼저 티스베가 출연했다. 처음부터 관객에게 비장의 무기를 보여줄 수는 없었다. 비장의 무기는 물론 보텀이었다. 다른 배우들의 서툰 연기로 그의 출연을 관객이 고대하게끔 만들어야 했다. 관객이 간절히 고대하도록 보텀은 무대 뒤에서 기다려야 했다. 나무 뒤에 숨은 보텀은 이제나저제나 자신이 등장할 때만 기다렸다. 그때였다. 퍽이 살짝 날아든 시각이. 어찌나 감쪽같던지 마치 비둘기 털처럼 사뿐히 보텀에게 내려앉았다. 퍽은 천재의 머리를 자신의 마법의 손으로 슬쩍 건드렸다. 순간 마력이 효과를 발휘했다.

마침내 문제의 대사가 튀어나왔다.

보텀이 등장했다.

"오 밤이여, 컴컴하기가 먹물 같은……."

놀란 친구들이 비명을 지르며 달아났다.

보텀은 동료들이 자신의 연기를 좋아한다고 착각했다.

"아니, 내 연기가 까무라칠 정도로 좋았나. 연습까지 중단하고 달아나기는 왜 달아나."

그는 달아나는 친구들을 쫓아갔다. 어두운 숲 속으로. 달려가다가 보텀은 뭔가에 걸려 넘어졌다. 뭘까? 나무뿌리? 돌? 아니었다. 보텀은 하필이면 티타니아가 자고 있는 침대에 넘어졌다. 보텀과 부딪쳐 잠에서 깨어난 티타니아가 눈을 비볐다. 오늘따라 눈꺼풀이 왜 이리 끈적거리지? 가려운 눈을 비비며 겨우 눈을 뜬 그녀는 자신 앞에 웬 남자가 떡하니 버티고 서 있는 것을 보고 화들짝 놀랐다. 이게 뭐야? 잘생긴 당나귀 머리를 가진 몸매가 멋진 남자! 티타니아는 첫눈에 황홀경에 빠졌다. 곧이어 자연스럽게 보텀에게 애교를 부렸다. 어떤 남자에게도 해준 적이 없는 황홀한 애교를!

"따라오세요."

티타니아가 꿀물이 뚝뚝 떨어질듯한 감미로운 목소리로 속삭였다.

보텀은 여자가 하라는 대로 따라갔다. 그러고는 요정들의 극진한 애무를 받았다. 그건 연극무대에서는 좀처럼 느껴보지 못한 것이었다. 오베론은 이 모든 걸 하나도 빠짐없이 지켜보고 있었다. 당나귀 머리를 한 남자라!' 오베론은 흡족했다. '그래, 기왕이면 건장한 미남이 좋지, 그래!' 드디어 왕은 다른 의견을 갖는다는 게 어떤 결과를 초래하는 건지를 아내에게 똑똑히 보여주기로 했다.

당나귀 머리로 변한 보텀_ 마법의 꽃을 따고 가는 퍽의 실수로 보텀은 그만 당나귀의 얼굴로 변해버렸다. 그러나 마법의 힘 때문에 요정의 여왕 티타니아는 그를 보고 사랑에 빠진다. **에드윈 랜드서의 작품.**

아니, 이건 또 무슨 요란한 소리인가! 어디서부터 이 시끌벅적한 다투는 소리가 끊이질 않는단 말인가. 그것은 바로 디미트리어스와 헬레나의 소란 때문이었다. 이 두 사람은 순해 터진 점액질과 행복을 찾아 떠나는 여정에 있었다. 앞장선 디미트리어스가 쿵쾅거리며 발걸음을 재촉하고 있었고, 그 뒤를 헬레나가 헐레벌떡 발걸음을 재게 놀리며 쫓아왔다.

걸어오는 내내 디미트리어스는 짜증이 끊이질 않았다. 얼굴은 벌써 붉게 물들어 화가 머리끝까지 뻗쳤음을 내비치고 있었다.

"야! 헬레나, 너 그냥 나랑 가고 싶어서 나를 숲으로 꼬드긴 거지! 도대체 라이샌더가 어딨어? 허미아는 또 어디 있고?"

"분명히 숲 속에 있을 거야. 허미아가 나에게 직접 말했어. 자기가 사랑하는 라이샌더와 함께 달밤에 숲으로 도망갈 거라고."

"거짓말 마!"

디미트리어스의 분기탱천한 목소리만이 숲 속을 쩌렁쩌렁 울려댔다. 그는 악담을 퍼부으며 발을 쿵쿵 굴렸다. 그런 디미트리어스를 놓칠세라 조심스럽게 따라 오는 순한 양에게 디미트리어스는 끊임없이 욕설을 퍼부어대고 있었다.

먼 발치서 이들을 지켜보는 오베론에게 이들의 소란은 그저 듣기 싫은 소음에 지나지 않았다. 인간의 그 복잡한 속내, 지나친 욕심, 비뚤어진 심술 등에 대해선 애초에 오베론은 관심조차 없었다. 그저 숲의 조화를 깨는 두 사람의 소란이 싫을 뿐이었다.

퍽이 마법의 꽃을 가지고 돌아왔을 때, 오베론은 줄기째 꽃을 꺾었다. 그리고 퍽에게 꽃가지를 통째로 주면서 말했다.

"이쪽 숲길을 따라가거라! 저쯤에 한 남자와 한 여자가 다투면서 가고 있을 것이다. 그들은 요즘 아테네 젊은이들이 입는 옷을 입고 있을 것이다. 사내놈은 아주 못돼먹은 녀석인지 쉴 새 없어 여자에게 악다구니를 퍼붓더라. 그런데 그렇게 욕을 먹어대면서도 여자는 징징 짜면서 그 녀석을 쫓아 가니 참 못볼 장면이더구나. 두 사람이 잠들 때까지 기다렸다가, 남자의 눈꺼풀에 이 즙을 발라라."

"둘이 잠을 안 자면요?"

"금방 잘 거다. 화를 내면 사람은 쉬 잠이 오는 법, 욕을 하는 녀석도, 욕 먹는 여자도 마찬가지다. 둘 다 조금 있으면 잠이 들 거다."

얼마 안 있어 잠시 조용했던 숲 속이 다시 소란해졌다. 허미아와 라이샌더, 이번엔 행복한 연인들이 나타난 것이다. 두 사람은 숲 속에서 그만 길을 잃고 헤매는 중이었다. 하긴 원래부터 찾아야 할 목적지도 없었지만.

"라이샌더!"

허미아가 불렀다.

"응?"

"우리 풀밭에 누워 날이 밝을 때까지 눈 좀 붙이자. 그게 낫겠지?"

"그래."

오베론과 퍽_ 오베론은 디미트리어스와 헬레나의 소란에 그들이 서로 사랑하게끔 퍽에게 마법의 꽃을 눈꺼풀에 바르라고 명령한다. **윌리엄 블레이크의 작품.**

그들은 풀밭에 누웠다. 라이샌더가 자기 옆에 누운 허미아를 안으려고 했다. 허미아가 라이샌더를 슬며시 밀치며 말했다.

"우리 결혼할 때까지는 서로 조심하자. 그게 좋지 않을까?"

"그럴까. 그래 아직은 우리가 서로 조심하는 게 좋겠다."

"우리 이렇게 하자."

허미아가 말했다.

"여기 덤불이 있네. 너는 저쪽에서 자고, 나는 이쪽에 누워서 자는 거야. 어때?"

"그래, 그게 좋겠다."

그리고 이내 두 사람은 잠이 들었다.

이때였다. 퍽이 나타난 것은! 퍽은 자고 있는 남자를 보았다. 아테네풍의 복장을 한 젊은 사내와 아리따운 처녀, 왕이 말한 그대로였다. 그래서 퍽은 라이샌더와 디미트리어스를 헷갈려 버렸다. 한 나뭇가지에 몸을 걸친 퍽은 잠든 라이샌더의 눈꺼풀에 사랑의 묘약을 발라버리고 말았다.

───── ················

디미트리어스와 헬레나는 여전히 숲 속을 헤매고 있었다. 그동안 화가 치밀대로 치민 디미트리어스는 온갖 욕이란 욕을 다 퍼부으며 헬레나를

사랑의 전령이 된 퍽_ 오베론의 명령을 받은 퍽은 마법의 꽃액을 디미트리어스에게 바르려 했으나 실수로 라이샌더에게 바르고 만다. **존 시몬스의 작품.**

못살게 굴었다. 헬레나는 도저히 참을 수가 없었다.

"나, 더는 가지 않겠어."

헬레나가 갑자기 멈추며 말했다.

"더 안 가겠다고? 그것 참 듣던 중 반가운 소리네. 나도 그 말만 기다렸다. 내가 언제 같이 가달라고 했냐? 서로 갈 길 가자구."

"하지만 여긴 너무 어두운데!"

"오늘 저녁 시간 중에 어두울 때가 제일 좋을 때야. 최소한 네 얼굴은 안 봐도 되잖아."

그 말을 남기고 디미트리어스는 사라졌다. 인정머리라고는 눈을 씻고 찾아봐도 없는 사내였다.

여자는 땅바닥에 털썩 주저앉았다. 손바닥으로 흙을 긁어 모았다. 마치 어둠 속에다가 눈을 묻기라도 하려는 듯. 지금까지 살아오면서 이렇게 처절하고 외롭고 슬퍼 본 적은 처음이었다.

화를 내면 쉬 피곤해지는 법. 화가 머리끝까지 치솟은 디미트리어스는 어느새 다리가 풀려서 전나무 사이에 벌렁 드러누웠다. 그는 눕는다는 느낌도 없이 이내 코를 골기 시작했다.

오베론은 퍽이 일을 다 그르쳤음을 알았다. 엉뚱한 놈의 눈꺼풀에 즙을 뿌려놓다니, 시끄러운 놈은 놔두고. 안 그래도 조용한 친구에게 말이다. 오베론은 직접 나서서 잘못을 바로잡기로 했다. 신나게 코를 골고 있는 디미트리어스 옆에 앉은 오베론은 팬지 줄기에서 짠 마법의 즙을 디미트리어스의 눈꺼풀에 발랐다.

───── ·················

숲 속의 다른 언덕

오베론: 그 아테네 사람 눈꺼풀에 마법의 액을 발랐겠지?

퍽: 물론입죠. 그자가 잠들어 있는 사이에 얼른 발랐죠. 그때 마침 그의 옆에는 아테네 여인도 있었습니다. 그리고 그자가 잠에서 깨어나면 그 여인을 볼 수밖에 없겠죠.

오베론: 빨리 몸을 숨겨야겠다. 저자가 바로 그 아테네 사람이다.

퍽: 여자는 맞는데, 남자는 아닌 것 같은 데요?

디미트리어스: 당신을 그토록 사랑하는 사람을 왜 비난하는 거요?

허미아: 지금은 비난 정도이지만, 앞으로는 좀 더 심하게 당신을 대해야겠다고 생각하고 있어요. 나에게 저주받을 만한 짓을 저질렀으니까요. 만일 잠자는 라이샌더님을 죽였다면, 기왕에 일을 벌이셨으니, 아예 나까지도 죽이시지요.

디미트리어스: 살인자의 모습이 유령 같다면, 나도 유령이나 마찬가지요. 당신의 그 가혹한 말이 내 가슴을 후벼파 놓았으니 말이오.

허미아: 아니, 그게 라이샌더님과 무슨 관계가 있죠? 그분은 어디에 계신 거죠?

디미트리어스: 나는 모르는 일이오.

허미아: 버러지 같은 놈, 썩 사라져라! 네 놈이 나에게 처녀로서의 자제력을 잃게 만드는구나. 네 놈은 사람도 아니야. 너는 독사야. 아마 갈라진 혓바닥으로 날름대는 살모사도 네 놈처럼 지독한 짓은 하지 않을 거야.

디미트리어스: 아가씨는 지금 괜한 화를 내고 있는 거요. 난 맹세코 라이샌더를 죽이지 않았소.

허미아: 그렇다면 확실한 증거를 대보세요.

디미트리어스: 라이샌더를 보지도 못했는데 어떻게 증거를 대란 말이오. 당신이 그렇게 화난 상태에서는 그를 쫓아가 봐야 아무 소용이 없을 거요. (방백으로) 아, 너무 지쳤다. 여기 어느 정도 머물면서 잠에게 도움을 청하면, 잠이 조금이나마 이 슬픈 상황을 벗어나게 해 주겠지.

오베론: 네 놈의 실수로 인해 거짓된 여인의 마음이 진실되게 바뀐 게 아니라, 도리어 참된 여인의 마음만 변하게 했구나.

펙: 이젠 운명의 여신에게 맡길 수밖에 없네요.

오베론: 이 숲 속을 바람보다 빨리 달려 아테네의 여인 헬레나를 찾아내도록 하라. 그 여인은 상사병에 걸린 나머지, 혼비백산 해 있다. 마법을 부려서라도 그 처녀를 빨리 데려오너라.

펙: 네, 알았습니다요.

오베론: 큐피드의 화살을 맞고서 이렇게 자주색 물이 든 꽃즙아, 그 청년의 눈동자 속으로 깊숙이 들어가 스며들어라. 그 청년이 잠에서 깨어나 자기 연인을 보는 순간, 그 여인이 찬연히 빛나보이게 하라.

잠시 후 라이샌더와 헬레나 등장

라이샌더: 내가 무엇 때문에 아가씨를 모욕하기 위해서 구애를 하겠소? 내가

이렇게 눈물까지 흘리며 맹세하는 모습을 좀 보시오. 눈물을 흘리며 하는 맹세는 단연코 진실되게 마련이요.

헬레나: 당신의 말솜씨는 갈수록 교활해지는군요. 하나의 진실이 다른 진실을 죽여버리니, 오, 사악하고도 거룩한 싸움이군요. 그런 맹세는 허미아한테나 하세요.

라이샌더: 내가 그녀한테 사랑의 맹세를 했을 때는 분별력이 없었기 때문이오.

헬레나: 그녀를 포기하려는 지금도 분별력이 없기는 마찬가지 같군요.

라이샌더: 그녀 옆에는 디미트리어스가 있잖소. 그는 그녀를 사랑하지, 결코 당신을 사랑하는 게 아니오.

디미트리어스: (잠에서 깨어나며) 오, 헬레나! 나의 여신, 나의 요정이여! 완벽하고도 신성한 님이시여! 그대의 두 눈을 그 무엇에 비할 수 있으리까. 아름답게 농익은 그대의 앵두 같은 입술은 언제나 나를 유혹하는군요!

오, 제발 그대의 손에 입맞추게 해주시오.

헬레나: 아! 정말 분하고 기가 막힐 뿐이로구나. 이젠 당신들 두 사람이 작정

을 하고 나를 놀라는군요. 나를 조롱하는 걸로 재미를 보려고요. 겉으로는 사랑의 맹세를 속삭이고 서약도 하고 온갖 찬사를 늘어놓으면서도 속으로는 나를 미워하고 있는 게 분명해. 당신들이 올바른 사람들이라면 신성한 처녀를 이렇게까지 조소를 하고 인내심까지 허물어뜨리면서 시험하지는 않을 거예요.

라이샌더: 디미트리어스, 그러지 말게, 자넨 비정한 사람이야. 자네는 허미아를 사랑하고 있고, 내가 그 사실을 알고 있다는 걸 자네도 알고 있잖아. 그러니 헬레나에 대한 사랑은 내게 돌려주게나.

헬레나: 아무도 이렇게 지독한 조롱은 할 수 없을 거야.

디미트리어스: 라이샌더, 자넨 허미아를 그대로 지키게. 나는 허미아를 더 이상 사랑하지 않겠네. 이제 나는 고향으로 돌아온 것이나 다름없어. 헬레나에게로 말일세. 나는 그녀에게 영원히 머물겠네.

세 사람이 옥신각신 사랑의 맹세를 하고 있는 즈음에 허미아가 잠에서 깨어난다.

허미아: 나의 눈을 멀게 하니 귀의 움직임만 더욱 민감해지는구나. 라이샌더 님, 당신을 찾아낸 건 제 두 눈이 아니랍니다. 다행히 저의 두 귀가 당신 목소리가 나는 곳으로 저를 이끌어 주었답니다. 그런데 왜 그렇게 매정하게 나를 버려두고 가셨나요?

라이샌더: 사랑이 내 등을 떠미는데, 어떻게 머무를 수 있겠소?

허미아: 어떤 사랑이 당신을 떠밀었죠?

라이샌더: 헬레나요.

허미아: 당신은 생각과 말이 달라요. 그럴 수는 없는 일이에요.

헬레나: 아니, 어쩌면 이럴 수가 있을까. 저 애도 한통속이로구나! 이 고약한 계집애야! 우리 둘이 밤늦도록 나누었던 은밀한 얘기들, 자매처럼 살아가자던 그 굳은 맹세들, 그 순간들을 너는 모두 잊었던 말이냐?

허미아: 나야말로 이해를 못하겠다. 네가 그렇게 화를 내는 이유를. 내가 언제 너를 조롱했니? 네가 나를 조롱하면서.

헬레나: 그럼 네가 시킨 일이 아니라는 거야? 라이샌더님이 조롱 삼아서 내 뒤를 따라다니면서 눈이 빛난다느니 얼굴이 예쁘다느니 하면서 찬사를 보낸 것 말이야. 게다가 디미트리어스는 얼마 전까지만 해도 나를 그렇게 떼어 버리려고 하던 사람인데, 나를 여신이니, 천사니 하면서 생전 안 하던 소리를 늘어놓는데 그게 다 네가 시킨 일이 아니란 말이야?

허미아: 나는 도무지 네가 무슨 말을 하는지 도대체 모르겠다.

헬레나: 그렇겠지. 그렇게 천진한 표정을 내 앞에서 억지로 지어 보이면서, 내가 돌아서기만 하면 입을 삐죽 내밀고 눈짓을 서로 주고받으면서 나를 조롱할 테지. 어쨌든 잘 있어라. 나에게도 잘못이 없는 건 아니니까. 내가 죽거나 없어지면 모든 것이 해결되겠지.

라이샌더: 잠깐만 헬레나, 내 말을 좀 들어줘요. 내 사랑, 내 영혼, 내 생명,

뒤죽박죽인 사랑 _ 퍽의 실수로 헬레나를 싫어했던 디미트리어스는 그녀를 사랑하게 되지만 허미아와 연인관계인 라이샌더가 헬레나에게 반해버리는 사태가 벌어진다. **아서 래컴의 작품.**

오, 아름다운 헬레나!

허미아: 이것 보세요. 헬레나를 그렇게 놀리지 마세요.

디미트리어스: 허미아가 간청해서 안 되면, 내가 강제로라도 그렇게 만들어주지.

라이샌더: 어림없는 소리! 허미아가 간청해서도 안 되지만 네가 강요해서는 더 안 되지. 네 협박은 저 여자의 기도보다 힘이 없어. 헬레나, 그대를 사랑하오. 내가 당신을 사랑하지 않는다는 저 자의 말이 거짓임을 증명하기 위해, 내 목숨을 걸고 맹세하오.

디미트리어스: 나는 저 자가 한다는 것보다 그대를 훨씬 더 사랑하오.

헬레나: 두 분께 부탁드릴 게요. 절 조롱하는 거야 뭐라 말릴 수 없지만 저 애가 저를 해꼬지하지 못하도록 해주세요. 저는 천성이 물러터져서 싸움 같은 건 하지도 못합니다.

라이샌더: 걱정마시오, 헬레나. 허미아는 당신을 해치지 못할 테니까.

헬레나: 그런 말씀 마세요. 저 애는 화가 나면 얼마나 거칠고 표독스러워지는지 몰라요. 몸집은 작아도 성질은 장난이 아니에요.

허미아: 또 그 소리! 그저 작다거나 표독스럽다느니 하는 말밖에 넌 할 줄 모르니? 저애가 나를 이렇게 놀리도록 그대로 보고만 있으실 거예요?

라이샌더: 비켜라, 이 난쟁이 여자야. 키가 도토리만한 걸 보면 키가 안 크는 비법이라도 숨겨 놨나 보지? 이 난쟁이 콩알쟁아.

디미트리어스: 우습군! 헬레나를 위해 대단한 허풍을 떨어 대고 있다만, 그녀가 널 좋아할 것 같나? 저 아가씨 가만히 내버려둬. 입도 벙긋하지 말라고. 앞으로 헬레나에게 사랑이 어쩌고 저쩌고 하면서 계속 허풍을 떨어대면 내가 가만 있지 않을 거다.

라이샌더: 이제야 솔직한 모습을 보이는군. 용기가 있으면 날 따라와라. 너

와 나, 둘 중에 누가 헬레나를 더 사랑하고 있는지 단칼에 결판을 내자.

디미트리어스: 따라오라면 못 따라갈 줄 아느냐? 네 녀석이 가는 곳이라면 나는 어디든지 따라 갈 테다.

허미아: 정말 어이가 없군. 이 모든 소란은 헬레나 너 때문에 다 벌어진 일이야. 그러니 도망갈 생각일랑 말아라.

헬레나: 나는 아직도 너를 믿지 못하겠어. 그리고 나는 너의 그 지독한 욕지거리를 들으면서 여기 있고 싶지도 않아. 네 손이 싸울 때는 더 빠르지만, 달아나는 덴 내 다리가 더 길다는 걸 모르는구나.

허미아: 정말 기가 막혀서 말도 제대로 안 나오는군.

오베론: 퍽, 이 녀석, 이게 다 네 녀석이 실수한 탓에 벌어진 일입니다. 네 녀석은 실수를 밥 먹듯 하든가, 그렇지 않으면 고의로 장난을 치든가 둘 중의 하나일 거다.

퍽: 왕이시여, 믿어주소서. 이번엔 정말 실수였습니다. 아테네 복장을 한 사람을 찾아야 한다기에 아테네인의 눈꺼풀에 꽃즙을 발라주었던 겁니다.

오베론: 이 철없는 녀석 보게나. 너도 보았다시피 지금 두 연인이 사생결단을 할 장소를 찾고 있지 않느냐. 그러니 퍽, 이제 그만 어두운 밤의 장막을 펼쳐라. 저 별이 반짝이는 하늘도, 황천처럼 캄캄하고 낮게 드러워진 안개로 뒤덮이도록 하라. 그리고 그 꽃즙을 이번엔 실수 없이 라이샌더의 눈꺼풀에 발라주어라. 그러면 꽃즙의 효과로 인해 그 모든 착오가 사라지고 그의 눈은 정상적인 시력을 찾게 될 것이다. 그 다음 그들이 눈을 뜨게 되면 이 모든 헛소동이 한바탕 꿈이요, 아무 의미 없는 환영임을 알게 될 것이다. 그 사이 나는 나의 여왕에게로 가서 그 인도 소년을 내게 달라고 빌어야겠다. 그리고는 나는 마법에 걸린 그 여자의 눈을 괴물에게서 해방시켜줄까 한다. 그러면 이 모든 소란이 한바탕 꿈을 꾼 것처럼 다시 제자리로 돌아오겠지.

한여름 밤의 꿈 연극 _ 치열한 4인 관계가 벌어지는 연극의 한 장면이다.

　무서운 숲 속에 혼자 남은 허미아는 어둠 속을 더듬으며 계속 헤맸다. 이제는 정말 포기하고 싶었다. 집에 가고 싶은 마음만 간절했다. 아버지가 하라는 대로 다 하리라. 이 숲만 빠져나갈 수 있다면, 이 어둠의 숲만 벗어날 수 있다면!

　"나는? 나는 이제 아무 것도 아냐?"

　외로움과 무서움에 싸인 허미아가 허공에 대고 소리를 질렀다. 하지만 아무도 허미아의 소리를 들어주는 사람이 없었다. 이번에는 목청껏, 아주 분명하게 외쳤다.

　"이제 나는 아무 것도 아니라고."

　허미아는 무슨 생각이 났는지 헬레나에게 돌진했다. 그리고는 머리채를 휘어잡고 헬레나를 넘어뜨렸다. 그 광경을 본 라이샌더는 디미트리어스에게 달려들었다. 지금 이 순간 숲 속의 평화따윈 온데간데 없었다.

　"픽!"

　오베론도 고함을 질렀다.

네 사람을 잠재우는 퍽 _ 퍽의 실수로 뒤죽박죽이 된 사랑의 꼬임에 오베론은 더 이상 참지 못하고 그들을 잠재우라고 명령한다. **아서 래컴의 작품**.

"당장 물불 가리지 않고 싸우는 저 두 쌍의 연인들을 잠재우도록 해라. 그래야 이 숲이 좀 조용해질 것 같다."

퍽에게는 식은죽먹기보다 더 쉬운 일이었다. 격노한 오베론의 심기를 잠재우기 위해서라도 분부대로 즉각 실행할 필요가 있었다. 퍽은 두 사람의 복잡한 관계를 깔끔하게 정리했다. 라이샌더를 허미아 옆에 누이고 얼굴과 얼굴을 밀착시켰다. 깨어나도 허미아에겐 라이샌더만 보이도록. 디미트리어스는 헬레나 곁에 눕혔다. 앞선 두 사람과 마찬가지로.

"퍽, 티타니아와 그 당나귀 놈도 재워라. 그리고 티타니아가 잠에서 깨거든 내게 데리고 오너라!"

퍽은 일사천리로 오베론의 분부를 즉각 실행에 옮겼다. 마침내 숲 속에는 평화가 찾아왔다. 그러나 이제 요란한 사랑의 밤도 얼마 남지 않았다.

─────── ··············

선황색 옷으로 곱게 치장한 새벽의 정령 에오스가 화사한 장밋빛 얼굴을 들자, 티타니아가 깨어났다. 그녀는 눈을 비비고 있었다. 이게 뭐지?

당나귀 얼굴을 한 이 작자는 뭐람?

"한바탕 멋진 꿈이었군요."

티타니아는 오베론에게 아침인사를 건넸다.

"역시, 세상엔 내 마음대로 되는 자유란 없군요."

티타니아는 깨달았다. 자신의 의견이란 요정의 나라에 어울리지 않는다는 것을! 더구나 오베론과 다른 의견이라면.

그때 사냥을 알리는 나팔소리가 울려퍼졌다. 시시우스가 자신의 결혼식 행사를 사냥으로 시작한다는 신호였다. 보텀은 서둘러 시내로 갔다. 사냥 나팔이 길게 울려 퍼지면서 숲 속에서 잠들었던 모든 이들이 깨어났다. 디미트리어스는 눈을 뜨고 헬레나를 보았다. 정말 사랑스럽고 귀여운 여자였다. 헬레나도 눈을 떠 디미트리어스를 보았다. 이 남자 참 멋지고 듬직한 사내네. 눈을 뜬 라이샌더가 허미아를 보았다. 세상에서 가장 사랑스러운 여인이 자기 옆에 누워 있었다. 이제 모든 게 제자리로 돌아왔다.

시시우스가 우렁찬 목소리로 세상 모든 이에게 선언했다.

"그러면 그대로 되리라! 계속 그러도록 오늘 결혼식은 세 곱으로 치러질 것이다."

모든 게 평화로웠다. 조화? 화음은 이제 교회합창단이 약간만 신경 쓰면 될 일이었다.

———————··················

다음은 연극의 내용이다. 젊은 청년 피라무스는 꽃다운 처녀 티스베를 사랑했다. 그러나 두 사람의 운명은 서로가 맺어질 수 없는 운명이었다. 둘 사이에는 넘을 수 없는 커다란 벽이 가로막혀 있었다. 벽을 연기한 사람은 미장이 스타우트다. 벽에 난 틈새를 통해 두 사람은 사랑의 밀어를

잠에서 깨어난 티타니아_ 꿈에서 당나귀를 사랑한 요정의 여왕 티타니아는 잠이 깨자 환상이 사라졌고 당나귀 머리를 한 보텀도 서서히 당나귀의 탈을 벗게 된다. **조지프 노엘 패턴의 작품.**

주고받았다. 틈새 역시 스타우트가 연기했다. 피라무스와 티스베는 그토록 고대하던 만날 약속을 했다. 벽이 없는 곳에서! 먼저 도착한 쪽은 티스베였다. 그때였다. 사자인 윙이 나타났다. 가구장이 스눅이 예고했던 대로 반만 사자로 꾸민 채. 사자가 티스베를 덮쳤다. 사자는 여자의 옷을 갈기갈기 물어뜯었다. 여자는 간신히 도망가는 데 성공했다. 이때 등장한 피라무스. 너덜너덜 찢겨진 티스베의 옷조각을 부여잡고 통곡을 한다. 이런, 티스베가 사자 밥이 되고 말았구나. 칼을 뽑아든 피라무스는 비통한 눈물을 흘리며 자신의 배를 찔렀다. 물론 예고한 대로였다. 다시 돌아와 죽은 피라무스의 시신을 부여잡은 티스베. 슬피 울던 그녀는 남자의 손에서 칼을 빼어 역시 자결한다.

관객의 반응은 시큰둥, 도처에 하품소리만 들려왔다. 시시어스는 내내 옛 친구 에게우스와 정치 이야기만 나눈다. 단 한 번도 무대 쪽을 바라보지 않았다. 히폴리타는 웬일인지 저녁 내내 부어 있는 모습이다. 라이샌더? 그는 허미아의 어깨에 고개를 기대고, 허미아에게서 이것 저것 해야 할 일들을 지시받느라 여념이 없다. 뭐라고 하든 언제나 즉석에서 "그래, 그래"를 연발한다. 디미트리어스와 헬레나는 열심히 연극을 관람한다. 실은 그리 열중하지는 않고 있다. 왜냐하면 우둔하고 말도 안 되는 대사 때문에 극에 몰입이 잘 안 되기 때문이다. 배우들의 어설픈 연기는 두 사람의 하품만 자아냈다. 피라무스가 죽어가면서 독백을 하는 장면에서 그만 디미트리어스와 헬레나는 기침을 하고 만다. 보텀이 얼굴을 닦아야 할 정도로 심하게 침을 튀기면서.

"별로 좋지 않았던 모양이지?"

막이 내리자 퀸스는 근심어린 투로 말한다.

"무슨 말이야. 우린 잘했어!"

보텀이 퀸스에게 무안을 준다.

"그리고 앞으로 더욱 나아질 거야. 여보게 퀸스, 우리 연극 의상을 아이들에게 물려주기로 하세. 아이들도 우리처럼 연극을 하면서, 갈수록 새로운 능력을 쌓아갈 수 있겠지. 언젠가 우리 아이의 아이들의 아이들

사랑을 찾은 연인들_ 잠에서 깨어난 네 사람은 결국 자신들의 사랑을 되찾게 된다. 그야말로 한여름밤의 꿈 이야기였다. **레오폴트 폰 보데의 작품.**

은 이 나라를 떠날 걸세. 그러면 세월이 까마득히 지나 어느 먼 섬나라에 가서 더 좋은 관객 앞에서 연기를 하겠지."

과연 보텀이 퀸스를 위로하기 위해 말한 저 먼 섬나라는 어디였을까? 그 먼 섬나라에는 스트랫퍼드어폰에이번(셰익스피어의 탄생지)이라는 이름의 작은 도시가 형성되어 있을 것이다. 그곳에서 우리의 천재 직조공 보텀의 머나먼 후손이 한 아들을 낳으리라. 그리고 아들은 또 아이를 낳고, 그 아이는 또 아이를 낳고……

결국 모두가 행복해지는 아름다운 결말을 보았다. 적어도 그날 밤만은.

| 한눈에 명화로 보는 셰익스피어 |

말괄량이 길들이기

"일단 남편으로서 기선을 제압했군. 이제 좀 좋아지겠지."

말괄량이 길들이기

◆ 장소 및 등장인물

장소

파도바의 광장, 영주의 궁전 등

등장인물

영주 : 파도바의 영주
크리스토퍼 슬라이: 가짜 영주
패트루치오: 베로나의 신사
카타리나 : 밥티스타의 큰 딸
비앙카 : 밥티스타의 작은 딸
밥티스타: 파도바의 갑부
루센쇼: 빈센쇼의 아들
빈센쇼 : 피사의 거상
그레미오 : 파도바의 유지
호텐쇼: 비앙카를 사랑하는 지방 귀족
트래니오 : 루센쇼의 충복
비온델로: 루센쇼의 하인
커티스: 패트루치오의 별장 관리인

말괄량이 길들이기(416쪽 그림)_ 이탈리아 파도바의 한 집안에서 벌어지는 이야기를 그린 작품이다. 파도바의 갑부 밥티스타 미놀라에게는 아름다운 딸 두 명이 있는데, 첫째는 이름난 말괄량이인 카타리나이고, 둘째는 얌전한 비앙카이다. 두 딸이 혼기가 차고, 자신은 늙어서 재산을 물려줄 사위를 찾아야 된다. 첫째 카타리나는 사납고 말괄량이라서 데려 가려는 사람이 아무도 없고, 둘째에게만 구혼자들이 찾아온다. **아우구스투스 레오폴드 에그의 작품.**

이탈리아 파도바의 어느 술집 앞에서 술에 떡이 된 슬라이가 술집 여주인에게 쫓겨나면서도 큰소리 치기에 여념이 없다. 여주인은 슬라이에게 깨뜨린 술잔값이나 갚으라며 얼르지만 슬라이는 그녀의 말엔 아랑곳하지 않고 삼십육계 줄행랑을 친다. 하지만 얼마 못 가 숲 한쪽에서 거나하게 취해 잠에 빠져든다.

마침 사냥을 가려고 숲을 지나가던 영주가 슬라이를 발견하고 그를 성안 침실로 옮기도록 사냥꾼에게 분부한다. 영주는 슬라이를 침실로 옮긴 뒤 하인에게 좋은 옷과 성찬을 마련하고 늠름한 시종들을 대기시켜 놓고서 슬라이를 영주로 착각하게 만들도록 꾸미라고 지시한다.

잠시 후 갑옷을 입은 슬라이가 세상 모르고 잠에 떨어진 가운데 슬라이 주변으로 시종들이 물병 등을 들고 서 있다. 이윽고 깊은 잠에서 깨어난 슬라이는 자신에게 영주님 영주님 하며 분부만 내리라는 시종들을 보며 아직도 꿈속인가 싶어 영문을 몰라 한다.

"난 크리스토퍼 슬라이란 사람이요. 내 등이 웃옷이고, 내 다리가 바지고, 내 발이 구두요. 보시오, 이렇게 발가락이 구두 밖으로 삐죽 튀어나오지 않았소."

이에 영주는 슬라이를 더욱 착각에 빠져들도록 그가 허황된 망상 병에 걸렸다고 슬픈 목소리를 가장해 말한다. 이에 슬라이는 자신은 행상이었고 솔공장에서도 일했고, 지금은 땜장이 노릇을 하는 하찮은 사람이라고 거듭 말한다. 슬라이의 진정에도 불구하고 영주와 하인들은 줄기차게 슬라이가 자신들의 영주이며 천하일색의 아름다운 부인도 있다며 계속해서 그를 착각 속에 빠져들게 한다.

"영주님, 손을 씻으십시오. 영주님께서 정신이 드셨다니 얼마나 기쁜지 모르겠습니다. 지난 열다섯 해 동안 꿈속에 계시다가 이제야 눈을 뜨

크리스토퍼 슬라이_ 주정뱅이 홈리스였던 슬라이는 영주로부터 술에 취한 그를 자신의 멋진 침실에 옮겨놓은 다음 그가 깨자 "당신은 원래 영주였는데 수년 동안 정신을 잃고 있었다"는 말을 듣는다. 잠시 반항하던 슬라이는 곧바로 하인들에게 지시를 내리고 자신이 정신을 차린 기념으로 잔치를 열고 희극 〈말괄량이 길들이기〉를 감상하게 된다. 이렇게 외부에 의해 자신을 인식한 현상을 '슬라이증후군'이라고 한다. **체스터 루미스의 작품.**

셨습니다."

"열다섯 해라고? 참으로 길게도 잤구나. 그동안 한마디도 내가 하지 않았단 말이냐?"

그러자 옆자리의 시동이 자신은 슬라이의 아내이며 15년 동안 쭉 독수공방을 해왔다고 거짓 고백을 한다. 상황이 이쯤 되자 슬라이는 이 어처구니없는 상황을 그대로 믿게 된다. 그러면서 〈말괄량이 길들이기〉 희극을 보면서 기분 전환을 하라는 하인의 말에 그러마고 화답한다.

───── ··············

파도바의 광장에 루센쇼와 그의 하인 트래니오가 나타나 문화의 본고장인 패듀어에 관한 소감을 나눈다. 이에 질세라 루센쇼는 자랑스러운 자신의 가문에 대해 자부심을 가득 담아 말한다.

"자 우리 이제 파도바에 잠시 좀 머물면서 천천히 학문과 교양을 쌓을 길을 모색해보자. 난 교양 있는 시민들로 정평이 나 있는 피사에서 태어났고, 아버지는 세계를 무대로 사업하는 벤티보리오 가문의 거상 빈센쇼가 아니더냐. 그 아들인 나도 사람들의 기대를 저버리지 않고 덕행을 쌓아 벤티보리오 가문의 명예를 지켜야 하지 않겠느냐. 그래서 나는 행복에 이르는 철학을 공부할 작정이다. 네 생각은 어떠냐?"

"도련님이 숭고한 학문의 길로 들어서시겠다니 저야 대환영이지요. 다만 덕이나 수양은 좋지만 제발 금욕주의자나 돌부처 같은 사람은 되지 마십시오. 엄격한 아리스토텔레스의 딱딱한 가르침만 좇으시다가 오비드의 부드러운 시를 멀리하셔서야 되겠습니까. 누가 뭐래도 도련님이 하고 싶은 공부를 하십시오."

———————··················

같은 시각, 파도바의 거부 밥티스타가 두 딸 카타리나와 비앙카와 함께 등장했다. 그 뒤를 이어 그레미오와 호텐쇼가 따랐다. 이때 루센쇼와 트래니오는 나무 그늘에 숨어서 이들이 하는 대화를 엿들었다.

"이제 그만 조르시오. 그대들은 이미 내 결심을 알잖소. 글쎄 큰 딸을 시집 보내기 전에는 작은 딸을 절대로 시집 보내지 않을 거란 말이오."

밥티스타의 단호한 제안에 작은 딸인 비앙카를 원하는 그레미오와 호텐쇼는 밥티스타에게 그 제안을 거두어 줄 것만을 요구했다. 카타리나는 두 사람에게 만약 결혼을 한다면 확실히 손봐 주겠다고 으름장을 놓았다. 이를 지켜보는 얌전하고 착한 딸 비앙카는 언니만 행복하면 나는 상관없다며 아버지 분부대로 책과 악기를 벗삼아 지내겠다며 집에서 가만히 있겠다고 말했다.

밥티스타는 마침 비앙카를 가르쳐 줄 가정교사를 구할 생각이라며 두 사람에게도 아는 분이 있으면 소개시켜 달라고 부탁했다. 그레미오와 호텐쇼는 가정교사를 찾아주기로 하면서 작전을 바꿔 비앙카의 사랑을 차지하기 위한 행복한 경쟁자가 되기로 방법을 바꾸기로 한다. 그 방법은

카타리나_ 파도바의 갑부 밥티스타의 맏딸로, 그녀는 이름난 말괄량이였기에 누구도 그녀에게 청혼을 하지 않았다. **제임스 드롬골 린튼의 작품.**

바로 말괄량이로 소문난 카타리나 아가씨를 결혼시킬 배우자를 찾는 것이다.

우연찮게 이 광경을 숲 속 나무 뒤에 숨어 지켜보던 루센쇼는 그만 비앙카를 보고 자신이 첫눈에 반했음을 트래니오에게 털어놓는다. 그러자 트래니오는 루센쇼에게 그녀의 가정교사가 돼서 비앙카의 마음을 사로잡을 것을 제안한다. 그거 좋은 방법이라며 루센쇼는 트래니오에게 자신으로 분장을 해서 트래니오가 루센쇼 역할을 하고 다른 하인인 비온델로가 트래니오의 하인 역을 맡도록 지시했다.

────

조금 전 밥티스타 경 앞에서 비앙카 양을 달라고 조르다가 그레미오와 공동전략으로 카타리나 결혼시키기 작전을 펼 것을 구상하던 호텐쇼가 거리에서 하인을 패고 있는 패트루치오를 만났다. 호텐쇼는 패트루치오에게 하인을 그만 때리라고 달래며 달콤한 제안을 한다.

"이보게 친구, 우리 동네에 심술 사나운 말괄량이가 하나 있는데, 그

패트루치오_ 베로나 출신인 패트루치오는 파도바로 색시감도 찾을 겸 유람을 온다. 호텐쇼는 한밑천 잡을 일이 있다며 그에게 카타리나에게 청혼하라고 바람을 넣자 넘어가고 만다. **헨리 우드워드의 작품.**

녀를 아내로 삼으면 어떻겠나? 그녀가 성질이 괴팍한 것은 사실이나 부자인 것만은 분명하네. 아주 큰 부자야. 물론 소중한 친구인 자네에게 그런 여자를 권하고 싶지는 않네만."

"호텐쇼, 우리 사이에 빈말은 그만두세. 산더미 같은 재산이 있으면 그만일세. 난 돈이면 되거든. 그녀가 마녀 시빌 같은 할망구건, 소크라테스의 악처 크산티페를 뺨칠 고약한 말괄량이건 상관없네. 내가 이곳 파도바에 온 건 부자 마누라를 얻기 위해서라네. 돈만 생긴다면 누구든 환영한다네."

"그녀의 부친 성함은 밥티스타 미놀라라네. 아주 호인이고 점잖은 분이지. 그녀 이름은 카타리나 미놀라이고, 그 지독한 독설은 파도바에서도 유명하지."

"딸은 모르지만, 아버지하고는 안면이 좀 있네. 돌아가신 아버지하고 잘 아는 사이였지. 여보게 호텐쇼, 난 카트리나를 만나보기 전에는 잠을 잘 수가 없을 것 같네. 날 좀 그곳으로 데려다 주게."

"좋아, 내가 데려다 주지. 밥티스타 경 집에는 내 보물이 있거든. 정말 내 목숨보다 소중한 보물, 아름다운 비앙카가 내 보물이지. 그런데 그녀의 아버지는 날 얼씬도 못하게 해. 말괄량이 큰 딸을 시집보내기 전에는 아무도 비앙카에게 접근할 수 없도록 했네."

호텐쇼가 밥티스타 경의 집으로 가기로 한 시각에 호텐쇼의 연적인 그레미오가 나타났다. 호텐쇼는 그레미오에게 지금 우리가 사랑 타령으로 시간만 허비할 게 아니라 밥티스타 경의 말괄량이 큰 딸에게 결혼하도록 만드는 게 우리의 목표라고 힘주어 말한다. 그레미오는 호텐쇼의 말에 반신반의하면서도 당사자인 패트루치오가 워낙 자신만만하게 말괄량이를 길들일 수 있다고 말하자 두말 않고 밥티스타 경에게로 향했다.

그레미오: 안녕하십니까, 밥티스타 경!

밥티스타: 오, 안녕하십니까, 그레미오 씨! 여러분, 잘 오셨소.

패트루치오: 처음 뵙겠습니다. 아름답고 현숙한 카타리나라는 따님을 두신 고상하신 어른이시죠?

밥티스타: 예, 좀 괄괄한 딸이 있습니다만,

패트루치오: 밥티스타 경, 저는 베로나에서 온 신사입니다. 소문에 절세미인에다 영특하신 따님이 있으시다죠. (밥티스타가 당황한다.) 게다가 상냥하고 마음 씀이 너그럽기가 한량 없다는 소문이 자자해서 감히 실례를 무릅쓰고 이렇게 불쑥 찾아왔습니다. 그리고 이분을 소개하겠습니다.

(호텐쇼를 소개한다) 음악과 수학에 뛰어난 실력을 갖춘 분으로, 큰 따님을 충

분히 가르칠 수 있는 재원입니다. 부디 허락해주십시오. 이름은 리치오고 맨 튜어 출신입니다.

밥티스타: 잘 오셨소. 당신의 호의는 반갑소. 큰딸애로 말하자면, 아무래도 당신이 당해내기 힘든 아이일 겝니다.

패트루치오: 그럼 따님을 결혼시키기 싫으시단 말씀이십니까? 아니면 제가 마음에 안 드셔서 그러십니까.

밥티스타: 아니, 무슨 말씀을. 오해는 하지 마시오. 나는 사실대로 말했을 뿐이오. 그런데 어디서 오셨소? 댁의 성함을 알고 싶습니다만.

패트루치오: 인사가 늦었습니다, 제 이름은 패트루치오이며 부친은 안토니오입니다. 저의 아버지는 이탈리아에서 꽤 유명한 거상이랍니다.

그레미오: 밥티스타 씨, 이 사람의 선물도 받아주시지요. 이 젊은 학자는 프랑스에서 오랫동안 공부하신 분으로, 음악과 수학에 정통하며, 그리스어와 라틴어, 그 밖의 여러 언어에도 능숙하지요. 이름은 캠비오로 비앙카의 가정교사로 부디 채용해 주시면 어떻겠습니까?

밥티스타: 뭐라 감사의 말씀을 드려야 좋을지 모르겠군요. 환영합니다. 캠비오 씨. (트래니오를 보고) 당신은 전혀 낯선 얼굴인데, 실례지만 어떻게 오셨는지요?

트래니오: 인사가 늦었습니다. 저는 댁의 따님인 어여쁘고 정숙한 비앙카 양에게 청혼하러 온 사람입니다. 큰 따님을 먼저 출가시키겠다는 경의 굳은 결심을 모르는 바 아니오나 저도 여러 청혼자들처럼 따님과 교제할 수 있는 기회를 주십사 하고 부탁드리러 왔습니다.

밥티스타: 루센쇼 씨라 하셨죠? 고향은 어디시오?

트래니오: 피사입니다. 빈센쇼의 아들입니다.

밥티스타: 피사의 명문가로군요. 진심으로 환영합니다.

밥티스타는 호텐쇼와 루센쇼를 보고는 하인들에게 이 두 분을 아가씨들께 안내해 드리라고 말하고는 패트루치오에게 잠깐 정원이나 산책하자고 권한다.

패트루치오: 밥티스타 경, 저는 워낙 바쁜 몸이라 날마다 청혼하러 올 수는 없습니다. 아버님을 잘 아신다니 저에 대해서도 짐작이 가실 것입니다. 한 말씀 묻겠습니다만, 만일 제가 따님과 결혼하게 된다면, 지참금을 얼마나 주실 생각이십니까?
밥티스타: 내가 죽으면 절반의 땅과 2만 크라운을 주겠소.
패트루치오: 그럼 저는 따님이 과부가 될 경우엔 토지며 임대권을 전부 다 따님에게 양도하겠습니다. 자, 그럼 세부 항목을 결정하여 피차 계약서를 작성해 교환하지요.

밥티스타와 패트루치오_ 연극의 한 장면으로, 패트루치오가 밥티스타에게 첫째 딸인 카타리나와 청혼하겠다고 선언하는 장면이다.

밥티스타: 좋소, 하지만 우선 내 딸의 사랑을 얻는 일이 급선무요.

패트루치오: 그거야말로 찐 호박에 이빨 자국 내는 것처럼 쉬운 일입니다. 장인 어른, 따님이 아무리 고집이 세다 해도 절 이겨낼 수는 없을 겁니다. 제게도 다 생각이 있습니다. 맞불작전을 펴면 됩니다. 작은 불꽃은 미풍으로도 잘 타오르지만 강풍에는 이내 꺼지고 말지요. 제가 바로 강풍입니다. 따님은 결국 저한테 무릎을 꿇을 것입니다.

밥티스타: 그건 그대가 알아서 하시고, 자, 그럼 패트루치오 씨, 당신도 같이 들어가시지요. 아니면 카타리나를 이곳으로 보낼까요?

패트루치오: 여기서 기다릴테니 보내주시지요. (혼자 남고 모두 퇴장) 오기만 해 봐라. 악담을 한다고? 그럼 나는 나이팅게일처럼 노래한다고 말해야지. 인상을 쓰면 이슬을 머금은 장미처럼 싱그럽다고 하고, 꿀 먹은 벙어리처럼 가만히 있으면 심금을 울리는 웅변이라고 하고, 냉큼 꺼지라고 하면 오히려 더 머물라고 한 것처럼 고맙다고 해야지. (카타리나 등장) 케이트 양, 이름을 그렇게 들은 것 같은데?

카타리나: 듣긴 들은 것 같은데 잘못 들으셨군요. 사람들은 날 카타리나라고 부르죠.

패트루치오: 그럴 리가요. 사람들은 모두 당신을 케이트라고 부르던데. 어떨 때는 여장부 케이트라고 부르고, 어떨 때는 말괄량이라고 부르더군. 당신이 상냥하고 예쁘고 얌전한 아가씨라고 사람들의 칭찬이 자자하더군요. 그런데 실제로 보면 소문보다 실물이 더 낫다는 얘길 듣고, 당신을 아내로 맞으려고 이렇게 먼길을 마다 않고 온 거요.

카타리나: 먼길을 오셨다고요. 좋아요! 그럼 그렇게 옮겨온 그 발을 다시 먼 데로 옮기시죠. 난 단번에 당신이 옮기기 쉬운 가구 같은 사람이 아니에요.

패트루치오: 아니, 옮기기 쉬운 가구라고요?

카타리나와 패트루치오_ 패트루치오가 카타리나에게 청혼을 하지만 그녀는 싸늘하기만 하다. **로버트 브라이트 마티나우의 작품.**

카타리나: 접었다 폈다 할 수 있는 그런 의자 말이에요.

패트루치오: 그 말 참 잘했소. 그럼 어서 와서 걸터앉으시오.

카타리나: 당나귀에 걸터앉지. 제가 왜 사람한테 걸터앉나요?

패트루치오: 착한 케이트 양! 당신은 가벼운 여자가 아닌가요?.

카타리나: 이래봬도 난 당신 같은 덜떨어진 당나귀는 아니에요.

패트루치오: 어이구, 말벌처럼 쏘아대는 한방이 있으시군.

카타리나: 아까부터 자꾸 말꼬리를 물고 늘어지는데, 그럴거면 썩 꺼져 버려요.

패트루치오: 무슨 그런 섭섭한 말씀을. 이리 와요, 케이트. (그녀를 안으며) 케이트 난 신사라오.

카타리나: 빨리 놔요. (패트루치오의 뺨을 때린다)

패트루치오: 옳지, 한 대 더 쳐보시오. 다음엔 내 주먹이 날아 갈 것이니.

카타리나: 아니, 함부로 여자를 치면 신사가 아니죠. 신사가 아니면 족보도 없는 거리의 사내겠죠.

패트루치오: 족보? 좋소. 그럼 나를 당신 족보에 올려주시오.

카타리나: 당신 족보는 뭐죠? 닭벼슬 같은 건가요?

패트루치오: 벼슬 없는 수탉이지. 당신은 곧 내 암탉이 될 테니.

카타리나: 그럼 당신은 소리만 빽빽 지르는 멍텅구리 수탉이겠군요.

패트루치오: 오, 그리 조잘거리는 당신의 귀여운 모습을 안고 싶소. (그녀를 다시 안자 빠져나오려고 몸부림친다) 사실 내 힘은 당신에게 쓰기엔 너무 넘친다오.

카타리나와 패트루치오_ 〈키스 미 케이트〉 뮤지컬의 한 장면으로, 사납기로 유명한 말괄량이 카타리나의 엉덩이를 때리는 장면이다. 창졸지간에 벌어진 이 사건으로 카타리나와 패트루치오는 고양이와 개 사이가 된다.

카타리나: 이거 놔요. 안그러면 정말 소리칠 거예요. (물어뜯고 할퀸다)

패트루치오: 싫소. 오! 당신은 정말로 상냥하군. 알고 보니 당신은 싹싹하고 예의 바르고 말투도 얌전하군. 얼굴도 봄에 피는 꽃처럼 예쁘고, 찡그릴 줄도 모르고, 앙칼진 계집애처럼 남을 멸시하거나 화낼 줄도 모르네. 오히려 청혼 자들에게 상냥하고 부드럽게 대한단 말이야. 그런데 왜 사람들은 당신을 못 돼먹은 말괄량이라고 하지? 왜 남의 험담을 좋아하는 걸까? 케이트는 피부도 개암나무 열매처럼 싱싱하고 맛은 그 알맹이보다 더 달콤하잖아! 자 뒤뚱거리 지 말고 또박또박 걸어봐요.

카타리나: 에잇, 누구에게 명령따월 하는 거야.

패트루치오: 그대 걸어가는 뒷모습은 미의 여신보다 더 아름답소. 아프로디테 가 요염함을 지녔다면 케이트는 정절을 지녔도다.

카타리나: 어디서 그런 능청을 배웠어요?

패트루치오: 배우긴 뭘 배워요, 타고난 것이지.

카타리나: 대단한 어머니시네요. 능청꾼을 낳았으니.

패트루치오: 카타리나, 허튼 소리는 이제 그만 집어치웁시다. 결국엔 당신은 나의 아내가 될 거요. 난 당신이 싫건 좋건 당신과 결혼할 거요. 지참금도 당신 아버지와 합의를 봤소. 나는 당신을 길들이기 위해서 태어난 사람이오. 살쾡이 케이트를 고양이처럼 양순한 케이트로 만드는 게 내 임무요. 마침 당신 아버지 께서 오시는구려. 거절할 생각은 마시오. 난 당신을 아내로 꼭 맞이할 테니까.

밥티스타: 아, 패트루치오 씨, 그래 딸애하고는 잘 돼 가시오?

패트루치오: 물론이지요. 소금이 상하는 걸 보았나요? 제 사전에 실패란 없 습니다.

밥티스타: 아니, 카나리나, 표정이 왜 그리 떨떠름하냐? 딸애의 얼굴이 왜 이 모양으로 뚱해 있지?

카타리나: 제가 아버지 딸 맞나요? 참으로 딸에게 아버지 구실 한 번 잘 하시네요. 이런 불한당한테 딸을 시집보내려고 하시다니!

패트루치오: 장인어른, 사실대로 말씀드리겠습니다. 많은 사람들이 케이트에 대해 전혀 모르고 있는 것 같아서요. 설사 따님이 말괄량이라 하더라도 그건 겉과 속이 다른 하나의 술수일 뿐이지요. 따님은 그렇게 못된 여인이 아닙니다. 결국 저희 두 사람은 다음 일요일에 결혼식을 올리기로 합의를 봤습니다.

카타리나: 일요일에 저는 당신이 교수형을 당하는 꼴을 보고야 말겠어요.

패트루치오: (카타리나의 손목을 잡으며) 자, 케이트. 그럼 난 베니스로 돌아가서 결혼식날 입을 예복을 준비하겠소. 장인어른은 잔치 준비와 하객들을 초청해 주시지요.

밥티스타: 글쎄, 나로선 뭐라고 말해야 할지 모르겠소만, 어쨌든 손을 주시오. 신의 축복을 빌어주리다. 약혼을 축하하오.

패트루치오와 카타리나의 어수선한 결혼 서약을 뒤로하고 비앙카의 청혼자이자 연적 상대인 그레미오와 트래니오가 밥티스타 앞에서 자신이 더 비앙카를 사랑한다며 그녀만 주신다면 그녀에게 어마어마한 유산을 남길 거라며 호언장담했다. 그레미오는 집안의 모든 재산을 자신이 죽으면 다 비앙카의 소유로 할 것이라고 약속했고, 트래니오는 피사에서 가장 훌륭한 집 네댓 채를 따님에게 주고 매년 2천 크라운의 소작료도 주겠다고 약속했다. 밥티스타는 두 사람의 주장을 곰곰이 다 듣고 나서 최종적으로 트래니오의 손을 들어준다. 그러면서 트래니오가 아버지보다 먼저 죽을 경우에 대비해 공증을 서기로 했다. 그리고 큰 딸의 결혼식 다음 일요일에 비앙카를 트래니오에게 주기로 약속을 했다.

———————·················

　한편 밥티스타의 집에 비앙카의 가정교사로 들어온 루센쇼와 호텐쇼는 사사건건 자신의 방식이 더 낫다며 각자의 교육방식만을 고집했다. 이에 비앙카는 자신의 공부는 자신이 알아서 할테니 그만 좀 다투라고 두 사람을 조율한다. 그러면서 호텐쇼의 강의가 끝나면 루센쇼의 음악수업을 듣겠다고 적당한 수업법을 제안했다.

호텐쇼의 수난_ 음악 가정교사로 채용된 호텐쇼가 카타리나에게 혼이 나는 장면이다.

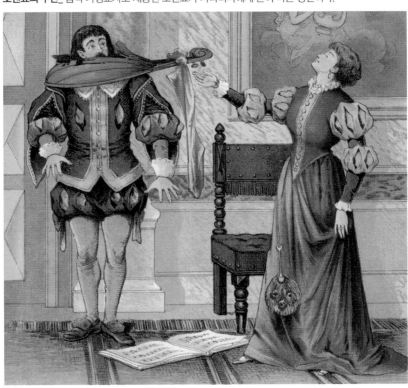

며칠 후 결혼식 날, 밥티스타와 트래니오, 루센쇼와 카타리나, 비앙카 등이 광장에 모여 결혼식 준비에 여념이 없다. 하지만 결혼 당사자인 패트루치오가 보이지 않아 결혼 주최자들은 발만 동동 구른다. 카타리나는 마음에도 없는 결혼을 강요당했다며, 결혼 날짜를 받아놓고는 결혼할 생각은 눈곱만큼도 없는 사람이라며 패트루치오에게 악담을 퍼붓는다. 이에 트래니오는 패트루치오는 틀림없이 나타날 거라며, 그가 저돌적이긴 하지만 현명하고 성실한 사람이니 곧 결혼식장에 나타날 것이라고 장담했다. 그런데 트래니오의 장담대로 얼마 안 있어 패트루치오와 하인인 그루미오가 괴상한 복장을 하고는 밥티스타 앞에 나타나는 게 아닌가. 밥티스타는 그나마 다행이라며 조마조마한 가슴을 쓸어내린다.

"아니 여보게. 오늘은 자네 결혼식 날이 아닌가. 조금 전까지만 해도, 우린 자네가 나타나지 않을까봐 노심초사했다네. 그런데 그 꼴은 또 뭔가. 여보게, 그 옷일랑 얼른 벗어버리게. 새신랑 복장으론 걸맞지도 않고 오늘 행사에도 어울리지 않아."

장인어른의 걱정어린 핀잔에 패트루치오는 다 사정이 있어서 그런 것이니 염려치 말라며 케이트를 찾는다. 괴상망측한 차림새에 놀란 트래니오는 패트루치오에게 자기 옷이라도 빌려 입고 신부를 맞으라고 하지만 그는 요지부동이다. 그러면서 신부는 자신과 결혼하는 것이지, 자신의 의복하고 결혼하는 건 아니라고 자신만만해 한다. 그러면서 자신은 신부한테 가서 사랑의 키스를 퍼부어 남편의 권리로 아내를 봉인하겠다고 호언장담하며 사라진다.

그런데 잠시 후 결혼식 축하 가장행렬단에게 패트루치오는 해가 저물기 전에 떠나야 한다고 작별인사를 전한다.

"여러분 정말 감사드립니다. 여러분 덕분에 이 세상에서 가장 참을성

결혼식의 소란_ 결혼식이 끝나자 피로연도 참석하지 않고 일방적으로 카타리나를 납치하듯 데려가는 패트루치오. **길버트 존 경의 작품.**

있고 상냥하고 정숙한 여자를 아내로 맞게 되었습니다. 그럼 장인어른과 함께 만찬을 드시고, 떠나는 저의 앞날을 축복해 주십시오. 이만 가 보겠습니다."

순간적으로 카타리나는 당황하며 자신을 사랑한다면 제발 자신 곁에 있어 달라고 애원했다. 패트루치오는 카타리나의 애원엔 아랑곳하지 않고 하객들에게 마음껏 즐기라고 당부한다. 그리곤 자신의 귀여운 신부만은 자신이 데리고 가겠다고 선언했다.

"그렇게 두 발로 구르고 반항해도 소용없소. 이제 엎질러진 물은 주워 담을 수가 없소. 나는 당신의 주인이라고. (일동을 향해) 이 여자는 내 사랑하는 배우자가 되었소. 나의 전부이자 내 것이란 말이오. 그러니 누구든지 감히 이 여자한테 손을 대었다가는 내 손에 큰일을 당할 테니 그리 아시오"라며 패트루치오는 카타리나를 품에 안고 자신의 시골 별장으로 떠났다.

곧이어 패트루치오의 시골 별장으로 온통 진흙투성이인 패트루치오와 카타리나가 도착했다. 패트루치오는 그루미오와 하인들을 부르며 주인이 와도 내다보지 않는 바보 녀석들이라고 마구 몰아댄다. 그러면서 빨리 저녁식사를 가져오라며 성화를 부린다. 하인들은 패트루치오의 눈치만 살피며 황급히 식사를 대령하지만 오늘따라 하인들의 하는 꼴이 도무지 마음에 들지 않았다. 패트리치오는 카타리나 앞에서 연신 하인들을 달달 볶는다.

"케이트, 이리 와서 앉아요. (난롯불 곁으로 케이트를 데리고 간다) 식사 가져와 식사! 왜들 이렇게 꾸물거려. 자, 케이트. 마음을 편하게 가져요. (케이트 곁에 앉으면서) 이 녀석들아, 구두를 벗겨야지, 구두를. (하인이 무릎을 꿇고 구두를 벗긴다) 넌 내 발을 아예 뽑아버릴 작정이냐? 똑바로 잘 벗기란 말이야. (그러더니 느닷없이 하인의 머리를 때린다) 케이트, 기운을 내요. 누가 물 좀 가져오너라, 물을! (하인이 물을 가지고 들어오자 못 본 체하며) 대관절 물은 언제 가져오는 거야? (하인이 대야를 내민다) 자, 케이트, 이리 와서 손을 씻어요. (하인을 슬쩍 밀쳐 물을 쏟게 하면서) 이 빌어먹을 놈 보게, 물은 왜 엎질러? (하인을 때린다)

식탁의 수난_ 신혼 첫날부터 패트루치오가 음식 타박으로 하인들을 못살게 굴며 카타리나의 기를 꺾기 시작한다. **찰스 웨스트코프의 작품.**

이 모습을 쭉 지켜본 카타리나는 하인들이 모르고 한 일이니 그렇게 쥐잡듯이 잡지 말고 제발 너그럽게 대해 달라고 패트루치오에게 사정한다. 계속해서 가져온 음식이 탔다는 둥 그렇게 굶떠서 어떻게 하겠냐는 둥 하인들을 손봐 주겠다는 패트루치오에게 카타리나는 제발 좀 작작하라며 그를 진정시키느라 여념이 없다. 그러자 패트루치오는 이런 걸 먹으면 우리가 안 그래도 화를 잘 내는 편이니 오늘 저녁은 그냥 굶는 게 낫겠다고 말한다. 그러면서 오늘 밤은 침실로 가서 첫날밤을 치르자고 권한다. 그렇게 패트루치오와 카타리나의 파란만장한 결혼식 첫날은 저물어갔다.

———————

한편 파도바의 광장에선 루센쇼와 비앙카가 나무 아래서 책을 읽고 있고, 트래니오와 호텐쇼는 비앙카 양이 루센쇼 외의 다른 남자를 사랑하는 게 아니냐며 나무 뒤에서 두 사람을 지켜본다. 루센쇼는 비앙카에게 지금 읽은 책이 자신의 전공인 '사랑의 기술'이라고 말하고, 비앙카는 그럼 그 기술을 가르쳐 달라며 노골적으로 애정의 표현을 한다. 그러자 루센쇼는 이까짓 기술쯤은 마음만 있으면 어렵지 않게 배운다며 두 사람은 사랑의 키스를 한다.

호텐쇼는 자신이 리치오도 음악가도 아닌 호텐쇼라며 자신이 비앙카를 사모하기 때문에 가정교사로 들어온 것임을 트래니오에게 고백한다. 그러면서 온 세상 남자가 저 여자를 버렸으면 좋겠다는 속마음을 털어놓으며 자신은 이제 비앙카는 포기하고 돈 많은 미망인과 결혼하겠다며 자리를 뜬다.

결국 비앙카와의 사랑전선에서 호텐쇼를 물리치는 데 성공한 루센쇼는 다시 트래니오와 짜고 한 교사에게 접근했다. 루센쇼는 어리숙해 보이는 교사에게 피사에 있는 빈센쇼라는 사람이 자신의 아버지며 대단한 자산가이니 자신의 집에 묵으며 지내라고 부추겼다. 그러면서 자신은 밥티스타라는 부호의 딸과 결혼할 예정이니 그 결혼에 보증을 하러 오시기로 되어 있는 부친 역할을 해줄 것을 부탁했다.

———— ·················

　패트루치오의 시골 별장에서 신접살림을 하는 카타리나는 며칠째 아무것도 먹지 못해서 빼빼 말라가고 있었다. 카타리나는 그루미오에게 배고파 죽을 지경이니 뭐든 먹을 것을 갖다 달라고 애원했다.

　잠시 후 조금 전에 패트루치오의 별장을 방문한 호텐쇼와 패트루치오가 손수 요리를 만들어 가지고 와서 아내의 안색이 창백해져 있음을 걱정했다. 요리를 내려놓자 카타리나는 얼른 음식을 집으며 아귀처럼 먹기만 했다. 그러자 패트루치오는 감사하다는 말 한마디 없이 먹는다며 결국 자신이 헛수고한 셈이라며 하인에게 접시를 치우도록 명했다. 카타리나가 패트루치오에게 잘못했다고 말하며 고맙게 먹겠다고 말하자 패트루치오는 다시 접시를 카타리나 앞에 내려 놓는다. 이를 지켜본 호텐쇼가 너무하는 거 아니냐며 핀잔을 주자 패트루치오는 다 사정이 있어서 그런 것이라며 호텐쇼에게 양해를 구한다. 잠시 후 케이트가 식사를 마치자 그녀에게 친정에 가서 장인어른을 뵙자 하면서 가장 좋은 옷으로 근사하게 차려입고 가서 큰 잔치를 벌이자고 말한다. 패트루치오는 그녀를 재단사에게 데리고 가 온갖 화려한 장식품을 갖춘 옷의 치수를 재도록 했다.

———— ·················

　앞서 교사를 자신의 아버지로 위장시킨 트래니오는 밥티스타 경에게

드레스를 물리는 패트루치오__ 카타리나의 새 드레스가 안 어울린다고 내팽겨치는 패트루치오. 그는 비앙카의 결혼식에 평범한 옷을 입고 가자고 카타리나에게 우긴다. **찰스 로버트 레슬리의 작품.**

교사를 소개했다. 조금 후에 밥티스타와 루센쇼가 등장하고 트래니오는 밥티스타 경에게 교사를 자신의 아버지라며 소개했다.

"아버지, 이 분이 제가 말씀드린 분입니다. 좀 도와주세요. 재산 관계도 말씀해 주시고 비앙카와 짝이 될 수 있도록 얘기해 주세요."

"초면에 실례하겠습니다. 이번에 빚을 좀 받을 게 있어 파도바까지 오게 됐는데, 자식놈의 말을 듣자하니, 댁의 따님과 사랑에 빠졌다는군요. 댁의 존함은 나도 익히 들었던 터라 자식놈이 따님을 사랑한다니 내버려 둘 수가 없어서 결혼을 승낙했습니다. 그러니 제 아들과 따님의 결혼에 이의가 없으시다면, 곧 약정을 맺어 따님에게 줄 유산 건을 기꺼이 협의하면 어떻겠습니까."

"솔직한 말씀을 들으니 정말 고맙습니다. 사실 댁의 자제분인 루센쇼 군과 제 딸은 진실한 사랑을 하고 있는 것 같습니다. 둘이 애정을 꾸미서 사귀는 사이는 아닌 것 같습니다. 그러니까 아버지로서 우리 딸에게 충분한 유산을 주시겠다는 약속만 하신다면, 이 결혼을 성사시키기로 하지요. 우리 애를 아드님에게 기꺼이 드리지요."

그러자 트래니오가 자신의 숙소에서 결혼식과 계약서 교환을 할 것을 제안했다. 이에 밥티스타는 집에 가서 비앙카에게 곧 나올 채비를 하라고 이른다. 그러자 트래니오는 비온델로에게 루센쇼가 있는 곳으로 가라고 눈짓으로 말한 뒤 곧바로 자신의 숙소로 향한다.

———————··············

한편 장인어른을 만나러 처가집으로 향하는 길에선 여전히 패트루치오가 호텐쇼 앞에서 카타리나를 길들이기에 여념이 없었다.

"자, 어서 길을 서두릅시다. 이제 당신 친정도 그리 멀지 않았소. 거참 달빛이 곱고 밝구먼!"

"아니 저게 무슨 달이에요? 해죠. 백주대낮 달이 뜨다니요?"

"아니오, 저건 달이오."

"아니에요. 저건 해에요."

"내 이름을 걸고 단언하건대 저건 달이오. 적어도 당신 집에 도착할 때까지는 저건 달이오. 내가 그렇게 말하면 그런 거요. 아니라면 당신 친정에 가는 건 취소요."

두 사람의 대화를 지켜보던 호텐쇼는 카타리나에게 눈짓을 해서 그가 달이라고 말하면 달이 맞다고 하라는 조언을 한다. 그러자 카타리나는 이젠 정말 지쳤다는 듯이 당신이 달이라면 달이겠죠, 하며 달이 맞다고 인정해 버린다.

그렇게 카타리나가 패트루치오와 어렵사리 의견 일치를 보며 친정으로 가고 있는데 피사에 살고 있던 루센쇼의 아버지인 빈센쇼를 거리에서 만나게 된다. 패트루치오는 빈센쇼에게 차차 아시게 될 거라며 비앙카와 루센쇼가 잘 돼서 지금쯤 결혼식이 끝났을 거라며 기쁜 소식을 전한다. 잠시 후 트래니오와 짜고 가짜 빈센쇼 역할을 한 교사와 루센쇼의 하인인 비온델로가 빈센쇼와 한바탕 소동을 벌인다. 잠시 후 루센쇼와 비앙카가 손을 잡고 나타나 아버지와 장인에게 그동안의 사정에 대해 소상히 밝힌다. 내용인즉은 자신이 비앙카의 사랑을 얻기 위해 트래니오에게 자기 역할을 맡겼고, 그 덕에 자신이 비앙카와 결혼할 수 있게 됐다는 것이었다.

마침내 모든 소동이 일단락되고, 루센쇼의 집에는 아버지 빈센쇼와 장인인 밥티스타, 비앙카, 카타리나, 호텐쇼, 미망인이 하나둘 모여들었다. 뒤이어 하인들이 산해진미로 차린 음식들을 실어나르며 기쁜 날의 축하 분위기를 한층 돋우었다.

비앙카 결혼식_ 비앙카는 루센쇼와 사랑하여 결혼하게 된다. 결혼식에 가까스로 참석한 카타리나는 비앙카를 비롯하여 미망인과 언쟁을 벌인다. 〈키스 미 케이트〉의 한 장면

루센쇼: 우리는 드디어 숱한 우여곡절 끝에 이 자리에 오게 되었습니다. 불꽃 튀는 싸움도 끝났으니 이젠 지난날을 얘기하며 웃읍시다. 내 영원한 피앙새 비앙카, 나의 아버지에게 잘하시오. 나도 당신 아버지께 최선을 다할 거요. 그리고 여기 오신 패트루치오 형님, 카타리나 처형, 호텐쇼와 아름다운 미망인, 오늘은 우리 모두 사랑의 결실을 축하하는 의미로 마음껏 즐기십시오.

밥티스타: 여보게, 패트루치오! 이 즐거운 축제는 파도바가 베푸는 것일세.

패트루치오: 압니다요, 파도바에는 호의가 넘치지요.

호텐쇼: 저희 두 사람을 위해서도, 그 말씀이 유효하기를 바랍니다.

패트루치오: 호텐쇼, 자넨 미망인이 겁나나 보지?

미망인: 천만에요, 제가 왜 호텐쇼를 겁을 내요?

패트루치오: 생각이 깊으신 분께서 제 말뜻을 오해하셨군요. 난 호텐쇼가 댁을 무서워한다고 말했습니다.

미망인: 현기증이 나는 사람은 바깥 세상이 돈다고 생각하죠.

카타리나: 잠깐만, 부인! 지금 그 말씀은 무슨 뜻이에요?

미망인: 댁의 남편이 당신한테 쩔쩔 매고 계시잖아요. 그래서 내 남편의 사정도 피차일반일 거라 생각하고 하는 말입니다. 이제 아시겠어요?

카타리나: 시시껄렁한 얘기군요.

미망인: 그야 당신이 그렇죠.

카타리나: 물론 그렇죠. 당신에 비하면 명함도 못 내밀죠.

밥티스타: 그레미오 씨, 저 사람들의 서툰 재치를 어떻게 생각하오?

그레미오: 정말, 멋진 박치기가 아닐까요.

비앙카: 박치기라고요? 재치 있는 사람들이라면 박치기가 아니라 뿔로 들이박는다고 하겠죠.

패트루치오: 오, 그렇게 말하면 곤란하지. 처제의 말을 내가 쏴줘야지.

비앙카 결혼식의 연회_ 패트루치오는 모든 사람이 보는 가운데 카타리나를 부인들과 함께 멀리 있으라고 명령한다. 이에 그녀는 순순히 따른다. **장 피에르 시몬의 작품.**

비앙카: 그럼 저는 형부가 맞힌 새가 되어야 하나요? 제대로 맞도록 활시위나 정확히 당기세요. 여러분, 모두 잘 오셨어요. 저는 그만 실례하겠습니다. (비앙카와 카타리나, 미망인이 퇴장한다)

밥티스타: 이봐, 자네는 누가 뭐래도 세상에 둘도 없는 지독한 말괄량이를 아내로 얻었다는 걸 자랑으로 알게나.

패트루치오: 장인어른이 모르시고 하는 소립니다. 우리 그럼 각자 자기 아내를 불러볼까요? 누가 가장 빨리 올까요? 가장 빨리 오는 아내가 가장 순종적인 아내일 겁니다. 내기를 해서 제일 빨리 오는 쪽이 갖기로 하지요.

호텐쇼: 좋아, 얼마씩 걸까?

루센쇼: 100크라운으로 합시다.

호텐쇼, 패트루치오: 나도 찬성이요. 나도~

패트루치오: 그루미오, 너 아씨께 내 명령이니 좀 나오라고 그래라.

호텐쇼: 보나마나 뻔하지. 절대로 나오지 않을 걸세.

패트루치오: 그렇게 되는 날엔 내 신세 족치는 날이지. (카타리나 등장)

밥티스타: 아니, 이게 어찌된 일이야? 저건 카타리나잖아.

카타리나: 여보 무슨 일이에요? 무슨 일로 부르셨어요.

패트루치오: 비앙카와 호텐쇼의 부인은 지금 어디 있소?

카타리나: 난로 곁에서 이야기를 나누는 중이에요.

패트루치오: 가서 좀 데리고 오시오. 만일 오지 않겠다고 하면, 때려서라도 끌고 와요. 당신 모자는 장난감처럼 영 볼품 없어 보이는구려. 모자는 벗어서 발로 짓밟아 버려요. (카타리나가 그대로 따른다)

미망인: 어머나, 설마 이런 엉터리 수작을 보여주려고 저희를 오라고 한 건 아니죠.

비앙카: 흥, 도대체, 우릴 불러내서 어쩌겠다는 거야?

루센쇼: 당신이 좀 더 미련하면 좋았을 것을. 당신이 너무 똑똑한 척하는 바람에 난 100크라운을 잃었다오.

비앙카: 미련한 건 당신이군요. 저를 미끼로 돈을 거시다니!

패트루치오: 카타리나, 이 꽉 막힌 부인들에게 교육 좀 시키시오. 아내들이 남편에게 어떻게 해야 하는지를.

미망인: 절 어떻게 보고 그런 말을 하세요? 교육 따윈 필요 없어요. 누가 그런 교육을 듣기나 한데요?

카타리나: 어허, 무슨 그런 교양없는 말을. 자, 그럼 시작하겠습니다. 우선 얼굴부터 활짝 펴세요. 깔보는 듯한 눈은 안 돼요. 그건 자기의 주인이며 지배자이며 군주인 남편을 우습게 보는 것이니까요. (중략)

남편은 우리의 생명이자 보호자이며 군주이세요. 남편은 오로지 아내를 위해 자나깨나 일을 하니까 우리가 집에서 안심하고 지낼 수 있는 거예요. (중략)

저는 여인네의 좁은 소견이 부끄럽기 그지없답니다. 그러니 아무 짝에도 쓸모

패트루치오와 카타리나_ 말괄량이 카타리나는 순종적인 아내가 되어 모든 사람들을 깜짝 놀라게 한다.
프란스 할스의 작품.

없는 오만함을 버리세요. 어서 모자를 벗고 쓸데없는 자존심을 버려요. 남편이 원한다면 순종의 증거로 남편 앞에 엎드릴 수도 있어요.

패트루치오: 암, 그래야 아내지! 자, 키스해 주오, 케이트. 우린 그만 잠자리에 듭시다. 세 사람이 결혼했지만, 자네 두 사람은 낙제야. 내가 이겼어. 자, 그럼 승자는 이만 물러갑니다. 여러분, 좋은 꿈 꾸십시오. (패트루치오와 카타리나 퇴장)

호텐쇼: 행복한 꿈꾸게. 아무도 못 말리는 말괄량이를 길들인 양반.

루센쇼: 기적이야, 기적. 어떻게 저런 지독한 말괄량이를 순한 양으로 길들일 수 있었을까.

| 한눈에 명화로 보는 셰익스피어 |

십이야

"영리한 바보는 미련한 현자보다 낫다."

십이야

◆ 장소 및 등장인물

장소

일리리아 해안, 일리리아 거리, 오시노 공작 궁전, 올리비아의 저택

등장인물

오시노 : 일리리아의 공작
올리비아 : 토비 벨치 경의 조카딸
바이올라 : 세바스찬의 쌍둥이 여동생
안토니오 : 함정 선장
선장 : 바이올라의 친구
세바스찬 : 바이올라의 쌍둥이 오빠
발렌타인, 큐리오 : 오시노 공작의 시종
토비 벨치 경 : 올리비아의 삼촌
앤드류 에이큐치크 경 : 토비 벨치 경의 친구
말볼리오 : 올리비아의 집사
페이비언덤 : 올리비아의 시종
마리아 : 올리비아의 시녀

베일을 벗는 올리비아(446쪽 그림)_ 여인이 상대에게 자신의 베일을 벗어보인다는 것은 그 상대를 사랑하기 위해서이다. 올리비아의 베일은 기막힌 사랑이 된다. **요한 하인리히 람베르크의 작품**.

십이야는 크리스마스로부터 12일째에 해당하는 1월 6일을 의미하는 날이다. 이 희극은 이탈리아의 설화를 토대로 십이야 밤에 벌어지는 연인들의 사랑과 영혼의 축제 같은 이야기이다.

메살린에 사는 세바스찬과 바이올라는 일란성 쌍둥이 남매이다. 둘은 서로 다른 옷을 입지 않는 한 구별하기 어려울 정도로 신기하게도 빼닮은 듯이 똑같이 생겼다. 어느 날 이 쌍둥이 형제는 항해 도중 거대한 폭풍에 휩싸여 배가 난파되면서 바다속에서 생사가 모호해진 채 서로 헤어진다. 성난 파도에 휩쓸려 내동댕이쳐지는 오빠를 바라보며 겨우 목숨을 부지한 바이올라는 간신히 일리리아 해안에 당도해 세자리오란 이름으로 남장을 하고 오시노 공작의 시종으로 들어갔다.

한편 이탈리아 일리리아 지방의 오시노 공작은 평소 올리비아를 열렬히 사모해 줄기차게 청혼을 하지만 번번이 거절당했다. 올리비아는 하나밖에 없는 혈육이었던 오빠가 7년 전 죽음으로써 7년간 아무도 만나지 않겠다고 선언했기 때문이다.

오시노 공작은 오늘도 충복인 큐리오에게 올리비아를 향한 자신의 마음을 음악에 비유해 한탄스럽게 말한다. "음악은 사랑을 살찌우는 양식이라 아무리 들어도 질리지 않는데, 왜 사랑은 이리도 변덕스러워서 소리쳐 불러도 대답없는 메아리 같으냐"며 자신의 애절한 심정을 하인인 큐리오와 발렌타인에게 하소연한다. 오시노 공작은 발렌타인에게서, 올리비아 아가씨는 앞으로 일곱 해 동안 수녀처럼 자신이 거처하는 방에만 거의 머물며 짜디짠 눈물만을 뿌리겠노라는 이야기를 들었다며, 이는 돌아가신 오라버니를 너무나 사랑한 자신의 슬픈 마음을 담은 결심이라는 절망적인 말만을 듣는다.

한편, 올리비아의 저택에서는 삼촌인 토비 벨치 경과 하녀인 마리아가

난파선_ 바이올라는 일리리아의 바닷가에서 난파되어 간신히 목숨을 건진다. **이반 아이바조프스키의 작품.**

토비 경의 고주망태 행태를 놓고 한바탕 설전을 벌인다. 마리아는 요즘 올리비아의 심사가 울적해 있다며, 토비 경이 술에 취해 늦게 집에 들어오는 것을 아가씨가 마뜩치 않아 하니 술을 자제해 달라고 요구한다. 두 사람이 한참 말싸움을 벌일 즈음, 올리비아를 짝사랑하는 토비 경의 친구인 앤드류 경이 나타난다. 그는 올리비아가 자신을 만나주지도 않으니 일찌감치 귀향해 다른 혼사자리라도 알아봐야겠다며 푸념을 한다.

며칠 후 오시노 공작은 시종 발렌타인이 데리고 온 바이올라를 하인으로 맞아들인다. 남장한 그녀가 예삿 사람이 아님을 직감하고 그녀를 자신의 측근으로 들였다. 어느 날 오시노 공작은 세자리오(바이올라의 남장 역)에게 올리비아를 찾아가 자신의 애절한 마음을 전하고 오라고 명한다. 그러면서 빈손으로 올 거라면 시끌벅적하게 소란이라도 피워 자신의 사모하는 마음을 올리비아가 알아챌 수 있도록 해달라는 공작의 절박한 요구를 듣는다.

올리비아의 저택에 당도한 바이올라는 올리비아를 꼭 만나게 해달라고 사정했다. 올리비아는 말볼리오에게 오시노 공작의 시종은 만날 수 없다고 전하라고 당부하지만 막무가내로 한 발자국도 물러나지 않는 바이올라를 어쩌지 못하겠다는 말볼리오의 전언에 어떤 사람인지 얼굴이라도 보자며 들어오라고 한다.

바이올라가 수행들과 함께 올리비아의 방에 등장

바이올라: 이 댁의 고명하신 아가씨가 어느 분이신지요?

올리비아: 내가 댁이 찾는 아가씨인 것 같군요. 내가 대답을 해줄테니. 용건이 뭐지요?

바이올라: 더없이 빛나고 세상 그 무엇과도 비할 바 없는 아름다움을 간직하신 분, 당신께서 바로 이 댁의 아가씨인가요? 한 번도 뵌 적이 없어서요. 아름다운 아가씨, 저를 너무 나무라진 마세요. 저는 조금만 서운한 대접을 받아도 금방 주눅이 드는 사람이랍니다.

올리비아: 어디서 오셨나요?

바이올라: 먼저 당신이 이 댁의 아가씨가 맞는지 대답해 주세요. 저는 이 댁 아가씨를 한번도 뵌 적이 없어서요. 그래야 제가 온 목적을 말씀드릴 수 있으니까요. 당신이 이 댁의 아가씨이십니까?

올리비아: 그래요. 내가 이 댁 아가씨 맞아요. 찾아오신 용건부터 말해봐요.

바이올라: 큰일났네요. 공작님이 전하라는 대사를 외우느라 얼마나 애를 먹었는데요. 게다가 너무 시적이라서…….

올리비아: 그런 능청스런 거짓말은 그만 하시지요. 전 당신 얘기를 듣고 싶은 게 아니라 당신이 문 앞에서 하도 들여보내 달라고 사정사정 한다기에 도대체 어떤 작자인지 보려고 부른 거예요. 미치지 않았다면 빨리 돌아가고, 제정

올리비아_ 부유한 백작가의 상속녀로, 아버지가 죽은 뒤 자신의 후견인이 되어 주었던 오빠마저 죽자 상심에 빠져 남자들의 구혼은 물론 만나는 것조차 거부한다. **에드먼드 레이턴의 작품.**

신이라면 간단하게 빨리 말하세요.

바이올라: 아가씨에게만 전해 드릴 이야기입니다. 저는 선전포고를 하러 온 사람도 아니고 항복을 재촉하러 나타난 선동가도 아닙니다. 제 손은 올리브 가지를 쥐고 있는 평화주의자이고, 드릴 말씀도 지극히 평화로운 내용입니다.

올리비아: 모두들 잠시 자리를 비켜줘. 그 평화로운 말씀 한 번 들어보게. 자, 이제 그 말씀을 들어볼까요?

바이올라: 이 세상에서 가장 아름답고 사랑스러운 여인이여!

올리비아: 아주 기분 좋은 미사여구네요. 얼마나 더 늘여 붙일 셈이에요? 대체 본문은 어디 있어요?

바이올라: 오시노 공작님의 가슴속에요.

올리비아: 그분의 가슴속이라! 가슴속 제 몇 장이죠?

바이올라: 공작님 방식을 따르자면 그분 가슴속 제1장이지요.

올리비아: 아! 그거라면 벌써 읽었어요. 그건 공작님 혼자만의 작품이에요. 또

베일을 벗는 올리비아_ 남장을 한 바이올라의 요구에 베일을 벗는 올리비아를 묘사한 동판화 그림이다.

할 이야기가 있나요?

바이올라: 아가씨, 아가씨의 진면목을 보고 싶어요.

올리비아: 제 얼굴과 담판이라도 지으려는 건가요? 암튼 좋아요. 그렇게 보고

싶으시다니 보여드리죠. 자, 보세요. (베일을 벗는다) 어때요, 맘에 드시는가요?

바이올라: 황홀할 지경입니다. 참으로 오묘한 기예로 붉고 흰 빛깔로 조합하

여 이뤄낸 아름다움이군요. 천상의 조화가 따로 없네요. 아가씨, 아가씨야말로 세상에 둘도 없는 잔인한 분입니다. 그런 아름다움을 사람들도 모르게 모조리 무덤으로 끌고 가서 이 세상에 단 한 장의 복사본도 남겨놓지 않으시려고 하다니요.

올리비아: 무슨 말씀을! 난 그런 잔인한 여자는 아니에요. 내 아름다움을 이 세상에 기록으로 남겨놓을 거예요. 그런데 고작 나를 찬미나 하자고 여기에 당신을 보낸 건가요?

바이올라: 당신이 어떤 사람인지 이제야 알겠어요. 아가씨는 도도하기 짝이 없으시군요. 그러나 아가씨가 도도한 악녀라 해도 아름다운 것만은 틀림없네요. 공작님은 아가씨를 사랑하십니다. 아가씨가 아무리 절세의 왕관을 썼다 해도 공작님의 사랑에는 응답하지 않을 수 없을 거예요.

올리비아: 공작님께서는 이미 내 마음을 알고 계세요. 내가 그분을 사랑할 수 없다는 것도요. 물론 그분은 명망이 높고 훌륭한 분이에요. 세상의 평판도 좋고 활기차고 관대한 성품, 학식과 용기, 영지도 넓고, 청렴하기 이를 데 없는 젊은 분으로 알고 있어요. 하지만 나는 공작님을 사랑할 수 없어요. 이런 대답은 이미 오래 전에 드렸어요.

바이올라: 만약 제가 공작님같이 사랑의 열정에 불타 고통 속에 빠져 있다면 어찌 그런 거절의 말씀이 귀에 들어오겠습니까? 아마도 아가씨의 그 마음을 아신다 해도 모른 척 하실 것입니다.

올리비아: 그럼 당신이라면 어떻게 하겠어요?

바이올라: 아가씨의 집 문 앞에 버드나무 가지로 엮은 오두막집을 지어놓고 그 안의 내 영혼에게 하소연할 것입니다. 버림받는 사랑의 슬픔을 가사로 엮어 한밤중에 소리쳐 노래할 겁니다. 그러면 아가씨께서는 이 영혼을 가련하다 여겨주시지 않는 한 이 세상에서 잠시라도 편히 쉬지 못하게 될 테니까요.

올리비아: 당신이라면 그렇게 하고도 남겠네요. 당신은 어떤 신분의 사람인가요?

바이올라: 지금의 처지보다야 훨씬 높죠. 하지만 현재도 좀 사정이 나빠졌습니다. 그래도 태생은 신사입니다.

올리비아: 돌아가서 공작님께 전해 주세요. 나는 당신을 사랑할 수 없으니 다시는 사람을 보내지 마시라고요. 단, 공작님이 내 말에 어떤 반응을 보이셨는지를 알려주러 온다면 그것은 별개의 문제로 생각해볼 게요. 자, 그럼 안녕히 가세요. 수고 많았어요. 자, 수고비는 받아 두세요.

바이올라: 저는 수고비를 받으려고 심부름을 온 게 아닙니다. 마음만 받겠습니다. 원컨대 앞으로 당신이 사랑을 한다면 사랑의 신이 상대의 가슴을 정녕 차돌같이 단단하게 만들어 주시고, 아가씨의 불타는 사랑의 열정은 저의 주인같이 무참히 냉대받게 해주시기를! 안녕히 계십시오. 아름답고 냉혹한 분이여. (퇴장)

올리비아: 그래, 틀림없는 신사야. 그 말씨, 얼굴, 거동, 인품으로 볼 때 높은 집안의 사람이 틀림없어. 안 되지! 성급하게 굴어서는 안 돼. 나의 사랑을 주인과 저 사람하고 바꾸어 놓다니, 내가 지금 제정신이 아니네. 갑자기 상사병에라도 걸렸나. 아마 그 청년의 아름다운 모습이 나도 모르게 내마음속 깊이 스며들고 말았어. 어쩔 수 없지. 될 대로 되라지. 이봐요, 말볼리오!

말볼리오: 아가씨, 부르셨습니까?

올리비아: 아까 그 시건방진 심부름꾼을 빨리 뒤쫓아 가요. 그 사람이 내게 물어보지도 않고 반지를 놓고 갔어. 이런 건 받고 싶지 않다고 전해. 그리고 주인에게 가서 쓸데없는 선물 공세로 내 마음을 돌릴 수는 없다고 단단히 말해 줘. 자, 어서 서둘러요, 말볼리오.

말볼리오: 예, 아가씨. 분부대로 하겠습니다. (두 사람 퇴장)

바이올라와 올리비아_ 남장을 한 바이올라에게 자신의 얼굴을 드러내는 올리비아.

　　바이올라의 오빠 세바스찬은 거친 풍랑으로 인해 바다 속에 빠졌다가
선장 안토니오에 의해 극적으로 구조되었다. 안타깝게도 세바스찬은 여
동생 바이올라가 바닷물에 빠져 죽은 줄로만 알고 있었다. 이후 안토니

오는 세바스찬을 주인으로 모시기로 하고 함께 육지로 나와 일리리아 거리로 갔다. 그 시각 올리비아의 시종인 말볼리오는 바이올라를 쫓아가 올리비아에게 놓고 간 반지를 돌려 드리려 왔다며 바이올라에게 반지를 건네준다. 하지만 바이올라는 반지를 두고 온 적이 없다며 한사코 반지를 받지 않으려고 했다. 바이올라가 계속 거절을 해도 막무가내로 반지를 받으라며 종용하는 말볼리오의 간청에 결국 바이올라는 반지를 건네받으며 아가씨가 자신을 좋아한다고 직감한다. 이 복잡한 상황은 어처구니없게도 오시노 공작은 올리비아를 열렬히 사모하고, 올리비아는 남장한 바이올라를 연모하며, 바이올라는 오시노 공작을 남몰래 짝사랑하는 어지러운 삼각관계를 만들어버리고 말았다.

———————·················

한편 올리비아의 집에서는 토비 벨치 경과 앤드류 경이 올리비아의 집사인 말볼리오를 골탕 먹일 계략을 짜느라 여념이 없다. 이 계략은 하녀인 마리아가 올리비아의 필체를 똑같이 필사할 수 있었기에 짜낸 묘책이었다. 즉, 거리에 올리비아의 연애편지를 일부러 떨어뜨려 놓은 다음 말볼리오가 집어서 읽도록 하자는 것이었다.

그 시각, 밤거리를 걸어가던 말볼리오는 마리아가 가짜로 쓴 올리비아의 연애편지를 발견하곤 흥분해서 어찌할 바를 모른다. 편지의 서두에는 "M, O, A, I"라고 적혀 있었다. 말볼리오는 이 수수께끼는 풀기가 쉽지 않다며 긴 글에 적혀 있는 내용을 읽어보기로 한다.

"이 글이 당신 손에 들어가거든 부디 사려 깊게 행동해 주시기 바라요. 비록 내 운명의 별이 당신 위에서 빛나고 있지만 제가 잘난 사람이라고 어려워 하지 마세요. 사람이란 처음부터 잘 태어날 수도 있고, 노력하여

말볼리오를 골탕먹이려고 계략을 짜는 일행들_ 조지 헨리 홀의 작품.

높은 신분을 가질 수도 있고, 또는 남이 지원해 줘서 높은 신분을 성취하는 경우도 있습니다. 장차 신분을 생각하여 높은 지위에 익숙해지도록 낡은 허물을 벗듯 미천함을 털어버리고 새롭게 보이도록 하세요. 당신의 그 노란 양말을 칭찬하고 열십자의 대님을 보고 싶어 하는 사람이 누구인지 기억해주세요. 세상 일은 당신이 결심하기만 하면 다 돼요. 그러나 이루고자 노력하지 않는다면 당신은 항상 집사로 남을 것이고, 하인으로 머물 것이며, 다시는 행운의 손을 잡지 못할 것입니다. 그럼 안녕히, 당신과 신분을 바꾸기를 소원하는, 운 좋은 불행한 여인 올림."

말볼리오는 편지를 읽어내려가면서 이 편지는 컴컴한 하늘의 빛나는 별보다도 더 명백한, 아가씨가 자신에게 보낸 편지라고 확신했다. 그러면서 편지 내용대로 자부심을 갖고, 정치에 관한 책도 읽고, 별볼일 없는 사람과는 어울리지 말고, 아가씨가 원하는 사람이 되도록 노력하자고 다짐했다. 그는 얼마 전에 아가씨께서 자신의 노란 양말을 칭찬했고, 십자 대님도 멋있다고 치켜세웠던 일들을 기억하며 이 모든 게 다 자신에게 반한 아가씨의 태도라며 허황된 확신을 갖기에 이르렀다. 말볼리오는 추신을 읽으며 자신의 믿음에 확신을 얻었다. 추신의 내용인 즉, "제가 누군지는 어림짐작할 수 있을 것입니다. 만약 제 사랑을 받아주신다면 그대 얼굴

바이올라와 올리비아_남장을 한 바이올라에게 반한 올리비아를 묘사한 그림이다. **프레드릭 리차드 피커스길의 작품**.

에 미소를 지어 주세요. 그대의 미소는 그렇게 잘 어울릴 수가 없어요. 그러므로 제 앞에서는 언제나 얼굴에 미소를 지어 주세요"라는 내용이었다.

오시노 공작의 명을 받고 바이올라는 다시 올리비아의 저택을 찾아간다. 올리비아는 바이올라를 보자마자 버선발로 나와 반갑게 그를 맞이한다.

바이올라: 세상에서 가장 아름답고 사랑스런 숙녀여, 하늘이 향기 나는 비를 당신 위에 뿌려 주시기를!

올리비아: 이름이 뭐죠?

바이올라: 아가씨의 종 세자리오라 합니다. 아름다운 공주님.

올리비아: 나의 종이라니! 언제부터 그렇게 굽신대는 습성이 들었는가요? 자꾸 그러시면 나는 세상 사는 재미가 없어져요. 당신은 오시노 공작의 하인 아

닌가요?

바이올라: 공작님은 아가씨의 소유죠. 그러니 그분의 소유는 당연히 아가씨의 것이기도 합니다. 아가씨 하인의 하인인 저는 곧 아가씨의 하인이지요.

올리비아: 저는 공작님에 대해서는 아무 할 말이 없어요. 공작님도 저처럼 생각을 하얀 백지로 두었으면 좋겠어요. 제발 부탁이에요. 더는 공작님의 말씀을 꺼내지 말아요. 하지만 다른 분의 부탁이라면 얼마든지 듣겠어요. 하늘에서 들려오는 음악보다도 더 기쁘게 듣겠어요.

바이올라: 아가씨…….

올리비아: 제발, 제발요. 요전에 당신이 제 마음을 쏙 빼놓고 간 다음 당신을 뒤쫓아가서 반지를 보내 드렸었죠. 그렇지만 그건 잘못된 일이었어요. 당신이 아무리 절 뭐라 해도 할 수 없지요. 파렴치하게 꼼수를 써서 당신 것도 아닌 반지를 억지로 떠맡겼으니 할 말이 없어요. 통찰력이 있는 분이니 아시겠지만 얼굴은 가릴 수 있지만 마음속의 비밀은 감출 수 없어요. 뭐라고 말 좀 해보세요.

바이올라: 동정합니다.

올리비아: 그 동정이 사랑의 첫 단계예요.

바이올라: 그렇지 않습니다. 흔히 원수를 동정하는 수도 있답니다.

올리비아: 그럼 어쩔 수 없군요. 웃고 넘길 수밖에. 어차피 먹이가 될 바에는 늑대보다는 사자 앞에 넘어지는 것이 훨씬 낫지. 이런 쓸데없는 일로 시간을 낭비한다고 시계가 나를 꾸짖고 있네. 젊은 양반, 걱정할 것 없어요. 내가 그만둘 테니까. 하지만 지혜와 젊음은 수확할 때가 되면 확실히 거둬들여야 해요. 당신의 아내가 될 사람은 품위 있는 남자를 거둬들이게 될 테죠. 자, 나가는 길은 저기 서쪽이에요.

바이올라: 잘 알겠습니다. 아가씨께 신의 은총과 행복이 항상 함께하시기를! 그럼 안녕히 계십시오, 아가씨. 이제 다시는 주인님의 사모하는 마음을 전하

러 오지는 않겠습니다.

올리비아: 아니, 다시 오세요. 지금은 싫지만 당신 얘길 듣고 그분을 좋아하게 될지 어떻게 알겠어요? (퇴장)

———— ················

바닷가 해변길에서 거리로 걸어오던 세바스찬과 안토니오는 오랜 시간이 지나서야 겨우 일리리아 도심에 도착할 수 있었다. 세바스찬은 숙소로 가기 전에 시간이 남았으니 시내 구경이라도 하자고 졸랐다. 하지만 안토니오는 전에 이곳 공작의 함대와 맞붙어 사이가 안 좋다며 시내 구경은 다음에 여유있게 하자고 제안한다. 그러면서 세바스찬에게 시내 구경할 때 마음에 드는 물건이 있으면 사라며 지갑을 주고 간다.

그 시각 올리비아의 정원에선 하녀인 마리아와 말볼리오 집사가 홀로 사랑에 빠진 올리비아를 위로하려고 이런저런 대화를 하기에 바쁘다. 그런데 말볼리오는 올리비아의 거짓 연애편지를 읽은 탓에 올리비아를 보면 그저 히죽거리며 벙실벙실 웃기만 한다. 말볼리오의 우스꽝스런 모습을 지켜본 토비 경과 마리아는 그의 대책 없는 허세에 사태가 보통을 넘어섰음을 직감했다. 급기야 토비 경의 명에 따라 마리아는 말볼리오를 어두운 방에 가두고 꼼짝 못하게 묶어둔다. 그 시각 올리비아는 바이올라를 향한 참을 수 없는 연정을 어쩌지 못해 다시금 바이올라를 만나 마음을 고백하지만 바이올라는 냉정하게 거절한다. 그러면서 자신의 바람은 올리비아가 오시노 공작을 진정으로 사랑해 주는 것이라는 대답만 듣는다.

한편 세바스찬과 헤어져 거리를 걷고 있던 안토니오는 남자로 변신한 바이올라에게 결투를 신청하는 토비 경과 앤드류 경을 보자 세바스찬으

말볼리오와 올리비아_ 집사 말볼리오는 거짓 연애편지에 속아 올리비아가 자신을 좋아한다고 생각하고 점잖과 너스레를 떠는 장면이다. **대니얼 매클리스의 작품.**

로 착각하고 급히 칼을 뽑아들고 두 사람과 대결하려고 한다. 이 일촉즉발의 상황에서 관리들이 나타나 안토니오를 오시노 공작의 고발로 체포하려고 한다. 하지만 안토니오는 바이올라를 세바스찬으로 오인해 당신을 찾다가 이렇게 됐다며 아까 맡긴 지갑을 돌려달라고 부탁한다. 바이올라는 어찌 된 영문인지 모르지만 급박한 상황에서 자신을 구하기 위해 칼을 빼든 안토니오의 감사한 마음에 자신의 지갑을 준다. 하지만 안토니오는 자신이 베푼 친절이 이렇게 아무렇지도 않게 무시당하는 게 싫다며 바이올라를 신랄하게 비난한다. 그리고 또한 안토니오는 자신이 숭배한 우상이 이리도 비열한 사람일 줄은 몰랐다며 이처럼 몰인정한 자야말로 아름다움의 가면을 쓴 악마일 뿐이라고 비난의 화살을 또다시 퍼붓는다. 하지만 바이올라는 자신을 향해 그토록 격노해서 쏘아대는 안토니오를 이해할 수 없다며, 자신의 상상이 그대로 들어맞는다면 안토니오가 자신과 오빠를 헷갈린 게 아니라면 이런 오해는 있을 수

세바스찬에게 싸움을 거는 토비 경과 앤드류 경_ 프랜시스 휘틀리의 작품.

없다고 단언했다.

올리비아는 바이올라에게 연모의 마음을 보냈다가 냉정하게 거절을 당하고는 쓰린 가슴을 추스리며 정원을 산책한다. 그러다가 바이올라와 빼닮은 세바스찬과 싸우는 토비 경과 앤드류 경을 보고는 화가 머리끝까지 치솟아 토비 경에게 제발 싸움 좀 그만하라며 역정을 낸다. 똑같은 이유로 세바스찬을 바이올라로 착각해 그에게 무례하게 구는 토비 경과 앤드류 경, 페이비언을 모두 물리치고는 이들의 결례를 용서해 달라며 세바스찬에게 사과를 했다. 세바스찬은 이게 대체 무슨 영문인지 몰라 어안이 벙벙해지지만 올리비아가 너무 간곡히 부탁하는 바람에 그녀와 함께 사태를 해결해 보자며 그녀가 이끄는 대로 갔다.

이렇게 해서 온갖 사연 끝에 올리비아의 집 앞에는 오시노 공작과 올리비아, 안토니오, 바이올라, 앤드류 경 등 소동의 당사자들이 모두 모여 사태의 해결을 위해 서로의 이해관계를 털어놓기 시작했다.

먼저 안토니오와 관리들, 오시노가 등장

오시노: 나는 저자의 얼굴을 똑똑히 기억하고 있다. 지난번 만났을 때는 화약 연기를 뒤집어쓰고 불과 대장간의 신 헤파이스토스처럼 시커먼 얼굴을 하고 있었지. 변변찮은 작은 배의 선장이었지. 그래도 구색이 초라한 형편없는 배를 조종하며 우리 함대에서 가장 크고 훌륭한 배를 산산이 부숴버렸어. 우리는 저자의 뛰어난 전술에 미움이고 손실이고를 다 잊고 입에 침이 마르도록 칭찬을 했었다. 그런데 이제는 무슨 일로 또 내게 나타났느냐?

관리: 공작님, 바로 저놈이 안토니오입니다. 저놈이 크레타 섬에서 짐을 싣고 돌아오는 피닉스 호를 약탈했고, 타이거 호를 습격하여 공작님의 조카 타이터스님의 한쪽 다리를 잃게 한 포악한 해적놈이죠. 그 자가 이 거리에 뻔뻔하게 나돌아다니며 싸움질을 하는 것을 보고 체포해 왔습니다.

바이올라: 무슨 말씀을 하세요? 이분은 친절하게도 저를 위해 칼을 빼셨어요. 그런데 한참을 싸우다가는 제게 이상한 말을 하는 거예요. 아무래도 정신 나간 사람이 아니면 왜 저에게 그런 말도 안 되는 억지를 부리겠어요?

오시노: 야, 이 악명높은 해적아? 얼마나 대담한 녀석이기에 네가 벌인 피비린내나는 전투로 철천지 원수가 된 적의 수중에 잡히게 됐느냐?

안토니오: 오시노 공작, 내게 씌운 누명은 사실이 아니니 수긍할 수 없소이다. 이 안토니오가 오시노 공작의 적인 것은 사실이지만, 나는 결코 해적이나 강도가 아니올시다. 지금 제 앞에 있는 후안무치한 저 젊은이가 바로 거친 바다 거품이 끓어오르는 파도 속에 잡아먹히려는 순간에 내가 건져준 사람이오. 진정으로 저 사람을 아꼈기 때문에 위험을 무릅쓰고 사지에 뛰어든 것이오. 그리고 그가 곤경에 처한 것을 보고는 그를 지키려고 칼을 뺐던 것이오. 그런데 내가 붙잡히니까 저자가 자기도 위험해질까봐 뻔뻔하게 가면을 쓰고

는 애당초 날 알지도 못하는 사람이라고 시치미를 뗐소.

바이올라: 이게 어떻게 된 일이람?

오시노: 가만있어 보자, 그렇다면 그는 언제 이곳으로 왔느냐?

안토니오: 우리는 이곳에 오늘 왔습니다, 공작님. 지난 석 달 동안 한시도 떨어져 있지 않고 같이 지내 왔습니다.

오시노: 저기 백작 댁 아가씨가 오는군. 이, 이 사람! 젊은 사람이 왜 정신 나간 소리를 지껄이고 있어. 이 젊은이는 석 달 동안 쭉 내 시중을 들어왔다. 허나 그 얘긴 다시 하기로 하자. 이 자를 저리로 데려가라.

올리비아: 무슨 일이라도 있나요? 공작님, 제가 공작님을 사랑할 수 없다고 한 말 말고 해드릴 수 있는 말이 또 있습니까? 세자리오, 당신은 나와 약속을 해놓고 그 약속을 어겼어요.

바이올라: 아가씨!

오시노: 올리비아 아가씨…….

올리비아: 뭐라고 속시원히 대답 좀 해봐요, 세자리오? (공작에게) 공작님, 잠깐만요.

바이올라: 주인님께서 말씀하고 계시니 저는 조용히 있겠습니다.

올리비아: 늘 하시는 그 말씀이라면 제 귀로 듣기에는 따분하고 지겨워요.

오시노: 언제까지 그렇게 나를 매정하게 대할 거요?

올리비아: 계속 그럴 거예요, 공작님.

오시노: 정말 당신은 무정한 여인이오. 나는 은혜도 모르고 냉혹하기 그지없는 제단에 충직한 내 영혼을 던져 헌신적인 기도를 바쳐왔소. 이제 내가 뭘 더 하란 말이오?

올리비아: 공작님이 하고 싶은 일이라면 무엇이든 하세요.

바이올라: 제가 공작님의 마음을 편안하게 해드릴 수만 있다면 무엇인들 못

바이올라와 올리비아_ 바이올라의 사랑을 얻지 못한 올리비아가 미래 자신의 남편이라고 일방적으로 우긴다. **윌리엄 헤밀턴의 작품.**

하겠어요. 천번만번이라도 기쁘게 당신의 제물이 되겠습니다.

올리비아: 어딜 가세요, 세자리오?

바이올라: 사랑하는 분을 따라가요. 그분은 제 이 두 눈, 제 생명, 그 모든 것 이상으로 사랑하는 분이랍니다. 하느님, 만약 제 마음이 조금이라도 거짓된 구석이 있다면 사랑을 더럽힌 죄로 저를 벌하소서!

올리비아: 아, 야속하다! 완전히 속았네!

바이올라: 대체 누가 아가씨를 속였단 말입니까? 누가 해를 끼쳤단 말인가요?

올리비아: 자신조차 잊었어요? 바로 조금 전에 저와 맹세한 일이잖아요? 목사님을 모셔와.

오시노: (바이올라에게) 자, 가자!

올리비아: 가긴 어디로 가요? 세자리오, 기다려요, 나의 남편.

오시노: 남편이라! 이봐, 세자리오가 저 여자의 남편이라고?

바이올라: 아뇨, 절대 아닙니다, 주인님.

올리비아: 오! 비겁한 사람, 자기의 정당함을 왜곡시켜 버리는군요. 세자리오, 그러지 말아요. 행운을 붙잡아요. 당신이 알고 있는 그대로의 당신이 되

세요. 그러면 당신이 되고 싶은 사람과 대등한 위치의 사람이 되는 거예요. (목사 등장) 목사님, 잘 오셨어요. 목사님께서 좀 전에 있었던 일을 사실대로 말씀해 주세요. 제가 좀 전까지 때가 이를 때까지 비밀로 해달라고 부탁드렸습니다만 목사님께서 이 젊은이와 저 사이에 있었던 일을 말씀해 주십시오.

목사: 예, 두 분은 영원한 사랑을 서약하며 백년가약을 맺었습니다. 그리고 이 예식은 성직자의 직분으로 제가 입회하여 집행하고 확인했습니다.

오시노: 에이, 나쁜 사람 날 속이다니! 가거라. 너하고는 이제 끝이다. 이후로 절대로 나와 마주치지 않도록 해라.

바이올라: 주인님, 그런 일은 절대…….

올리비아: 아! 이제 그만. 당신과는 더 이상 안 되겠네요. 뭐가 그렇게 두려우세요? 최소한의 신념이라도 지켜야죠.

그 순간 앤드류 경이 외마디 비명을 지르며 토비 경에게 의사를 부르라고 외쳤다. 이에 올리비아가 무슨 일이냐며 소리나는 쪽으로 가자 앤드류 경이 어떤 젊은 녀석이 토비 경의 머리를 박살내 버렸다고 놀란 가슴을 진정시키며 말한다. 그러면서 공작의 시종 세자리오가 그런 것 같다고 놀라며 말했다. 이에 오시노 공작도 어찌 된 일인지 도무지 감을 잡을 수가 없다며 앤드류 경에게 상황을 물어보자 세바스찬이 나타나 자신이 토비 경에게 상처를 입혔다고 고백한다. 그러면서 방금 전에 올리비아와 한 사랑의 맹세를 봐서라도 자신을 용서해 달라고 애원한다. 세바스찬의 증언에 모든 사정을 파악한 오시노가 세자리오로 변장한 바이올라와 지금 이 자리에서 소동을 벌이고 있는 세바스찬이 일란성 쌍둥이라는 것을 눈치채게 된다. 그 순간 바이올라는 세바스찬을 발견하곤 놀라움을 금치 못한다.

바이올라와 세바스찬_ 바이올라가 죽은 줄 알았던 쌍둥이 오빠 세바스찬이 살아서 대면하는 장면이다.
토마스 메이뱅크의 작품.

안토니오: 그대가 세바스찬이오?

세바스찬: 뭐가 잘못됐소, 안토니오?

안토니오: 어떻게 이렇게 똑같을 수가 있단 말이오? 사과 하나를 두 쪽으로 갈라놓아도 이렇게 똑같을 수는 없겠군요. 누가 누군지 도통 모르겠군.

올리비아: 정말 신기하네!

세바스찬: 거기 서 있는 사람은 누구인가? 나는 남자 형제라곤 전혀 없소. 여기저기 동시에 출몰하는 신통력을 지닌 사람은 더더욱 아니오. 다만 내게는 누이가 하나 있었는데 눈 먼 파도가 삼켜버리고 말았소. (바이올라에게) 아무쪼록 당신이 나와 무슨 관계가 있는지 말해 주시오.

바이올라: 저는 메살린에서 태어났고, 아버지의 성함은 세바스찬입니다. 오라버니도 같은 이름이었어요. 어느 날 지금 입고 계신 복장으로 바다의 불귀의 객이 되었다고 들었어요. 만일 혼령이 똑같은 모습과 복장으로 돌아다닐 수 있다면 당신은 우리를 놀라게 하려고 여기 온 거라고 할 수밖에 없어요.

세바스찬: 내가 바로 그 혼령이오. 그러나 난 어머니 뱃속에서부터 물려받은

애초의 몸뚱이 그대로요. 이게 생시라면 기쁨의 눈물을 흘리면서 말할 거요. "바이올라야! 꿈이냐 생시냐? 물에 빠져 죽은 줄 알았던 네가 살아있다니!" 라고.

바이올라: 어쩜, 이리도 똑같을 수 있을까? 아버지는 이마에 사마귀가 있어요.

세바스찬: 우리 아버지도 그래.

바이올라: 그리고 제가 태어난 지 13년 만에 돌아가셨어요.

세바스찬: 오! 그 일은 아직도 내 슬픈 기억으로 생생히 남아 있단다. 맞아, 아버지는 누이가 꼭 열세 살이 되던 날 돌아가셨어.

바이올라: 우리 둘의 행복을 방해하는 것이 사내로 가장할 수밖에 없었던 제 남장 때문이라면 저를 포옹하는 건 조금만 참아 주세요. 장소와 때와 운명이 하나에서 열까지 일치하여 제가 바이올라라는 게 밝혀질 때까지. 제 정체를 확실히 하기 위해 이 도시에 있는 한 선장에게 안내해 드리죠. 그 댁의 따뜻한 도움이 없었다면 전 이 자리에 있지도 못했을 겁니다. 그분이 제 목숨을 건지고 공작님의 시중을 들게 해주었답니다. 그날 이후 제게 일어난 모든 일은 공작님과 아가씨 사이에서 일어났지요.

세바스찬: (올리비아에게) 하마터면 당신은 처녀를 사랑할 뻔했네요. 그렇다고 절대 속은 것은 아닙니다. 처녀이자 남자인 사람과 약혼했으니까요.

오시노: 올리비아, 놀랄 것 없어요. 이분은 훌륭한 가문의 신사요. 이게 사실이면 거울이 진실을 비쳐줄 것이오. 이제 나도 이 행복한 난파선에 끼어들어야겠소. (바이올라에게) 이봐, 자네는 몇 번이나 나에게 되풀이해서 말하지 않았나? 나를 좋아하는 만큼 어떤 여자도 사랑할 수 없겠다고 말이야.

바이올라: 그 모든 말씀에 걸고 다시 맹세하겠습니다. 모든 맹세를 진실된 마음으로 간직하겠습니다. 낮과 밤을 가르는 저 태양이 영원히 타오르는 불꽃을 간직하듯이.

바이올라와 세바스찬의 만남_ 일란성 쌍둥이 남매인 바이올라와 세바스찬이 올리비아가 지켜보는 가운데 서로를 확인하는 연극의 한 장면이다.

오시노: 내게 손을 주오. 당신이 여자로 돌아온 모습을 보고 싶소.

바이올라: 저를 처음 이곳으로 데리고 온 선장이 제 옷을 보관하고 있습니다. 하지만 지금 어떤 소송에 연루되어 감금되어 있습니다. 아가씨의 시종인 말볼리오의 고발 때문입니다.

올리비아: 속히 풀어주도록 하겠어요. 말볼리오를 이리 데려 오세요. 아! 이제 생각이 나네, 말볼리오가 아주 실성했다고 하던데.

─────── ·················

올리비아의 지시로 오시노 공작 앞에 나타난 말볼리오는 올리비아에게 자신에게 너무 심한 거 아니냐며 그녀를 원망했다. 하지만 올리비아는 자신이 그런 일을 꾸민 게 아니라며 자초지종을 알아보기로 한다. 말볼리오는 올리비아가 쓴 필체나 글귀가 분명하다며, 왜 자신에게 웃음을 지어라, 십자 대님을 메라, 노란 양말을 신어라, 하면서 엉뚱한 희망을 갖게 했느냐며 따져 물었다. 그러자 올리비아는 이 편지는 자신이 쓴 게 아니라 마리아가 쓴 편지글이 분명하다고 말볼리오에게 말했다. 그러면서 이제야 얼마 전 말볼리오의 이상한 행동이 이해가 간다고 했다. 말볼리오가 히죽히죽 웃으며 자신에게 이상야릇한 옷차림을 하고 온 것이나 자신을 이상한 눈빛으로 쳐다보던 일 등이 다 장난이 심해서 모두가 속아넘어간 거라며 사건의 내막을 말한다. 그러자 페비니언이 말볼리오 집사에게 이런 장난을 꾸민 것은 자신과 토비 경이라고 실토한다. 그러면서 말볼리오가 평소에 너무 완고하고 무례하게 굴어서 그 버릇을 좀 고쳐보자고 꾸민 일이라며 너그러운 용서를 구했다. 그래도 그 보상으로 토비 경과 마리아가 맺어지는 경사스런 일도 있지 않았냐며 자신의 가벼운 처신에 용서를 구했다. 하지만 분을 이기지 못한 말볼리오는 토니 경 패거리에게 톡톡히 보복해 줄 것을 다짐하며 페비니언을 한동안 노려보더니 곧 사라졌다.

십이야의 아름다운 별무리가 펼쳐진 숲 속의 축제에 오시노 공작은 올리비아에게 말볼리오를 진정시키고 사람들과 다시 친하게 지내도록 해달라고 당부한다. 축제의 밤에 모인 행복한 사람들은 바이올라를 구해준 선장에 관한 이야기는 다음에 듣기로 한다. 그보다는 자신들의 엄숙한 결혼식을 길일을 택해 성대하게 치루는 게 훨씬 더 시급한 일이었다. 그리고 결혼식을 치르기 전까지는 아름다운 누이동생은 남자 차림으로 있는 동안은 세자리오로 부르기로 했다. 물론 어여쁜 여인의 차림으로 나타날 때에는 오시노의 아내요, 사랑의 여왕인 바이올라가 되는 건 당연한 이치였다.

| 한눈에 명화로 보는 셰익스피어 |

뜻대로 하세요

"내 시구(詩句)여, 내 사랑의 증인이여."

뜻대로 하세요

◆ 장소 및 등장인물

장소

프레드릭 공작이 머무는 성과 노공작, 양치기가 사는 아덴 숲

등장인물

로잘린드 : 추방당한 노공작의 딸
실리아 : 프레드릭 공작의 외동딸
올리버 : 로랜드 드 보이스 경의 장남
올란도 : 로랜드 드 보이스 경의 세째 아들
제이크스 드 보이스: 로랜드 드 보이스 경의 둘째 아들
프레드릭 공작 : 노공작의 동생
노공작 : 아덴 숲에 사는 실권 잃은 공작
애덤 : 올리버의 하인
애미언스, 제이퀴스: 추방당한 공작을 섬기는 귀족들
찰스: 프레드릭의 씨름꾼
실비어스: 숲 속의 양치기
피비: 양치기 처녀

사랑의 시를 읽는 로잘린드(472쪽 그림)_ 로잘린드가 나뭇가지에 매어져 있는 종이에 씌어 있는 시를 읽는 장면이다. **헨리 넬슨 오닐의 작품.**

권력과 영토를 놓고 형제 간의 물고 물리는 혈투를 벌이던 프레드릭 공작은 결국 형을 내쫓고 권력을 빼앗았다. 이때 프레드릭 공작의 딸 실리아는 사촌언니 로잘린드와 헤어질 수 없다며 공작에게 애원해 로잘린드와 함께 궁에서 살게 된다.

　　이 이야기의 또 다른 등장인물인 마을 유지 올리버는 막내 동생 올란드를 미워해서 동생에게 아무런 교육도 시키지 않고 그저 동네 허드렛일이나 하며 지내는 무지랭이 인생으로 만든다. 그런데 올리버가 이해할 수 없는 건 돈 많고 똑똑한 마을 유지 올리버 보다는 인간성 좋고 스스럼 없는 올란드를 사람들이 더 좋아한다는 것이다. 어느 날 올란도는 프레드릭 공작이 주최한 격투기대회에서 공작이 아끼는 무적선수 찰스를 누르고 우승하게 되고, 이 경기를 지켜본 로잘린드는 그만 올란도에게 첫눈에 반해 사랑에 빠지게 된다.

━━━━━━━┈┈┈┈┈┈┈┈┈

　　로잘린드는 지금은 삼촌의 성이 된 아버지의 성에서 살고 있었다. 이 성은 예전엔 아버지 소유였지만 동생에게 권력을 빼앗겨 이제는 프레드릭 삼촌이 소유한 성이었다. 이 성에 머물면서 로잘린드는 옛생각이 날 때마다 아버지가 그리웠다. 그렇다고 아버지를 걱정하지는 않는다. 들리는 소문에 의하면 아버지는 아덴의 숲에서 부족한 것 없이 사냥을 하며 지내고 있다는 소식을 들었기 때문이었다. 그녀가 아버지를 그리워하는 것은, 다만 그가 자신의 하나밖에 없는 아버지였기 때문이었다.

　　로잘린드에게는 실리아라는 사촌 동생이 있다. 그녀는 사소한 일에도 걱정이 많은 소심한 소녀였다. 실리아와 로잘린드는 한시도 떨어져 있지 못하는 소꼽놀이 친구였다. 두 사람은 거의 같은 날 같은 때에 태어났기

로잘린드_ 노공작의 딸로, 가족들이 전부 추방당할 때 실리아 덕에 자신은 추방당하지 않고 프레드릭 공작 밑에서 살 수 있었다. 그러던 어느 날 올란도를 보고 첫눈에 반해 공작의 미움을 받고 쫓겨난다. **동판화 그림.**

때문에 숟가락 하나 드는 법도 한 식탁에서 배웠고, 첫사랑의 한숨도 함께 하늘로 날려보낸 사이였다. 로잘린드의 아버지인 노공작이 숲으로 떠나갈 때에도, 둘은 헤어지지 말자는 굳은 약속을 했다. 사실 로잘린드는 함께 떠나자는 아버지의 권유보다, 같이 살자는 동생의 성화가 더 세서 실리아 집에 남은 것이다. 프레드릭은 자신의 딸 실리아를 사랑했다. 그렇다고 해서 조카인 로잘린드를 미워 하지도 않았다. 이 점이 프레드릭 공작을 우리가 쉽게 미워할 수 없는 이유이기도 하다.

하루는 실리아가 슬픈 낯빛을 한 로잘린드와 마주쳤다.

로잘린드와 실리아_ 실리아는 프레드릭 공작의 딸로, 로잘린드의 추방도 막아주고 쫓겨날 때도 같이 나가는 등 로잘린드와 매우 친하다. **대니얼 매클리스의 작품.**

"언니, 왜 그래, 또 아버지 생각이 나서 그래?"

"나도 잘 모르겠어. 아버지가 돌아가신 것도 아닌데 왜 자꾸 아버지가 보고 싶지."

"그건 나하고 정반대네. 난 아버지를 보고 싶어하지 않는데⋯⋯."

실리아는 이런 식으로 말장난하는 것을 좋아했다. 로잘린드는 그렇게 명랑하고 구김살 없이 자신을 대하는 실리아가 어느 동생 못지않게 좋았다. 실리아가 로잘린드를 친언니만큼이나 좋아하는 이유는 다른 데 있었다. 그건 로잘린드가 모든 면에서 실리아의 모범이 되기 때문이었다. 실리아는 로잘린드 앞에서 그걸 굳이 숨기려고 하지 않았다. 그럴 수밖에 없을 만큼 로잘린드는 자연이 빚어낸 성숙한 인격을 갖춘 여인이었다. 그녀가 눈길을 들어 타인의 눈을 바라볼 때면, 그 눈길은 순수함 그 자체였다. 그 부드럽고 화사한 눈빛과 사람을 감탄하게 하는 뛰어난 말솜씨는 누구라도 반할 만큼 탁월한 그녀만의 장점이었다. 세상 사람들은 순진무구함과 멍청함이 같은 말이라고 생각하곤 한다. 그러나 아름다움과 똑똑함이 지구 끝의 남극과 북극처럼 서로 먼 데 있는 말이라고 주장하는 사람이 있다면 한번 로잘린드를 만나보길 권한다. 로잘린드가 말하는 순수한 아름다움의 언어는 흠잡을 데 없는 여인이 구사하는 아이러니의 결정판처럼 느껴질 것이다.

또 로잘린드는 호기심이 대단한 아가씨였다. 그녀는 세상에 벌어지는 모든 일들을 궁금해하고 또한 알고 싶어 했다. 그저 세상 돌아가는 이치가 신기할 따름이었다. 그렇다고 로잘린드를 그저 시시껄렁한 아무 사건이나 마구 주워담아 말하는 수다쟁이라고 말할 수 있을까. 아니다, 그렇다, 또 아니다, 또 맞다! 결론은 그녀는 세상 모든 사람들을 다 좋아한다는 것이다. 그녀는 항상 사람들 개개인에 대해 그만의 좋은 점만을 생각했고, 아무리 사소한 장점이라도 진심으로 칭찬해 주었다.

실리아는 누구에게나 살갑고 아름다운 로잘린드를 존경했고 사랑했다. 실리아는 로잘린드가 조금이라도 슬픈 기색을 보이면, 금세 분위기를 바꿀 만한 거리로 언니의 기분을 바꿔주려고 했다.

"우리 시장에 가보지 않을래?"

실리아가 물었다.

"거기 뭐가 있는데?"

"시장엔 항상 뭐가 많아."

"너, 너 지금 나한테 뭔가 숨기고 있는 것 같은데?"

"그럼, 언니가 아는 것보다 더 신나는 게 시장에 숨어 있지."

그랬다. 실리아는 알고 있었다. 오늘 장터에서 격투기시합이 열릴 예정이라는 것을. 소문에 의하면 상대의 갈비뼈를 으스러뜨릴만큼 강력한 주먹을 자랑하는 무쇠팔 찰스가 오직 야망밖에 가진 게 없는 이름 없는 격투기 선수와 경기를 하기로 되어 있었다.

프레드릭 공작도 사실 이 경기를 보고 싶어했다. 그러나 공작의 신분에 시장 사람들이 즐기는 시합을 구경하러 갈 수는 없는 노릇이었다. 그래서 꼭 그에 맞는 말만 했다.

"내가 체면이 있지! 공작씩이나 돼서 어떻게 시장에서 하는 비천한 시합따윌 구경할 수 있겠나."

그러면서도 공적의 발길은 결국 격투기장으로 옮겨졌다. 프레드릭 공작은 형과의 차별성을 부각하기 위해서 갖은 노력을 기울였다. 그 노력의 핵심은 바로 자신이 강하다는 것을 과시하는 것이었다. 사실 격투기 경기도 그런 의도로 그가 주선한 것이었다. 그의 구호는 오직 하나. '형은 나약하지만, 동생은 강하다!' 다만 문제는 그의 강함이 찰스의 적수를 보는 순간, 스르르 사라져버렸다는 점이다. 찰스의 상대는 잘생긴 얼굴에 몸집이 유연한 청년이었다. 저런 친구가 찰스 같은 갈빗대 파괴자와 맞서 싸운다면 결과는 뻔할 것 같았다. 우두둑 부러져 나갈 갈비뼈를 생각하면, 공작의 상대가 정말 운 없는 녀석이라는 생각을 지울 수 없었다.

프레드릭은 딸과 조카를 돌아보았다.

"실리아, 로잘린드, 저 친구 좀 봐라! 도저히 찰스의 적수가 되지 못할 것 같구나. 너희들의 미소로 저 친구가 정신이 번쩍 들게 해주는 게 어떻겠니? 시합을 하지 못할 정도로 말이야."

저 무명 선수는 슬쩍 스치기만 해도 단번에 부서져버릴 것만 같은 약체로 보였다. 그런데 로잘린드와 무명 선수의 눈길이 마주친 순간, 결국 올 것이 오고야 말았다. 단 한 번의 눈길로! 로잘린드도, 젊은 선수도, 서로

격투기 시합_ 로잘린드와 실리아가 격투기 시합을 참관하는 모습이다. **대니얼 매클리스의 작품.**

넋을 잃고 심장에 강한 전율을 느낀 것이다. 사랑에 빠진 남자가 약한 꼴을 보이는 법이 있던가? 그건 말도 안 된다. 그래서 전혀 일어날 것 같지 않은 기적이 가끔씩 일어나는 것이다.

"이것이 저의 몰락이라고 해도, 제 명예가 명하는 대로."

"당신이 생각하시는 명예란 무엇인가요?"

로잘린드가 물었다.

그러자 미남선수는 손으로 턱을 괴고 말했다.

"죽음이 두려워 다른 사람에게 폐를 끼치지 않는 것이 명예라고 생각합니다. 그것이 세상에 홀로 선 사나이의 도리지요."

'어쩜, 저렇게 멋진 말을!' 로잘린드는 속으로 감탄했다. 저 젊은 사내의 눈빛 속에서 운명의 예감이 번쩍하고 빛나고 있었다. 저 사람과 함께하기 위해서는 자신이 걸어갈 길을 약간 돌더라도, 로잘린드는 저 미남선수와 함께하고 싶었다. 로잘린드는 목걸이를 풀어 젊은 선수의 목에 걸어줬다.

"만약 제 눈이 번개라면, 누가 쓰러질지 금방 알 수 있을 텐데."

로잘린드가 말했다.

그 번개의 힘이 세상에서 가장 센 주먹을 날릴 줄이야 누가 알았겠는

로잘린드와 올란도의 만남_ 로잘린드가 격투기 경기에서 승리한 올란도와 마주치는 장면을 묘사한 장면이다. **프랜시스 헤이먼의 작품.**

가. 드디어 기적이 일어났다. 엎치락뒤치락하던 끝에 미남의 무명선수가 승리한 것이다. 프레드릭 공작은 승자의 화환을 걸어주었다.

프레드릭: 음, 젊은이, 이름이 어떻게 되나?

올란도: 저는 올란도라고 합니다. 로랜드 보이스 경의 막내아들이죠.

프레드릭: 거 참, 다른 사람의 아들이면 좋았을걸. 하필 로랜드의 아들이라니. 자네 부친은 소문엔 매우 후덕한 사람으로 알려져 있지만 나와는 평생 원수로 지냈지. 자네가 다른 가문의 자식이었다면 이 일로 난 무척 흐뭇했을 것이네. 하지만 로랜드의 아들이라면 이쯤에서 작별해야겠네. 용감한 젊은이, 자네 부친이 다른 사람이었다면 얼마나 좋았을까! (프레드릭 공작, 귀족들, 시종들 퇴장)

실리아: 언니, 아버진 저렇게밖에 말할 수 없었을까?

올란도: 저는 로랜드 경의 아들임을 무척 자랑스럽게 여기고 있습니다. 설령 이름을 바꾸기만 하면 공작님께서 상속을 시켜준다 해도 절대로 이 이름을 바꾸진 않을 것입니다.

로잘린드: 우리 아버진 로랜드 경을 자신의 영혼처럼 사랑했어. 세상 사람들도 그만큼 사랑했지. 만일 그분의 아드님이라는 걸 애초부터 알았더라면 격

투기 시합을 눈물을 뿌려서라도 막았을 거야.

실리아: 언니, 우리 저 사람한테 가서 위로라도 해주자. 아버지의 심술에 정말 머리가 돌 지경이라니까. (올란도에게) 이봐요, 멋진 젊은 분, 훌륭한 시합이었어요. 약속하신 것보다 훨씬 잘 싸우시던데요. 격투기처럼 사랑의 약속도 그렇게 잘 지킨다면, 당신의 연인은 얼마나 행복할까요.

로잘린드: (목걸이를 풀어서 청년의 목에 걸어준다) 정말 잘 하셨어요. 이건 제 마음의 표시예요. 운명의 여신에게 버림받지만 않았다면 이보다 더 좋은 선물을 드릴 수 있었을 텐데……. 실리아, 가자꾸나.

올란도: (독백) 왜 나는 고맙다는 말도 못하지? 이제 적당한 대답조차 못하는 몸만 남은 허수아비가 다 되었나? 생명이 없는 인형에 불과한 건가?

로잘린드: 그 사람이 우릴 부르고 있어. 오, 운명의 여신은 내 자존심마저 가져가 버렸나봐. 저 사람한데 뭐라도 물어봐야겠어.

실리아: 언니, 이제 그만 가요.

로잘린드: 알았어. 잘 가요. (로잘린드와 실리아 퇴장)

올란도: (독백) 아, 가슴이 타올라 혓바닥마저 굳어버렸네. 왜 고맙다는 말 한마디도 못하는 거지. 그녀는 내 말을 기다렸는데, 이 멍청이.

——————…………………

공작 궁궐의 한 방에 실리아와 로잘린드가 있다. 곧이어 프레드릭 공작이 다른 신하들과 함께 나타난다.

로잘린드: 어머나, 숙부님이 오신다.

실리아: 화가 잔뜩 나신 것 같은데?

프레드릭: 로잘린드, 넌 이 시간부로 궁궐을 나가거라.

로잘린드: 숙부님, 지금 저한테 하신 말씀이세요?

프레드릭: 그래, 이곳에서 멀직이 떠나거라. 그렇지 않으면 너는 화를 면키 어려울 것이다.

로잘린드: 부탁이에요, 숙부님. 이곳을 떠나더라도 무엇 때문에 떠나야 하는지 이유라도 알고 싶어요. 전 지금까지 숙부님의 말씀을 거역한 적이 한번도 없었거든요.

프레드릭: 반역자들이 하는 말은 항상 다 똑같아. 그들의 변명을 들어보면 하나같이 죄지은 적이 없다고 하지. 그래도 나는 너를 믿지 않는다. 더 이상 무엇이 필요하니.

로잘린드: 숙부님이 저를 믿지 않으신다고 해서 제가 반역자일 리는 없어요. 제발 의심스러운 부분이 뭔지 말씀해 주세요.

프레드릭: 네가 네 아버지의 딸이라는 것만으로도 충분한 이유가 된다.

로잘린드: 숙부님이 아버지의 영토를 빼앗았을 때나 아버지를 추방했을 때 모두 저는 아버지의 딸이었습니다. 숙부님, 반역 행위는 유전되지 않습니다. 게다가 저의 아버지는 반역자도 아니었고요. 설사 제 처지가 어렵다고 해서 제가 반역하리라는 오해는 절대로 하지 마세요.

실리아: 아버지, 저도 한 말씀만 드릴 게요.

프레드릭: 실리아, 저 애는 벌써 이곳을 나갔어야 했어. 지금까지 저 애가 여기 있는 건 다 너 때문이야. 저 애는 지금쯤 제 아버지와 함께 내쳐졌어야 할 처지야.

실리아: 그건 꼭 저 때문만은 아니에요. 아버지가 호의와 자비를 베풀었기 때문이죠. 언니가 반역자라면 저도 똑같아요. 우리들은 한시도 떨어진 적이 없으니까요. 우리 두 사람은 같이 자고 함께 일어나 공부하고 놀고 밥 먹고 모두 같이 할 뿐 아니라 비너스의 꽃수레를 끄는 한 쌍의 백조처럼 항상 함께 했어요.

로잘린드와 실리아의 여정_ 로잘린드가 숙부로부터 추방당하자 실리아는 로잘린드를 따라나선다. 아처 제임스의 작품.

프레드릭: 넌 저 애의 검은 속을 몰라. 저 애가 얼마나 교활한지. 단정한 외모와 인내심으로 사람들의 호감과 동정심을 한몸에 받고 있지만. 이 어리석은 것아, 저 애만 없었더라도 네 재능과 미덕이 훨씬 더 빛났을 거야. 그러니 잠자코 아버지 말을 따라라. 내 선고가 한 번 내려지면 번복할 수 없다는 것쯤은 알고 있겠지? 저 애를 오늘부로 추방한다. (공작과 귀족들 퇴장)

실리아: 오, 불쌍한 언니! 언니가 어디로 가지? 아버지를 바꿔야 할까봐. 우리 아버지를 드릴 테니 더 이상 더 슬퍼하지 마.

로잘린드: 좋아, 그럼 우리 어디로 갈까?

실리아: 큰아버님을 찾아 아덴 숲으로 가면 되지 뭐.

로잘린드: 맙소사, 그건 너무 위험해. 우리 이러면 어떨까? 내가 키가 크니까 남장을 하는 거야. 허리춤엔 멋진 단검을 차고, 손에는 사슴 사냥용 긴 창을 들고 말이야. 그러면 속으론 겁을 먹고 있어도 겉모습은 늠름한 사나이로 보일 테지. 세상의 많은 남자들도 실제로는 겁쟁이들이지만 용감한 척 허세를 부리는 거니까.

로잘린드와 실리아의 여정_ 로잘린드가 숙부로부터 추방당하자 실리아가 남장을 한 로잘린드를 따라 나선다.

실리아: 언니가 남장을 한다면 이름은?

로잘린드: 제우스의 시동 가니메데가 좋겠다. 네 이름은?

실리아: 난 내 성격과 비슷한 외톨이 엘리아가 좋겠어.

로잘린드: 괜찮네. 그런데 숙부님의 어릿광대를 꾀어내 같이 가는 게 어떨까? 우리 여행에 많은 도움이 될 텐데.

실리아: 아마 나와 함께라면 이 세상 끝까지 따라올 거라고 할 거야. 그 바보를 꾀어내는 건 식은 죽 먹기니까 나한테 맡겨. 자, 우리 가서 보석을 챙기자. 내가 도망간 줄 알면 나를 추격해올 테니. 가장 안전한 방법으로 도망쳐야만 돼. 우리는 쫓겨나는 게 아니라 자유를 찾아서 떠나는 거야.

───────

세상 물정 모르는 두 처녀. 정확히 말하면 숲의 실정을 모르는 두 처녀는 아덴의 숲속은 사람이 생존하기가 매우 열악한 환경이라는 것을 진작에 알았어야 했다. 물론 낭만의 숲을 찾아 떠나는 그들이다 보니 그만큼의 낭만이 숲에는 널려 있었다. 하지만 위험한 게 한두 가지가 아니었다. 우선 숲에는 돈이 없었고 숲이라서 여성이라는 게 위험했다. 두 처녀는 하녀에게 농부의 옷을 챙겨오도록 지시를 내렸다. 한 명은 남자로, 또 한 명은 여자로 행세하기로 하고 로잘린드는 가니메데로, 실리아는 엘리아로 부르기로 했다.

아침이 되자 두 처녀는 수풀을 헤치고 우거진 숲 속으로 들어섰다. 점심때까지만 해도 내딛는 한 발 한 발이 즐거움이었다. 숲의 빛은 참 따뜻하기도 하지! 나뭇가지 사이로 햇살이 걸리자 영롱한 숲의 신비한 장관이 펼쳐졌다. 바람에 흔들리는 나뭇가지와 새들의 지저귀는 소리가 어우러져 숲의 진풍경을 연출했다. 발밑에선 마른 가지들이 부러지는 소리가 경쾌한 파열음을 일으켰다. 점심 때가 되자 기쁨의 순간은 곧 고통의 시간으로 바뀌었다. 불과 몇 시간 동안에 둘에게 숲은 참 많은 것을 가르쳐 주었다. 숲은 끊임없는 반복의 연속이었다. 두 처녀는 슬슬 배가 고파 왔다. 궁에서 나올 때 많은 보석을 갖고 나왔지만 숲에선 아무 쓸모가 없었다. 이제 둘은 점점 뱃속이 꼬르륵 소리를 내는 빈도가 잦아들면서 점차 말수가 줄어들었다.

저녁이 되자, 숲은 무서울 정도로 음산한 기운을 뿜어냈다. 들려오는 소리마다 무서운 공포를 자극했고, 나뭇가지가 부러질 때마다 움찔움찔했다.

두 사람은 시시각각 조여드는 불안과 공포를 떨쳐내기라도 하듯 소리라도 크게 내보기로 했다. 먼저 로잘린드가 굵직한 목소리로 말했다.

"나와 같은 남자에게는 이제부터가 멋진 시작이지."

로잘린드는 자신 안에 정말 남자 같은 뭔가가 숨어 있음을 느꼈다. 그 좋은 예가 손이었다. 조금만 움직여도 그의 손은 주먹을 꼭 쥐고 있었다. 전에는 볼 수 없던 일이었다. 드디어 밤이 찾아왔다. 밤은 생각보다 더 쓸쓸하고 추웠다. 그렇게 숲 속의 하루하루를 익혀 가고 있었다.

그렇게 며칠을 보내자 배고픔은 두 사람의 두려움마저 삼켜버렸다.

"어디 먹을 만한 게 없나 살펴보고 올게."

로잘린드는 용기를 내서 굶주린 목이 낼 수 있는 최대한의 굵은 소리를 냈다.

"누이야, 여기 누워서 기다려. 내가 먹을 걸 갖고 돌아올게."

혼자 길을 떠난 로잘린드는 숲 속의 한 빈터에 닿았다. 거기에는 양떼와 양치기가 로잘란드의 구원의 손길로 기다리고 있었다. 양치기는 두 사람을 자기 집으로 초대해 한상 가득 먹음직스럽게 차려냈다. 양젖 치즈, 양고기 스테이크, 꿀을 넣은 양젖 요구르트, 게다가 잘 숙성된 호밀 빵까지.

"여기 참 좋다."

실리아가 말했다.

"정말 좋다."

로잘린드가 화답했다.

"언제나 똑같은데요, 뭐."

양치기가 겸손하게 웃으며 말했다.

"양을 쳐서 수입이 되세요?"

실리아가 물었다.

"늘 부족하죠. 그저 아무도 안 하는 일이니까."

로잘린드와 실리아는 가진 것을 식탁 위에 죄다 쏟아놓았다. 돈, 황금, 보석 등등. 두 사람이 내놓는 보석에 깜짝 놀란 양치기는 입이 다물어지지가 않았다. 배가 부르고 채 삼십 분도 지나지 않아 오누이는 이제 모

로잘린드와 실리아의 숲 속 생활_ 남장을 한 로잘린드와 실리아는 목동의 집에서 기거하며 그곳 사람들과 사냥도 하며 지내게 된다. **월터 하웰 드베렐의 작품**.

든 것을 가졌다. 양 떼, 곳간, 창고, 그리고 하인까지. 물론 하인은 양치기였다. 저녁이 되자 오누이는 가만히 집 앞에 앉아, 자기 집 정원 보듯 숲을 바라보았다.

로잘린드와 실리아는 비로소 숲의 일상이 행복하고도 만족스러워 보였다. 양치기도 두 사람을 돌보는 생활이 만족스러웠다. 그는 아름다운 엘리아를 친딸을 대하듯 사랑스런 눈길로 바라보곤 했다. 물론 로잘린드의 보석 같은 상상력 같은 건 없었지만, 엘리아는 미인이었다. 그리고 로잘린드와 일을 할 때에도 양치기는 싱글벙글했다. 저 굵직한 음성을 가진 가니메데는 남자들끼리 하는 농담도 곧잘 했기 때문이었다.

여자는 부엌에서 요리를 하고, 남자는 어깨에 총을 걸쳐 메고 사냥을 나갔다. 어느 날 먼 숲으로 나가게 된 로잘린드는 보았다. 아버지가 이끄는 오래된 신하들이 살아가는 모습을. 드디어 로잘린드는 아버지가 사는 거처를 알아낸 것이다. 로잘린드는 사내가 되어버린 자신의 모습을 돌아보았다.

로잘린드는 멀찌감치 떨어져서 그 무리의 즐거운 생활을 지켜보았다. 생각을 정리하기 위해서는 어느정도의 시간이 필요했다. 그녀는 아버지의 모습을 보았다. 아버지는 행복하고도 편안해 보였다. 변한 것은 없었다. 로잘린드는 그걸로 충분했다. 지금은 아버지를 만날 때가 아니었다.

"나는 로잘린드다."

그녀는 흠흠, 목소리를 가다듬고 다시 말했다.

"나는 로잘린드다. 지금 남자를 연기하고 있는 나는 여자다."

지금은 이걸로 충분했다. 지금은 남자를 연기하고 싶었다.

저녁의 숲을 지나는 동안 로잘린드는 밝게 빛나는 뭔가를 보았다. 그것은 시였다. 나뭇가지에 매어져 있는 종이 위에 삐뚤빼뚤한 글씨가 빼곡했다. 서툴게 쓴 시였다. 종이에 쓴 시를 읽으면서 그녀는 울어야 할지, 웃어야 할지 헷갈렸다. 그것은 사랑의 시였다. 울고 싶었던 건, 자기에게도 누군가 그런 시를 써주었으면 하는 바람 때문이었고, 웃고 싶었던 건, 내용이 너무 유치하고 서툴렀기 때문이었다.

로잘린드는 조심스럽게 종이를 나무에서 떼어냈다. 그리고 집으로 가져와 실리아에게 보여주었다.

"어때, 엘리아?"

"누군지 몰라도 정말 대단할 정도로 사랑에 푹 빠지셨구만."

"그렇지, 너무 푹 빠졌어, 그치?"

"그렇게 지나칠 정도야?"

"상대가 물어보기도 전에 상대가 대답할 수 있는 것 이상을 적은 느낌이야."

그때부터 로잘린드는 매일 숲 속에서 그런 시를 발견했다. 로잘린드는 그걸 모두 실리아에게 낭독해주었다. 두 처녀는 시를 읽으며 울다가 웃다가 온통 난리법석을 떨었다.

그러던 어느 날 실리아가 숨이 턱에 차 집으로 달려오고 있었다. 멀리서

로잘린드와 올란도의 만남_ 로잘린드를 그리워하는 올란도를 남장한 모습으로 만나는 로잘린드.

부터 로잘린드를 부르는 소리를 들었다.

"가니메데! 가니메데!"

급하게 가니메데를 두 번 부르고는 잠시 숨을 고르고 실리아가 말했다.

"로잘린드, 누가 시를 쓰는지 알아냈어. 네가 목걸이를 걸어주었던 그 잘생긴 격투기 선수야."

"올란도?"

"올란도!"

"아, 사랑의 운명이여!"

로잘린드는 탄성을 질렀다.

"그래 그가 뭐라고 하디? 나에 관해서 말하디? 무슨 옷을 입고 있어? 지금 어디 있는데? 제발, 대답 좀 해봐!"

"그는 지금 떡갈나무 아래 앉아 있어."

"그래, 난 언제부턴가 떡갈나무가 참 좋더라."

"너를 위해 시를 쓰고 있었어."

로잘린드의 얼굴이 발갛게 달아올랐다.

"오! 얼마나 아름다운 시일까!"

로잘린드의 음성은 금세 사랑에 빠진 처녀의 목소리로 변했다.

"그는 말로 할 수 있는 것 이상을 느끼고 있는 것 같았어. 그래서 아예 물어보지 못하고 말았어."

숲 속의 양지 바른 언덕에서 로잘린드와 올란도가 처음 만난다.

로잘린드: 여보세요, 사냥꾼 아저씨!

올란도: 왜 그러시죠?

로잘린드: 지금 몇 시죠?

올란도: 오늘이 며칠이냐고 물으셔야죠. 숲 속에는 시계가 없답니다.

로잘린드: 그렇다면 이 숲에는 진정한 연인도 없겠네요. 사랑하는 사람이 있다면 1분마다 한숨짓고 한 시간마다 신음을 토해낼 테니 시간의 느린 걸음을 정확히 잴 수 있을 텐데요.

올란도: 어째서 빠른 걸음걸이라고 하지 않습니까? 그게 더 정확한 표현일 것 같은데요.

로잘린드: 그렇지 않아요. 제 말 좀 들어보시지요. 시간의 걸음걸이는 사람에 따라 다르답니다. 시간은 사람에 따라 느릿느릿 기어가거나 종종걸음이거나 달리거나 아니면 완전히 서 있거나 한답니다.

올란도: 느리게 기어갈 땐 어떤 경우죠?

로잘린드: 네, 약혼식을 올릴 처녀의 시간입니다. 결혼할 날까지 비록 일주일이 남았다고 하더라도 그 속도가 얼마나 느린 지 7년보다 더 길게 느껴지죠.

올란도: 종종걸음으로 갈 때는요?

로잘린드와 올란도_ 올란도가 로잘린드를 알아보지 못하고 말을 거는 장면이다. **에드워드 번 존슨의 작품.**

로잘린드: 라틴어를 모르는 신부와 중풍을 앓아보지 못한 부자의 경우가 그렇죠. 신부는 공부할 것이 없으니 쉽게 잠이 들 것이고 부자는 고통을 모르기 때문에 즐거울 수밖에 없겠죠.

올란도: 그건 그렇고, 잘생긴 젊은이께선 어디에서 사세요?

로잘린드: 저기 있는 토끼처럼 저도 태어난 곳에서 산답니다.

올란도: 당신 말씨는 빵에 바른 버터처럼 미끈거려서 시골 티가 전혀 나지 않는 데요.

로잘린드: 흔히들 그렇게 말해요. 실은 교양있는 아저씨한테 말과 예절을 익혔지요. 그분은 젊었을 적에 도시에서 살았거든요. 아저씨는 거기서 연애를 한 경험이 있어서 저에게 절대로 연애만은 하지 말라고 하셨어요. 여자와 연애를 하면 여자한테 붙어다니는 흉측한 습관에 저도 모르게 물든다는 거예요. 그래서 난 남자로 태어난 것을 하느님께 감사한답니다.

올란도: 여자한테 붙어다니는 못된 습관 가운데 기억나는 것 몇 가지만 얘기해 주시오.

로잘린드: 싫어요. 여자를 사랑하지도 않는 사람에게 쉽게 처방전을 줄 수는 없지요. 요즘 어떤 사나이가 이 숲 속을 헤매며 나무껍질마다 '로잘린드'라는 이름으로 도배하며 나무를 못살게 굴고 있죠. 온통 연서와 시로 이 숲을 도배하고 다니죠. 그 연애박사를 만난다면 처방전을 줄 작정이에요. 그 사람은 꼭 상사병에 걸린 사람 같으니까요.

올란도: 그 사람이 바로 나에요. 제발 내게 처방전을 주시오.

로잘린드: 당신한테서는 상사병 증세가 전혀 보이지 않는 걸요. 이래봬도 저는 상사병 환자를 알아보는 법을 알고 있답니다. 아저씨가 가르쳐 주셨거든요. 당신은 사랑의 새장 속에 갇힌 사람 같지가 않아요.

올란도: 상사병 증세가 대체 어떻습니까?

로잘린드: 두 볼이 패이고 눈이 쑥 들어간다는 데 당신은 아니잖아요. 그리고 양말 대님은 풀어 헤쳐져 있어야 하고, 모자 끈은 풀려 있어야 하며, 소매 단추와 구두끈도 풀어헤쳐져 있어야 하는데 당신의 옷차림은 너무 말쑥하고 단정하네요. 당신은 남을 사랑하는 것처럼 보이지 않고 자신을 사랑하는 사람처럼 보여요.

올란도: 젊은이, 내가 어떻게 해야 사랑에 빠졌다는 걸 믿겠소?

로잘린드: 나더러 믿으라고요! 당신의 연인한테 믿으라고 하셔야죠. 그 연인은 이미 말로 믿는다고 하기 전에 믿고 있을 거예요. 그래서 여자들은 본의 아니게 양심을 속이지요. 그런데 정말 당신이 나무마다 연서를 걸어놓은 분이 맞나요? 로잘린드를 찬미하는 시를요.

올란도: 맹세코 젊은이, 로잘린드의 백옥 같은 흰 손가락에 걸고 맹세하건대 그 사람이 바로 나요.

로잘린드: 정말 당신은 시의 구절대로 그녀를 열렬히 사랑하나요?

올란도: 시나 노래보다 몇 십배 더 그녀를 사랑하지요.

올란도의 시를 읽는 로잘린드_ 로잘린드가 자신을 사랑한다는 올란도의 시를 읽고 그를 만나 그녀를 진정 사랑하는지 확인한다. **로버트 워커 맥베스의 작품.**

로잘린드: 사랑은 광기일 뿐이에요. 그러나 폭풍 같은 사랑은 충고로 고칠 수 있다고 봐요.

올란도: 그렇게 치료한 적이 있습니까?

로잘린드: 당연히 있지요. 나를 그의 애인으로 가정한 뒤 날마다 그 사람에게 구애하도록 했지요. 난 변덕이 심해서 순간순간 슬픈 표정이나 따스한 표정을 지어보였어요. 그리고 따스한 마음을 보였다가 쌀쌀맞게 대하고 공상에 잠겨보기도 하고, 눈물을 쏟았다가 박장대소하기도 했지요. 이러한 방법을 통해 그 사람의 간장을 건강한 양의 심장처럼 깨끗하게 씻어내 상사병을 치료해 드리는 겁니다.

올란도: 젊은이, 그런 방식으로는 내 병을 치료할 수 없을 거요.

로잘린드: 아뇨, 분명 치료할 수 있습니다. 만약 저를 로잘린드라 부르신다면, 그리고 날마다 오두막으로 사랑을 고백하러 오신다면.

올란도: 그래요? 그렇다면 한번 해보겠소. 오두막이 어디 있소?

로잘린드: 함께 가요. 집을 보여 드릴 테니. 그리고 당신이 어디에 살고 계신지도 알려 주세요.

올란도: 알았어요, 젊은이.

로잘린드: 젊은이라 하지 말고 지금부턴 로잘린드라고 부르세요. 자, 가지요.

(일동 퇴장)

———————……………

올란도가 들려주는 형에 대한 이야기는 슬펐다. 올란도는 기사 로랜드 경의 아들이다. 기사는 숨을 거두면서 장남 올리버에게 동생 올란도를 잘 보살필 것을 당부했다.

"잘 들어라. 네 동생 올란도를 네 몸처럼 보살펴 줘야 한다. 너는 그 아이의 아버지이자 선생이며 더도 없는 혈육이다. 알겠느냐!"

올리버는 아버지에게 올란드를 교육도 잘 시키고 보살피겠노라고 약속했다. 아버지가 죽자, 올리버는 생각이 달라졌다. '내가 왜 그래야만 되지? 내가 꿈꿔온 인생이 동생 뒤치닥거리나 하는 건 아니었잖아' 무엇보다 올리버는 자기보다 잘생긴 동생이 영 마음에 들지 않았다. 그런데 주위 사람들은 그런 동생을 자기보다 더 좋아했다. 올란도에게 질투를 느낀 올리버는 '네 놈 혼자 잘 자라 봐라. 내가 바로 니 아버지이며 선생이다'고 비뚤어진 마음을 먹었다. 하지만 올리버의 예상과는 달리 동생 올란도는 혼자서도 잘 자랐다. 그렇게 잘 자라는 동생을 보는 형의 질투는 나날이 심해져 갔다. 급기야 형은 올란도를 아예 집에서 쫓아낼 생각까지 이르게 된다.

"여기를 떠나라! 네가 여기 있는 것을 나는 원치 않는다."

어린 동생에게 형은 서슴지 않고 떠나라고 말했다.

"가거라. 가서 어떻게든 너 혼자 살아라."

"그렇지만 나 혼자 어떻게 먹고 살아요."

올란도는 울상이 돼서 말했다.

"아직 공부도 변변찮게 한 마당에 혼자 살아가는 건 너무 어려워요."

그러나 동생의 이런 애원은 형에게 전혀 들어오지 않았다. 오히려 동생이 이 참에 치명적인 해라도 입기를 바라는 마음에 "너는 젊고 건강하니 나가서 격투기라도 해먹고 살라는 치명적인 말까지 했다. 이런 이유로 올란도가 갈비뼈 부러뜨리기 선수 찰스와 시합을 하게 된 것이었다.

"형은 갈비뼈뿐만 아니라, 목뼈까지 부러지기를 바랐을 거야."

그런데 예상과 달리 올란도는 갈빗대 파괴자 찰스를 이기고 집으로 돌아왔다. 올란도를 기다리고 있던 늙은 하인이 충고를 했다.

"어서 다시 도망가세요. 형이 도련님이 이긴 걸 이미 알아 버렸어요. 지금 질투에 미쳐 날뛰고 있죠. 도련님을 보면 아마 죽이려고 할지도 모릅니다."

격투기 선수가 된 올란도_ 올란도는 형인 올리버의 말에 격투기 선수가 되어 로잘린드를 만나게 된다.

그리고 착한 늙은 하인은 올란도를 아덴의 숲까지 배웅해줬다.

"거기라면 훌륭한 옛 어른들을 만나 뵐 수 있을 겁니다. 공작님이 당신을 받아줄 겁니다."

그렇게 만남은 이루어졌다. 훌륭한 옛 공작은 올란도를 받아주고 농담과 게으른 단순함을 나누었다. 올란도는 당당히 아덴의 일행이 된 것이다.

"여기까지가 나의 이야기야."

말을 마친 올란도는 한숨을 쉬며 손으로 이마를 만졌다.

"그래도 결말은 좋네."

가니메데가 굵은 목소리로 말했다.

"아덴의 숲에 비하면 공작의 성은 도시 변두리의 조그만 집에 불과하지. 그런데 항상 왜 그렇게 한숨을 쉬는 거야?"

"내가 한숨을 쉬는 건 다른 이유 때문이야."

"다른 이유?"

"사랑 때문에 죽을 것만 같아."

올란도는 또 한숨을 쉬었다.

"그래? 누구를 사랑하는데?"

가니메데는 간신히 굵은 목소리를 유지했다.

"로잘린드라는 이름의 아름다운 아가씨를! 딱 한번 봤는데, 그녀를 잊을 수가 없어. 사랑 때문에 가슴이 터져 죽을 것 같아."

로잘린드는 몸을 떨었다.

"이봐!"

그녀는 자기도 모르게 더듬거렸다.

"언제나 죽는 건 남자들이지. 그리고 몸뚱이는 벌레가 먹어치우지. 그

사랑의 구애 연습을 하는 올란도_ 올란도는 여자로 변장한 가니메데를 상대로 로잘린드에 대한 구애 연습을 한다. **존 페티의 작품.**

러나 남자는 절대로 사랑 때문에 죽지는 않아. 그리고 결코 혼자 죽어서는 안 돼. 죽을 때는 변호사가 입회한 가운데 죽어야 하는 거라고.”

　로잘린드는 속으로 ‘내가 지금 뭔 말을 하고 있는 거야?’ 하고 생각했다. 그리고 곰곰이 생각을 정리했다. ‘무슨 말을 하든 뭐가 대수야. 나는 지금 내가 아니잖아. 나는 가니메데잖아’ 그러다가 또다시 머리를 저으며 ‘내가 내가 아니라니. 이런 속상할 때가 다 있어? 지금 내가 나라면, 나는 올란도에게 나도 너를 사랑해 하고 말할 수 있을 텐데’

　비슷한 또래인 가니메데와 올란도는 서로 잘 통하는 면이 많았다. 낮이면 숲을 뛰어다니며 사냥을 했고, 저녁이면 양치기 오두막 앞에 앉아 고기를 구우며 이야기를 나눴다.

　“늘 내 이야기만 해서 미안해.”

　올란도가 말했다.

　“괜찮아.”

가니메데가 화답했다.

"내가 온통 로잘린드 이야기밖에 안 하지?"

"괜찮아. 나는 네가 로잘린드에 대해 이야기하는 걸 듣는 게 기분 좋아."

가니메데가 말했다.

"오, 나의 로잘린드! 그녀가 나의 연인이 되기만 한다면!"

"찾기만 하면 되잖아?"

가니메데가 물었다.

"찾고 나면 더 머리가 아플 거야."

올란도가 희한한 소리를 했다.

"찾으면 좋은 거 아냐?"

"찾아만 놓고 할 말이 없어."

"네가 얼마나 사랑하는지 말하면 되잖아."

"내가 입을 열지 못한다면?"

"바보야, 그럼 연습해서 하면 되잖아. 우리 연습할까?"

"연습? 무슨 연습."

"이렇게 내가 변장을 할게. 내가 로잘린드인 것처럼."

"그렇지만 막상 그녀가 내 앞에 있다면 무슨 말을 해야 할지를 모르겠어."

"왜 그렇게 생각하는데?"

"그녀에게 무슨 말을 해야 할지 정말 모르겠어. 어찌나 섬세하고 우아하고 교양이 넘치는지 나는 그녀와 마주치기라도 하면 한마디도 떼지 못할 것 같아. 부드러우면서도 나긋나긋하고 깨질 것 같으면서도 사람을 휘어잡는 매력이 넘치는 여자야. 아, 그녀가 구사하는 말들이 어찌나 우아하고 재미있는지, 난 도무지 자신이 없어."

"그럼 내 영혼의 소리를 따라서 로잘린드의 흉내를 내보도록 할게."

가니메데에게 사랑의 구애 연습을 하는 올란도_ 헨리 넬슨 오닐의 작품.

가니메데가 말했다

"나를 위해 그래 줄 수 있어?"

올란도는 열광했다.

"넌 정말 좋은 친구야, 가니메네!"

그렇게 연습은 시작되었다. 새벽 일찍 올란도는 공작의 무리를 떠나 숲을 거쳐 양치기의 오두막으로 왔다. 그리고 하루 종일 가니메데가 연기하는 로잘린드와 사랑의 대화를 익혔다. 로잘린드가 연기하는 가니메데와, 가니메데가 연기하는 로잘린드에게 하루가 이렇게 빨리 지나간 적이 없었다. 저녁이면 함께 마주 앉아, 양젖 치즈, 양고기, 꿀을 넣은 양젖 요구르트와 빵 한 덩이로 배를 채운 다음, 다시 숲을 거쳐 공작의 무리로 돌아갔다.

───────··············

그러던 어느 날 로잘린드의 오두막을 찾아가던 올란도는 풀밭에 누워 낮잠을 즐기는 한 남자를 보았다. 곤히 자고 있는 그를 깨우고 싶지 않았던 올란도는 그냥 지나치려 했다. 그때였다. 뱀이 남자의 목을 타오르고 있는 것이 보였다. 치명적인 독을 내뿜는 독사였다. 올란도는 재빨리 뱀의 머리를 찝어 잡은 다음 발로 밟아 죽였다.

잠자던 남자가 화들짝 놀라 일어났다. 올란도는 남자의 얼굴을 보고 깜짝 놀랐다. 그는 바로 형 올리버였다. 올란도는 올리버가 지금 숲에서 뭘 하고 있었는지 알 수가 없었다. 그러나 한 가지만은 알 것 같았다. 질투가 그를 여기까지 내몬 것이다. 올리버는 아덴 숲의 생활이 정말 환상적이라는 말을 듣고 동생을 향한 질투를 어쩌지 못해 끝내 숲 속까지 찾아왔던 것이다.

올란도는 떠오르는 생각을 떨쳐버리기라도 하려는 듯 고개를 흔들었다.

"네가 내 목숨을 구했구나."

이렇게 올리버가 말하는 순간 청천벽력 같은 괴성이 들려왔다. 그리고 믿기 어려울 정도의 놀라운 일이 벌어졌다. 돌연 사자가 튀어나온 것이다. 아덴 숲에 사자가 있었다니! 사자는 올리버에게 질풍같은 속도로 달려들었다. 그러고는 눈깜짝할 사이에 올리버의 바지를 물어뜯었다. 올리버의 옷이 찢겨져 나갔다. 올란도는 사자의 등을 향해 몸을 날렸다. 그리고 사자와 한 덩어리가 되어 뒹굴었다. 올란도는 젖 먹던 힘까지 쥐어짜가며 죽을 힘을 다해 사투를 벌였다. 사자의 무시무시한 앞다리에 휘

사자와 싸우는 올란도_ 형인 올리버를 구하기 위해 사자와 싸우는 올란도의 모습을 담은 동판화 그림이다.

갈겨 맞으면서도 한치도 물러서지 않고 전력을 다해 사자와 싸웠다. 인간과 사자의 생사를 건 사투 끝에 결국 사자가 죽었다. 올란도는 심한 부상을 입었다. 털썩 주저앉은 올란도는 입술에 흥건히 젖은 피를 혀로 씻어내며 헉헉거렸다.

"올란도! 올란도!"

올리버는 동생의 처연한 모습에 그만 통곡을 하며 외쳤다.

"네가 두 번이나 내 목숨을 구했구나! 그런데 나는? 나는 무슨 짓을 하려고 여기까지 왔던 거냐. 나는 네 목숨을 빼앗으려 했다!"

올리버가 무릎을 꿇고 두 손을 모아 빌었다.

"제발, 제발 나를 용서해다오! 네가 원하는 것이면 무엇이든지 하겠다!"

올란도는 자리를 박차고 일어났다. 그리고 있는 힘껏 형을 포옹했다.

"지금 급히 돌아가야겠습니다."

올란도가 말했다.

"빨리 상처를 치료해야겠어요. 내가 사는 곳에는 의사들이 있습니다. 그들이 나를 돌봐줄 것입니다. 형님, 부탁 하나만 들어주세요. 빈터를 건너 숲을 지나 다음 빈터까지 가십시오! 그곳에 양치기 오두막이 보일 겁니다. 거기에 제 친구 가니메데가 삽니다. 그에게 전해 주세요. 오늘은 연습을 할 수 없다고."

"무슨 연습? 너 다시 격투기하니?"

"아닙니다. 다른 분야입니다."

올리버가 길을 나섰다. 양치기의 오두막에서 가니메데와 엘리아를 만난 올리버는 오늘 일어난 일을 소상히 이야기 했다. 물론 그 전 이야기도 빼놓지 않았다. 그는 그동안 지은 자신의 죄를 고백하고 가슴을 치며 두 사람에게 용서를 구했다. 제발 올란도에게 잘 말해서 이 못난 형을 용서하게 해달라고! 그렇게 솔직하게 다 털어놓고 자신의 죄를 뉘우치는 올리버에게 엘리아는 사랑을 느꼈다. 그녀는 생각했다. '진정으로 용서를 구하는 사람을 구원할 수 있다면, 얼마나 큰 기쁨일까! 저기 저 남자는 진심으로 자신의 죄를 뉘우치며 구원해 달라고 빌고 있구나.' 엘리아가 이런 생각에 빠져 있는 사이 올리버는 보았다. '저기 나를 구원해줄 여인이 있구나!' 순식간에 그도 엘리아에게 사랑을 느꼈다.

올리버가 이야기를 하는 가운데 사자가 올란도를 덮치는 대목에 이르자, 로잘린드는 너무나 놀라서 그만 실신하고 말았다. 그러나 곧 다시 정신을 차린 로잘린드가 외쳤다.

"아냐, 아냐, 잘 들어봐! 실신한 것은 가니메데인 내가 아니야. 나는 그저 로잘린드가 실신하는 연기를 한 것뿐이야. 로잘린드가 이런 끔찍한 이야기를 들었다면, 얼마나 놀랐겠어? 제발 올란도에게 말해줘. 가니메데의 로잘린드 실신 연기가 정말 대단했다고."

다음 날 네 사람은 모두 양치기 오두막 앞에 앉아 있었다. 올란도는 머리와 팔에 붕대를 칭칭 감았으며, 발에는 부목을 대고 있었다. 올리버는 엘리아 곁에 바짝 붙어 앉아 있었다. 그때 가니메데가 벌떡 일어나더니 묘한 자세로 맴을 돌았다. 그리고 하늘을 바라보았다. 마치 아무것도 없는 하늘에서 이상형을 본 것처럼.

마법사의 복장을 한 가니메데_ 로잘린드는 올란도가 무사함에 마법을 부려 내일 그가 사랑하는 여인이 나타날 것이라 말한다. **존 에드먼드 버클리의 작품.**

"너희들에게 말하고 싶은 것이 있어."

"오, 안 돼! 아무 말도 하지 마."

엘리아가 애원했다.

"난 이제 너희들에게 말해야만 하겠어. 내가 진짜 누구인지를?"

가니메데가 결심했다는 듯이 결연하게 말했다.

엘리아는 사실이 밝혀질까 두려워 두 눈을 질끈 감았다.

"나는 마법사야."

가니메데가 거침없이 말했다.

"흠, 마법사라? 그럼 무슨 마법을 할 수 있는데?"

올란도가 물었다.

가니메데는 한참 동안 올란도의 눈을 가만히 들여다보았다.

"내가 마법을 써서 내일 이 숲에 로잘린드가 나타나게 할 거야."

"그래, 그것이라면 기대가 되는데."

올란도가 슬그머니 웃었다.

"그 말을 정말 믿는다고?"

올리버가 물었다.

"네가 믿는다면 나도 믿지 뭐. 하지만 가니메데, 너 나를 위해서도 마법 하나 해줄래?"

가니메데는 고개만 끄덕이며, 엘리아를 향해 윙크를 했다. 그리고는 숲으로 달려가버렸다.

───────···············

다음 날 숲 속의 모든 사람들이 공작의 진영으로 모였다. 빠진 사람은 가니메데뿐이었다.

노공작, 애미언스, 제이퀴스, 올란도, 올리버, 그리고 실리아 등장

노공작: 올란도, 자넨 그 젊은이의 말이 정말이라고 믿는가?

올란도: 반반이죠. 부질없는 희망이라기엔 웬지 두렵고, 그러면서도 그렇게 되기를 희망하는 사람들처럼 말이죠.

로잘린드: 잠깐만 기다려 주십시오. 이 자리에서 확실히 짚어둘 게 있습니다. (공작에게) 공작께서는 제가 로잘린드를 데려오면 그녀를 올란도에게 즉시 주시겠다는 말씀을 하셨죠?

노공작: 그렇다마다. 내가 여러 왕국을 갖고 있어 딸에게 모두 준다 해도 그 것만은 꼭 지킬 거야.

로잘린드: 당신도 내가 그녀를 데려오면 그녀를 아내로 맞는다고 하셨죠?

올란도: 그랬소. 내가 모든 왕국의 왕이 된다 하더라도 그것만은 꼭 지킬 것이오.

로잘린드: 피비, 나와 결혼할 생각이 없어진다면 충실한 양치기와 결혼한다

올란도의 구혼을 받아주는 로잘린드_ 윌리엄 레니의 작품.

고 했지?

피비: 그랬어요.

로잘린드: 피비가 원한다면 당신도 그녀를 아내로 맞이한다고?

실비어스: 설령 그 길이 죽음의 길이라도 갈 것입니다.

로잘린드: 자, 이제 저는 이 모든 일을 원만하게 처리하겠다고 여러분 앞에서 약속했습니다. 공작님께선 올란도에게 따님을 주시겠다는 약속을 지키시고, 올란도는 로잘린드를 아내로 맞이하겠다는 약속을 지키십시오. 피비, 그대는 나와의 결혼이 여의치 않으면 실비어스와 결혼한다는 약속을 지키고, 실비어스는 피비를 아내로 맞이하겠다는 약속을 지키십시오. 저는 이 모든 문제를 원만히 해결하기 위해 잠깐 다녀올 데가 있습니다. (로잘린드와 실리아 퇴장)

노공작: 저 청년은 내 딸과 정말 닮았어.

올란도: 저도 저 청년을 처음 보았을 때 공작님의 따님과 무척 닮았다는 생각을 했습니다. 하지만 저 청년은 이 숲 속 태생이 분명한 것 같습니다. 그의 아저씨로부터 마술을 배워 이 숲에서 은밀히 지내고 있는 듯합니다.

결혼의 신 하이멘, 로잘린드, 실리아가 등장한다

하이멘: (노래한다) 땅 위의 것들이 화합하면 기쁨은 하늘에 닿으리. 공작이여,

따님을 맞으시라. 결혼의 신 하이멘이 하늘에서 여인을 데려오니 여인의 손을 젊은이의 손에 얹게 하라. 이미 서로의 마음은 하나가 되었노라.

로잘린드: (공작에게) 당신께 이 몸을 드립니다. 전 아버님의 딸이니까요. (올란도에게) 이 몸을 드립니다. 저는 당신의 아내니까요.

노공작: 이게 꿈이냐 생시냐. 틀림없는 나의 딸이로다.

올란도: 아! 그대는 분명히 나의 로잘린드입니다.

피비: 이 모든 것이 진실이라면 오, 내 사랑이여, 안녕.

로잘린드: (공작에게) 제 앞에 계신 분이 아버지가 아니시라면 저에게는 아버지가 없습니다. (올란도에게) 당신이 그이가 아니라면 저에게는 남편이 없습니다. (피비에게) 그대가 여자인 이상 난 그대와 결혼할 수가 없어요.

하이멘: 자, 조용히 하시오! 이 혼란을 막기 위해 이제 모든 것을 원만하게 제자리로 돌려놓아야 겠소. 모두가 진실로 맺어지길 바란다면 이제 여섯 분은 하이멘의 이름으로 서로의 손을 잡으시오. (올란도와 로잘린드에게) 그대들은 어떠한 시련이 닥쳐도 영원히 하나일지어다. (올리버와 실리아에게) 그대들은 마음과 마음이 하나로 맺어져 있도다. (피비에게) 그대는 이 남자의 사랑에 따르라. 그대들은 서로 궁금증이 없어질 때까지 서로 끊임없이 묻고 대답하거라. 이제 사랑의 축가를 들으며 쌓였던 회포와 기이한 인연을 서로 말해 보거라. (노래한다)

결혼은 위대한 헤라의 영광이로다.
행복한 가정의 웃음소리 거리마다 넘치는 것은
하이멘의 은총이로다.
찬양하라, 그 이름을 드높이 찬양하라.
모든 마을의 수호신 하이멘의 이름을!

결혼 축제의 행렬_ 프레드릭 윌리엄 데이비스의 작품.

노공작: 오, 실리아로구나, 어서 오너라. 친딸 못지않게 사랑스러운 조카야.

피비: (실비어스에게) 저는 지금 이 순간부터 당신의 사람이라는 걸 약속드릴게요. 당신의 진정한 사랑이 우리를 하나로 만들었어요.

곧이어 제이크스 드 보이스가 등장한다

제이크스 드 보이스: 실례합니다. 몇 마디 말씀드릴 게 있습니다. 저는 돌아가신 로랜드 경의 차남으로, 이 축복된 자리에 기쁜 소식을 전하러 왔습니다. 프레드릭 공작은 이 숲에 유력한 인사들이 모인다는 소식을 듣고 많은 군사들을 이끌고 진격중이었습니다. 이참에 눈엣가시같은 형님을 사로잡아 처형하자는 계획이었지요. 그런데 이곳에 막 들어섰을 무렵 한 귀인을 만났는데, 그에게 깨달음을 얻어 사악한 마음을 바꾸어 속세를 버리고자 하셨답니다. 그러면서 공작의 지위를 추방된 형님께 반환하고, 또한 다른 유배된 자의 영토도 모조리 돌려준다는 전갈입니다.

노공작: 잘 왔소. 그대는 두 형제들의 결혼식에 훌륭한 선물을 가져왔구려. 한 사람에게는 몰수당한 땅을, 또 다른 사람에게는 전 영토를, 즉 공작의 광

활한 영토를 말이오. 자, 그럼 우선 이 숲에서 시작된 행복한 세상의 사랑의 열매를 먼저 거둡시다. 그런 다음에 나와 함께 힘겨운 날들을 견뎌준 동료들 하나 하나와 지위에 합당하게 같이 기쁨을 나누도록 합시다. 그러니 지금은 모두 축제의 즐거움에 흠뻑 빠져봅시다. 자, 이 숲이 떠나가도록 흥겨운 음악을 울려라! 신랑 신부는 짝을 지어 즐거운 춤을 추어라.

제이퀴스: 공작님, 한마디만 여쭙겠습니다. 그러니까 프레드릭 공작이 수도 생활을 하기 위해 호화로운 궁정생활을 버렸다는 말씀입니까?

제이크스 드 보이스: 그렇소.

제이퀴스: 그럼 저는 그분한테 가겠습니다. 개심한 사람한테는 배울 게 많죠. (공작에게) 이제 공작님께서는 옛 영화를 찾으셨으니 전 이만 물러나도 될 것 같습니다. 이 모든 게 인내와 인덕의 결실이지요. (올란도에게) 당신의 진실한 사랑이 마침내 열매를 맺었군요. (올리버에게) 당신은 사랑과 영토, 좋은 사람들을 만났군요. (실비어스에게) 결국 순정으로 사랑을 쟁취했군요. 이제 당신들은 부부간의 입씨름으로 재밌는 나날을 보내게 되겠죠. 하지만 사랑의 항해는 두 달치 식량밖에 없다는 걸 잊지 마시기 바랍니다. 자, 여러분 이제부터 재밌게 축제를 즐기십시오.

노공작: 가지 마시오, 제이퀴스, 잠깐만.

제이퀴스: 이제 우리의 축제는 끝났어요. 혹시라도 제게 볼일이 있으시면 공작님께서 계시던 그 동굴로 오시지요. (퇴장)

노공작: 좋소, 자, 그럼 우리는 즐거운 마음으로 결혼식을 거행합시다. 모든 일이 행복하게 끝날 것이오. (음악에 따라 사람들이 춤을 추기 시작한다)

1564년	4월 26일, 영국 스트랫퍼드 어폰 에이번에서 아버지 존 셰익스피어와 어머니 메리 아든의 장남으로 출생함.
1568년	아버지 존 셰익스피어가 에이번의 시장으로 선출됨.
1582년	이전에 가세가 기울어 학업을 포기하고, 8세 연상인 앤 해서웨이와 결혼.
1583년	장녀 수잔나 출생.
1585년	쌍둥이인 아들 햄릿과 딸 주디스 출생.
1590–1591년	〈헨리 6세 2부 · 3부〉
1591–1592년	〈헨리 6세 1부〉
1592년	페스트로 런던 극장이 폐쇄됨. 본격적인 희곡작품 활동 시작함.
1592–1593년	〈리처드 3세〉, 〈실수의 희극〉
1593–1594년	〈티투스 안드로니쿠스〉, 〈말괄량이 길들이기〉
1594–1595년	〈베로나의 두 신사〉, 〈사랑의 헛수고〉, 〈로미오와 줄리엣〉
1595–1596년	〈리처드 2세〉, 〈한여름밤의 꿈〉
1596–1597년	〈존왕〉, 〈베니스의 상인〉
1597–1598년	〈헨리 4세 1부 · 2부〉
1597년	스트랫퍼드 어폰 에이번에 호화저택 뉴플레이스를 매입.
1598–1599년	〈헛소동〉, 〈헨리 5세〉, 〈사랑의 헛수고〉 출판.
1599–1600년	〈줄리어스 시저〉, 〈뜻대로 하세요〉, 〈십이야〉
1599년	글로브 극장 개장.
1600–1601년	〈햄릿〉, 〈원저의 즐거운 아낙네들〉
1601–1602년	〈끝이 좋으면 다 좋다〉
1603년	3월 24일, 엘리자베스 여왕 서거. 질병이 만연하여 글로브 극장 폐관.
1604–1605년	〈법에는 법으로〉, 〈오셀로〉
1604년	글로브 극장 개관.
1605–1606년	〈리어왕〉, 〈맥베스〉
1606–1607년	〈안토니와 클레오파트라〉 초연.
1607–1608년	〈코리올라누스〉, 〈아테네의 타이몬〉
1607년	장녀 수잔나 결혼.
1608–1610년	〈페리클레스〉, 〈심벨린〉
1608년	어머니 메리 사망함.
1610–1611년	〈겨울 이야기〉, 〈템페스트〉 초연.
1611–1612년	〈폭풍우〉
1612–1613년	〈헨리 8세〉
1612년	동생 길버트 사망함.
1613년	동생 리처드 사망함. 화재로 글로브 극장 소실됨.
1614년	6월 글로브 극장 재개장.
1616년	4월 23일 사망. 스트랫퍼드의 홀리 트리니티 교회에 안장됨.

한눈에 명화로 보는
셰익스피어

초판1쇄 인쇄 | 2021년 2월 10일
초판1쇄 발행 | 2021년 2월 15일

지 은 이 | 셰익스피어
편　　역 | 이은경
펴 낸 이 | 박효완
기획경영 | 정서윤
책임주간 | 맹한승
마 케 팅 | 신용천
물류지원 | 오경수

발 행 처 | 아이템하우스
출판등록번호 | 제2001-000315호
출판등록 | 2001년 8월 7일

주　　소 | 서울 마포구 동교로 75
전　　화 | 02-332-4337
팩　　스 | 02-3141-4347
이 메 일 | itembooks@nate.com

ISBN 979-11-5777-128-8
■파본이나 잘못된 책은 구입하신 곳에서 바꿔드립니다.